名月一夜狂言

横溝正史

神田・お玉が池に住む岡っ引きの佐七親分。京人形のような色男ぶりから「人形左七」と呼ばれる彼は、明晰な頭脳で多くの事件を解決する名探偵でもあった。羽子板のモデルになった娘が次々に殺される、佐七初登場作「羽子板娘」。隠居した元大身の旗本が主催する、月見の宴で招待客が殺され、四つの証拠品がそれぞれ別の客が犯人だと示唆する「名月一夜狂言」。恋女房のお粂、子分の辰五郎と豆六と共に活躍する、佐七の名推理を描いた17編を収録。ミステリ界の巨匠による人気捕物帳シリーズから、選りすぐりの本格ミステリを収録した決定版！

名月一夜狂言

人形佐七捕物帳ミステリ傑作選

横　溝　正　史

創元推理文庫

THE FULL MOON MURDER

by

Seishi Yokomizo

2023

目次

名月一夜狂言

人形佐七捕物帳ミステリ傑作選

羽子板娘

辰源《たつげん》のお蝶《ちょう》

――羽子板になった娘がつぎつぎと――

七草をすぎると、江戸の正月もだいぶ改まってくる。辻々をまわって歩く越後獅子《えちごじし》、三河万歳《みかわまんざい》もしだいに影をけして、ついこのあいだ、赤い顔をしてふらふらと、廻礼にあるいていたお店《たな》の番頭さんが、きのうにかわるめくら縞《じま》のふだん着に、紺の前掛けも堅気らしゅう取りすました顔もおかしく、注連飾《しめかざ》り、門松に正月のなごりはまだ漂うているものの、世間はすっかり落ち着いてくる。

このころになって、そろそろ忙しくなるのが、芝居、遊郭、料理屋さん。いまでは暮れも正月もない、遊びたいやつは遊ぶが、昔はげんじゅうだから、新年は家《うち》にいて年賀をうけたり、旧知、懇意のあいだがらを廻って歩くから、遊ぼうにも遊ぶひまがない。

その七草のばん、小石川音羽《こいしかわおとわ》にある辰源《たつげん》という小料理屋では、江戸座の流れをくむ、宗匠連《そうしょうれん》の発句の初会があるというので、宵《よい》から大忙しで、てんてこ舞いをしていた。

おかみのお源《げん》というのは、もと岡場所でかせいでいたという、うわさのある女だが、鉄五郎《てつごろう》という板場と夫婦《めおと》になり、ふたりで稼いでいまの店を、きずきあげたというだけあって、なかなかのしっかりもの、先年亭主の鉄五郎が亡くなってからも、女手ひとつで、ビクともしないところはさすがだという評判である。

そのお源が座敷へ出て、さかんに愛嬌をふりまいていると、水道端《すいどうばた》にすむ梅叟《ばいそう》という宗匠が、ふとその袖をとらえ、

「そうそう、おかみさん、お蝶ちゃんはどうしましたえ」

と、訊ねた。

「お蝶ですか、あいかわらずですよ」

「少しは、客の席へ出したらどうだえ。お蝶ちゃんもこんどはたいした評判だねえ。なにしろ羽子板になった江戸小町、なかでも、お蝶ちゃんの羽子板が、いちばんよく売れるというから豪気《ごうぎ》なもんだ」

「なんですか、あんまり世間で騒がれるもんですから、当人はかえってボーッとしているんですよ」

と、いったが、お源もさすがに悪い気持ちではないらしい。

「あんまり大事にしすぎると、かえってネコになってしまうぜ。少しは座敷へ出して、われわれにも目の保養させるもんだ」

「いえね、旦那、わたしもあの娘《こ》が手伝ってくれると、少しは、からだが楽になるンですけれど、ねっからもうねんねでね」

「そうじゃあるめえ、おかみさん」

と、横合いから口を出したのは、俳名春林《しゅんりん》という町内のわかい男、

「うっかり客のまえへ出して、あやまちでもあったらたいへんだというんだろう。なにしろこのおかみときたら凄いからねえ。われわれなんぞ、てんで眼中にないンだから。いずれそのうち、ご大身《たいしん》の殿様にでも見染められて、玉の輿《こし》という寸法だろう」

「まあ、こちら、お口が悪いのねえ」

といったが、さすがにお源はいやな顔をする。

お源のひとり娘――といっても養女にきまっているが、お蝶というのは、まえから音羽小町とさわがれたきりょうよしだったが、ことしはとうとう、神田《かんだ》お玉《たま》が池《いけ》の紅屋《べにや》の娘、お組《くみ》や、深川境内《ふかがわけいだい》の水茶屋のお蓮《れん》とともに、江戸三小町とて、羽子板にまでなった評判娘。

きりょうのいい娘をもった、こういう種類の女の心はみんなおなじで、お源も内々、そういう下心のあったところへ、ちかごろではさる大藩のお留守居役から、お側勤めにという下交渉もあるおりから、図星をさされて、お源はいっそう不愉快なかおをするのである。

「そうそう、それで思い出したが、深川のお蓮はかわいそうなことをしたねえ」

と、話のなかへ割りこんできたのは、伊勢徳《いせとく》といって、山吹町《やまぶきちょう》へんのお店のあるじ、俳名五楽《ごらく》という。

「さようさ、せっかく羽子板にまでなって、これからおおいに売り出そうというおりから、春をも待たで、あんな妙な死にかたをしたンだから、親の嘆きもさることながら、当人もさぞ浮かばれめえな」

梅叟はきせるをたたきながら、黯然《あんぜん》としたかおをした。

お蓮というのは、お蝶とともに、羽子板になった江戸三小町のひとり、深川に水茶屋を出している、八幡裏《はちまんうら》の喜兵衛《きへえ》というものの娘だが、暮れに柳橋《やなぎばし》のさるごひいきのうちへ、ごあいさつにいったかえりがけ、どういうものか大川端《おおかわばた》あたりで、土左衛門になってその死体がうかんだ。なにしろ、羽子板にまでなった評判のおりから、お蓮の死は読売にまで読まれて、うわさはこの音羽まできこえていた。

「なにしろ柳橋のひいきのうちで、たいそうもなくご馳走《ちそう》になって、当人したたか酔っていたというから、おおかた、足を踏みすべらしたンだろうという話さ」

「大川端もあのへんは危ないからね。しかし、ひいきもひいきじゃねえか、わかい娘を盛りつぶすさえあるに、それほど酔っているものを、駕籠《かご》もつけずにかえすというのは、いったい、どういう量見だかしれやアしねえ」

「ところが、旦那、さにあらずさ」

と、若い春林がにわかに膝《ひざ》をのり出すと、

「ここにひとつ、妙な聞きこみがありやす。たしか、お蓮の初七日の晩だといいやすがね、しめやかにお通夜《つや》をしている、八幡裏の親もとへ、変なものを、投げこんでいったやつがあるンですとさ」

「変なものって、なにさ」

「それが、旦那、羽子板なんです。お蓮の羽子板なんです。しかも押し絵の首のところを、グサリと、こうまっぷたつに、ちょん切ってあったということで」

「ほほう」

一同、おもわず眉《まゆ》をひそめると、

「すると、お蓮が死んだのは、あやまちじゃなかったのか」

「あっしもそう思うんで。押し絵になるほどの娘だから、なんかと色の出入りも、多かったろうじゃございませんか。紋め殺しておいて、河へぶちこんじまやアわかりゃしません。こんなことがあるから、小町娘を持った親は苦労だ。おかみさん、お蝶さんも気をつけなくちゃいけませんぜ」

「あら、いやだ。正月そうそうから縁起でもない」

お源はいまいましそうに、青い眉をひそめたが、そのときにわかに、内所《ないしょ》のほうでワアワアという、騒ぎが起こったかと思うと、ころげるように入ってきたのは、女中頭のお市《いち》、

「おかみさん、たいへんです、たいへんです、お蝶さんが、お蝶さんが……」

と、敷居のきわでべったりと膝をつくと、

「うらのお稲荷《いなり》さんの境内《けいだい》で、ぐさっと乳のしたを抉《えぐ》られて――抉られて――」

きくなりお源は、ウームとばかり、その場にひきつけてしまった。

鏡の合図

——赤ん坊も三年たてば三つになる——

「こんにちは、親分はおいででござンすかえ」

護国寺《ごこくじ》わきに、清元延千代《きよもとのぶちよ》という名札をあげた、細目格子をしずかにあけて、ものやわらかに小腰をかがめたのは、年のころまだ二十一、二、色の白い、役者のようにいい男だった。

「おや、だれかと思ったら、お玉が池の佐七《さしち》つぁんじゃないか。さあ、さあ、お上がンなさいよ」

「これは、姐《ねえ》さん、明けまして、おめでとうございます」

「ほっほっほ、佐七つぁんの、まあ、ごていねいな。はい、おめでとう。さあ、お上がンなさい。親分もちょうどおいでなさるから」

「佐七じゃねえか、まあ上がンねえ」

奥からの声に、

「それじゃご免こうむります」

ていねいに佐七があがると、あるじの吉兵衛《きちべえ》はいましも、長火鉢のまえにあぐらをかいて、茶をいれているところだった。

女房に清元の師匠をさせているが、この吉兵衛、またの名をこのしろといって、十手捕縄をあずかる御用聞き。音羽から山吹町、水道端へかけて縄張りとする、岡っ引きのうちでも古顔の腕利きだった。

「もっと早く、ご年始にあがるところでございますが、なにせここンところへきて、ばかにとりこんじまいまして」

「どうせそうだろうよ。若いうちはとかく楽しみが多くて、こちとらのような年寄りにゃ御用はねえもンだ。しかし、まあよくきてくれたな。お千代、茶でもいれねえ」

この佐七というのは、神田お玉が池あたりで、親の代から御用をつとめている身分、先代の伝次《でんじ》というのは、吉兵衛と兄弟分の盃《さかずき》もした、腕利きの岡っ引きだったが、せがれの佐七はあまり男振りがいいところから、とかく身が持てず、人形《にんぎよう》佐七と娘たちからワイワイといわれるかわりに、御用のほうはお留守になるのを、いまでは親代わりのつもりでいる吉兵衛は、日ごろから苦々しく思っているのであった。

「おふくろのお仙《せん》さんは達者かえ」

「はい、あいかわらずでございます。そのうち、いちどお伺《うかが》いすると申しておりました」

「いや、それはどうでもいいが、おまえもあまりお仙さんに、心配かけるような真似はよしたがいいぜ。このあいだもきて、さんざん愚痴《ぐち》をこぼしていったっけ。おまえ、明けていくつになる」

「へえ、あっしは寛政《かんせい》六年、甲寅《きのえとら》のうまれですから、明けて二になります」

「二になりますもねえもンだ。おまえのお父っつあんの二のとしといやア……いや、もう、よそう、よそう。いうだけ愚痴にならあな」

「面目次第もございません」

佐七は頭をかきながら、

「ときに、親分、ゆうべむこうの辰源で、とりこみがあったというじゃございませんか」

「なんだ、佐七。おまえその話でわざわざやってきたのか」

「いえ、そういうわけでもございませんが、ひょっとすると、あっしの縄張りのほうへも、かかりあいができてくるンじゃねえかと思いましてね」

「こいつはめずらしい。お千代、みねえ、赤ん坊も三年たてば三つになるというが、佐七もどうやら身にしみて、御用をつとめる気になったらしいぜ」

「なんだえ、おまえさん、そんな失礼なことを――」

「よしよし、おめえがそういう量見なら、おれも大きに力瘤の入れがいがあらあ。なるほどなあ、羽子板娘のもうひとりは、お玉が池の紅屋の娘だったな」

と、吉兵衛はしきりに感心していたが、やがて、ぐいと、大きく膝をのりだすと、

「佐七、まあ、聞きねえ、こういうわけだ」

と、吉兵衛が話したところをかいつまんでしるすと、辰源のひとり娘お蝶はその晩、ただひとり、奥の内所で草双紙かなにかを読んでいた。するとそのとき、どこからか、きらり、きらりと光がさしてくる。お蝶はそれをみるとポーッと頬をあからめて、草双紙から顔をあげた。

と、いうのはお蝶にひとつの秘密がある。辰源の裏側に富士留《ふじとめ》という大工の棟梁《とうりょう》の家があって、そこに紋三郎《もんざぶろう》というわかいものがいるが、お蝶はいつか、この紋三郎と深いなかになっているのだ。しかし、なんといってもあいてはしがない叩き大工、慾のふかいお源がこの恋をゆるそうはずがない。ふたりはひとめをしのんで、はかない逢瀬をつづけているのだが、この逢い曳きの合図になるのは、一枚の鏡なのである。

富士留の物干しに立って、蠟燭《ろうそく》のうしろでこの鏡を振ると、こいつがちょうど、辰源の内所へ反射することになっている。恋するふたりはいつか、こんなはかない手段をおぼえていたのである。

お蝶は壁にうつる光をみると、もう矢も楯もたまらなかった。

ちょうどさいわい、母のお源は表の座敷につきっきりだし、女中たちもてんてこ舞いをしているおりから、だれひとり、お蝶の挙動に目をつけているものもない。彼女はそっと、庭下駄をつっかけたが、そのとき、

「お蝶さん、どこへおいでなさいますえ」

と、うしろから呼びとめたのは、お燗《かん》を取りにおりてきた女中頭のお市だった。

「あの、ちょっと」

「いいえ、いけませんよ、お蝶さん。わたしはちゃんとしっていますよ、また、紋さんに逢いにおいでになるンでしょう」

「あれ、お市、そんなこと」

「かくしたっていけませんよ。おかみさんはごま化されても、このお市は騙《だま》されやしませんよ。むこうの物干しから鏡の合図で……ね、そうでしょう」

「お市、おまえそんなことまで知っているのかえ」

「それは亀の甲より年の功、いまもむこうで見ていたら、きらきらとその壁に映っていたじゃありませんか。ほっほっほ。それじゃお蝶さん、おかみさんの目が怖いから、なるべく早くかえっておいでなさいよ」

「あれ、それじゃお市、おまえこのまま見逭《みの》がしておくれかえ」

「わたしだって鬼じゃありませんのさ」

「お市、恩にきるよ」

粋なお市のはからいに、お蝶はいそいそと出かけていったが、それからまもなく、客を送りだしたお市が、なにげなく表をみると、お蝶と逢っているはずの紋三郎が、風呂帰りだろう、手拭《てぬぐ》い肩に友達とワイワイ話しながら通るではないか。

おやと眉をひそめたお市が、

「ちょっと、ちょっと、紋さん」

と、低声《こごえ》で呼びこむと、

「おまえ、お蝶さんといっしょじゃないのかえ」

「お蝶さん？」

紋三郎が、さっと顔色かえるのを、

「いいのよ、あたしゃなにもかも知っているンだから。しかし、変だねえ、さっきたしかに鏡の合図があって、お蝶さんは出かけたよ」

「鏡の合図。そ、そんなはずはありませんよ。おいらアいままで、兼公《かねこう》とお湯へいってたんだもの――」

お市はようやく、ことの容易でないのに胸をとどろかせた。

「紋さん、いったいおまえさんたち、いつもどこで逢っているの」

「どこって、たいてい裏の駒止《こまど》めの稲荷だけど」

「それじゃおまえ、すまないが、ちょっといってみてきておくれ、なにか間違いがあるといけないから」

紋三郎ももとより惚れた女のことだ、異議なくお市の頼みを引きうけたが、それからまもなく、血相かえてとびこんで来ると、

「お市つぁん、たいへんだ。お蝶さんが、お蝶さんが殺されて……」

「……と、まあいうようなわけだ。そこで、大騒ぎがもちあがって、駒止め稲荷へでかけてみると、案の定、お蝶はひとつき、乳の下を抉られて死んでいるんだが、ここに妙なのは……」

と、このとき吉兵衛とんと煙管《きせる》をたたくと、

「そのお蝶の死体のうえに、だれがおいたのか羽子板がいちまい、むろん、お蝶の羽子板だが、こいつがプッツリ首のところをチョン切ってあるのさ」

佐七はだまってきいていたが、

「それで、紋三郎という野郎は、どうしました」

「まあ、さしあたり、ほかに心当たりもないので、こいつを番屋へあげてあるが、人殺しのできるような野郎じゃないさ。それに、お蝶が出かけていったじぶんには、ちゃんと風呂ンなかで、鼻唄なんかうたっていやがったという、聞き込みもあがっているンでの」

「それにしても、ふたりのほかにだれしる者もねえはずの、鏡の合図があったというなアおかしゅうございますね。どうでしょう、親分」

と、佐七はキッと面《おもて》をあげると、

「親分の縄張りへ手をいれようなぞという、だいそれた量見じゃございませんが、ちょっと気になります。ひとつ、辰源のほうへお引き廻しを願えますまいか」

「よし、おまえがその気になってくれりゃ、おれもおおきに張り合いがあらあ。ちょうどこれから、出かけようと思っていたところだ。望みならおまえもいっしょにきねえ」

佐七より吉兵衛のほうがハリキッている。

鬼瓦の紋所

――もうひとりの羽子板娘も行く方不明――

正月というのに、忌中の札をはった辰源は、大戸をおろして、お源はまるで気も狂乱のていたらく。ことに女中頭のお市は、お蝶をだしてやった責任者だけに、お源からさんざん毒づかれたり、口説かれたりして、病人のように蒼い顔をしていた。

「おとりこみのところ恐れ入りますが、ちょっとお内所を見せていただきとうございますが」

お蝶の死体にも羽子板にも目もくれず、いきなりそういった佐七は、半病人のお市に案内されてうす暗い奥の座敷へとおった。

「なるほど、むこうにみえるのが、富士留さんの物干しでございますね」

佐七は裏塀越しにみえる物干しと、座敷の壁を見くらべていたが、

「もし、お市さん、ゆうべおまえさんが見た鏡の影というのは、どのへんに映っていましたかえ」

「はい、あのへんでございます」

お市が裏のほうの砂壁を指すと、

「そりゃおかしい。お市さん、富士留さんのほうから、照らしたのなら、こっちのほうへ映らなきゃならんはずだ。ねえ、親分、そうじゃございませんか」

「なるほど、こいつは気がつかなかった。お市、まちがいじゃないかえ」

「いいえ、まちがいじゃございません。たしかにそっちの壁でした。表から入ってきて、すぐ目についたンでございますもの」

「なるほど、おまえがそういうンなら、そのとおりだろう。ときにお市さん、おまえ懐《ふところ》中鏡を持っちゃいませんかえ」

「はい、これでよろしゅうございますか」

「結構結構、それじゃ、親分、それからお市さんも、ちょっとここで待っていておくんなさい」

なにを思ったか人形佐七は、鏡をもってスタスタと座敷をでると、やがて内所を斜《はす》に見下ろす、二階座敷の小窓をガラリとあけて、

「お市さん、ちょっと見ておくンなさい」

と、キラキラ鏡をふりかざして、

「ゆうべおまえさんの見た影というのは、そのへんでございましたかね」

お市は壁に映る影を見ながら、

「はい、たしかにそのへんでございました。でも……」

佐七はにっこり笑うと、すぐまたもとの内所へかえってきて、

「お市さん、ゆうべあの二階座敷には、どういうお客がありましたえ」

お市はさっと顔色を失うと、

「それじゃ、ゆうべのお客さんが……」

「さようさ、そこの壁へ影をうつすなア、あの二階座敷よりほかにゃねえ。お市さん、その客というのはどういうひとですえ」

お市も、しかし、その客を知らなかった。紫色の頭巾をかぶったお武家で、この家《うち》ではじめての客だという。

「そういえばお蝶さんを送り出して、座敷へあがっていくと、そのお武家が窓のところに立っ

ていなさいました。それから大急ぎで勘定をすませると、お出かけになりましたが……」

「親分」

佐七は意味ありげに、吉兵衛のほうをふりかえると、

「このぶんじゃ、どうやら紋三郎に、係り合いはなさそうでございますねえ」

「佐七、おまえ、なにか心当たりがあるのかい」

「いいえ、いまのところはからっきし、しかし、お市さん、おまえそのお侍の顔に見覚えがあるかえ」

「さあ……」

と、お市は困ったように、

「なにしろ、はじてのお客でございますから。しかし、ああ、思い出しました。そのお客様のお羽織の紋所というのがひどく変わっているのでございますよ。鬼瓦のご紋なので」

「鬼瓦？」

と、聞いて佐七はちょっと顔色をうごかしたが、

「いや、親分、いろいろ有り難うございました。それじゃこのくらいで」

「佐七、もう帰るのか、それじゃおれもそこまでいこう」

と、表へ出ると、

「おい、佐七、おまえなにか心当たりがあるンじゃねえかえ。あるならあるで、いって貰《もら》わにゃ困るぜ」

「いえ、もう、いっこう……」

「でも、おまえ、鬼瓦の紋所の話を聞いたときにゃ、顔色をかえたじゃないか」

「はっはっは、さすがは親分だ。兜《かぶと》をぬぎやした。親分え、それじゃちょっと神田まで、お運びねがえませんかえ」

「よし、おもしれえ、おれもひとつ、おまえの手柄をたてるところをみせてもらいてえもんだ」

ふたりは連れだって神田までかえってきたが、すると、佐七の顔を見るなり母のお仙が、

「佐七、どこをうろついていたンだえ。おや、これは護国寺の親分さんですかえ」

「おっ母《かあ》、留守になにかあったのかい」

「なにかどころじゃないよ。紅屋のお組さんがゆうべから帰らないというので、大騒ぎだよ」

聞くより佐七はさっと顔色をうしなった。

山《やま》の井《い》数馬《かずま》
――それじゃ、昨夜の辰源の客とは――

神田お玉が池で、古いのれんを誇っている質店、紅屋の娘お組は、きのう本郷《ほんごう》にいる叔母のところへ、遊びにいってくると、供もつれずにひとりで出かけていったが、晩になってもかえってこなかった。

神田と本郷じゃたいして遠くもないことだし、それにお組は叔母のところへいくと、よくむだんで泊まってくることがあるので、紅屋では気にもかけずに寝てしまったが、朝になってきくと、ゆうべ、音羽の羽子板娘が殺されたといううわさ。

にわかに気になりだして、本郷へ使いを出してみると、使いといっしょに叔母のお葉《よう》が、血相かえてやってきた。

お組はきのう、お葉の許へはこなかったのだ。

「嫂《ねえ》さん、これはどうしたというんです。それならそれとなぜ、ゆうべのうちに使いをくれなかったんです」

と、お葉にきめつけられて、後家のお園《その》は真っ蒼になった。

お葉は先年死んだ、お園の亭主甚五右衛門《じんごえもん》の妹で、本郷でも有名な小間物店、山城屋《やましろや》惣八《そうはち》にとついでいるので、主人なき紅屋にとっては、もっとも有力な親類筋なのだ。そこへ変事をきつけて、お葉の亭主惣八もかけつけてくる。

番頭の清兵衛《せいべえ》もくわわって、あれやこれやと、お組の立ち廻りそうなところを相談しているところへ、だれか帳場へ羽子板をおいていったものがあると、小僧の長吉《ちょうきち》が持ってきた。みるとお組の羽子板で、しかも、例によって、その首がプッツリと、チョン切られているのだから、さあ、たいへん、紅屋の一家は真っ蒼になった。

佐七は親の代から紅屋へ出入りし、かつはしじゅう、ひいきにあずかっている大事なお店だから、おふくろのお仙からその話をきくと、さっと顔色かえたのもむりはない。

「親分」

佐七は人形とあだなをとった秀麗なおもてに、きりきりと稲妻《いなずま》を走らせると、

「あっしが臍《へそ》の緒《お》切って、はじめての捕物でございます。縄張り違いじゃございましょうが、どうか助けておくンなさいまし」

「ふむ、おもしろい、それでなにか心当たりがあるのかえ」

「まんざら、ねえこともございません。それじゃおっ母、ちょっと紅屋さんへ、顔を出してくるぜ。親分、お供ねがいます」

外へでると、佐七はなにを思ったのか、矢立てと懐紙《ふところがみ》を取りだして、さらさらと、一筆書きながすと、辻待ちの駕籠を呼びよせた。

「おめえ、ちょっとすまねえが、これを名宛てのところへ届けてもらいてえ。それから向こうのおかたを駕籠でお迎えしてくるンだ。いいかえ。わかったかえ。御用の筋だからいそいでくれ」

「へえ、承知いたしやした」

駕籠舁《か》きは、宛名を見ながらいっさんにかけ出した。

「佐七、どこへ使いを出したンだ」

「なあに、ちょっと——親分、じゃ、まいりましょう」

と、さきに立って歩き出したが、ふと思いついたように、

「親分、紅屋へ顔出しするまえに、ちょっと見ていただきてえものがあるンで、この横町《よこちょう》をま

いりましょう」

吉兵衛には、佐七のすることがさっぱりわからないが、なにしろ、日頃ぐうたらな佐七が、にわかにテキパキ、ことを運ぶのがうれしくてたまらない。

目を細くして、佐七のいうままに従っている。

やがて、佐七がふと立ちどまったのは、

「無念流剣道指南、山の井数馬」

と、看板のかかった町道場のまえである。

「親分、ちょっと武者窓からけいこの模様を覗《のぞ》いてまいりましょう」

「なんだえ、いまさら、やっとうのけいこをみたところが、仕様がねえじゃないか」

「いえ、そうじゃございません。ほら一段高いところに、すわっていらっしゃるのが山の井数馬さま。親分、りっぱなかたじゃありませんか」

吉兵衛も、しかたなしに苦笑いしながら覗いたが、みると、わかい連中が盛んに叩きあっているむこうに、道場のあるじ、山の井数馬が、いかめしく肩いからせてひかえている。眉の濃い鬚《ひげ》の黒い大男だ。

「親分、ちょっとあの先生の、ご紋を見てくださいまし」

いわれて吉兵衛、山の井数馬の羽織をみたが、そのとたん、思わずあっと叫んだ。山の井数馬の紋所は、世にもめずらしい鬼瓦。

「さあ、親分、まいりましょう」

佐七はすましたもので、武者窓のそばを離れると、先に立ってあるきだした。

「佐七、おい、どうしたンだ。それじゃゆうべの辰源の客は、山の井数馬というあのお武家かえ」

「さあ、どうですか」

佐七は笑いながら、

「なんしろあの先生も変わりもンでさあ。近所のものが鬼瓦の先生と、あだ名をしたのをいいことにして、紋所まで、じぶんから鬼瓦にかえてしまったンですよ。さあ、紅屋へまいりました」

吉兵衛がまだ、なにか聞きたそうにするのも構わず、佐七は黒いのれんをおしわけると、ぐいと紅屋の帳場へ顔をのぞかせた。

証拠の羽織

――佐七これより大いに売り出す――


「おや、長吉どん、精が出るねえ。なにかえ、番頭さんはうちにいるかえ」

「はい、奥にいなさいますが、ちょっと取りこみがございまして」

「わかっているよ。お組さんの居所はまだわからないかい。ああ、お葉さん、しばらくでござんした」

奥からちょっと顔を出したお葉は、幼なじみの佐七の顔を見ると、さすがに嬉しげに、

「おや、佐七つぁん、よくきておくれだったね。お組ちゃんのことできてくれたのかえ」

「そう、そう、お組坊がいなくなンなすったのだそうですね。さぞご心配でございましょう。しかし、きょうまいったのは、さようではございませんので、ちょっとお調べの筋があって、質草を見せていただきにあがったのでございます」

「おや、そう」

お葉はむっとしたように、

「それなら長どんに蔵へ案内してもらって、かってにお調べなさいな」

と、そのまま奥へすがたを消していった。

「長どん、すまないね」

吉兵衛に目配せをした佐七は、長吉をさきに立てて蔵へ入っていくと、うず高く棚につみあげた質草を、あれかこれかと探していたが、やがて、

「これだ」

と、風呂敷包みの結び目をとくと、

「親分、これはいかがでございます」

ひろげて見せた羽織を見て、吉兵衛は思わず息をのんだ。

まさしく鬼瓦の紋所。

「親分、ここに頭巾もあります。ほら、こんなに濡れているところを見ると、ゆうべ着ていったものにちがいありませんねえ」

「佐七、それじゃゆうべの侍はこの家《うち》のもんかえ」

「おおかた、そうだろうと思います。だが、まあ、表へまいりましょうか」

羽織と頭巾をくるくると、風呂敷に包んだ佐七は、蔵から外へ出たが、あたかもよし、そこへさっきの駕籠屋がかえってきた。

「お玉が池の親分、わざわざのお迎えは、いったいどういう御用でございます」

と、不安な面持ちで駕籠の垂れをあげたのは、意外にも辰源の女中頭お市だった。

「あ、お市さん、ご苦労ご苦労、ちょっとおまえに用があったのだが、おいらが呼ぶまでここで待っていておくれ。親分、それじゃ奥へまいりましょう」

いましも山城屋夫婦に後家のお園、番頭の清兵衛が額をあつめて相談している奥座敷へ、ズイととおった人形佐七、

「ええ、みなさんえ、ちょっとお話があってお伺いいたしました。ご免くださいまし」

「ああ、これはお玉が池の親分、いま少しとりこみ中でございますが」

と、山城屋惣八がいうのを、

「はい、そのお取り込みのことで、まいりました。番頭さん、ちょっと顔をかしてくださいまし」

「へえ、わたしになにか御用で」

「そうさ、おまえさんでなければいけねえことなんで、ちょっとこの、羽織と頭巾を着てもらいしたいんで」

包みをといて取り出した羽織と頭巾をみると、番頭の清兵衛、おもわず唇まで真っ蒼になった。

「親分、それはいったいどういうわけで」

「どういうわけもこういうわけもあるもんか。てまえがいやなら、この佐七が着せてやらあ。このしろ親分、ちょっと手を貸しておくんなさいまし」

「よし、きた」

「それはご無体な」

すっくと立ち上がった清兵衛が、やにわに店へ逃げ出そうとするのを、左右から抱きすくめた佐七と吉兵衛、むりやりに羽織と頭巾を着せると、

「お市さん、お市さん、ちょっと、見ておくれ。ゆうべのお武家というのは、この男じゃなかったかい」

かけこんできたお市は、ひとめ清兵衛の顔を見ると、

「あ、このひとです。このひとです」

それを聞くと清兵衛は、にわかに力も抜け果てて、がっくりと畳のうえに顔を伏せてしまった。

「おい、清兵衛、辰源の羽子板娘を殺したのはおまえだろう。お組はどこへやった。お組坊も

殺してしまったのか」

「はい」

と、観念してしまった清兵衛は、がっくりと首をうなだれ、

「お組さんは、下谷《したや》総武寺裏《そうぶじうら》のお霜《しも》という、女衒《ぜげん》婆のうちに押しこめてございます」

と、いったがそれきりウームという呻《うめ》き声、にわかにがばと畳につっぷしたので、あわてて抱き起こしてみると、舌嚙み切って死んでいた。

番頭清兵衛の悪事の仔細というのはこうなのだ。

亭主に死なれてから後家のお園は、いつしか番頭の清兵衛とひとめをしのぶ仲になっていたが、こうなると清兵衛もにわかに慾が出てきた。いっそ、お組を手に入れて、そっくりこの紅屋の家を横領しようという魂胆《こんたん》、それとなくお組に当たってみたが、むろんあいてはうんとはいわぬ、それのみか、ひそかに母との仲をかんづいていたお組は、いまのうちに切れてしまわねば、本郷の叔母さんに告げるという。こいつを告げ口されちゃ元も子もない話だから、にわかにお組を殺そうと思い立ったが、それではじぶんに疑いがかかるおそれがある。

おりもよし、おなじ羽子板娘のお蓮が、溺死したといううわさを聞いたので、初七日の晩に羽子板を送り、なんとなく、お蓮の死に疑いをかけておいて、さてそのあとでお蝶まで殺してしまったのだ。

そしてかんじんのお組は、女衒のお霜のもとへあずけ、いずれゆっくり慰《なぐさ》みものにでもしたあげく、殺してしまうつもりだったのだろうが、そこをひとあしさきに、人形佐七に見顕《あら》わさ

れてしまったのである。

「あっしゃ、羽子板娘が順々に、殺されるということを聞いたとき、すぐ胸に浮かんだのはお組さんのこと、するとふいに思い出したのは番頭の清兵衛のことで、あっしゃいつか清兵衛が、おかみさんと逢い曳きをしているとこを見たことがあるんで。ああ、後家とはいえ主人の女房と、ひとめをしのぶとは悪いやつだと、こう思うとなんだか清兵衛のやつが、怪しく思われてならねえんです。そこで音羽まで出向いて、あの鬼瓦の紋のことを聞いたときにゃ、こいついよいよ清兵衛だと思いました。というのは山の井先生というのは大酒呑みで、呑み代《のみしろ》に困ると、羽織でもなんでも紅屋へ持っていくんです。だから紅屋なら鬼瓦の羽織もあるわけ、それに頭巾で顔をかくしていたなあ、町人髷をかくすためと、まあ、こう思ったわけです。野郎、お蝶からさきに殺すつもりで、あのへんをうろついているうちに、ふとあるところで、大工の紋三郎が酒の上から、あの鏡の合図のことを、口走ったのを聞いていやがったンでしょうね。それにしても、辰源の娘はかあいそうだったが、かねてごひいきにあずかっていた、紅屋のお組坊を救い出すことができたので、あっしも肩身が広うございまさあ」

このしろ吉兵衛は、このあっぱれな初陣の功名に、おふくろのお仙といっしょに目を細くしてよろこんだが、これが人形佐七売り出しの手柄話。文化《ぶんか》十二年乙亥《きのとい》の春のことである。

紅屋の後家はその後、尼になったという。

名月一夜狂言

月を砕く乗合舟

名月や畳のうえに松の影。

――まことにさわやかな感じなもので、これは其角《きかく》の名句だが、これからお話しようというのは、その名月の晩に持ちあがった怪事件をおりよく、その場に居合せたお馴染《なじ》みの人形佐七《にんぎょうさしち》が、例の炯眼《けいがん》を働かせて、見事即座に解決してのけたという、例によっての手柄話。

江戸時代の人間は、根が悠長に出来ているせいか、年中行事などに関しても、まことに律気なもので、八月の十五夜は中秋名月、俗に豆名月《まめめいげつ》といわれる九月十三夜の月に対して、これを芋名月《いもめいげつ》、芋のお供えなんかして、多少とも心得のある人間なら、名月や、とかなんとか一句ひねろうという寸法。

さてその年の中秋名月、八月十五日の晩には人形佐七、向島木母寺《むこうじまもくぼでら》附近にある、結城閑斎《ゆうきかんさい》という旗本《はたもと》の隠居のところへ招かれていた。

この閑斎という御隠居、もとは幕府の勘定方《かんじょうがた》かなにか勤めた、相当大身《たいしん》のお旗本だが、先年家継を伜《せがれ》に譲ってからは、もっぱら向島の下《しも》屋敷にあって風流三昧《ざんまい》、根が至っての物数寄《ものずき》と来ているので、役者芸人衆にも贔屓《ひいき》の筋が多く、今宵《こよい》はそういう連中を集めて、ひと晩飲みあかそういう寸法、佐七は日頃から贔屓にあづかっている神崎甚五郎《かんざきじんごろう》の言葉添えで、お供は例の腰巾着の辰五郎《たつごろう》、少しおくれてやって来たのは竹屋《たけや》の渡し。見るとちょうど、舟が出ようとするところなので、二人は急いでそれに飛びのった。

「親分、お約束の刻限にはだいぶ遅れましたが、閑斎様のお屋敷では、もうあらかたお集まりでございましょうねえ」

「さようさ。思わぬ野暮《やぼ》用ですっかりおくれちまったが、神崎の旦那も、そろそろお見えになっている時分だ。おお、見ねえ、辰、向うの杜影《もりかげ》から、綺麗な月がのぼって来たぜ」

なるほど見れば、その時恰《あたか》も、向島の森かげから、洗いあげたような満月がするするとのぼって来て、その爽やかなことは筆にも言葉にもいい尽せない。しばらくはがやがやと、口々に放つ褒め言葉のうちに、ギイギイと舟は櫓脐《ろべそ》を鳴らせて、中流へとすすんでいく。その櫓のさきに、月影が千々に砕けて、なるほどこれでは、どんな野暮な人間でも、一句ひねりたくなるのも無理はない。辰はしかしそんな事にはお構いなし。

「ねえ、親分、今夜はよっぽどお歴々が、お集まりなさるという話だが、いってえ、どういう顔触れなんですえ」

「そうよなあ。お歴々といったところが、みんな芸人衆ばかりよ。先ず役者では尾上新助《おのえしんすけ》に、瀬川《せがわ》あやめ、立役《たてやく》と女形《おやま》のちがいこそあれ、いま江戸一番の人気役者だ。それから狂言作者の並木治助《なみきじすけ》」

「おお、並木治助といやあ、この盆狂言で尾上新助が大当りをとった、小幡小平次《こはたこへいじ》の狂言の作者でござんすね」

「そうよ、怪談狂言《どろどろ》じゃ南北《なんぼく》とどっちがどっちかという程の名人よ。そのほかに画家《えかき》の歌川国《うたがわくに》富《とみ》に幇間《たいこもち》の桜川孝平《さくらがわこうへい》、それに神崎の旦那とこちとらという、都合、客は七人の筈だったな」

「なるほど、そいつは妙な取り合せですねえ。神崎の旦那は、それでもまあ、結城の御隠居と御懇意だから話はわかりますが、なんだって、親分を、そんな連中のなかに加えたんでしょうねえ」

「そこよ」

と、佐七はいささか鼻白んだ気味で、

「なんでもこちとらは、捕物にかけちゃ当時、江戸きっての人気者なんだそうだ。そこで一役持たせようという趣向だというが、いやはや、御大身の隠居などというものは、金とひまがありあまるものだから、いろんなことを考えるものさ」

と、水にうつった月影を手で掬《すく》いながら、佐七は詰まらなそうに呟《つぶや》いたが、こういう話をさっきから、乗合舟のかたすみで、さりげなく、しかし、いとも熱心にぬすみ聞いているひとりの女があった。

秋風が身にしみるきょうこのごろ、洗いざらしの浴衣《ゆかた》を着て、朝顔しぼりの手拭《てぬぐい》を、吹き流しにかむっている肩のやつれ、腰の細さ、はっきり顔は見えないが、細面の色の白さ、どことなくあだっぽい身のこなし、恋には身も心も細るものぞといいたげな恰好だ。

女は人眼を忍ぶようにさしうつむいたまま、さっきから熱心に二人の話に耳をすましていたが、そんなこととは気づかぬ佐七と巾着の辰。

「おお、どうやら舟がついたようだ。少しおくれたから辰、急いで行《ゆ》こうぜ」

その言葉も終らぬうちに、舟はどどんと岸につく。乗合の衆がバラバラに陸《おか》にとびあがる。佐七と辰五郎もそのあとにつづいた。例の女も一番あとからつづく。

結城閑斎の下屋敷は、そこからあまり遠くないところにあった。何しろ閑静《かんせい》なところで、屋敷の外はすぐ大きな竹籔《たけやぶ》につづいていて、夏中は寝ながらにして、籔うぐいすの囀《さえず》り、さてはまた、折々はほととぎすの声も聞かれようという住居《すまい》。佐七と辰五郎の二人が、この竹籔の下道へさしかかった時である。それまで無言のままついて来た例の女が、ふいにスタスタと足を早めると、

「あの、もし、親分さん」

と、だしぬけにうしろから声をかけたから、佐七が驚いてふりかえると、女は月影から顔をそむけて、妙に消然《しょんぼり》とした恰好で立っていた。

「お玉《たま》が池《いけ》の親分さんと知ってお呼び止め申しました。親分さんはこれから、結城閑斎様のところへお越しでございますねえ」

吹流しの手拭の両はじを、玉虫色《たまむしいろ》の唇でくわえて、手拭の奥から、二つの眼が、じいっとこちらを覗《のぞ》いている。妙に沈んだ眼の色だ。

「いかにも、俺《あっし》ゃこれから閑斎様のところへ参るつもりだがそういう姐《ねえ》さんは、いったい誰だえ」

女はそれには答えずに、

「閑斎様のお屋敷へいらっしゃるならお願いがございます。これを――」

と、帯の間にはさんだ封《ふう》じ文《ぶみ》を手に取って、

「この文を、音羽家《おとわや》の親方さん、尾上新助さんにお渡し下さいまし」

と、呆気にとられている佐七の懐中《ふところ》へ、いきなりその文を捩《ね》じ込むと、あなや、女はたまゆらの如く、ゆらり、身をひるがえして、忽《たち》ちどこかへ消えてしまった。とたんにどっと吹きおろして来た涼風が、ざあーっと竹籔を鳴らして、露に濡れた葉先葉先に、月影が千々にくだけて。――

鼓散らしの浴衣にぎくり

「辰、いまのは何《な》んだえ」

「さあ、何んでしょうねえ。妙に陰気な女でしたねえ。ここらあたりは淋《さび》しいところだから、畜生、出やがったかな」

「出たって、何んのことよ」

「お稲荷《いなり》様のお使いさまで」

「馬鹿なことをいうな。狐や狸が手紙を書いてたまるものか。見ろ、音羽家の親方さんにって、こいつをふところへ捩じこんでいきやがったぜ」

「あ、なある程」

辰五郎は忽ち小手《こて》を叩いて、

「分った。音羽家といやあ名代《なだい》の色事師《いろごとし》だ。大方、何かかかり合いのある女が、怨《うら》みつらみでも書きつらねているんですぜ。今の様子は、どう見ても捨てられた女という恰好でござんした」

「ま、そうかも知れねえ」

佐七は何やら、まだ思案顔に小首をかしげていたが、

「いや、どちらにしても飛んだ文使いだ。辰、急いでいこうぜ」

と、やって来たのは閑斎の下屋敷。約束の刻限には大分おくれているので、むろん、客人の顔も揃って、障子をあけ放った座敷の正面には、主《あるじ》の結城閑斎、品のいい白髪《しらが》頭で、いかにも風流な旗本の御隠居というこしらえ。その次ぎにはお馴染みの神崎甚五郎、そして程よいところに、役者の尾上新助、四十二三の脂《あぶら》ののり切ったいい男。その側にいるのが、今売出しの狂言作者並木治助、年齢《とし》はまだ三十五六だが、いかにも怪談作者らしく、どこか陰気なところのある男だ。さて、その向いには、浮世絵師の歌川国富、これは五十五六の、ちょっと町医者といった感じのする老人。そして、その隣に陣取っている、酒太りのした中年の男が幇間の桜川孝平。と、主客まじえて都合六人、すでに酒もよほど廻っているらしく、しきりに話がはずんでいた。

そこへ佐七が顔を出すと、

「おお、佐七か、おそかったではないか。閑斎翁《おう》をはじめとして、皆の衆、よほどお待ちかねのところだ」

と、甚五郎が聞き直すのを主の閑斎は横から打ち消し、

「これこれ、神崎、翁はひどいな。俺《わし》はまだ、これでもよほど若いつもりじゃて。翁は失言じゃぞ、取り消して貰《もら》いたいな、はははは」

と、機嫌よく笑いながら佐七のほうへ向き直り、

「いや、佐七、今宵はわざわざお運びを願って恐縮、汝《そなた》の手柄噺《ばなし》はしじゅうこの神崎甚五郎よりきかされているので、一度ちかづきになっておきたいと思うての。今宵は無礼講じゃ、気のおける者は一人もおらぬ。ぞんぶんに飲んで気焔《きえん》をあげて貰いたいものじゃな」

「恐れ入ります。たってのお招きゆえ、参上いたしましたが、根が至っての無骨者のこちとら、風流はもう、まことに不得手のほうでございますから、どうぞ、そのつもりで、見知りおき下さいまし」

「いや、親分、お玉が池の親分さん、それはちと御謙遜《ごけんそん》が過ぎやしょう」

と、盃《さかずき》片手にしゃしゃり出たのは桜川孝平、

「ま、ひとつ、ねえ、歌川の師匠、こういっちゃおさしさわりがあるかも知りませんが、このお玉が池の親分さんと来たら、役者衆もはだしのいい男ぶり、おまけに酸《すっぱ》いも甘いかみわけた苦労人だとは、江戸中で誰知らぬ者もない評判、それを、風流に縁のない無骨者とは、それは

ちと御謙遜でげしょう」

「さようさ。わたしも役者衆の似顔絵はちとかきあましたから、今度はひとつ、親分の一枚絵でも画かせて貰おうかと思っていたところです。ちょうどいい具合におちかづきになれて、こんな嬉しいことはございません。ねえ、並木の先生、先生もひとつどうです。親分の手柄噺でも狂言にお仕組みなすっちゃ」

国富の言葉に、治助はただ渋い笑いをうかべただけで、何んとも答えなかったが、横から尾上新助がひきとって、

「いや、そうなると、俺《あっし》が親分の役をやらせて貰いますかな」

「御冗談でげしょう、音羽家の親方の柄じゃ、親分にふんづかまえられて、小塚《こづか》っ原《ぱら》でおしおきになるってえ役どころですぜ」

遠慮のない桜川孝平の言葉に、

「いや、これは孝平のいうとおりだ。音羽家に御用聞きはちと無理だな」

と、一同大笑いになったが、佐七はこの時いま一つあいている席にふと眼をつけ、

「時に、浜村屋《はまむらや》の大夫《たいふ》の姿が見えませんが、どうかなさいましたかえ」

「おお、大夫はさっき、厠《かわや》へ参ると出ていったが、そういえば少し長いな」

「さては御難産と相見える。女形の腹下しとは色消しな、どれ、この桜川がお見舞いに参じましょう」

と、孝平がふらふら腰をあげかけたところへ、

「いえ、それには及びません。親分さん、ようおいでなされました」

と、月影を肩にすべらせ、障子のきわにひらり袖をおどらせて手をつかえたは、いま売出しの人気女形、瀬川あやめが女形の形という字をとって了《しま》いたい程の匂やかな姿だった。

これですっかり顔は揃ったのである。そして暫《しばら》くは無礼講の、罪のない軽口を叩きあっていたが、そのうちにふと佐七が思い出したように、

「おお、そうそう、話がはずんですっかり忘れておりました。音羽家の親方、おまえさんに妙なことづかりものがあります」

「はて、俺《あっし》にことづかりものとは」

「なんだか知れませんが艶《なま》めかしい封じ文、こんなところで失礼かも知れませんが、思い出したところで、頼まれごとを果しておきましょう」

新助は渡された封じ文を怪訝《けげん》そうに開いてみたが、文面を読むなり、さっと顔色をかえて、わなわなと唇をふるわせながら、

「親分、この手紙をおまえさんがどうして……」

「いや、実はいま表で会った女に頼まれたのですが、音羽家さん、心当りがありますか」

「はい」

と、新七は何んとなく落着かぬ面持ちで、

「その女というのは、いったい、どんな様子でございましたえ」

「さあ、どんな様子といって、顔はよく見えませんでしたが、朝顔絞りの手拭をかぶって、そ

うそう、鼓を散らせた浴衣を着ておりました」

「え？　鼓散らしの浴衣でございますって」

と、新助の声があまり高かったので、いままでてんでに話していた一同は、驚いたように、ピタリと話をやめてこちらを振りかえった。新助はそれと見ると、俄《にわ》かにうつろな笑いをあげて、

「いや、何んでもございません。こちらのことで、はははは、皆様、ちょっと失礼いたします。いえなに、浜村屋の大夫じゃないがあの、それ、ちょっと厠まで。……」

と、笑いにまぎらせこそこそと立上ると、縁側づたいに姿を消したが、その時、どこからかかすかな鼓の音。――尾上新助はそれきり、生きてかえっては来なかったのである。

名月や井戸から覗く首一つ

「音羽家さんはいったいどうなすったんでしょうねえ」

何んとなく気がかりな新助の様子に、佐七は漠然とした胸騒ぎを感じていたが、つい他《よそ》の連中の賑やかさに引きずられ、うかうかと盃を重ねていたがよほどたってから、ポトリとそう呟いた。

「おお、なるほど、そういえば座を外してから大分《だいぶ》になるな。誰かおらぬか」

閑斎は手を叩いて召使の者を呼ぶと、新助のことを訊ねてみたが、誰も知らぬという。家の中を探してみたがどこにも姿は見えない。

「はてな。さっき厠へいくといって立ったが……」

「いえ、厠におらぬことは確かでげす。音羽家さんが立たれてから、この孝平も一度厠へ参りやしたが、姿は見えませんでしたぜ。そうそう、俺よりまえに並木の先生も参られたようですが、先生、その時はどうでげしたえ」

「いや、わたしも知らぬな」

「そうだ。そう申せば、孝平のあとでこの閑斎も厠へ立った。俺《わし》のあとから歌川の師匠も参った筈だの」

「はい、参りました。お酒が入ると皆様お下《しも》がちかいことだと、実はおかしく思いながら参ったのでございますよ。でも、音羽家さんのことはすっかり忘れておりました。ただ、厠を出ようとすると、浜村屋の大夫さんが、お庭のほうを歩いていらっしゃるのをお見受けいたしましたが」

「はい、あのわたくしは、少しお頭《つむ》がふらふらいたしましたゆえ、風に吹かれておりました。でも、――音羽家の親方さんには、会いはいたしませんので」

「こいつは奇妙、親方いったい、どこへお消えなすったろう」

桜川がピシャリと一つ頭を叩いたが、誰もそれに調子を会わせて笑うものもない。何んとな

く妙にそぐわぬ気分が一座を支配している。佐七はすぐに、何かあるな！　と、ピンと来たが、その時、神崎甚五郎が、

「佐七、その方《ほう》さきほど、音羽家に何か渡したようだが、あれは何んだな」

「いえ、なに、つまらぬものでございますがこうして音羽家の姿が見えぬとあれば、どうも気になります。まさか、黙《だ》んまりで帰るわけもありますまい。大方、お庭で風にでも吹かれているんでしょう。ようがす。あっしがひとつ探して参りましょう」

佐七が立ち上ると、俺《わし》も参ろう、わたしも行《ゆ》きますというわけで、てんでに座敷をとび出した。庭――と、ひとくちにいっても、何せ、大身の旗本が、贅《おごり》をつくして拵《こしら》えた下屋敷のことだ。小さな公園くらいはある。

佐七はいつしか、他の人達にもはぐれて、深い木立のなかを唯《ただ》ひとり、うろうろとさまよっていたが、と、その時、どこやらで、ポ、ポ、ポ、ポ、ポン、ポ、ポ、ポンと、乱調子の鼓の音《ね》。

さっき新助が座敷を出ていく時、聞えたと同じあの鼓の音だ。佐七は思わず、はっと胸を轟《とどろ》かせる。あの時はただ、月下の風流とばかり聞き流していたが、いま、聞くと、何んとやら意味ありげに思われる。
ポ、ポ、ポン、ポ、ポ、ポ、ポン。鼓の音はどうやら同じ庭のなからしい。佐七は音をたよりに、月影を踏んで進んでいったが、と、その時、ふいに木立のなかから躍《おど》り出したひとりの女――手にした鼓を乱調子に打ちながら、佐七のすぐまえをさぁーっと風のように行《ゆ》きす

ぎる。

「待てえ！」

佐七は思わず声をかけた。

とたんに女は振りかえったが、その顔の蒼さ、また、物凄いまでに宙に据ったその眼差し、明かに正気の者とは見えぬ。そして、さっき佐七に封じ文をことづけた女とちがっているのだ。気こそ狂ってはいるが、その髪形、身のこなし、町方《まちかた》の者とは見えぬ。どう見てもお屋敷ふうの、二十二三のいい娘だ。

「待ちねえ、待ちねえ」

佐七はもう一度叫んだが、娘は鼓をかかえるように、ひらりとあとへ跳びさがる。

「待ちねえ、姐さん、待ちねえよ」

娘を追ったそのとたん、佐七は足のほうがお留守になった。われにもなく、木の根に躓《つまず》いたからたまらない。どでんどうと庭草のうえに投げ出されたが、その間に、娘は深いしげみを抜けて、名月の中を陽炎《かげろう》のように。——いずこともなく消えてしまって、あとには鼓の音もきこえない。

「チェッ、詰まらねえところに木の根が出ていやがった」

暫くあたりを見廻したが、娘の姿が見えないので、いまいましそうに呟いた人形佐七、ごそごそと楓の枝を掻き分けていくと、出会頭にバッタリ顔をあわせたのは瀬川あやめだ。

「おや、大夫さん、おめえこんなところで何をぼんやりしていなさるのだ」

「あら、親分さん」あやめは女のようにしなを作りながら、佐七の胸に取り縋《すが》ると、「親分さん、あんなところに何やら白いものが……」

「何？　白いもの？　どれどれ」

指されたところを見ると、なるほど、楓の枝に白い布がひっかかって、ふらふらと風に吹かれている。佐七は近寄って、それを手にとって見て、思わずドキリとあやめの顔を見直した。白い布というのは、まぎれもなく女の片袖、しかも、鼓散らしの浴衣の袖は、さっき尾上新助に、封じ文をことづけたあの女のものにちがいなかった。おまけにその片袖には、べっとりと黒い汚点《しみ》がついている。

「浜村屋の大夫さん」

「はい」

「この片袖は……」

と、佐七は何かいいかけたが、何思ったかそのまま言葉を切ってしまった。ちょうどその時、下草を踏んで並木治助がちかづいて来たからである。

「おや、これはお玉が池の親分に浜村屋の大夫、そこで何かありましたか」

「なあに、師匠、つまらねえものでございます。ほら、こんなものがここにありましたので」

佐七が出して見せた片袖を見ると、治助はゾクリと肩をふるわせて、

「鼓散らしの浴衣でございますね」

「さようさ、師匠、おまえさん、何かこれに心当りがありますか」

「さあ」

治助とあやめは眼を見交わしていたが、

「こうなっては隠してもおけませぬ。どうせ知れることゆえ、お話いたしましょう」

「あれ、まあ、師匠」

あやめが何かいいかけるのを、

「大夫は黙っておいでなさい」

と、治助はおさえるように、

「実はかようでございます。音羽家の親方に騙《だ》まされて、捨てられた娘に、それこそ鼓気違いといってもいい程、鼓の好きな娘がひとりございました。鼓の好きなところから、持ちものから、着物から、何んでも鼓づくめ、仔細あって、名前のことは、憚《はばか》りますが、これが親方に捨てられてからというもの、気が変になって、親方を殺す殺すといいながら、どこかへ姿を消してしまったのでございます。もとは、身分のあるところの娘分《むすめぶん》でございましたが……」

「なるほど」

佐七は鋭い眼で、じっと治助とあやめの表情《かおいろ》を読みながら、

「すると、その娘が、音羽家さんを今夜――」

「いいえ、そんな恐ろしいことが。……でも、ここについております妙な汚点《しみ》が気になってなりません」

「さようさ、俺《あっし》もこの汚点《しみ》についちゃ気がかりなところがあるんだ。俺ゃこう見えても盲目《めくら》

じゃありませんからね」

グサリと一本、釘をさすような口調で、佐七は妙なことを言ったが、そのとたん、二人はさっと顔色かえてさしうつむいてしまった。

佐七は嘲笑《あざけわら》ってジロリと二人の顔を見ながら、

「はははは、ま、何んでもようがす。そろそろ向うへいこうじゃありませんか。ひょっとすると今頃、音羽家さん、涼しい顔をして酒でも飲んでいるかも知れませんぜ」

佐七は先に立って、そこの繁《しげ》みを出たが、すると向うの方に、石のように立っている二つの影が見えた。歌川国富に桜川孝平だ。

「おや、お二人さん、そこで何してござる」

だが、二人ともそれには答えなかった。国富は申すに及ばず、あの陽気な幇間の桜川孝平まで、月の加減か幽霊のように真白《まっしろ》な顔をして立っているのだ。

「歌川の師匠、一体、どうしたので。……」

「並木先生、こ、ここを。――」

国富が指さしたのは、二人の間にある古井戸の中。それを聞くと、佐七は申すに及ばず、あやめと治助の二人も、ひと跳びの早さで井戸へとびつき、中を覗いたが、そのとたん。

「あ、音羽家の親方さん――」

あやめはそれこそ、女のようにわっと泣き出したのである。無理もない、井戸の中には月明りをまともに受けて、白い首がユラユラと浮んでいた。ちょうど立ち泳ぎでもしているように、真直ぐに水の中に立って、そして、首だけがっくり仰向いているのは、まぎれもなく尾上新助。

その時またもや、どこかで、ポン、ポン、ポン、ポンと、乱調子の鼓の音。それをきくと、一同は背筋に夜露を受けたように、ゾクリと首をちぢめた。

揃いすぎた証拠の数々

「佐七、とんだ事が出来《しゅったい》いたしたな」

「へえ、いや、趣向も凝り過ぎるとこんなことになるので」

「なに、それは何んのことだ」

「いや、なに、こちらのことでございます。それより旦那、この死骸をよく御覧《ごらん》下さいまし。こいつはこの手拭いで首をしめられたものでございます。ほかにどこにも怪我《けが》はございません」

驚き騒ぐ一同を、もとの座敷へ追いやって、辰五郎とただ二人で、新助の死骸を井戸からひきあげてから間もなくのこと、ここは閑斎の下屋敷のひと間。人払いをしたその一室では、無惨に絞殺された新助の死骸を中において、佐七と甚五郎がしきりに額を集めて談合している。

「いかにも、この手拭いで首をしめられ、井戸の中へ叩きこまれたものじゃな」

「さようで、よくこの手拭いの結び目にお眼をとめられて。では、ひとつ手拭いを解いてみましょう」

無気味に咽喉《のど》に巻きついた手拭いをとって、パッとひろげると、中央に染め出したのは桜川の二字。それを見ると、甚五郎と辰は思わずあっと声をあげた。

「や、や、こ、こりゃ桜川孝平の手拭いだ」

「さようで。俺《あっし》ゃさっき、あいつが鉢巻していたところをちらと見ておいたのですが、それが確かにこの手拭いなんで。しかし、旦那、御覧下さいまし。この手拭いには、べっとりと黒い汚点《しみ》がついておりますぜ」

「いかさま、血じゃな」

「どうも、そうらしゅうございます。しかし、この血はいったいどこから出たんでございましょう。御覧の通り、新助の体にはかすり傷ひとつございませんぜ」

「いや、ひょっとすると、孝平の奴め、どこか怪我をしているのかも知れぬぞ。この血は新助の血ではなく、下手人の血に違いあるまい」

「そうでございましょうか」

佐七は何やら意味ありげに、ニタリと笑うと、

「ま、そういうことにしておきましょう。ところでと、もっと他に証拠は――と、おやおや、新助の奴め、何やら手に握っているじゃありませんか」

なるほど袖にかくれた音羽家の掌《てのひら》をひらいてみると、一本の矢立《やたて》を握っている。しかも、その矢立も、べっとりと血に塗《まみ》れて。……

「おお、佐七、この矢立には見覚えがある。これはたしかに歌川国富の矢立だ。見ろ、この筆は普通の筆ではないぞ。絵師の使う水筆というものだ」

「あん畜生《ちくしょう》、すると、下手人は国富の野郎かな。そうだ、首をしめられる時に、尾上新助、苦しまぎれに相手の腰の矢立を抜きとったのだ」

「辰、手前《てめえ》は黙ってろ。旦那、まだもう一つ、証拠がある筈でございますよ」

佐七は何故《なぜ》かニヤニヤしながら、死骸の袂《たもと》を探っていたが、やがて探り出したのはさっきの封じ文。水にビッショリ濡れてはいたが、幸い文字はまだ散ってはいない。丁寧《ていねい》にひろげて見ると、
音羽家の親方さんへ。

今宵是非ともお話し申上げたきことこれあり候《そうろう》まま、閑斎様お屋敷、奥庭の井戸端までお越し下され度《た》く、必ず必ず相い待ちそろ。　　鼓の女
「旦那、見事なお家流ですが、どう見ても女の筆蹟《て》とは見えません。旦那はこの筆に見覚えはありませんかえ」

言われて手紙を見直した甚五郎は、思わず困惑の態《てい》で眉《まゆ》をひそめた。

「佐七、これはどうしたものじゃ。この手はたしかに並木治助の筆とおぼゆるが。……」

「はははははは！」

佐七は思わず高笑いをした。

「旦那、さあ、これですっかり証拠は揃いました。これでもまだ足りないと仰有《おっしゃ》るんですかえ。

桜川の手拭いに、歌川の矢立、治助の手紙に、それがもう一つこの片袖。いやはや揃いすぎた証拠の数々。どれ、これから向うへいって、下手人に泥を吐かせて参りやしょう。おっと、辰、手前にゃちょっと頼みがある。ひとつ働いてくれ」

佐七が何か囁《ささや》くと、辰五郎はすぐ合点合点《がてん》をしながら、縁側から外へとび出したが、あと見送って佐七はにんまり、

「旦那、それでは参りましょうか」

神崎甚五郎は呆気にとられた表情《かおいろ》だった。

封じ文の女の正体は？

さてこちらの座敷の中では、主の閑斎をはじめとして、歌川国富、並木治助、桜川孝平、瀬川あやめの五人が、お互いに真蒼な顔を見合せていた。中でも気の弱い瀬川あやめは、眼を痛々しく泣きはらして、どうなることかと唇の色もない。

「おお、神崎、尾上新助殺害の下手人について、何か心当りがあったか」

さすがに旗本の御隠居だ。閑斎はこの際に望むと、却って日頃の権威を取り戻したかとまで思われる。老いた体が俄かにシャンとして、背も一二寸高くなったかと思われるばかり。

「いや、御隠居、とんだ事で。しかし、ここにおりまする佐七に、何か心当りがある様子で」

「おお、さようか。さすがは江戸一番と謳《うた》われた人形佐七だ。してして下手人はどこにいるぞ」

「へえ、この席におりますので」

平然と言い放った佐七の言葉に、隠居を除く他の四人は、思わず色を失った。

「なに、この席にいると申すか。それは面白い、してしてそやつは何奴だ」

と、隠居は一同をズラリと見渡して、

「下手人は並木治助か。はははは、こいつは狂言でこそ、惨《むごた》らしいことを書きおるが、根は至っての善人、虫も殺さぬ男じゃぞ。それとも、歌川国富と申すか。この親爺《おやじ》、酒こそ好きだが、至って涙もろい人間。それとも、この幇間が人殺しをしたとでも申し居るのか。まさか、あの女のようなあやめが、下手人じゃと申するのではあるまいな」

「いえ、まあ、ちょっとお待ち下さいまし。そう畳みかけられるように仰有っては、この佐七も、一々お答えは出来かねます。物には順序というものがございます。ひとつこの佐七の申すことを聞いて下さいまし」

「おお、それも尤《もっと》もじゃ。ではその方の思うところを申してみよ」

「さればでございます」

佐七はズラリと四人の顔を見渡しながら、

「さきほど、尾上新助さんがこの座敷を出ていってから、間もなく並木治助さんが厠へいくといって席をお外しなされました。そして、それと入違いに、今席は桜川の師匠が立ちました。

ねえ、そうでしたねえ」

「おお、そうそう、そう申せばこの閑斎も、厠へ参った。たしか孝平が戻ってから間もなくのことであったわい。そして俺《わし》のあとから歌川国富が参った筈だの」

「へえ、左様で、そして歌川先生のあとから、また瀬川の大夫も、頭痛があると仰有て、座をお外しなされました。俺《あつし》ゃその時から、どうもおかしいと思っていたので、と申すのは、厠へいくにしては、少し時間がかかりすぎるので。つまり、皆様、音羽家の師匠を殺す時刻がたっぷりとおありなされたわけで」

「なるほど――だが佐七、それだけのことで下手人がこの場にいると申すのは、少しその方の言いすぎではないか」

「いえ、ま、もう少しお聞き下さいませ。実は御隠居さま、ここにこのような手紙がございますんで。これは音羽家の親方の死骸の袂の中にあったものでございます」

「どれどれ」

と、閑斎が手にとったのは例の封じ文、

「なるほどこれは呼び出し状じゃな。いったい、いつ誰がこのようなものを新助に手渡しおったか」

「それはこの佐七なんで」

「なに、その方とな」

「さようで、ここへ来る途中、出会った女にことづかりましたので、そして、その女の片袖というのを、さきほど庭で見つけました」

佐七が手渡す片袖を、閑斎は手にとって見ながら、

「おお、それで分ったわい。佐七、するとその方の目星ははずれたぞ。下手人はその女じゃ。その女がこの呼出し状で新助をあの井戸端へ呼び出し、手拭いで咽喉をしめたのじゃ」

佐七はそれを聞くとニッと笑いながら、

「御隠居はそうお思いですか。すると下手人はやっぱりこの席におりますんで」

「なにを申す。佐七、たわけたことを申すな。ここには女など一人も居らぬぞ」

「女はおらぬが女形がひとりおります、もし、浜村屋の大夫、何んとか仰有って下さいまし。あっしの眼は節穴じゃございません。たとい手拭いで頬冠りはしていても、幸いの今宵の月、あっしゃちゃんとおまえさんの顔を見覚えておりますぜ」

あやめはそれを聞くなり、わっとその場に泣き伏したのである。

意外なる殺人狂言

甚五郎もそれを聞くと驚いた。

「これこれ、佐七、何を申す。浜村屋はその方よりよほど前にこのお屋敷へ参っていたのじゃ。

「それを貴様に、手紙など渡せよう筈がないではないか」

「いいえ、神崎様のお言葉ですが、あっしがこの座敷へ入った時にゃ、大夫の姿は見えませんでしたぜ」

「おお、あれはたしかに厠へ――」

「さようで。とんだ長い厠入り、それもその筈、着物を着更《きか》え、あっしを竹屋の渡しまで迎えに出たんでございますからねえ」

　あやめはそれを聞くと、いよいよ激しく泣き入った。

「佐七、すると音羽家を殺したのは、この浜村屋じゃと申すのか、この女のように優しい浜村屋が……」

「何んでげすって。御隠居様、大夫が人殺しですって、と、とんでもない、誰がそんなことを申しました。いえ、あっしの申しましたのは、手紙をあっしにことづけた女というのは、とりも直さずこの浜村屋の大夫だと申しましたばかりで、下手人とまでは申しませぬ。それは御隠居様の仰有ったお言葉」

　佐七はケロリとして、

「それより、御隠居様、その手紙の文字というのをよう御覧下さいまし、神崎様のお話では、その筆蹟《て》はたしかに、並木治助さんにちがいないと仰有ります」

「なに、それでは治助が……」

「いえいえ、お早りなすっちゃいけません。まだまだびっくりすることが沢山あるんで。ほら、これが歌川の先生の矢立、音羽家の親方は、この矢立を握って死んでおりましたので、それから、この手拭いは桜川の師匠の手拭、音羽家さんは、この手拭で首をしめられたんで」

と一々、証拠の品々を、閑斎の前に並べたから、さすがの隠居も眼をパチクリ。

「さ、佐七、こ、これはいったい、どうしたと申すのじゃ」

「なんでもよろしゅうございます。その矢立を手にとって御覧下さいまし。それからそれをわきへおいて、そうそう、そして今度は手拭いをようくお改めを。おっと、有難うございました。ところで並木の師匠、いや、おまえさんばかりじゃない。皆さん、ここらでひとつ泥を吐いたらどうでございます」

ふいにぐるりと睨《にら》み廻され、治助をはじめ国富も孝平も、さてはあやめも、思わずあっと首うなだれた。俄かに変った風向きに、甚五郎も閑斎の隠居も、怪訝そうな面持ちで。

「これこれ、佐七、するとこの一件は四人共謀でいたしたことと申すのか」

「へえ、さようで。さしずめ作者は治助さんおまえさんにちがいありますまい。さあ、ここらで潔《いさぎよ》く泥を吐いておくんなさいよ」

「恐れ入りました。しかし親分、音羽家の親方を殺したのは決して私ではございません。いや、国富も桜川も大夫さんもみんな知らぬと申します。しかし、こういう事になったのもわれわれの趣向が凝りすぎましたせいで。御隠居さんも、神崎の旦那もお聞き下さいまし。今夜は人殺しの真似ごとをするつもりでございました」

「なに、人殺しの真似事?」

隠居と甚五郎は思わず顔を見合せた。

「さようでございます。この名月のお招きにあずかりました時、われわれ四人、いや、音羽家の親方さんも加えて五人、何か面白い趣向をたてて、皆さんをあっと言わせようと相談いたしました。その揚句、思いついたのが丁度幸い、今江戸一番といわれる人形の親分もお見えになるということ故、ひとつ人殺しの狂言を書こうということになりました。作者はもちろん私で、殺される役が音羽家の親分さん。むろん、ほんとうに殺されるのではなく、血みどろの羽織か何かを井戸端に残しておいて一時姿をくらませる。そして、私ども四人がみんな下手人と疑われそうな品を、その羽織の側に残しておく筈で、それらの品を音羽家の親分さんにあずけておきました。そうしてさんざん人形の親分を悩ませておいて、そこへひょっこり音羽家さんが顔を出し、種を割ってわっともう一度飲み直そうという趣向、それがこういうとんだ事になったのでさっきから、我々四人、生きた空《そら》もございませんでした」

思いがけない告白に、甚五郎と閑斎の隠居は、呆然とした態《かたち》だったが、佐七はニンマリ打ち笑い、

「いや、よく打ち明けてくんなすった。佐七の眼は節穴じゃございません。証拠の品についた汚点《しみ》は、あれはみんな芝居の血のり、大方こんなことであろうと睨んでおりましたが、ただ、一つ解せぬ点がございました。というのはほかでもない。あの封じ文を渡した時の、音羽家さんの驚きようが、どうも狂言とは思われませんでしたので。尤も相手は千両役者、あっしがまんまと騙されたのかも知りませんが」

あやめと治助はそれを聞くと、ハッと眼を見交わしたが、治助は素直に手をついた。

「いや、恐れ入りました。親分の眼は何から何までお見通しでございます。実は、ああいう文を音羽家さんに渡して戴《いただ》く手筈は、音羽家さん自身もよく知っていなすったが、その中味に鼓の女よりとある、そこまでは親方も知らなかったので、親方にはそれが痛かったのでございます」

「へえ、すると何か鼓の女に。——」

「さようで。その娘御と申しますのは、さる御大身の御隠居様に、幼い頃から引きとられ、真《ほん》実《とう》の娘同然に可愛がられておりましたが、これがいつしか隠居の眼をしのび、音羽家さんと出来てしまいました。そして揚句の果には、邪慳《じゃけん》に捨てられ、気が狂ったのでございます。しかし、根が内気な娘御のこと故《ゆえ》、隠居にはひとこともそのことを喋舌《しゃべ》らず、従って御隠居様も、可愛い養女の気の狂った原因を少しも御存じではございません。それを知っているのは大夫とこの治助ばかり。そこで一つには、御隠居の眼をさましてあげたいのと、もう一つには音羽家さんをからかうつもりで、つい余計な筋を加えたのでございます。その娘御と申しますのが、幼い時から御隠居様のお仕込みで、それはそれは鼓の名手。——」

と、言いも終らぬそのうちに、あれよ、庭の方に当って激しい鼓の音《ね》。——つづいて、けたたましい男の声。

「やあ、大変だ、大変だ。娘がひとり井戸へとび込んだぞ」

と、叫んだのはまさしく巾着の辰。声を聞くなり、閑斎はいきなりよろよろ立ちあがった。

「千里《ちさと》が——、千里が——」

手にした手拭いを夢中でつかみ、よろよろ立ちあがる閑斎を、佐七はいきなりうしろより抱きとめた。

「御隠居様、御隠居様、まあお静かになさいまし。あれは偽《いつわり》でございます」

「なに、偽と申すか」

「はい、まっかな嘘なんで。あっしが乾分《こぶん》の者に命じて、わざとああ言わせましたので。それより御隠居様、その手拭いを一寸《ちよつと》お見せ下さいまし」

「この手拭い?」

夢でもさめたように手拭に眼を落した隠居は、ふいにはっと皺《しわ》ばんだ顔をしかめた。

「御隠居様、さっき、あっしがこの手拭いをお渡しいたしました時には、こう結ばれてはいませんでした。これを何気なくお結びなされたのはあなた様でございましたね。しかも、この結び方はたしかに左利き。さっき、音羽家の親方の首をしめたのも、これと同じ結び方でございました。いえいえ、なにも仰有らずともよろしゅうございます。あなた様はさきほど白状なすったのも御同然」

「なに、俺《わし》が白状いたしたと」

「はい、さようで。さっきあなたは何んと仰有った。下手人はその女じゃ。その女がこの呼出し状で新助をあの井戸端へ呼び出し、手拭いで咽喉をしめたものじゃと仰有いました。ところで、音羽屋の屍骸を井戸から上げた時には、神崎の旦那とあっしと辰五郎の三人がその場にいたきり、誰も縊《くく》り殺されたことを知っている筈はございません。ましてや手拭いなどと、誰が申しましたろうと。それを知っているあなた様こそ取りも直さず下手人でございます」

一瞬、シーンとした沈黙が座敷の中へ落ちて来た。一同は息を殺して老人の面《おもて》を眺めている。

閑斎はふいによろよろと起ち上ると、

「佐七、よくぞ申したな。汝《そち》は聞きしにまさる名人じゃ。いかにも、音羽家は俺《わし》が手にかけた。今宵はじめて、千里との仲を相知って、年寄りの一徹思わずかっと致したのが面目ない。孝平、許せ、その方の手拭いとは夢にも知らなんだぞ」

閑斎は、それだけいうと、しっかりとした足どりで座敷を出ていった。

が、そのあとを追っていった神崎甚五郎、間もなく悲痛な面持ちをしてかえって来ると、固《かた》唾《ず》を飲んでむかえている一同に、こう申し渡したものである。

「皆の者、よっく聞け。隠居は急病でお果てなされたぞ。また、音羽家は酒のうえから、あやまって井戸へ落ちて亡くなった。よいか、分ったか」

「はっ」

と、手をつかえた一同の上に、月影が悄然《しょうぜん》と落ちてどこやらで月夜鴉《つきよがらす》が二声三声。

戯作地獄

人殺しこれあり候《そうろう》

――かずかずの惨劇の発端にてござ候――

一筆啓上、お玉《たま》が池《いけ》の親分さんにひとことご注意申し上げ候。明日未《ひつじ》の刻、吉原《よしわら》は仲《なか》の町《ちょう》において、恐ろしき人殺しこれあり候まま、必ずかならずご油断なされまじく、このことお疑いあって、悔いを後日に残さぬようご注意申し上げ候。なお、この人殺しと申すは、恐ろしき執念のなすわざにて、今後あいついで起こるべき、かずかすの惨劇の発端にてござ候。右取り急ぎご注意まで申し上げ候。

敬白

さすがの人形佐七《にんぎょうさしち》も、この奇妙な密告状には、啞然《あぜん》としてあいた口がふさがらなかった。それもそうだろう。うそかまことかわからぬが、いままでずいぶん、変わった事件を扱ってきた人形佐七も、人殺しの予告をされたのはこれがはじめて、いやまったく前代未聞の出来事といってよかった。

「お粂《くめ》、この手紙はだれが持って来たのだえ」

半信半疑のおももちで、佐七は女房をふり返ったが、お粂はもとより気がつかず、

「さあ、それが皆目わからないんですよ。さっき、そこを掃除していたら、落ちていたんです

もの。おおかた、通りがかりのだれかが、格子のあいだから投げこんでいったんでしょう。辰《たつ》つぁんも豆《まめ》さんも、気がつかなかったかえ」

「さあて、つい、うっかりしておりましたが、そして、親分え、なにか変わったことでも書いてありますかえ」

そういって乗り出したのは、あぐらをかいてさっきから、詰まらなそうに鼻毛をぬいて手の甲へ、一本一本植えつけていた巾着の辰、いや、いい男のすることじゃない。

そのそばでうらなりの豆六《まめろく》が、例によって寝そべりながら、一生けんめい草双紙に読みふけっていたが、これまたなにかことあれかしと、むっくり頭をもちあげた。

なにしろ、このころの天気ぐせとして、五月雨《さみだれ》の降るともなく、止むともない空模様に、いまに体中かびでも生えるかと、すっかりじれきっていた三人だった。

「変わりも変わり、大変わりよ。辰、豆六もくだらねえ草双紙ばかり読んでいねえで、ちょっとこいつを読んでみろ」

ばっさりと、畳のうえに投げ出された、意味ありそうな封じ文《ふうぶみ》。これに目を走らせたふたりは、思わずあっと顔見合わせた。

「なるほど、こいつは変わっている。親分、こりゃほんまのことでしょうか」

「それをおれが知るもンか」

「阿呆らしい。こら、おおかた、だれかのいたずらだっせ。あんまり親方の評判がたかいもんやさかい、どいつか、こないなことして担ぎよったに違いおまへン」

「そうよなあ。おいらもそんなことじゃねえかと思うんだが」

「お粂、おまえはこれをどう思う」

「あれ、あたしなんぞにわかりゃしないが」

と、いいつつ手紙を引きよせたお粂は、読むなりちょっと顔を曇《くも》らせ、

「おまえさん、あすといえば五月五日だね」

「そうよ、それがどうかしたかえ」

「さあ、どうということはないけれど、五月五日は、端午《たんご》のお節供、その日には毎年花魁《おいらん》の顔見世道中があるはず、ひょっとしたらその騒ぎにまぎれ……」

「人殺しがあるというのかえ」

「あい、あのお里ばかりは、ふつうではわからぬことがままござんす」

「ふつうとちがうというのかえ」

「おまえさん、思いすごしか知らないけれど、あたしにゃこの手紙は、ただのいたずらとは思われません」

いわれて佐七はポンと膝《ひざ》を叩いた。

それもそのはず、このお粂というのは、もとしのかのめと名乗って吉原では全盛をうたわれた太夫、あの里の人情なら、手管なら、うら表、あますところなく知っているはずだった。

「なるほど、おまえにそういわれてみれば、おれもどうやら気にかかる。ええ、どうせ騙《だま》されたところで、資本《もとで》のいることじゃねえし、辰、豆六、それじゃひとつ出かけて見ようか」

と、聞いて、よろこんだのは辰五郎と豆六だ。

「てへへ、こいつはありがてえ。ひさしぶりで目の保養ができらあ、なあ、豆六」

「そやそや、こんなことなら、なんぼ騙されたかて文句はおまへン」

と、にわかにいそいそ勇みたったやつを、ジロリと尻目にかけた女房お粂、ズイと佐七のそばへすり寄ると、

「ああ、つまらないことといわなきゃよかった。おまえさん、あたしの言葉をよいことにして、出かけるのは構わないが、このふたりにそそのかされて、浮気なんかすると承知しないよ」

と、ギュッと太股《ふともも》をつねったから、見ていたふたりは首をちぢめて、

「ハークショイ、やれ、やれ、やれ」

花魁顔見世道中
――手に下駄はいて吉原とは風流な――

さて、その翌日は、五月雨どきにはめずらしい上天気。

なにがさていま全盛をうたわれる、吉原でも一流の花魁衆が、きょうを晴れと粧《よそお》いをきそって、仲の町を練りあるくというのだから、大門《だいもん》のなかは、錐《きり》を立てる隙間もないほどの賑《にぎ》やかさ。

この端午の節句の顔見世道中というのは、いつ頃からはじまったか詳《つまびら》かでないが、天保《てんぽう》の初年頃まで続いたという。

なにがさて年にいちどの行事だから、江戸っ子は申すに及ばず、勤番のお侍から近在のお百姓まで、わざわざ見物に出かけたというくらい。

また、花魁衆のほうでも、それだけに、ひとにおくれをとってはならじと、きょうの衣装にはひどい工面で、なじみというなじみの客に、無心状を出すやら、なかには、年季を増すものさえあるくらいだ。

「うわっ、えらいひとやなあ。なるほど、こないな人出やったら、ひとのひとりやふたり、殺されたってわからしまへンなあ」

「べらぼうめ、大きな声を出すンじゃねえ。ひとに聞かれると、縁起でもねえと殴られるぜ」

「そやかて、兄哥《あにい》、こんなかに殺されるときまった人間が、いるねンやなと思うと、なんやけったいな気がするやおまへンか。いったいどいつやろ。あいつやろか、それともむこうへいくお侍やおまへンか。みんなそんなこととももつゆしらず、阿呆みたいに鼻のしたを長《なご》うして、てへっ、南無阿弥陀仏、南無阿弥陀仏」

「ばか。止《よ》さねえか、そういうてめえこそ、鼻のしたが長《なげ》えぞ」

「はっはっは、違いねえ。それにな、豆六、気をつけろよ、あの手紙にゃ、殺されるのはどこのだれとも書いてなかった。ひょっとすると、てめえのことかも知れねえぜ」

「うわっ、親分、そら殺生や」

と、ワイワイいいながらも、人形佐七にふたりの乾分《こぶん》、油断なく、あたりのようすに気を配っている。

いかさま、豆六もいうとおり、芋を洗うようなこの混雑、いずれも鼻のしたを長くしているが、まもなくこのなかから死人が出るのかと思うと、半信半疑でいながらも、なんとなく無常な感じだ。

と、このとき、辰が、ぐいとばかりに佐七の袖を引いた。

「親分、ちょっと見なせえ、変なやつがやって来ましたぜ」

「変なやつってなんだえ」

「ほら、むこうからやって来たいざりでさあ。手に下駄はいて善光寺《ぜんこうじ》てえのはしってますが、いざりが吉原へ繰り込んでくるなんてえのは、ちょっと風流で、めずらしいじゃありませんか」

なるほど、みれば押しあい、へしあう人混みのなかを、悠々とやってくるのは、ひとりのいざり、お誂《あつら》えのいざり車に坐《すわ》って、両手にはいた下駄で、のろのろと這っている。

さすがに場所柄を思ってか、垢《あか》こそついていなかったが、月代《さかやき》は伸び、ひげぼうぼうと生えて、どうみても物貰《もら》い、しかも、どこが悪いのかげっそりと、肉をそぎ落としたように痩《や》せおとろえ、つく息さえも苦しげなのが、いかにもこのさい無気味にみえる。

さすが陽気に浮かれていたひとびとも、これを見ると目を丸くしてとびのいた。

「ちょっ、物好きなやつやおまへンか。なに思てまた、こないな人出の中へ出で来よったンだっしゃろ」

「まあ、そういうな。いざりだって人間だあな。やっぱり、きれいな顔を拝みてえにちがいねえ」

みているうちにいざりの姿は、群衆のなかへ隠れてしまったが、おりからわっとあがるどよめき、いよいよ花魁の道中がはじまったのだ。

まずさいしょに現われたのは、お定まりの金棒引き、チャリンチャリンと鈴虫の音《ね》をひびかせながら、こいつが露払いで通りすぎると、イのいちばんは玉屋《たまや》の花扇《かせん》。としは十八、碁、将棋から歌俳諧から、なんでもできぬことはないという、吉原きっての名花一輪、これが芝居にあるとおりで、八文字を踏みながらいきすぎると、二番目は扇屋《おうぎや》の葛城《かつらぎ》、としは花扇より二つ三つうえだが、いずれ劣らぬ花あやめ、さて、三番目につづいたのが大したもので。

いままでワイワイざわめいていたのが、これをみると、ピタリと鳴りをしずめたが、それもまことにむりではない。

いま江戸中でしらぬ者もないといわれる、姿海老屋《すがたえびや》の傾城奥州《けいせいおうしゅう》、一枚絵になると、飛ぶように売れるといわれるくらい、一世の巨商奈良屋文七《ならやぶんしち》が、ついこのあいだ投身自殺をとげたのも、この女のために、家産を蕩尽《とうじん》した結果とやら、それいらい嬌名ますます一世にたかい、文字どおりの傾城傾国。

さて、奥州この日のいでたちといえば、紫繻子《じゅす》に金糸銀糸で、牡丹《ぼたん》に唐獅子《からじし》をあしらったうちかけ、帯は日輪を争う双竜図、いやそのみごとなことといったら、筆にもことばにもつくせぬくらいだ。

さすがの人形佐七も、あまりの美しさに、恍惚《こうこつ》として見とれていたが、やがてこの奥州が、引き手茶屋山口巴《やまぐちともえ》のまえまできたときである。

どうしたことか、八文字を踏む足が、にわかに、よろよろとよろめいたかと思うと、がっくりまえにのめりそうになったから、驚いたのはふたりのかむろだ。

「花魁え、どうしなまんしたえ」

「あれえ、人殺し！」

と、左右からとりすがったが、つぎの瞬間、
と、さけんで飛びのいたひょうしに、奥州のからだはよろよろと、崩れるようにまえへ倒れた。

さあ、たいへんだ。

いままで鳴りをしずめていた見物衆も、わっとばかりに浮き足立つ。奥州のそばへは、バラバラと廓のものが駆けつける。

これをみて、ぎょっとばかりに息をのんだのは、人形佐七と辰五郎と豆六の三人だ。手紙にあった人殺しとは、このことだろうか。

「辰、豆六もこい」

わっとなだれをうつ野次馬をかきわけて、バラバラと、奥州のそばへ駆けよった人形佐七。

「どいた、どいた。お玉が池の佐七だ、ちょっとそこを退《ど》いてみろ」

と、新造遣り手《しんぞやりて》をかきのけて、奥州のからだを抱き起こしてみると、むざんやな、雪をあざむく咽喉《のど》のあたりに、ブッツと突っ立ったのは一本の銀釵《ぎんかんざし》、こんこんと溢れる血潮は、はやうちかけの襟《えり》を唐紅《からくれない》に染めている。

「親分、こいつは」

と、さすがに物馴れた巾着の辰も、おもわずぎょっと顔色をかえた。

それにしても何千何百という目の見ているまえで、いつのまに、だれが——と、ふと顔をあげた佐七の目に、そのとき、ハッキリうつったのは山口巴の二階から、乗り出すようにこちらを見ているひとりの男、佐七とかっきり目と目があうと、男はあわてなかへ引っ込んだ。

「辰、豆六、いまの男をしょっぴいてこい」

「おっと、合点《がってん》だ」

と、駆け出していく、辰と豆六のうしろ姿を見送って、にったりと無気味な笑みをもらした人物がある。

ほかでもない、さきほどのいざり車のいざり男。

ひと知れずにたりと笑うと、そのままのろのろと、両手をあやつりながら、人混みをぬうて立ちさったが、そんなことは、もとより佐七は知るよしもない。

当代一の流行作家

――あんたはんが米彦《よねひこ》先生だッかいな――


吉原のなかは、うえをしたへの大騒動だ。

「奥州が殺されたそうな。どこからか飛んできた銀釵にぐさっと咽喉をえぐられて、そのまま息は絶えたそうな」

と、いう者があるかと思うと、

「いや、さいわい狙いが外れたので、あやうくいのちはとりとめたが、深傷《ふかで》のために、気を失っているということだ」

と、打ち消すものもあって、なにがなにやらわからぬながら、廓雀《くるわすずめ》の騒がしいこと。

わけても、姿海老屋の騒動はひととおりではない。だいじな玉にもしものことがあってはと、すぐさま家へ担ぎ込むと、医者よ薬よと大騒ぎ。

さいわいだれかもいったように、狙いがわずかに外れていたので、奥州はあやうくいのちは助かったが、急所の深傷に正体もない。

「親分さん、どうぞ敵《かたき》をとってくださいまし。こうしておそばにいなされたのも、なにかの因《いん》縁《ねん》でございましょう。どうぞ奥州の敵をとってくださいまし」

と、狂気のようにとりすがるのは、姿海老屋の亭主の甚兵衛《じんべえ》。

むりもない。ここで奥州のからだにもしものことがあったら、姿海老屋は火の消えたのも同然、亭主が気をもむのも理の当然だ。

「ご亭主、おまえさんにいわれるまでもなく、おれも骨は折るつもりだが、それにしても、まるで夢のようだ。いったい、どこからこの釵がとんできたのだろう。だれかおまえたちのうちに、気がついた者があるかえ」

奥州のそばについていた、かむろ新造、遣り手婆や男衆たちを調べてみたが、だれひとり気づいた者はない。

「花魁があっといって、うつぶせにならんしたゆえ、驚いてふり返ってみると、その釵が――」

と、ふたりのかむろはただ泣くばかり。人殺しとしてはじつに奇々怪々な手口だった。

「ご亭主、こんなことを訊ねるのは、少し野暮《やぼ》かもしれねえが、花魁がこういうことになるについて、なにかおまえさんに、心当たりはありませんかえ、どうでこういう里に勤めていれば、いろいろな事情があるにちがいねえ。色恋沙汰とか、朋輩の嫉妬《ねたみ》、なにかおまえさん、思い当たることはありませんかえ」

「はい、それが奥州にかぎって。……そうしたことはつゆございませず、はい、わたしにもとんと見当がつきかねます」

「だが、世間ではいろいろいうぜ。ほら、あの奈良文《ならぶん》の一件にしてもなあ」

奈良文ときくと、亭主の甚兵衛はおもわず顔の色をかえ、

「いいえ、親分、それはちがいます。奈良屋さんがああいうことになられたのは、けっして花魁のせいではありません。花魁はそれはそれは、奈良文さんを大事にいたしておりました」

蔵前《くらまえ》の札差し奈良屋文七、三十歳の血気にまかせて、この里のみならず、あちこちで、いろいろと浮き名を流したものだったが、ついに家産を蕩尽して、大川《おおかわ》に投身自殺、死骸はついにあがらなんだが、読売にまでうたわれて、江戸中のひょうばんになったのは昨年の暮れのこと。

「世間の口はうるそうございまして、それについて花魁を、とやかくいうひともございますが、それではあんまり花魁が可哀そうでございます。ほかの女はいざしらず、花魁ばかりは奈良文さんに、真実まことを捧げておりましたものを」

「そうかえ、おまえさんがそういうなら、そういうことにしておこうよ」

佐七はまだ納得しきれなかったが、おりからそこへ、やって来たのは巾着の辰と、うらなりの豆六だ。

見るとさっきの男を連れている。

「親分さん、わたくしにどのような、ご用でございましょう」

と、おどおどしたようにいう、その男の顔を見て、姿海老屋の亭主はびっくり、

「おや、あなたは木場《きば》の師匠、おまえさんがどうしてここに」

「ご亭主、おまえさん、このひとをご存じかえ」

「はい、存じておりますとも。このひとはいま名高い、戯作の大家で、笹川《ささがわ》米彦さんとおっしゃるおかた、なにかこのひとにご不審の点でも」

と、聞いておどろいたのは豆六だ。

なにしろ豆六ときたら、草双紙の愛読者だが、わけてもこの笹川米彦のだいの崇拝者。

この米彦も二、三年まえまでは、ろくなものは書かなかったが、昨年あらわした「怪談啄木鳥塚《きつつきづか》」という三冊本が大当たりで、こいつが芝居に仕組まれるやら、浄瑠璃《じようるり》になるやら、たいした評判。

笹川米彦の名はいちやく天下に喧伝《けんでん》されたが、そこへ追っかけて、ことしの春あらわしたのが「色競三枚絵草紙《いろくらべさんまいえぞうし》」と、いう、これはまだ上巻だけしか世に出ていないが、こいつがまた前作に劣らぬ傑作とあって、いまでは、だれひとり知らぬ者ない戯作の大家だった。

「ほほう、するとあんたはンが、米彦先生だッかいな。これはこれは、わては先生のファンだす。こんど本持ってきまッさかいに、ひとつサインしておくれやす」

まさかそんなことはいやアしないが、豆六め、いやにチヤホヤしている。

「はい、わたしがその米彦ですが、親分、なにか、ご不審の点でも」

「いやなに、そういうわけじゃありませんが、奥州さんが倒れたとき、おまえさんも山口巴の二階から、見ていなすったようだから、なにかお気づきの点でもありはしないかと、それでちょっときてお貰い申しましたのさ」

「あ、さようでございましたか」

米彦はほっとしたように、

「そういうことでございましたら、わたしよりもここにいる、桜川《さくらがわ》の師匠のほうが、よく存じておりましょう。あのとき、わたしのそばにいたのでございますから。師匠、おまえさん、なにか見やアしなかったかえ」

と、米彦がふりかえったのは、あとからついてきたひとりの男、これは桜川寿孝《じゅこう》といって、この土地生えぬきの幇間《ほうかん》だから、佐七も顔だけはしっていた。

「さようでございますねえ。わたしもいっこう気がつきませんで」

と、日頃陽気な桜川寿孝、このとき、なぜかくらい顔をしていった。

またまた飛んだ銀釵
――あれはたしかに笹川米彦ですぜ――

さすがの人形佐七も、こんどばかりはすっかりまいった。

せっかく、予告までされながら、下手人の目星もつかぬとあっては、末代までの恥辱とばかり、やっきとなって調べてみたが、だれひとり、釵の出所を知っている者はない。

さいわい、奥州は命をとりとめて、傷の治るまで、入谷《いりや》にある、姿海老屋の寮で保養することになったが、これまた、釵がどこから、とんで来たのか、見当もつかぬという。

かんじんの当人がそのとおりだから、さすがの佐七もすっかり困《こう》じ果てたが、と、それから二十日あまりたって、またもや、お玉が池の家へ、まい込んできたのが奇怪な予告で。

またまたご注意申し上げ候。明日は両国《りょうごく》の川開きにて候が、この川開きのさい、ふたたび恐ろしき人殺しこれあり候まま、必ずかならずご用心ご用心。

「畜生！」

これを読んで、歯ぎしりしたのは人形佐七。それはそうだろう。この文面では、親切ずくで知らせてくれるのか、それとも悪戯《いたずら》でからかっているのか、さっぱりわからない。

「お粂、この手紙はだれが持って来たのだ」

「おや、また来たんだねえ。こんなことなら、もっとよく気をつけているんだった。このまえの通りですよ。だれかが格子のあいだから、投げ込んでいったんです」

「親分、どうします。また出かけますかえ」

「仕方がねえ。物笑いの種となろうとも、こうなりゃ出かけずにはいられめえ」

「なんや知らンけど、親分、わては気味が悪うなって来た。なんでまたこないなこと、いちいち知らせてくるンだっしゃろ」

「それがわかっているくらいなら、だれもこんな苦労はしやアしねえ」

「おまえさん、ほんとうにしっかりしておくれ」

お粂もなんだか心細そう。

佐七もいままで、ずいぶんおおくの事件を扱ってきたが、こんどほど、いやな気になったことはない。最初の手紙には、なおこの人殺しと申すは、恐ろしき執念のなすわざにてとあったが、なんだかじぶんがその執念に、呪われているような気がする。

「仕方がねえ。これも御用だ。恥をさらす覚悟で出かけてみようよ」

と、翌晩になると、またぞろ巾着の辰とうらなりの豆六をしたがえて、代地河岸《だいちがし》から舟を漕ぎ出した。

江戸時代の川開きは、だいたい五月二十八日ときまっていたが、その賑《にぎ》わいはいまも昔もおなじこと、げんげん相摩《あいま》し、じくろ相《あい》ふくむとはまったくこのこと、さすが広い大川もぎっしり舟に埋められて、身動きもならぬありさまだ。

「ちょっ、いやなところへ舞台をとりやがる。これじゃどんなことが起こっても、ちょっとやそっとでは手も出やアしねえ」

暗い水のうえにひしめいている、屋形屋根船を見廻して、佐七はいまいましそうに舌打ちする。

まったく佐七のいうとおり、このまえとはちがって、こんどは水のうえの、しかも暗い夜のこと、どんなことが起こるにしても、その探索にいよいよ骨の折れることは、あらかじめはっきりわかっている。

やがてお待ちかねの花火が、暗い夜空にパッとひらいて玉屋《たまや》、鍵屋《かぎや》のほめことば、こればかりは、江戸ならではみられぬ賑わいだが、今宵《こよい》の辰は、日頃のお江戸自慢も口へは出ない。

ここで万一しくじっては、親分一世一代の恥辱とばかり、きっと唇をかみしめて、鵜《う》の目、鷹《たか》の目であたりを見ている。

豆六とても同じ思いか、日頃の軽口がことばもなく、ふなべりにしがみついたまま、うろんなやつやあるとばかりに、きょろきょろと金壺眼《かなつぼまなこ》を光らせている。

むろん、あたりの舟では、そんなことは知るよしもなく、花火をよそに、芸者とふざけちらしているのもあれば、また、しずかに酒を飲みながら、発句なんかひねっている風流人もある。

やがて花火の番組もおいおいすすんで、いよいよ当日呼び物の連続打ち揚げからかさ花火、ドカンドカンとつづけさまに、夜空に七彩《なないろ》の虹がひらめいたが、このときだ。

「あ、親分」

と、さけんで巾着の辰が舷《ふなべり》から乗りだした。

「辰、どうした、なにかあったかえ」

「親分、むこうを見なせえ。あの屋形船に乗っているなあ、たしかに戯作者の笹川米彦ですぜ」

「なに、米彦だと」

佐七もおもわず舷から乗り出した。

それもそのはず、このまえの一件のおりにも、なんとなく臭いと思いつつも、れっきとした証拠がないばかりに、そのまま見逃がしておいた米彦だ。

「ほんまや、あら、たしかに米彦先生や」

と、豆六も相槌うったが、残念なことにはそのしゅんかん、ひしめく舟にさえぎられ、米彦を乗せた舟のすがたは見えなくなった。

「ちょっ、いまいましい。それにしても、あいつがまだぞろ来ているなあ、ただごとじゃねえぜ。辰も豆六も気をつけろ」

と、佐七のことばも終わらぬうちに、きゃっという悲鳴、どうした、どうしたという叫び、二、三名の芸者をのせたとなりの屋形船の中が、にわかに騒がしくなってきたかと思うと、

「あれ、だれか来てえ、人殺しイ」

と、いう女のさけび声。

聞くなり佐七は、ひらりと身をおどらせて、となりの舟へ跳びうつった。

「ど、どうした。どうした。なにかありましたかえ」

「おや、お玉が池の親分さん、姐《ねえ》さんが、姐さんが」

見るとさっきから、さんざん客と騒いでいた若い芸者が、がっくりと舷にうなだれている。

佐七はあわててそのからだを抱き起こしたが、とたんに、あっと顔色をかえた。

女の咽喉にはまたしても、銀の釵がぐさりとのどぶかく――

「姐さんや、この芸者はなんという妓《こ》だえ」

「はい、親分さん、それは柳橋《やなぎばし》のお喜多《きた》姐さんでございます」

「柳橋のお喜多、それじゃあの花屋《はなや》のお喜多か」

「はい」

きくなり、佐七の顔色はさっとかわった。

柳橋の花屋のお喜多は、吉原の奥州と同様に、奈良屋文七と浮き名をながした仲だった。

色競三枚絵草紙

——草双紙の筋を追っかける殺人事件——

「親分、わかった、わかった」

と、だしぬけにうらなりの豆六が、素《す》っ頓狂《とんきよう》な声を立てたから、佐七はおもわず顔をあげた。

「豆六、なにがわかったんだ」

「なにがて、親分、まあ、これを読んでみなはれ」

と、豆六がさしだしたものをみれば、これが一冊の草双紙。これには佐七も立腹した。

「ばか野郎、止《よ》さねえか、おれはそれどころじゃねえンだ」

佐七は少なからずお冠《かんむり》である。

それもそのはず、川開きの一件も、ついにまたもや迷宮入り、かわいそうにお喜多は、奥州とちがって、みごとに咽喉をえぐられて、たったひと息であえなくなっていたのだが、さあ、その下手人がわからない。

お喜多といっしょに乗っていた客は、石町《こくちよう》の伊勢屋《いせや》十石衛門《じゆうえもん》という大旦那で、ほかの芸者も、素性はよくわかっていたが、だれもお喜多を殺しそうなやつはいなかった。

「はい、花火を見ているうちに、ふいにお喜多があっとさけんで、舷につっぷしましたので、気分でも悪いのかと抱き起こしてみると、あのとおりで」

と、十右衛門はあおくなって語っている。

舟の中に下手人がいないとすると、叙はだれか舟の外から、投げつけたものとしかおもえないが、そこで思い出されるのは笹川米彦のこと。

奥州の場合といい、またこんどといい、いちどならず二度までも、現場付近をうろついていた米彦に、疑惑の目がむけられるのは当然だった。

そこで佐七はときをうつさず、木場にある米彦の住居《すまい》をおそったが、奇怪にも米彦は、その夜から家へかえらぬという弟子の話。米彦はまだひとりもので、家には米員《よねかず》という、わかい弟子がいるきりなのだ。

こうなると、いよいよ疑わしいのは米彦だが、それにしても、米彦がどうしてそんなことをするのだろう。

調べてみると米彦は、奥州にもお喜多にもなじみはおろか、会ったことさえないという。

もうひとつふしぎなのは、ふたりの女がふたりとも、投身自殺をとげた奈良文の、ふかいなじみということだ。

まえにもいったとおり、奈良文は身投げをしたということになっているが、死骸があがったわけではないから、ほんとうに死んだのかどうかわからない。

家財を蕩尽した奈良文は、しばらく微禄《びろく》した身を、本所《ほんじょ》の裏長屋に横たえていたが、人情紙よりうすいのたとえ、だれひとり寄りつくものもなく、かつて世話した芸人どもにも、掌《てのひら》かえすあつかいをうけ、あげくの果てにはわるいやまいに悩まされ、とうとう、遺書をのこして大川に身を投げたのだが、死体はついに出なかったのである。

ひょっとすると、その奈良文が生きていて、薄情な昔のなじみ女を、殺したのではあるまいかと、そうも考えられるが、するとあの笹川米彦は、なぜ姿をくらましたのだろう。

考えると、なにがなにやらわからなくなる。

さすがの佐七も、少なからず中っ腹《ばら》なところへ、豆六がしかつめらしく草双紙を差し出したのだから、これは憤《おこ》るのもむりはない。

「豆さん、なんだねえ、親分があんなに苦しんでいなさるのに、草双紙なんてばかばかしい。冗談もいい加減しておくれ」

お粂も、はなはだご機嫌ななめだ。

「ところが、姐さん、これが冗談やおまへンねン。まあ、親分、ひとつこれを読んでみなはれ。こんどの一件は、たちどころに氷解や。題して『色競三枚絵草紙』作者はおなじみの米彦先生、このなかにちゃんと、こんどの事件が書いてあります」

「なにを」

ぎょっとして顔をあげた人形佐七、しばらく呆気にとられたように豆六を見ていたが、あわててその手から草双紙をうばいとると、むさぼるように読み出した。

色競三枚絵草紙。——まえにもいった通り、これはまだ、上巻だけしか刊行されていなかったが、読んでいくうちに、佐七の顔色はみるみる変わった。

なるほどこの中には、こんどの事件と酷似した場面が、いちどならず二度まで出てくる。

まずさいしょは吉原の花魁殺し、陸奥《みちのく》と名乗る遊女が、道中のとちゅう、銀釵で殺される。

ついでは両国の川開き、ここでは、桜屋《さくらや》のお滝《たき》という芸者が、これまた舟のなかで銀釵で殺されるのだ。

奥州と陸奥、桜屋お滝と花屋のお喜多、名前までが酷似している。

ただし、これは上巻だけだから、下手人はまだわからない。

「豆六」

「へえ」

「この本はまだ下巻が出ないのかえ」

「残念ながらまだ出てえしまへン。そやさかい、下手人がだれになってンのンか、それは米彦先生の胸三寸、こんなことならこのあいだ、米彦先生に聞いといたらよろしおましたなあ」

さあ、わからない。

いったい、この草双紙とこんどの事件と、どういう関係があるのだろう。

評判小説の読者がその小説をまねて、人殺しをするということも、考えられないこともないが、それにしても陸奥だの、桜屋お滝だのという名前の、符合していることがいぶかしい。

「どうだす、親分、これで米彦先生の立場がわかりましたやろ。先生、じぶんの書いた草双紙と、そっくりおなじことが起こりよるもンやさかい、びっくりして姿をくらましやはったンや。それにしてもなあ、親分、わてもうひとつふしぎなことがおまンねン」

「なんだい、なにがふしぎだ」

「ほかでもおまヘンが、この『色競三枚絵草紙』というこの題や。三枚絵草紙というからには、もうひとり女が出んならんと思いまンねン。そして、そのうちのふたりが殺されたからには、きっと、もうひとりのやつも殺されよンねンやろ思いまッけど、それはいずれ下巻のほうで……わっ、姐さん、どないしなはった」

豆六が驚いたのもむりはない。いつの間に席を立ったのか、女房のお粂が表のほうで、

「おまえさん、早く早くきておくれ。どうもようすがおかしいと、さっきから窺《うかが》っていたら、やっぱりこいつだよ。ほら、またこんな手紙を投げこんで」

「なに、手紙」

すっくと立った人形佐七が、やにわに表へとび出すと、いましも必死となってお粂の手を、払いのけようと争っている男。

佐七はその顔をみるなり、ぎょっとばかりに声を立てた。

「あ、てめえは桜川寿孝」

いかさま、それは吉原の幇間、桜川寿孝にちがいなかった。

「おまえさん、こいつを知っているのかえ」

「おお、知っているとも、豆六、そいつを逃がさねえようにしろ。お粂、手紙を出しねえ」

「あいよ」

お粂の手から受け取った手紙を佐七がさらさら開いているところへ、息せき切って、とんど

かえったのは巾着の辰だ。

「親分、いけねえ、またひとりやられました」

「な、なんだって、だれがやられたンだ」

「水気歌仙《みずきかせん》という女役者で、さっき舞台のうえで、銀釵を投げられて、たったひと息で死んでしまいました」

「なんだと、水気歌仙といやア……」

「さようでさ。やっぱり奈良文のむかしの情婦《いろ》のひとりでさ」

佐七は、きっと寿孝のほうへふりかえると、

「おい、寿孝、てめえこの文《ふみ》をだれから頼まれてきた。強情はっても仕方がねえ。痛い目をせぬうちにさっさと申し上げてしまいねえ。これ、顔をあげねえか。こいつ、強情な野郎だ。豆六、そいつのしゃっ面あげさせろ」

「おっと、合点や」

うつむきになった寿孝の顎へ手をかけて、ぐいと顔をあげさせたとたん、そこにいた四人の者は、おもわずわっと、うしろにとびのいた。

寿孝は舌をかみ切って、もののみごとに死んでいる。

「しまった。こいつを殺しちゃ、また手がかりがなくなった」

「親分、いってえ、この桜川がどうしたというんです」

「辰、まあ、この手紙を読んで見ろ。こいつを寿孝のやつが投げこみやがったンだ」

佐七の出した手紙をみて、お粂も豆六、辰五郎も思わず顔を見合わせた。

三度ご注意、女役者水気歌仙にご注意が肝要、いつまた飛ぶとも知れぬ銀の釵、重ねがさねご注意までに申し上げ候。

「とうとう、これで三枚絵草紙そろいよったなあ」

豆六先生得意の壇上
——ばんじわてに委《まか》せておきやす——

佐七は地団駄踏んでくやしがった。

せっかく、探索の手蔓と思われた桜川寿孝を殺してしまっては、もうどうにも手がかりはない。佐七は寿孝が、下手人そのものとは思われない。

寿孝の背後に、きっと黒幕がひかえているに違いないとにらんだが、死人に口なし、寿孝が死んでしまったいまとなっては、それが何者だか、想像もつかないのである。

さすがの人形佐七もこのときばかりは、掌中《しょうちゅう》の珠《たま》を落としたように、がっかり気落ちがしてしまったが、それをなぐさめるように豆六が、

「親分、まだそないに落胆することはおまへンがな。ここにもうひとつ、手がかりがおまっせ」

「豆六、手がかりとはなんだ」

「さ、それやがな、この『三枚絵草紙』の下巻を読んだら、きっとまた、なにかわかるにちがいないと思いまンねン」

「なるほど、それはそうかもしれねえが、その下巻はまだ出ていねえし、笹川米彦をひっ捕えて、腹案をきこうにも、あいつの居所がわからねえじゃしようがねえ」

「ところがしよがおまンねン。親分、この奥付をみなはれ、下巻は五月の終わりまでに刊行すると書いておますっしゃないか。そうすると、もう草稿が版元のほうへ渡っているじぶんや。これからひとつ版元の蔦重《つたじゅう》へ出かけて、そいつを見せて貰おうやおまへンか」

なるほどいわれてみれば、こいつは理屈だ。溺れる者は藁《わら》をもつかむ。いまはもう、すっかり豆六におぶさった気になった人形佐七、それからただちに辰と豆六をつれて、本町《ほんちょう》の版元、蔦屋重兵衛《つたやじゅうべえ》の店へ出かけたが、来意をきいた蔦重の返事というのが、

「ああ、あの『三枚絵草紙』の草稿でございますか。あれならもう、えかきの歌川国貞《うたがわくにさだ》さんのほうへ廻っておりますので」

「ああ、さよか、いや草稿はどうでもよろしおまッけど、あんたはんその筋をご存じやおまへンか。ご存じやったらちょっとそれがお聞きしとおまンねン」

「はいそれがおあいにくさまですが、なにしろ、笹川の師匠の草稿が、遅かったものでございますから、読まずに歌川さんのほうへ、廻してしまいましたので。なんなら、そちらのほうへ、

おいでになってはいかがでございましょう。歌川さんのお住居は、亀戸《かめいど》のほうでございますが」

「さよか、そんなら仕方おまへン、親分、それでは亀戸までいてみよやおまへンか」

草双紙とくると、目の色がかわるうらなりの豆六、御用も御用だが、ほんとうをいうと、一刻もはやく下巻が読みたくてたまらないのだ。

「ちょっ、仕方がねえ、きょうばかりはよろしくお引き廻しを願います、だ」

「よしよし、わてにまかせておきなはれ」

豆六のやつ、いい気なもので、親分気取りで、亀戸の歌川国貞の宅まできたが、草稿はここにもなかった。

「はなはだお気の毒様ですが、草稿はここにもございません。いまさっき、持っていかれたところでございまして」

「へえ、持っていかれた？　いったいだれが持っていきよってン」

「それが、作者の笹川米彦さんでございます」

「なに、米彦？　自身でやってきたのか」

佐七の目がにわかに鋭くなってくる。

「はい、さようで。なんだか、書き直したいところがあるとか、いう話でございました」

「師匠、師匠、ちょっとお聞き申しますが、あんた、その草稿を読みなはったやろな」

「はい、みなまでは読みませんが、はじめのほうを少しばかり読みました」

「そんなら、そんなかに、女が殺されるところはおまへなンだか。殺されるのは女役者や。そして舞台のうえで、銀釵にぐさりとやられて……」

「へへへへ、よくご存じで、いや、もう近頃はあの合巻本《ごうかんぼん》のとおりのことが、ちょくちょく起こるので、それで、おおかた米彦さんも、気味が悪うなったのでございましょう。今夜もなんだか、お顔の色もすぐれず、まるで幽霊のようでございました」

「そして、これからどこへ、行くともいわなかったか」

「はい、まっすぐに、木場のお宅へおかえりのように、申しておりました」

「よし、辰、豆六もこい」

にわかに元気を取りもどした人形佐七、それよりふたたび木場へ出向いていったが、その頃には夜もよほどふけ、雨さえパラパラと落ちてきた。

木場へついて、米彦の家《うち》を覗《のぞ》いてみるとなかはまっくら、訪《おとの》うてみたが返事がない。どうやら弟子の米員も留守らしい。

「はてな。するとこちらへかえるというのは、うそだったのかな」

「親分、どうも変ですぜ。なんだがキナ臭い匂いがするじゃアありませんか」

辰のことばに気がつくと、なるほど、紙の焦げるような匂いがする。

「もし、お留守ですか。なんだか燃えているようですが、火の用心は大丈夫ですかえ。もし、米彦さん」

それでも返事がないので、むりやりに戸をこじあけてなかへ踏みこんだ三人は、そのとたん、思わずあっと立ちすくんだ。

むりもない。火鉢の中には草稿が、すでに半分以上も灰になって、そして、そのほの明かりですかしてみれば、座敷の天井から、ひとりの男がぶらさがっているではないか。

「わっ、こ、こら、米彦先生や」

まさしく、笹川米彦は、草稿をみずから焼いて、首をくくって死んでいるのだった。

さあ、いよいよわからない。

米彦はなぜ縊死《いし》したのだろう。まさか、小説の模倣者が現われたぐらいのことで、自殺しようとは思われぬ。してみると、やっぱり下手人は米彦だったのだろうか。

佐七もさすがにとほうにくれたが、そのとき、ふと目についたのは、雨にぬれた長屋の露地に、くっきりついた奇妙な跡。

それをみたとたん、佐七の目はにわかに、烈々たる光を帯びてきたのである。

「辰、豆六もみねえ。てめえたち、あの跡をなんだと思う」

「へえ」

と、表をのぞいた巾着の辰、

「どうやら、車の跡らしゅうござんすね」

「そして、その車の跡の両側に、けったいやなあ、下駄の跡が片っぽずつ、ついてるやおまへンか」

「てめえたち、まだわからねえのか。ありゃたしかに、いざり車の跡だぜ」

あっ、と、辰と豆六は息をのんだ。思い出されるのはいつぞやの日、吉原の雑沓《ざっとう》で見かけた、あのいざり車。

「親分、そうすると、あのいざりが……」

「なにか関係があるにちがいねえ。どうであいてはいざりのことだ。遠くはいくめえ、ひとつ、あと追っかけてみようぜ」

雨はようやく激しくなったが、さいわいこのへんのぬかるみに、深く印した車のあとを、消してしまうほど強くはない。

「親分、どうも妙ですぜ。このいざり車は、だれかひいているやつがあるにちがいねえ。ほら、ふたつの輪のあいだに、下駄の跡がついてまさア」

「ほんまや、ほんまや、しかもみなはれ、こら女だっせ」

「ふむ、こいつアとんだ勝五郎《かつごろう》だ。初花《はつはな》は、いったいだれだろう。ともかく、いそいで追っかけろ」

三人はいよいよ足を急がせたが、やがて、どきりとしたように、三人揃って立ち止まったのは、はるかむこうの堀端に、いざり車がしょんぼりと、雨に打たれてとまっているのを見たからだ。

しかも、そのいざり車のそばには、ひとりの女がうずくまって、さめざめ泣いているようすである。

いったん足をとめた三人は、これを見るより、た、た、た、と、そばへかけよったが、その足音がきこえたのか、女がひょいとふりかえると、

「お玉が池の親分さん、ひと足遅《おそ》うござんした。下手人はいま、息を引きとられたばかり」

その声を聞くと、三人とも棒をのんだように立ちすくんだ。

「お、おまえは姿海老屋の奥州じゃねえか」

「あい」

と、雨のなかに立ちあがった奥州のすがたは、凄艶《せいえん》ともなんともいいようがない。

怨《うら》みの戯作呪いの復讐
——旦那は米彦さんに作を盗まれて——

「花魁、こりゃどうしたというンだ。そして、そのいざりというのはいってえなにものだえ」

さすがの人形佐七も、このときばかりはどぎもを抜かれた。奥州はしずかに涙を拭《ぬぐ》いながら、

「はい、このひとこそは、蔵前の大通《だいつう》といわれた、奈良文さんのなれの果てでございます。奈良文さんは満足して、目をおつむりなさんした。首尾よくうらみを晴らしたゆえに、満足してお死になさいました」

「うらみ？　うらみとは花屋お喜多と、水木歌仙のことかえ」

「いいえ、いいえ、それもありんすが、もっと深いうらみは、あの笹川米彦さん。米彦さんが首をくくるのを、見とどけてお死になさんした」

「花魁、もっとくわしく話してくンねえ。奈良文さんが、どうして笹川米彦にうらみがあるんだ」

「はい、米彦さんは奈良文さんの、小説を盗んだのでござんす。親分さん、米彦さんがにわかに売り出した、あの『怪談啄木鳥塚』は、奈良文さんの作でござんした」

それは世にも奇怪な遺恨だった。

一代の驕児《きょうじ》奈良文は、微禄して本所の裏長屋に逼塞《ひっそく》したころ、戯作をもって立ちあがろうと、書きあげたのが『啄木鳥塚』。

さて書きあげたものの、版元につてのない奈良文はその紹介を、以前に一、二度会ったことのある、笹川米彦に頼んだ。ところが、米彦は卑劣にも、それをじぶんの作として、世に発表してしまったのである。

憤慨したのは奈良文だ。

いくどか米彦にかけあったが、あいてもさる者、木で鼻くくったような挨拶《あいさつ》、あげくの果てには、いいがかりをつける悪いやつと、さんざんの打ちちょうちゃく、そのために奈良文は腰も立たぬ病いとなった。

奈良文は世をのろい人をのろった。

だれに話しても、奈良文のいい分を信用するものはない。それはそうだろう。栄耀栄華《えいようえいが》にくらした奈良文に、そんな文才があろうとは、だれひとり知るものはなかったのだから。

「奈良文さんは、そこで敵討ちを思いつきました。それも世にもふしぎな敵討ちでござんす」

その敵討ちの第一歩として、奈良文はふたたび戯作を書きあげたが、その戯作のなかで、奈良文はじぶんのなじみをかさねた、三人の女を殺すことにした。

その草稿を米彦にあずけておいて、じぶんは狂言自殺で姿をくらましたのである。

喜んだのは米彦だ。またぞろ、これをおのれの作として発表したが、それこそ、奈良文の望むところ、この小説が大いに世にもてはやされる頃を見計らって、小説の筋書き通り、女を殺してしまったのだ。

「おどろいたのは米彦さん、もしこの小説の詮議がきびしくなれば、他人の作だということも白状しなければなりません。戯作者の面目としても、どうしてそんなことができましょう。恐れにおそれ、悩みになやんだあげくが、とうとう、今夜くびれて死んだのでございます」

なんというふしぎな話、なんというふしぎな復讐、さすが草双紙通の豆六も、このときばかりは、あいた口がふさがらなかった。

「そうすると、なにかえ。奈良文は米彦にうらみを晴らそうばっかりに、罪もない女を殺したのかえ」

「いいえ、あのひとたちに罪がないとは申せません。奈良文さんに、ひとかたならぬ恩義をうけながら、微禄をなさると鼻もひっかけず、奈良文さんはなんぼうか、口惜《くや》しかったでござんしょう」

「ふうむ、そして、そういう花魁は」

「あい、わたしもその罪深い女のひとりでござんした。いつぞやの日、奈良文さんが訪ねてきて『啄木鳥塚』を盗まれた、そのくやしさを打ちあけなさんしたとき、すなおにわたしが信用して、親身になってお慰《なぐさ》めさえしていたら、こんなことにはならなんだのに、わたしがついつい疑ったばかりに……」

奥州は声をのんで、奈良文の死体のうえに泣きくずれたのである。そのうえに、冷たい雨が霏々《ひひ》として降りしきる……。

奥州はあの銀釵をなげつけられたとき、群衆のなかのいざり車に、はっきりと奈良文の面影を見たのである。しかし彼女は黙っていた。

奈良文の恩義を思うゆえに、その心情の哀れさゆえに……そして咽喉の傷が癒えると、さっそく、奈良文を探しにかかったが、そのときには、ほかのふたりの女は、すでに奈良文の手にかかっていたのだった。

人情紙のごとくうすい芸人仲間で、桜川寿孝のみは奈良文にたのまれて、最初はわけも知らずに、手紙を佐七のもとへとどけていたが、それとわかると、舌かみ切って、あわれな奈良文をかばったのであった。

生きている自来也《じらいや》

盗み去った銀簪《ぎんかんざし》

「親分えらいこっちゃ、えらいこっちゃ」

神田《かんだ》お玉《たま》が池《いけ》はお馴染《なじ》みの、人形佐七《にんぎょうさしち》の侘び住居《ずまい》へ、今しも泡を食って飛びこんで来たのは、言わずと知れた巾着の辰五郎《たつごろう》と、うらなりの豆六《まめろく》という、揃いも揃った愛嬌者。朝風呂からの帰りと見えて、二人とも気味悪いほどてらてらと、額を光らせているのである。

「あ、痛《いた》、な、なんだ騒々しい、どんな一大事か知らないけれど、もう少し静かに出来ねえものか」

「ほんとに、びっくりさせるねえ。脅かさないでおくれ。あたしゃすんでのことに親分の耳をつき破るところだったじゃないか」

秋立つと、目にはさやかに見えないけれど、風の音にもおどろかれる朝のこと、一足さきにお湯から帰った人形佐七は、今しも至極のんびりと、恋女房のお粂《くめ》に耳垢《みみあか》をとらせているところだった。

「ひえっ、こいつは驚いた。いつもながらお睦《むつま》じいことで。これじゃ湯当りどころの騒ぎじゃねえぜ、なあ、豆六」

「ほんまにいな。朝っぱらから姐《ねえ》さんに、耳垢とって貰《もら》はったら、さぞや世間のことがよう聞えるようになりまっしゃろ」

「そうよ、いまに手前《てめえ》たちが天下の一大事を聞込んで、怒鳴りこんで来るだろうと、耳の穴をかっ掘《ぽじ》って待っていたのだ」

「そらまあ、えらい手廻しのええことや」

「そうとも、御用聞きは万事これくらいの心懸じゃねえと勤まらねえ」と、佐七は笑いながら、

「冗談はさておいて、辰、豆六、そのえらいこっちゃの一件を聞こうじゃねえか」

「おっと、その事、その事」

辰五郎と豆六は俄《にわ》かに膝《ひざ》を乗り出すと、

「親分、昨夜《ゆうべ》また出ましたぜ」

「出たとは何が出たのだ」

「何やちゅうて親分、ほら、あの自来也《じらいや》やがな」

「何？　自来也がまた出たと？」

佐七は思わずいきむ拍子に、あ、痛、たと耳をおさえて、

「おお、痛《いて》え、だしぬけに脅かすもんだから、もう少しで片耳ふいにするところだった。お粂、もう止《よ》そう。そして辰、豆六、その自来也が出たというのは、いってえどこの家《うち》だえ」佐七は俄かに膝を進めた。

「へえ、何《な》んでも浅草橋場《あさくさはしば》の川ぎしにある、蔦《つた》の家《や》の寮だということで」

「蔦の家といや、柳橋《やなぎばし》の芸妓家《げいしゃや》か」

「そうやそうや。何んでもそこへ今、小花《こはな》という芸妓衆が、病気保養に来てるのやそうだすが、そこへさして昨夜《ゆうべ》、自来也が押しこんだちゅうので、いやもう、そこら中《じゅう》どえらい騒ぎや」

「ふむ、その小花に何か間違いでもあったのか」

「いや、その方は幸いに、小花も女中のお芳《よし》というのも、よく寝込んでおりましたので、あやまちはなかったそうですが、ここにまたしても、妙なものが盗まれました」

「妙なものって、今度はなんだ」

「それが親分、小花の銀の簪が一本きりで」

「なんだ、銀簪が一本きりかえ」

「へえ、それだけやちゅう話だす。ほんまに怪体《けったい》な奴やおまへんか。折角《せっかく》、危険をおかして忍びこんでおきながら、いつも盗んでいくのは愚にもつかぬもんばっかり、さっぱり気の知れん奴やなあ」

「ふうむ」と、佐七は腕拱《こまぬ》くと、

「そして、やっぱり例の奴が書き残してあったんだろうな」

「へえ、そりゃもう、いつもの通りで、壁のうえに墨くろぐろと、左書きの文字で自来也と、たしかに書残してあったそうでございます」

「ふうむ」と、佐七はもう一度、呻《うめ》くように鼻から息を吐き出して小首をかしげたものである。

持ち去られた死骸の手首

自来也。——というのは支那《しな》の稗史《はいし》小説に出て来る大泥棒の名前だが、数年以前日本でも、これを翻案して同じ題の戯作が現れた。

自来也《みずからきたるなり》と、忍びこんだ屋敷の壁や襖《ふすま》に署名を残して来《き》る東洋のアルセーヌ・ルパン。この小説がどっと世間から迎えられた頃、よくある奴で、それをそっくりそのまま真似て、戯作を地でいく盗賊が、その当時江戸に現れて、人々を畏怖させたものである。

当時のお調書《しらべがき》をしらべてみると、この自来也が荒し廻った屋敷の数が、ざっと百軒あまり、かすめとった金は一万両を下るまいといわれて、奉行所でも躍起《やっき》となって怪盗捕縛に狂奔したが、いまだ尻尾《しっぽ》もつかめぬうちに、自来也のほうで、ぱったり消息をたってしまって、それから今年で足かけ七年。

一時は、あれほど世間を騒がせながら、まるで灯《ひ》の消えたように消息がたえたのは、おおかた盗みためた金で、栄耀栄華《えいようえいが》に暮しているのだろうという説と、いや自来也は死んだのだろうという説と、この二通りある。いずれにしても、それきり姿を見せないのだから、正体はついに分らずじまい。

幸いその後は、そういう大泥棒も現われなかったから、世間もほっと安堵《あんど》して、いつか自来也の噂も忘れがちだったが、それがこの夏の終頃《おわりごろ》、またぞろ江戸に現れて、あっとばかりに江戸っ児《こ》の度胆を抜いた。

しかも、七年まえの自来也は、盗みはすれど非道はせずと、奪いとった金高《かねだか》こそ大きかったが、人を傷つけた事は一度もなかったのに、今度は現れるが早いか、むごたらしい人殺しをやってのけたのだから、人々が震えあがったのも無理はない。

この自来也の再来に、最初のお見舞いをうけたのは、芝金杉《しばかなすぎ》に住む礒貝雁阿弥《いそがいかりあみ》という、刀の鑑定《めきき》などする人物で、これが八月十八日の晩に襲われた。そもそもこの礒貝雁阿弥というのは、もとは西国浪人とやら、四十前後の大兵《だいひょう》肥満の男だが、三四年まえに江戸へ出て来て、刀の鑑定をはじめたところが、これが仲々巧者なところから、おいおい贔屓《ひいき》がついて、ちかごろでは懐《ふところぐ》工合《あい》も大福々《おおふくふく》、昨年金杉におつな家《うち》を買いこみ、深川《ふかがわ》あたりで粋《いき》すじ勤めをしていたお妻《つま》という女を、落籍《ひか》して女房にしている。

さて、八月十九日の朝のこと、出入りの刀屋の手代《てだい》がたずねていくと、家の中で妙な呻き声がするので、近所の衆を狩り集めて入ってみると、雁阿弥夫婦が雁字《がんじ》絡《がら》めに縛りあげられ、その隣室には黒装束の忍び姿の曲者《くせもの》がずたずたに斬り殺されているのである。

しかも、壁の上に麗々しく書遺《かきのこ》したのが、

自来也。

という、左書きの三文字だから、騒ぎは俄かに大きくなった。すぐ岡っ引が出張する。八丁《はっちょう》堀《ぼり》のお役人が出向いて来る、佐七も騒ぎを聴いてかけつけたが、そこで雁阿弥夫婦がこもごも語る話を聞くとこうなのだ。昨夜深更《しんこう》だしぬけに、叩き起されて眼をさますと、枕下《まくらもと》に雲つくばかりの壮漢《そうかん》が二人、抜身をさげて立っている。はっと思う間もなく、二人が左右から躍りかかって縛り上げられた。

「いや、われながら不甲斐ない話で、私とても昔は武士、眼がさめていたらこうもやすやすと手籠《てごめ》にはなりませぬ」

残念そうに唇をかむ雁阿弥は、いかさま一癖ありげな面魂《つらだましい》だった。女房のお妻というのはあだっぽい女だったが、青い眉《まゆ》を勝気らしくふるわせると、

「ほんとに口惜《くや》しいじゃありませんか。あたしたちを縛りあげると、二人の奴悠々と隣座敷へいって、なにか探していましたが、そのうちに仲間喧嘩《げんか》をはじめて、とうとう一人が相棒を斬り殺して逃げていったんです」

その死骸を見ると、黒装束に黒頭巾、足ごしらえも厳重なのは、よほど物慣れた奴と思われたが、驚いたことにはその顔がずたずたに、斬り刻まれているので、どこの誰ともかい目分《もくわか》らぬ。それにもう一つ不思議なのは、左の腕が手首から、すっぽり斬り落してあるのである。相恰をくずしていったのは、死体の身許から、足がついてはならぬという用心であろうと想像出来るが、手首を持ち去ったのは、どう考えても理由が分らぬ。

更にもう一つの不思議というのは、これだけの騒ぎを演じながら、曲者の奪い去ったのは、雁阿弥が預っていた刀が一本、それも至って鈍刀《なまくら》だったから、あわてていたにしてもよっぽど

間抜けな自来也だった。

「佐七その方は、どう思う。この自来也と七年まえの自来也と同じ人間であろうかの」

与力神崎甚五郎《かんざきじんごろう》の言葉に、佐七も首をひねって、

「少し腑に落ちぬ節がございますね。七年まえの時には、俺《あっし》ゃまだ部屋住みでよくは知りませんが、自来也という奴は決して人殺しはやらなかった。また、金以外のものには手をつけなかったと申します。それにおかしいのはこの左書で、これは筆跡をくらますためと思いますが、七年まえの時には、こんな細工はやらなかった。してみると、こいつは少々……」

「ふむ、俺《わし》の考えも同じだ。おおかた七年まえの騒ぎを覚えていた奴が、真似をしやがったのだろう。しかし悪い事がはじまったな。これが口火となって、また七年まえのような、騒ぎにならねばよいが」

甚五郎は眉をひそめたが、果して、それから十日ほど後のこと、またもや第二の自来也騒ぎが持ちあがった。

このたびは、石町《こくちょう》の津《つ》の国屋《くにや》という両替屋の別荘で襲われたのは隠居夫婦、泥棒は一人で、同じく夫婦を縛りあげ、何やらごとごと探していたが、朝になってみると壁のうえに、自来也という、例によって左書の三文字。

しかも、盗まれたものが隠居の使い古した印籠《いんろう》が一つきりというのだから、佐七はいよいよ首をひねらざるを得ない。

何んだか変だぞ。これゃ唯《ただ》の泥棒事件じゃねえぞ。——佐七の頭にピンとそう来ていた折も

折、三度目は芸妓の簪一本と聞いて、

「辰、豆六、ともかく出かけて見ようぜ。こいつは何んだか大物になりそうだ」

佐七はすっくと立ちあがったのである。

小花と大工の巳之助《みのすけ》

蔦の家の小花は今年二十一、透きとおるような美貌で、どちらかというと愁《うれ》い顔の方だったが、気性が素直で座敷の勤めを大事にするところから、柳橋でも名代《なだい》の売れっ妓だった。玉に瑕《きず》なのは体が弱くて、始終患っているが、蔦の家でも大事だから粗略にしない。患うといつも主人が建てた橋場の寮へ保養にやるので、あの寮はまるで、小花さんのために建てたようなものだと、朋輩《ほうはい》が妬《ねた》み口を利くくらい。その小花は、今朝の驚きからまだ覚めぬのか、蒼い顔で佐七を迎えると、

「御苦労様でございます。盗まれましたといってもたかが簪一本、お届けするほどのこともないと思いましたが、あの壁の字が気になって……」

と、砂壁にのこった左書を指しながら、

「ほんに妙な泥棒でござんす。簪など持っていって、どうするつもりでござんしょうなあ」

「いや、小花さんの簪なら大きに欲しがるものがいるだろうぜ。どこかそこらにもそういうのが二匹、鼻をひこつかせているようだ」

「わっ、親分！」

「そら殺生や！」

と、頭をかかえる辰と豆六を淋《さび》しげに見やりながら、

「ほほほほほ、親分のお口の悪い」

恥かしそうに俯向いた小花の顔に、ぽっと紅葉《もみじ》がちって、これが座敷勤めの女かと思えぬほどの初々しさ、こめかみに張った梅型の頭痛膏《ずつうこう》が、いっそ艶《なま》めかしいのである。

「いや、これは冗談だが、さぞや昨夜は怖いことだったたろうなあ」

「いいえ、それがあたしもお芳さんも、よく寝てしまって、今朝この字を見るまでは少しも気がつきませんでした。ねえ、お芳さん」

女中のお芳も頷《うなず》いて、

「ほんに眼がさめなくて仕合せ。眼がさめたら、どんなに怖いことでしたでしょう。小花さんは、今朝この字を見ただけでも、びっくりして気をお失いなさんしたほどですもの」

「なんや、そんなら小花さんは、この字を見て気を失はったんかいな」

「あい、あんまり気味が悪うございますもの」

「いや、女の身として無理もねえ。しかし、もう心配することはねえぜ。親分がおいでなすったからにゃ、自来也であろうが熊坂《くまさか》であろうが、すぐ引っくくってしまいます」

辰と豆六、さかんに根掘り、葉掘り小花とお芳を相手に昨夜のことを聞いているが、佐七はそういう話を上の空、何んだかこの座敷の中に気になるものがある。床の間のかまえ、床柱《とこばしら》の趣《おもむ》き、地袋の紙の工合、天井の網代《あじろ》、はてなと佐七はあたりを見廻すのだが、何がそんなに気になるか佐七自身にもよく分らない。それでいて、何か妙に胸をそそられるものがあるのだった。

結局、小花もお芳も、曲者の影さえ見なかったというのだから、手懸りの引き出せようはなかった。

それから間もなく人形佐七は、妙に割り切れない心持ちで、寮を出て、川岸の通りまでやってきたが、そのときだった。

向うから来かかった二十六七の色白の、一寸《ちょっと》小意気な若い男が、佐七を見ると俄かに顔をそむけて行きすぎた。

「おや、野郎、いやな真似をしやがる」

佐七がそっと振り返ると、若い男はそわそわと、あとさきを見廻しておいて、素速く寮の中へとびこんだから、

「おい、辰」

「へえへえ」

「てめえ寮へ引返して、いま飛びこんだ野郎の身許を洗って来い」

「おっと承知」

辰五郎はすぐさま寮へ引返して、女中のお芳を呼び出して、何やら聞いていたが、やがて恐ろしい膨れ面をしてかえって来ると、

「ちょっ、面白くもねえ、小花という奴はあんなしおらしい顔をしながら、とんだ食わせ者だ。病気保養にかこつけて、ああいう男をひっぱりこんでいやがるのだ」

「えっ、そんならあれが小花の男かいな。阿呆らし、そんな事なら、さっきあないに親切にしたるんやなかったなあ」

「はははは、とんだ御愁傷様《おしゅうしょうさま》。それゃ相手はああ言う女だ。男の一人や二人はあるだろう。しかし、あいつはどういう奴だえ。お店者《たなもの》ではなし、仕事師とも見えねえし」

「大工ですよ。浅草門跡《もんぜき》まえに住んでいる巳之助という野郎で、小花とはよっぽど深い馴染《なじみ》らしい」

「ああ大工か、女に惚れられそうな稼業だ。岡っ引の乾分《こぶん》とはわけが違わあ」

佐七がそれきり、巳之助のことを忘れてしまったというのは、それから間もなくつぎつぎと、何んともいえぬ妙なことが起ったからで。

解ける謎五十の提燈《ちょうちん》

丁度時刻だったので、橋場《はしば》通《どお》りにある寿々本《すずもと》という鰻屋《うなぎや》へあがって、ちょっと一杯やった三人が、そこを出たのは小半刻《こはんとき》ほど後のこと。ほろ酔いの頰を秋風に吹かせながら、ぶらりぶらりとやって来ると、

「畜生《ちくしょう》！　ほんとに何んという奴だろう。忌々《いまいま》しいったらありゃしない」

門口に立ってブツブツ言ってる女がある。見ると遊芸の師匠らしいのが、額に青筋立ててぷりぷりしているから、こういうところを見ると、黙ってはいられないのが辰の性分で。

「こうこう師匠、色気のねえ。表へ立って何をそんなにぼやいているのだ」

女師匠はすぐに相手の身分を察したらしく、

「これは親分、まあ聞いておくんなさいまし。さっき若い男が門口をうろうろしていると思ったら、だしぬけにほらこの御神灯に手をかけて、こんなに破っていきましたの」

見ると格子の外にかかった提灯の、常盤津文字常《ときわずもじつね》と書いたところが、一ケ所破れて、常盤津文〇常となっている。

「なんだ、あまりひどい権幕《けんまく》だから、どんな御大層なことが起ったかと思ったら、たったそれ

きりのことかえ」

「だって親分、御神灯に傷をつけられちゃ、縁起が悪いじゃありませんか」

「いや、これというのも、師匠があまりきれいだから、悪戯《いたずら》がしてみたくなったのだろう。若い者のことだ。まあ堪忍してやんねえ」

佐七の一行はそのまま笑って行きすぎたが、変な出来事はそれだけではすまなかった。

文字常の家から一丁ほど来ると、一軒の蕎麦屋《そばや》があって頭の禿《は》げた亭主が、十二三の小娘をつかまえて小っぴどく叱《しか》っている。それを見てつかつかと、中へ割りこんだのは豆六だ。

「どうした。どうした。おっさん何もこんな小娘に、そう手荒いことせえでもええがな」

「いえもう、こいつがぼんやりだから、こんな悪戯をされますんで、まあお聞き下さいまし。さっき妙な男がここをうろうろしているものですから、こいつに気をつけろと申しておきましたので、それだのにこんな厭《いや》な悪戯をされまして、忌々しくて仕様がありません」

「だって、お父《とっ》つぁん、あっという間で、制《と》める間《ま》も何もなかったんですもの」

小娘はしくしく泣いている。佐七はおやと、うしろの方で小首をかしげていた。

「まあええ、まあええ、泣かいでもええがな。それでおっさん、悪戯で何しよったんやね」

「それがあなた、大事の看板に傷をつけられて、これじゃ表に出してはおけません」

見ると虫喰の舟板が一ケ所削ぎ落されて更科と彫った下が、風○庵と一字だけ抜けている。

佐七は俄かに眼を欹《そばだ》て、

「父つぁん、お前の家《うち》の家号はなんというんだえ」

「へえ、風来庵《ふうらいあん》というんですが、来という字が、まるきり台無しにされてしまいました」

佐七は、さっと面《かお》を緊張させて、悪戯者の年配風態訊ねてみると、どうやら文字常のところの奴と、同じ男らしいのである。

「辰、豆六、こいつはどうも気にかかる。こんな悪戯がまだほかにあるかも、知れねえから、二人ともよく気をつけていろ」

「へえ、だけど親分、一体こらなんの呪《まじな》いだっしゃろ。馬鹿やろか。気狂いやろか」

「ふむ、馬鹿でも気狂いでもねえ。それよりずんとはしこい奴だ……や、ありゃなんだ」

見ると向うに大勢人だちがして、女がひとり気狂いみたいに叫んでいる。三人が何事ならんと駆けつけてみると、そこは矢場のまえだったが、道のうえには矢がいちめんに散乱しているのだった。佐七はこれを見るとううむと唸《うな》って、

「姐《ねえ》や、これは一体どうしたんだえ」

「おや、これはお玉が池の親分さん」

矢取女《やとりおんな》は、佐七の顔を知っていた。口惜しそうに歯ぎしりしながら、

「ほんとに憎らしいじゃありませんか。たった今若い男が入って来たので、客だと思ってお愛想をしていたら、ま、どうでしょう。だしぬけに矢壺《やつぼ》の中から、矢をみんな引抜いて、それをパッとこのように、道中に撒きちらして逃げてしまいました。あたしも口惜しくて……」

と、眼に泪《なみだ》さえうかべている。

「ふむ、してしてそいつはどっちへ行った」

「はい、そこの横町《よこちょう》へ逃げこみました」

「よし、辰、豆六、来い！」

血相かえて駆け出した佐七の様子に、辰と豆六も泡を食って後を追いながら、

「親分、ま、まあ待っておくんなさいまし。俺《あっし》にゃさっぱりわけが分らない。こ、こりゃいったいどういうわけで」

「辰、まだ分らねえのか。最初が文字常の字だ。つぎが風来庵の来の字で、最後の矢場の矢だ。これを一つに読むと何になる」

「字――来――矢……あ、自来也や」

「分ったかえ。分ったら遠くはいくめえ。その悪戯者をとっつかまえるんだ」

だがそれらしい若者は、もうその辺には見えなかった。あちらの辻、こちらの小路と、虱潰《しらみつぶ》しに探していったが、若者の姿は見えずに、バッタリ出会ったのは、白い着物に袴《はかま》を穿《は》いた、泥鰌髭《どじょうひげ》の小男だった。

「もし、一寸お訊ねいたしますが、これこれかようの若者を見かけなかったか」

と訊《たずね》ると、泥鰌髭はたちまちいきり立ち、

「おお、その若者なら私もいま探しているところだ。いやもうとんだ悪戯《わるさ》をするもんだ」

「へえ、すると彼奴《あいつ》がまた何かやりましたか」

「やるもやらぬも、まあ聞いて下され。私ゃそこのお杉稲荷《すぎいなり》の堂守だが、さっきその若者がと

び込んで来て、あっという間にお前さん、提灯を五つまで叩き落して逃げおった。いやもう、憎い奴じゃありませんか」

「へへえ、またやりましたか。その男についちゃ俺《あつし》にも少々心当りがありやす。もしお前さん、その狼藉《ろうぜき》の跡を一つ見せて下さいまし」

「おお、遠慮なく御覧《ごろう》じろ」

お杉稲荷というのは、その界隈《かいわい》での流行神《はやりがみ》、赤い鳥居や納め手拭《てぬぐい》が、ひらひらしている奥の、ひろいお籠り堂の中には、線香の煙が渦を巻いて、低い天井には、ぎっしり提灯がぶら下っている。

「何しろここは暗いから、昼でもああして提灯に灯を入れておくのですが、それをお前さん、あれ、あのように滅茶滅茶にしていきました。ほんとにもう忌々しくて」

数えてみると、提灯は十ずつ五列に並んでいたが、そのうちあちこち叩き落されて灯の消えているのが、歯の抜けたように淋しかった。

「親分、今度はどういう謎でしょう」

佐七は暫《しばら》く腕拱いて、天井を睨《にら》んでいたが、やがて小首をかしげると、ポンと小手《こて》をうち、

「分った。辰や、よく見ねえ。この提灯は十ずつ五列に並んでいる。つまりアイウエオと同じ排列だ。一番上の列がアカサタナハマヤラワ、右の端の五つがアイウエオ、とすると、抜けてる箇所は何にあたるか勘定してみろ」

「へえ、すると上の右から二番目は、アカサタナのカ、五番目はナの字で、おつぎも抜けてお

りますが、こうっと、これはハですな」

「そや、そや。そして一番おしまいも抜けてるさかい、これはワの字になるのやろ。もうひとつ一番下の段の右から四番目が抜けてまんな。あれはこうっとオコソト……あ、トの字に当りよる。そうすると皆《みんな》でカナハワト、何んや、ちっともわけが分らへんがな」

「そいつを何んとか意味の分るように組み合せるんだ。カナハワト、トワハナカ、ワハナカト、ハナカワト——はなかわと、おや」

と、眼を輝かせた人形佐七、しめたとばかりに両手を打って、

「辰、豆六、分った、分った。こいつははなかわど、花川戸《はなかわど》と読むんだぜ」

鬼甍《おにがわら》の中から現れたのは

その夜更、花川戸の辻から辻へと、忍び姿でうろうろきょろきょろ、歩き廻っている三人づれ、いうまでもなく人形佐七に二人の乾分だ。

「親分、親分、こうしてみれば花川戸もずいぶん広いや。ただ花川戸とだけじゃどこの家《うち》だか見当もつきやしねえ」

「わてももう足が棒になってしもた。阿呆らし。ひょっとするとあの謎を、読みちごとるのや

ないかしら。そやったら、こんな馬鹿らしいことおまへんで」

辰と豆六、そろそろ愚痴《ぐち》が出はじめた。間違いはないと思うが佐七にも、花川戸とだけじゃ心許ない。今宵《こよい》花川戸で、何か起るという謎と、あの提灯の秘めた文字を読んだのだが、来てみると辰のいう通り花川戸も広かった。

「辰、もう何刻《なんどき》くらいだえ」

「へえ、さっき浅草の鐘が九ツを打ちました。もうそろそろ丑満時《うしみつどき》でございましょうよ」

自来也が忍びこむのはいつも丑満時、何か事件が起るとしたら、もうそろそろその時刻だが、それにしても、分らないのはさっきの謎だ。あの若者というのはいったい何者だろう。何んのために、ああいう悪戯をやったのだろう。

仲間にしらせる合図の謎か、それなら何もあのように、廻りくどい事はせずともすむ筈、ひょっとしたら……と、佐七はふいにぎょっとする。

ひょっとしたらあの謎は、自分をここへ誘《おび》き寄せるための目論見《もくろみ》ではあるまいか。そう考えると油断は禁物、佐七はピタリと土塀の蔭に、体をすり寄せ、きっと辺《あたり》を見廻したが、その時ふいに、どきっとばかりに眼を瞠《みは》った。

「辰、豆六、あれを見ろ」

「へえ、へえ、何んでございます」

「向うに見えるあの屋根のうえだ」

「あのお屋敷の屋根のうえ？　はてな、何も見えやしまへんがな」

「手前《てめえ》たち、あれが見えねえのか。ほら、あの屋根のうえにゃ、鬼甍がおいてあらあ」

なるほど、ほの明るい夜空の中に、くっきり黒く聳《そび》え立った屋根の上には、鬼甍がひとつ、奇妙な恰好をしてこちらを向いている。

「親分、あの鬼甍がどうかしましたかえ」

「手前たち、まだ分らねえのか。自来也が一番最初に現れた芝金杉の雁阿弥屋敷、二番目に忍びこんだ石町の隠居所、また三番目に襲った蔦の家の寮、みんな屋根には、あれと同じ鬼甍がおいてあったぜ」

「あっ！」

と、辰と豆六が、思わず息を呑んだとき奇妙なことがそこに起った。夜露に光る鬼甍が、ぽかりと二つに割れたかと思うと、中から現れた黒い影が、屋根づたいにするするとこちらへやって来る。

「や、自来也や！」

「しっ、静かにしろい。向うはまだ気がついちゃいねえ。おりて来たらつかまえろ」

蔭をつたって向うの屋敷の、土塀の下にピタリと身を寄せていると、曲者はそうとは知らず、みしりみしりと、甍をふむ音がちかづいて、やがて廂《ひさし》に腹這い、ひょいと下をのぞいたが、とたんにバッタリ佐七と視線があって、

「あ、われゃ大工の巳之助だな」

意外にもその曲者は、いつぞや、橋場の寮の小花のところで見かけた、あのいい男の巳之助

だった。

巳之助はしまったとばかりに、すっくと屋根に立ちあがると、そのままたらたら甍をつたって、屋根から屋根へと逃げていく。何しろ大工だけあって、そういうことには慣れている。速いことは驚くばかりで、みるみるうちに佐七は、その姿を見失ってしまった。

「辰」

「へえへえ」

「手前は浅草門跡まえへ先廻りして、巳之助がかえって来たらふんづかまえろ、豆六！」

「へえ、何んだす」

「手前は橋場の蔦の家の寮へいって、小花をすぐに挙げて来い」

「おっと合点《がってん》や！」

と、ばかりに辰と豆六が夜道のなかを一目散に駈け出したあと、佐七はひとりいま巳之助が這い出した、あの鬼甍のお屋敷を叩き起した。

このお屋敷は、向井《むかい》九十郎《くじゆうろう》というお舟手役人の下《しも》屋敷でその夜主《あるじ》の九十郎は、ほろ酔いかげんで、ぐっすりと寝こんでいたが、佐七に叩き起されて、不承無精に起きて来ると、

「曲者がしのび込んだと申すが、まことのことか」

「へえ、たしかに間違いございません。どうぞ御寝所をおしらべ下さいまし」

「よし、その方もついて参れ」

二人が寝所へ行って、しらべると、細かくしらべるまでもない。

佐七がかかげた手燭《てしょく》の灯に、ありありと照らし出されたのは、襖のうえに書遺した、

自来也

と、いう左書の三文字。だが、その時佐七がふうむと呻いたのは、その字のせいではなかったらしい。床の間のかまえ、地袋の襖模様、床柱の配合、網代天井――そのお座敷のつくりは、大小のちがいこそあれ、いままで自来也に襲われた、三軒の家のつくりに、そっくりそのままだったのである。佐七は漸《ようや》くそれに気がつき、思わずどきりとした眼附きだった。

島送りになった棟梁湖龍斉《こりゅうさい》

佐七には、何が何やらわけが分らなくなった。

いままで自来也に襲われた、四軒の家が四軒とも、同じ鬼甍に同じつくりの座敷をもっているというのは、いったいどういうわけだろう。自来也はあらかじめ、そうして忍びこみ易い、家を方々へ建てておいたのだろうか。

そこで、佐七が思い出したのは大工の巳之助、なるほど大工なら、そういう芸当が出来なくはないが、どう考えても巳之助は若過ぎる。古さからみて四軒の家は、十年から少《すくな》く見積っても七八年はたっている。その時分巳之助はまだ二十まえだ。いくら何んでもそういう若さで、

家《うち》の設計など思いもよらぬ。せいぜい柱を削っているのが関の山。

それにしても分らないのは巳之助だ。この間の謎の主はいまから考えると、どうやら巳之助らしく思われる。巳之助が自来也なら、何もあんなことをして、自分に悪事の予告をすることはない。かくして佐七がとつおいつ、思案に暮れているところへ、帰って来たのは辰と豆六だった。

「親分、どうもいけません。巳之助も小花も、いまだにもって皆目ゆくえが分りません」

あの夜、辰と豆六が手分けして、浅草門跡前と、橋場の寮へ踏みこんだ時には、二人は早くも風を喰《くら》って逃げていたのだった。

「ふむ、まあすんだ事は仕方がねえ。時に豆六や、小花という女の素性は分ったかえ」

「へえ、分りましたが親分、あいつはたしかに喰わせもんだっせ。あいつの親爺ちゅうのから して、兇状《きようじよう》持ちやちゅう話だす」

「なに、兇状持ち。いってえどういう野郎だ」

「へえ、湖龍斉政五郎《まさごろう》ちゅうて、昔は名高い大工の棟梁やったそうだすが、七年まえに悪事がばれて、今では八丈島《はちじようじま》へ送られてるちゅう話だす」

「なに、湖龍斉政五郎？　それがあの小花の親爺か」

「へえ、さいだす。親父が島送りになった時、小花は十四やったそうだすが、悪い奴の手にかかってとうとう柳橋へ売られたんやそうだす。あの巳之助ちゅうのは、その政五郎の弟子で、その時分から小花と深く言交わしていた仲やちゅう話で」

「湖龍斉政五郎? ふうむ」

暫くふかい思案に暮れていた人形佐七、ふいにはったと両手をうつと、

「分った、分った、何もかも分ったぞ。辰、豆六、手前たち二人は手分けして、いままで自来也に押込まれた、四軒の家を建てたのは、どこの大工か調べて来い」

「へえ、そして親分は?」

「俺は神崎様のお屋敷へ伺《うかが》っているから、分ったら二人ともそっちへ廻れ」

と、それから間もなく人形佐七が、やって来たのは八丁堀の、与力神崎甚五郎のお屋敷だ。すぐ甚五郎にお目通り願うと、

「旦那、ちと思う仔細があって、七年まえの湖龍斉政五郎一件と、その時分の自来也一件のお調書が、しらべて見とうございます。お係りの方に、どうぞお言葉添え下さいまし」

「よいよい、すぐ取り寄せてつかわそう」

佐七の顔色から、何か当りがついたのだなと、早くも察した甚五郎、すぐさま当時の記録を取り寄せたが、佐七はそれをいちまいいちまい、丹念に調べていたが、やがてにっこり、甚五郎の顔を仰いで、

「旦那、やっと自来也の正体が分りましたよ。自来也というのは七年まえにほかの罪で、島送りになった湖龍斉政五郎にちがいございません」

「なに、あの湖龍斉が自来也とな」

「さようでございます。湖龍斉政五郎が、御法度《ごはっと》の釣天井をつくったという科《とが》で、捕えられた

のが七年まえの五月六日、するとそのまえの晩まで暴れ廻っていた自来也が、その日以来ぴたりと消息をたっております。ところで旦那、先月でしたか八丈島の島役人から、たしか政五郎が島破りをしたとお届がありましたねえ」

「おお、それじゃ今度の自来也も……」

「さようで、政五郎にちがいございません。これじゃ、自来也の正体が分らなかったのも無理はない。お役人衆が血眼になって、自来也の詮議をしている時分、当の自来也は釣天井一件という、まったく何んの関りもねえ罪で、八丈島へ送られていたんです」

こんな話をしているところへ、あわただしく駈けこんで来たのは、辰五郎と豆六だ。

「親分、わかりました、わかりました、今まで自来也の押入った、四軒の家が四軒とも」

「小花の親爺の湖龍斉政五郎がつくったもんやそうだっせ」

佐七は、にんまり微笑《わら》って甚五郎に打ちむかい、

「旦那、お聞及びの通りでございます。島からかえって来た政五郎が、荒し廻っているのはみんな昔自分の建てた家《うち》でございます」

「それにしてもおかしいではないか。この度の自来也は、忍びこんでも持ち去るのは、鈍刀だの印籠だの、銀の簪だの、つまらぬ品ばかりだ。これはいったいどういうわけだえ」

「はははは、まだお分りじゃございませんか。鈍刀や印籠や簪は、世間を欺くからくりで、自来也はもっと大事なものを持ち去っている筈《はず》でございます」

「大事なものと申すと?」

「旦那、政五郎は御法度の釣天井を作るほどのしたたか者、自分の作った家に抜道やどんでん返し、さては隠し戸棚などを作るくらいは雑作《ぞうさ》ございません。そういう隠し戸棚の中へ、昔盗んだ千両箱を隠しておいたのを、島からかえって盗み出しているのでございましょう」

「それだったら親分」と、側で聞いていた辰が、俄かに膝を乗り出すと、

「自来也をつかまえる機会はまだありますぜ。俺《あつし》ゃさっき、政五郎の弟子だった男に聞きましたが、その時分政五郎の造った家《うち》は、あの四軒のほかにもう一軒あるそうです」

「してして、それはどこだ」

「ところがそいつも、その一軒だけはどこにあるのか知らねえので」

「なんだ、知らねえのか。知らなきゃ何んにもならねえ」

「そやけど親分、政五郎の造った家《うち》にはみんな目印の鬼甍があるやおまへんか。それを目当てに探してみたら」

「箆棒《べらぼう》め、あてもないのに江戸中探せるものか」

佐七ががっかりしているところへ、

「あの、佐七様へとこのようなお手紙が」

腰元が持って来たのは、艶かしい天紅《てんべに》の封《ふう》じ文《ぶみ》、はてなと佐七はあわてて封を切ったが、読んでいくうちにみるみる顔色がさっと変った。

ひと筆しめしまいらせ候《そうろう》、親分さまのお手により、親の敵《かたき》を討っていただきたく、巳之さ

んに頼んでこのあいだ花川戸へ手引きまいらせ候甲斐もなく、取りにがしたるざんねんさ、ちち政五郎のその昔、たて候建物は、もう一軒谷中《やなか》の弁天堂《べんてんどう》、このたびこそは必ず必ずおとり逃がし被成《なされ》まじく、首尾よく親のかたきを討って下されたく、こればかりがよみぢの障《さわ》りにござ候、巳之さんといま旅立つ死出の山、三途の川をわたるまえ、取りいそぎあらあらかしこ。

小花
巳之助

佐七親分さままいる

賽銭箱がバックリ開いて

ここは谷中の弁天堂、雨催いの小暗い空に、上野《うえの》の森がくっきり聳えて、梟《ふくろう》の声、五位鷺《ごいさぎ》の鳴きわたる音《ね》。

上野の鐘が九ツを打って、夜はもう深更。

蜘蛛《くも》の巣だらけの弁天堂の中には、さきほどから黒い影が一つ二つ三つ四つ、もくもくと蠢《うごめ》いて、おりおり天井を駈けまわる鼠《ねずみ》の音がけたたましく、その度にばらばらと細かい埃《ほこり》が降って来る。

「それにしても分らぬではないか」

押しころしたような声で囁《ささや》くのは、たしかに神崎甚五郎。してみるとほかの三人は、人形佐七に二人の乾分、辰と豆六にちがいない。

「その方《ほう》の話によると、自来也は政五郎であるという。しかるにさっきの小花の文《ふみ》に、親の敵とあるからは、政五郎はとっくに死んでいるにちがいない。しからば自来也とは何者か。湖龍斉政五郎でないことだけはたしかだの」

「旦那、あの文には俺《あっし》も驚きました。いろいろ考えまよいました。しかし旦那、やっぱり俺《あっし》の考えにゃ間違いはねえんです。自来也とは湖龍斉政五郎に相違ございません」

「だが、政五郎はすでに死んでいるというではないか」

「まあまあ待って下さいまし。いまに何もかも分ります。俺《あっし》もあの文をよんで、はじめて謎がとけたんですが、いまは何も申しますまい。辰、豆六」

「へえ」

「油断をするな。相手はなかなかしたたか者だから、嘗《な》めてかかると、とんでもねえ怪我《けが》をするぞ」

「合点です」

「さっきから、うんと褌《ふんどし》緊めてまっさ」

豆六は武者振いするような声だった。

「よし、それじゃ口を利くんじゃねえぞ。旦那も俺《あっし》が合図をするまでは、口をつぐんでいておくんなさいまし」

「よしよし」ぴたりと話が途切れると、四人の影は弁天堂の内陣の、漆《うるし》の闇につつまれて。

——風が出たのか、おりおり風鐸《ふうたく》のゆれる音。

——と、その時どこかで、ごとりと微かな物音がした。一同思わずごくりと生唾《なまつば》をのむ。

——鼠の音か。

いや、そうではなかった。つづいてみしりみしりと聞えるのは、誰かが天井をわたる音。

やって来たのだ、自来也が。

佐七はあわてて懐中《ふところ》の十手を握り直している。ほかの三人もめいめいに、暗闇の中で音もなく、身ごしらえに急がしい。素破《すわ》といえばいつでもとび出せる構えである。

天井の足音は間もなくやんで、またもやどっと風鐸を揺《ゆす》ぶる風の音。

一同が固唾《かたず》をのんで待っていると、ごとりとかすかな物音、しかもこんどは意外にも、四人のごく近くだったから一同がはっとして首をちぢめたとたん、こはそもいかに、つい眼と鼻の先にある、太い朱塗りの柱が、真中からポカリと二つに割れて、その中からヌッと出て来たのは、龕燈《がんどう》片手に、黒装束の曲者だ。生憎《あいにく》顔は覆面にかくれて見えない。曲者は龕燈をあげて、そっとあたりを照らしたが、幸いかくれている四人まで、その光はとどかなかった。

曲者はかすかに頷き、そろりそろりと忍び足で、近附いたのは拝殿のまえ、何んとなく気になる様子で、内陣の暗《やみ》をのぞいていたが、やがて思いきったように手をかけたのは、畳三畳敷きもあろうかと思われる、大きな賽銭箱だった。龕燈のあかりであちこち照してみて、

「ふむ」

と、会心の微笑《えみ》をもらすと、懐中から取り出したのは、一枚の絵図面、龕燈の灯りでその絵図面と、賽銭箱を見較べていたが、やがてあちこち賽銭箱を撫で廻す。

と、そのうちにだしぬけに、がたりと大きな音がして、賽銭箱の側面がひらいたが、見るとそれは二重底になっている。曲者がさっとその二重底を照らすと、闇の中からうかんだのは。

――・

さすがの曲者もそれを見たとたん、

「わっ！」と、叫んでうしろにとびのいた。それもその筈、二重底の賽銭箱のその下には、男と女がおり重なって俯伏《うつぶ》している。曲者はしばらくわなわな震えていたが、やがてそっと二人の体に指をふれ、

「おお、死んでいる」

死んでいれば、恐れることはないと思ったのか、二人の体を押しのけて、しばらくその辺を探していたが、やがてズルズル引きずり出したのは、まぎれもなく千両箱一つ。その途端。

「御用だ！」しまったと曲者は振りむきざま、ずらりと抜いた大だんびら。

「御用だ、御用だ、神妙にしろ！」

「御用や、御用や、御用やぞ」

奇妙な声をあげてとびこんだのは、豆六だった。曲者はすかさず一歩しりぞくと、

「うぬ！」さっと振りおろした刀の下、あわれ豆六が真二つになったかと思った瞬間、横あいからとび出したのは巾着の辰。これがいきなり、曲者の腰に武者ぶりついたから、狙いはわずかに外れて、

「うわ！」

その場にへたばった豆六は、ちょっと小鬢《こびん》をかすられただけで危《あやう》く助かった。曲者は辰五郎をふりほどこうとするが、おっとどっこい、辰五郎はだにの性で、喰《くら》いついたが最後、首がちぎれても離れない。

曲者は気をいらって、

「うぬ」

刀を逆手《さかて》に突きおろそうとした時だ。ぴしり！　佐七の放った捕縄がきりりと手首にからみついて、

「えい！」佐七の懸声《かけごえ》もろともに、曲者と辰五郎、組みついたままもんどり打って床へ倒れる。そこへ、躍りかかったのが豆六で、

「こん畜生、ひどい奴や」

刀をもぎとると、ポカポカポカ、さっきの腹癒せのつもりらしい。佐七は素速く縄をかけ、

「旦那、どうぞ、こいつの顔を御覧下さいまし」

ぱらりと覆面をとったその顔を見て、

「あ、こ、こりゃ磯貝雁阿弥」

いかさまそれは、最初に自来也に襲われたと届けて出たあの刀の鑑定家、浪人くずれの磯貝雁阿弥ではないか。

「それじゃ、佐七、自来也とはこの雁阿弥か」

「さようで、左書の自来也はこの雁阿弥にちがいございません。しかしほんものの自来也はやっぱりあの湖龍斉政五郎」

「しからば、その政五郎はどこにいるのだ」

「旦那、まだお分りじゃございませんか。雁阿弥の家《うち》で殺されていたズタズタの死体、あれが即ち自来也政五郎、政五郎は島から帰ると、可愛い娘が柳橋で気にそまぬ芸者勤めをしている。それを受け出してやろうと、昔隠しておいた金を取出しにいったところが、あべこべに雁阿弥のために殺されたんです。その時、政五郎が、昔たてた家の絵図面を持っていたところから、雁阿弥は政五郎の秘密を知り、女房のお妻としめしあわせて、自ら自来也になりすまし、政五郎のかくしておいた千両箱を、盗みまわっていたんです。左書は即ち、自分の筆蹟をくらますため、また、政五郎の左の手首を斬り落したのは、そこに島送りの入墨があるから、もしそれから死体の身許が分れば、これから先の仕事に差支えはせぬかと思ったからでしょう。どうだ、雁阿弥ちがいあるめえ」

雁阿弥はすでに観念しているのか、眼を閉じたまま頷いている。

「それにしても不憫《ふびん》な小花、巳之助。小花は病身のうえ親爺が無残に殺されても、晴れて敵も討てぬ悲しさから、とうとう死ぬ気になったのでしょう。辰、その翕燈をかしてみろ」

佐七が取りあげた翕燈の光の中に、浮びあがった二人の男女。まぎれもなく、それは小花と巳之助で、二人とも膝をくくって見事に咽喉《のど》をついていた。親と師匠の悪事の跡《もと》で見事心中をとげた小花巳之助の哀れな物語には、その当時、涙をしぼらぬ者はなかったという。

ところで雁阿弥の女房お妻だが、こいつ佐七が踏みこんだ時には、風を喰《くら》って逃げていたが、これが稀代の毒婦で後《のち》に佐七に恐ろしい復讐をしようというお話は、またいつかの機会に。

出世競べ三人旅

木場《きば》大尽《だいじん》の生葬礼《いきそうれい》
——隣座敷で漏れきく三人——

相も変らず人形佐七《にんぎようさしち》の手柄噺《ばなし》。

さて、その頃、江戸にこういう流行《はや》り唄があった。

深川《ふかがわ》に過ぎたるものが二つある。木場大尽に銀杏屋《いちようや》のふで。

この木場大尽というのは、柳営御用《りゆうえいごよう》をつとめる材木問屋、伊丹屋喜兵衛《いたみやきへえ》といって、その頃江戸で一二に指を折られるくらいの大分限者。もとは棒手振《ぼてふ》りのしがない商人だったそうだが、過ぐる年の大火の砌《みぎり》、木曾《きそ》の檜《ひのき》材をいちはやく、一手に買いしめるという大賭博《ばくち》を打ったのが当って、それから後はとんとん拍子、しだいに身代《しんだい》を太らせ、今では木場の屋敷だけでも何町四方もあろうという、現今《いま》の言葉でいえばさしずめ成金というところだろう。

そのくらいの資産家だから、これが深川名物にうたわれるのは何《な》んの不思議もないが、その伊丹屋喜兵衛と並び称せられる銀杏屋のふで。

これをどういう人物かというのに、深川八幡《はちまん》様の境内《けいだい》に銀杏屋という水茶屋がある。その銀杏屋の茶汲女《ちやくみおんな》でお筆《ふで》というのは、今年とって十と七、八幡様の御繁昌《ごはんじよう》は、お筆の人気が半分ぐらい影響しているといわれたくらいの愛嬌者。眼に愛嬌があって笑顔がよく、額の生え際の美しさがたまらないと、信者も不信者もお筆がためにわざわざ足を運ぶという騒ぎ。さればこそ木場大尽に銀杏屋のふでとこの二人で深川を代表するくらいの名物になっていたが、さてその年も押しつまった師走《しわす》の十四日のこと。お店の汐時《しおどき》を見計らって、お筆がこっそりやって来たのは、八幡様の裏通りにある小意気な料理屋。

まだ灯の入らぬ籠目《かごめ》行燈《あんどん》に、此花《このはな》と嵯峨《さが》ように書いたのを横眼で見ながら、盛塩《もりしお》をよけるように中へ入ると、

「姐《ねえ》さん、若旦那は来ていらして？」

と、羞《はじ》らいがちに訊ねるところは、どうしてどうして、初心《うぶ》でしおらしくて、これが名代《なだい》の茶汲女とはどうしても見えない。

「おや、いらっしゃい。遅かったじゃないの。ええええ、若旦那さっきからお待ちかねですよ」

「あらそう」

とお筆はとび立つばかりに、

「そして御座敷は？」

「いつもの離れですよ。案内はしませんよ。邪魔になるといけないから」

「あら、いやな姐さんだこと」

と、ぽっと頬を染めながら、それでもお筆はいそいそと、勝手知った廊下づたいにやって来たのは、奥の離れの四畳半、襖《ふすま》をひらくと、二十歳《はたち》にはまだ一年ほど間があろうという、色白の優男が炬燵《こたつ》によりかかってぽつねんと待っている。

「若旦那、すみません。すっかり遅くなっちゃって、ずいぶんお待ちになって?」

「いや、それほどでもないけれど……」

男は、なんだか浮かぬ顔色なのである。

「あら、どうかなすって、あたしが遅かったので憤《おこ》っていらっしゃるの? だったら御免《ごめん》なさいね。あたしも随分気がせいたんだけれど、どうしてもお店が抜けられなかったんですもの」

ぴたりと側に寄り添うのを、男はにこりともせずに、

「ううん、何もそんなこと憤ってやしない」

「なら、どうしてそんな浮かぬ顔をしていらっしゃるの。いやだわ。あたし気になるわ」

「どうしてって、おまえも大方知ってるだろう。明日は師走の十五日、世間でもずいぶん評判してるようだが、わたしゃどうにも、そのことが気にかかって耐《たま》らないのさ」

「まあ、あのこと……? それじゃ若旦那、あれはやっぱり本当のことなの?」

「ほんとうのことだとも、ああして読売にまで唄われたほどだから、今じゃ江戸中の評判になってしもうたが、わたしゃ何か、ひょんなことが起りゃしないかと、それが気がかりで、気がかりで……」

と眉根《まゆね》を曇《くも》らせ、ほっと溜息つくこの男は、いったい誰かというに、これ即ち、先に述べた木場大尽、伊丹屋喜兵衛の一人息子で伊之助《いのすけ》という。深川名物木場大尽の倅《せがれ》が、同じ深川名物のお筆と切っても切れぬ契りを結んだというのも、これ何かの因縁《いんねん》だろうが、それにしてもこの伊之助が、胸にあまる思いというのはこういう事情なのである。

伊之助の親父の喜兵衛というのは、今年とって四十二の厄、その厄落しのつもりか、それとも別に仔細があるのか、突然、妙なことを言い出した。

師走の十五日に自分の葬式を出そうというのである。早く言えば生葬礼。昔はよくこういうことをやったもので、何か不祥のことがあると、一度死んで生まれ替わる。そうすれば厄が落ちるというところから、生きながら葬式を出すというのがままある慣《なら》いだったが、伊丹屋喜兵衛が、これをやろうというのである。

「まあ、それじゃやっぱりほんとうなんですね」

お筆は何故《なぜ》か思い入った様子だったが、伊之助はそれと気がつかず、

「ほんとうともさ。だからわたしゃ気を揉《も》んでいるのさ。親父さんはどういうつもりでそんな気になったのか知らないけれど、わたしゃ何だか縁起でもない気がする。瓢簞《ひょうたん》から駒《こま》という例もある。かりそめにもそんなことがあってはならぬと思うけれど、何んだか凶《わる》いことが起りそうで……」

「若旦那、それについて、あたしの方にも話があるんです」

ふいにお筆は膝《ひざ》をすすめたが、その時、隣座敷で二人の話を、聞くともなしに聞いている三人づれがあるとは知らずに……。

三つ鱗《うろこ》の一人

――とんだところで豆六《まめろく》の失敗――

「なんだえ、おまえの話というのは？」

「若旦那、これを見て下さいまし」

と、お筆が帯のあいだより取り出したのは一通の封《ふう》じ文《ぶみ》。伊之助は怪訝《けげん》そうに手に取りながら、

「こりゃ手紙じゃないか。これがどうしたというんだえ」

「何んでもよいから、まあ読んで下さいまし」

伊之助が小首をかしげながら披《ひら》いてみると、

――一筆啓上、そなたの父条蔵《くめぞう》殿の行方知りたく思い候《そうら》はば、明十五日行われ候伊丹屋喜兵衛の生葬式に参会いたさるべく候《そうろう》。喜兵衛殿こそ、そなたの父御の行方を知れる唯《ただ》一人にて御座候。この事必ずお疑いなされ間敷《まじ》く、取急ぎこの文したため申候。

三つの鱗の一人

お筆どの

伊之助は驚いて、

「こりゃいったい何んだね」

「わたしにもさっぱり分かりゃしません」

「でも、うちの親父様が、お前のお父《と》つぁんの行方を知っていると書いてある。不思議だねえ」

伊之助は俄《にわ》かに膝をすすめて、

「わたしゃ今迄《いままで》、ついぞおまえの身の上を聞いたことはなかったが、おまえのお父つぁんというのはどういうお人だえ。何かえ、行方でも分からなくおなりだったかえ」

聞かれてお筆は思わずほろりとして、

「そうなんです。あたしのお父つぁんというのは、そこにも書いてある通り、粂蔵というんですが、忘れもしない十年まえの、師走の十五日に行方知れずになったんです」

「師走の十五日に？」

「そうなんです。その時あたしは七つだったけど、今でもはっきりその日のことを覚えておりますわ。その時分お父つぁんは、浅草《あさくさ》で小間物店を開いていたんです。はじめはずいぶん苦しかったそうですけれど、あたしが産れる時分から、どうやら芽が出て、その年の師走には百五十両ほどお金がたまっておりました。ところがその十五日の朝のこと、お父つぁんは日本橋《にほんばし》のうえで人に会う約束があるからといって、百五十両というあり金すっかり持って出かけたんですが、そのまま家へも帰らず、今もって行方が分らないんです」

「ほほう、それはまた……そして、その時会う約束があったという、相手の名前は分らないのかえ」

「はい、お父つぁんはその事については何んとも申しませんでした。ただ、一寸洩《ちょっとも》らしたところによると、その約束というのは、あたしがまだ産れないまえ、十年も昔にした事だという話、そして、会う相手というのは、たしか二人だということでした」

「十年もまえにした約束？　そして相手が二人で、日本橋のうえで会おうというのだね。それはまた妙な話じゃないか」

「ほんとに妙な話でした。しかも、それきりお父つぁんは帰って来ないんです。あたし達、あたしとお母さんは必死となって行方を探しました。知合いという知合いは片っ端から訊ねましたが、その日以来誰一人、お父つぁんを見たという者はありません。何しろあり金残らず持って出たこと故《ゆえ》、あとが忽《たちま》ち困る始末、それやこれやで、お母さんはそれから間もなく患いついて、とうとう亡くなっておしまいなさいました。その時あたしはまだ八歳、やっと西東の分る年頃でしたが、それから苦労に苦労を重ねて、今年でちょうど十年目、いままで一度だって、お父つぁんの便りを聞いたことはございません」

「そこへ唐突にこんな文が来たんだね」

「はい」

「妙だねえ」

と、伊之助は怯えたような眼の色をしながら、

「そのお父つぁんの行方を、うちの親父さまが知っているというのだねえ。しかしわたしゃ今迄、親父さまの口から、ついぞ粂蔵さんという名を聞いたことはない。それにしても三つ鱗の

一人とは、いったい、どういう訳だろう」

「それについて、あたしに些《いささ》か心当りがございますの。というのはほかでもありません。お父つぁんの右腕に、三つ鱗の刺青《いれずみ》のあったのを、あたしゃいまでもはっきり覚えております」

「な、なんだって？　三つ鱗の刺青だって？」

伊之助がわれにもなく、脳天から声をつっ走らせた時だった。隣の部屋から唐突《だしぬけ》に、

「はっくしょい」

と、これはまた自棄《やけ》に大きな嚏《くしやみ》だったから、驚いたのは、お筆伊之助。思わずあっと顔見合せたが、それもその筈《はず》、いままで誰一人聞く者もないつもりでいた隣座敷で、誰やら一伍一什《いちぶしじゆう》を聞いていた様子に、二人はさっと顔色かえて、あわてて座敷をかえてしまったが、あと見送った隣座敷の三人だ。

「馬鹿野郎、いかにも出物腫物《でものはれもの》ところ嫌わずとはいいながら、ああいうところでぶっ毀《こわ》しな、嚏なんかする奴があるもんか」

と、面ふくらせて憤っている男を誰かと見るに、お玉《たま》が池《いけ》の佐七《さしち》の乾分《こぶん》、巾着の辰五郎《たつごろう》なのである。と、こういえば、その辰五郎に怒鳴られて、さすがに面目なさそうに、頭をかいている方を、いまさら説明するまでもなく、これはうらなりの豆六《まめろく》だった。

「そやかて兄哥《あにい》、仕様がおまへんがな。わてかてここが正念場や思いましたさかいに、一生懸命にこらえていたのやが、まんの悪い、また自暴《やけ》に鼻の孔《あな》がむずむずしやがって……は、はっくしょん」

これにはとうとう側にいた佐七も笑い出した。

「はははは、まあいいや。どうせ立聴きしようというこちとらが悪いのだ。それにしてもあの二人、びっくりして座をかえてしまったが、そろそろこちらもお神輿《みこし》をあげようぜ」

「そうですねえ。しかし親分え、おまえさん今の話をどうお思いでござんすえ」

「そうよなあ、何んだか複雑《こみい》った筋らしいが、辰、豆六」

「へえ」

「こいつ、あの若僧の言葉じゃねえが、明日の伊丹屋の生葬式には、何かひと騒動持ちあがるかも知れねえぜ」

佐七はしきりに小首をかしげて考えていたが、果せる哉《かな》、その翌日の十五日、大変な椿事《ちんじ》が持ち上って、佐七がまたもや腕を揮《ふる》おうという一条は次《つ》ぎの件で。

牡丹《ぼたん》のような血を吐いて
——日兆和尚《にっちょうおしょう》は驚いて珠数《じゅず》を落した——

問題の伊丹屋喜兵衛の生葬礼は、本所《ほんじょ》の浄天寺《じょうてんじ》という寺で行われることになっていたが、何がさて、今評判の木場大尽が、世にも珍しい生葬礼をやろうというので、その当日になると浄天寺の附近はたいへんな人群り《ひとだか》。

寺男がいくら止めても止まらぬ群集は、門を破ってわっとばかりに寺内に雪崩《なだ》れこもうという騒ぎ。伊丹屋の若い者も、はじめのうちこそ必死となって、この野次馬を食いとめようとしていたが多勢に無勢、敵わぬと見てとると、手をつけかねて成行にまかせるよりほかに仕様がない。それをまたよい事にして、雪崩れこんだ野次馬は、てんでに庫裏《くり》やら本堂を覗《のぞ》きこみながら、勝手な影口をきいている。

「ちょっと見や。あれが喜兵衛の妾《めかけ》でお絹《きぬ》という女だ。柳橋《やなぎばし》でついこの間まで、左褄《ひだりづま》をとっていたという話だが、なるほどいい縹緻《きりょう》じゃねえか」

「そうよ、ああいう綺麗な寵物《おもいもの》が出来たから、さてこそ木場のお大尽、妙な心を起したのよ。おおかた生葬礼でうまれ返って、せいぜい若返ろうという寸法よ。へん、うまくやってやがる」

「ところが、あまりうまくやってねえのよ。知らぬは亭主ばかりなりで、あのお絹という女にや、勤めをしていた頃から言交わした男があるんだとよ。喜兵衛の奴はそれとも知らず、いい按配《あんばい》に鼻毛をのばしているというんだから、こいつは全く世話はねえや」

「へえ、そんな男があるんですかえ。そうするとあのお絹にとっちゃ、さぞやこれが本物の葬式であって欲しかろうね。そしてまた、その男というのは何者ですえ」

「それがお前さん、謡《うたい》の師匠かなんかやってる浪人者で、犬塚新三郎《いぬづかしんさぶろう》という色男だが、いや、とんだ島田重三郎《しまだじゅうざぶろう》さ。……おっととと、噂《うわさ》をすれば影とやら、ほら、向うからやって来たのが、その新三郎さ。畜生《ちきしょう》、また図々しくもやって来やがったね」

「どれどれ、あ、成程、こいつはいい男だ」

と、眼ひき袖ひき、噂をしていると知ってか知らずか、折から人混みをかきわけてやって来たのは、年頃二十五六の、それこそ絵に描《か》いたような美男子だ。色白の面《おもて》に、月代《さかやき》を少し立てたのが、したたるばかりの色気に見えて、二筋三筋、ほつれ毛が頬にかかるのも憎い。新三郎は何か気になる風情《ふぜい》で、しきりにそわそわと庫裡のほとりをうろついていたが、あまりじろじろ人に顔を見られるので、やがてこそこそどこかへ消えてしまった。

「いい男といえばお前さん、お大尽の息子の伊之助というのもいい男じゃありませんか。鳶《とんび》が鷹《たか》をうんだというのは、おおかたあのことでしょう。成上り者の息子に似合わず高等で、おとなしくてしおらしくて……」

「へん、それはおまえさん表面だけのことよ。あの伊之助という息子、なるほどおとなしそうな顔はしているが、あれでなかなか食わせ物だといいますぜ」

「へえ、何か道楽がありますか」

「あるもないも、銀杏屋のお筆と深い仲だというから憎いじゃありませんか」

「え、それじゃあいつが銀杏屋のお筆と……さあ、こいつは聞捨てならねえ、誰に断ってお筆を手に入れた」

「あれあれ、妙だよこの人は、眼の色が変って来たよ。しかしまあ安心しなさい。その事についちゃ親父の喜兵衛が大の反対だとさ。それでちかごろ伊丹屋じゃ、親子喧嘩《げんか》が絶えないという話だ」

などと、わいわい言っている。

ちょうどその頃、本堂のほうでも漸《ようや》く支度が出来あがった。まず正面の須弥壇《しゅみだん》には白木の棺《かん》を安置して、その前には浄天寺の住職日兆、これは顔半面大痣《おおあざ》のある男だが、これがあまたの弟子僧をしたがえて、勿体らしく控えている。

その一方には伊丹屋喜兵衛、いかさま木場大尽の名前にそむかず、でっぷりと太った大兵《だいひょう》肥満の人物だが、これが死装束で水盃《みずさかずき》。最初にさされたのは妾のお絹で、これは喜兵衛とたっぷり二十は違おうと思われるうら若さ、同じく白装束をしているが、さっきも噂にのぼった通り、ついこの間まで左褄をとっていた女とて、どこか仇《あだ》めいたところが見える。

お絹は何か心がかりのことがあると見え、盃を持つ手が思わずかすかに震えるのを、喜兵衛は早くも見とがめて、

「お絹、どうしたのだ。何故その盃を干さぬのだ」

「でも、何んだか不吉のようで……」

「はははは、馬鹿な。何が不吉なことがあるものか。何度もいった通りこれは真似事、いずれ葬式がすんだらこの喜兵衛、うまれ代ったつもりで陽気に飲むのだ。さあ干せ、干して伊之助に盃を廻さぬか」

「はい」

お絹がやっと盃を干すと、次は伜の伊之助だったが、これは思いきりよく一息に飲み干すと、盃はまた廻って主《あるじ》の喜兵衛。

「おい、権助《ごんすけ》ついでくれ」

「へえへえ、それでは御免下さいまし」

権助というのは、長年伊丹屋につかえている忠義者で、おそろしく醜い面をしているうえに、少々足りないところがあるのだが、正直一途のところを買って、喜兵衛がかねてより眼をかけている男である。

さて、これで一通り水盃が終ると、いよいよ喜兵衛は棺へとはいる。ほんの形式だけだから、蓋《ふた》は勿論、釘は打たない。金襴《きんらん》の覆《おおい》をかけただけで、やがて日兆はじめ役僧たちの、高らかな読経がはじまった。

と、この時だ。俄《にわ》かに激しく棺が動いたかと思うと、いま入ったばかりの伊丹屋喜兵衛が、蓋をはねのけ、すっくと立ち上り、何やら一声呻《うめ》くように叫ぶと見る間に、くわっと口から牡丹のような血を吐いて、その場に悶絶してしまったから、さあ大変。

「あれ、旦那様」

「ああ、親父様」

血相かえたお絹と伊之助が、左右から棺のそばへ駈けよった時には、喜兵衛は早息もなく……日兆和尚がかたりと本堂の床のうえに、水晶の珠数を落したのがこの際異様に鋭く響きわたったのである。

喚《わめ》く薄野呂《うすのろ》の下男権助

――怪しいのはお筆と新三郎――

さあ、事だ。

生葬礼の主がほんとうに死んだというのだから、寺内へ詰めかけていた野次馬がわっとばかりにどよめき立ったのも無理はない。しかもこれがただの死方ではないのだ。殺されたのだ。喜兵衛はあきらかに毒殺されたのである。しかもその毒は、棺へはいる直前に、何者かの手によって与えられたものであることは疑う余地もないのである。

この思いがけない出来事に、伊丹屋一家の者をはじめとして、日兆和尚や弟子僧たちが、顔色かえて茫然《ぼうぜん》としているところへ、

「退《ど》いた、退いた、そこを退け退け。お玉が池の親分のお通りだ。邪魔立てせずにみんな退いた退いた」

と、例によって威勢のいい辰兄哥の大声につれて、これはまた自棄に物柔かなのは豆六の声なので。

「はいはい、皆さん、御免やしておくれやすえ。お玉が池の親分さんがお通りでございますよってちょっとそこを通しておくれやすえ。あれ、坊《ぼ》んち、あんた足を踏まれなはったのかいな。

おお、可哀そうに」

この硬軟《こうなん》二人の露払いを先頭に、群がる野次馬をかきわけて、ひらりと本堂へとびあがった人形佐七。

「ええ、皆さんえ。唐突に飛び出して参りまして済みませんが、いま向うで聞けば、旦那の身に何かお間違いがございましたとのこと、ちょっと調べさせて戴《いただ》きましてもよろしゅうございますかえ」

伊之助と妾のお絹ははっと不安な眼を見交わしていたが、厭《いや》というべき理由はない。

「はい、どうぞお調べなすって……」

「そして親分さん。もし旦那が他人手にかかってお果てなされたのなら、一刻も早く下手人を捕えて下さいまし」

佐七はにっと意味ありげに笑いながら、

「いや、早速お聞きとどけ下さいまして有難うございます。ではちょっと旦那の体を調べさせて戴きます」

佐七はそっと棺のそばへすり寄ると、物凄い喜兵衛の形相を眺めていたが、その時、ふと妙なものが眼についた。断末魔の苦しみに、もがく拍子にまくれあがったと見え、喜兵衛の片袖は肩のあたりまでまくれていたが、その袖の下からぬっと現れている右腕に、ありありと浮かんでいるのは、まぎれもなく三つ鱗の刺青ではないか。

「ふうむ」

佐七の眼が思わず光ったのも無理はない。昨日深川の此花で、ちらりと洩れきいたお筆の言葉、それによると十年まえに行方不明になったお筆の、父条蔵の右腕にも、たしかに三つ鱗の刺青があったという話。暗合だろうか。――勿論、暗合とは思えない。お筆の受取った奇怪な手紙は、やっぱり真実を語っていたのだ。伊丹屋喜兵衛とお筆の父、この二人のあいだには、何か不思議な因縁がつながっているにちがいない。佐七はすぐにその刺青を押し包むと、さあらぬ態《てい》で、

「もし、若旦那、御新造《ごしんぞう》さん」

「は、はい……」

二人ともさきほどから、生きた色はなかったが、佐七に声をかけられると、思わず怯えたような眼をあげる。

「旦那は毒害されたのでございます。お分りでございましょうね」

「は、はい」

「しかも、この棺へお入りになるそのまえに、一服盛られたにちがいございません。とすると、旦那に毒を盛ったのは……」

佐七の言葉もおわらぬうちに、いきなり横から金切声を出したのは、さっき喜兵衛に酌《しゃく》をした、あの薄野呂の権助だった。

「親分、親分、滅相な、お前さんの仰有《おっしゃ》ることを聞いていれば、この権助が毒を奨めたように思われます。なんで私が旦那様に――大恩うけた旦那様に毒など盛りましょう。もし、まだそ

れでもお疑いなら、どうぞその提《ひさげ》をお験《た》めし下さいまし。いえいえ、お験しになるまでもございますまい。この提の中に怪しいことがございましたら、お絹さまや若旦那とて、やっぱり生きてはいられぬ道理、はい、旦那様を殺した毒は、この提の中にあった筈《はず》はございませぬ。旦那はどこかほかで毒を飲まされなすったにちがいございません」

権助がここを先途と喚き立てる言葉を、佐七は耳もそらに聞き流しながら、提の水を嘗《な》めてみて、更にまたさっきの盃を取りあげたが、別に怪しい節もない。佐七はその盃の内側を指で撫でてみながら、

「なるほど、この水にも盃にも異状はなさそうだ」

「当りまえでございますよ。毒を仕込まれるのを、俺が知らずにいるなんてそんな馬鹿なことがあるもんですか」

躍起になればなるほど醜くなる顔を、権助は真赭《まっか》にそめて、まだ仏頂面をしている。仔細にみれば三十に、なるやならずの年頃だが、四十にも六十にも見えようという哀れな男。日頃から律儀者《りちぎ》をもって知られているだけに、かりそめにも主人に毒を奨めたといわれるのが、心外で耐《た》まらないというふうだ。

「しかし、この水の中に毒がないとすれば、はてな、旦那はいったい誰の手から、どのようにして毒を奨められたのでございましょう。もし、御新造さん、旦那はこの寺へ参られてから、何かほかにおあがりになったものはございませんか」

「はい」

と、お絹は蒼褪めた顔をかしげながら、

「そういえば、先程、和尚様のお部屋で、みんなしてお茶を戴きましたが、ひょっとすると、あのお茶の……」

お絹の言葉に驚いたのは日兆だ。これはまた先程から顔蒼褪めて、しきりにそわそわしていたがいまのお絹の言葉を聞くと、いよいよあわてて、

「め、滅相な、そんな馬鹿なことがあろう筈はない。あの茶は愚衲《わし》が手づから淹れて進ぜたもの。まさかこの日兆が下手人だとは仰せられるまいの」

強いて押えているものの、その声音がかすかに震えているのを、さすがは佐七だ、すぐさまそれと気附いたが、わざとさあらぬ態で、

「どう致しまして、誰が和尚様をお疑いいたしましょう。しかし、そうなると一体どこで一服盛られたやら、はて、困ったことになったわい」

佐七が困《こう》じ果てたように、しきりに小首をかしげている時である。弟子僧のひとりが進み出て、

「申上げます。そういえば思い出すことがございます。さきほど喜兵衛どのが厠《かわや》へ参られた際、怪しい女子《おなご》が袂《たもと》をとらえ、何やらくどくど掻き口説いているのを見受けました。その時の喜兵衛どのの御様子、それこそ、幽霊でも見たように、ひどい驚きようでございましたが、もしやその女子が……」

「なるほど、そしてその女子というのは、いったいどのような様子をしておりましたえ」

「そうでございます。まだ年若い、それはそれはよい縹緻でございました。おおかたあれはどこかの水茶屋の女にちがいございませぬ」

伊之助はそれを聞くと、はっとばかりに顔色をかえて、

「あ、いえ、そういえばわたくしも思い出すことがございます。さきほどから浪人体の、それはそれはよい男振りのお武家さまが、しきりに庫裡のあたりを徘徊《はいかい》しておりましたが、もしやあのお武家さまが……」

と、あてつけがましい伊之助の言葉に、今度ははっとお絹が顔色かえる番だった。佐七は二人の様子を見較べながら、にんまり心中であざ嗤《わら》い、

「いや、その二人ならたいていい当りがついております。辰、豆六」

「へえ、へえ」

「おまえたち手分けして、これからすぐにお筆と新三郎をつれて来い。どうせまだその辺にうろうろしてるに違いねえ」

「おっと、合点《がってん》、豆六、新三郎は手前《てめえ》にまかせたぜ。俺はお筆を探して来る」

「あれ、兄哥、そらあんまり殺生や」

相変らず、冗談口《むだぐち》をたたきながら、辰と豆六はばらばらと群集の中へまぎれこんだ。

日本橋出世の誓い

――さて粂蔵はどうしたか――


二人の姿を見送ると、やがて佐七はお絹のほうへ振返り、

「時に御新造さん、おまえさんにちょっとお尋ねいたしたいことがございます」

「はい、あのどのようなことでございましょう」

「ほかでもございませんが今日のこの生葬式、これには何か仔細がなくては叶わぬ筈、聞けば四十二の厄落しという触込みでございましたが、厄落しなら年のはじめに致しますのが理の当然、それを余日いくばくもない今日になって、厄落しなどとは妙な話でございます。これにゃ何かもっとほかに理由があるんでございましょうねえ」

図星をさされて妾のお絹ははっとばかりに首うなだれたが、やがてきっと面《おもて》をあげると、

「恐入りました。さすがはお玉が池の親分さん。いえもう、こうなったら何も隠しはいたしませぬ。その理由というのは、親分さんどうぞ旦那の懐中《かいちゅう》をごらん下さいまし」

「え、何んですって、亡くなられた旦那のふところを見ろと仰有るんで？」

「はい」

何やら仔細ありげなお絹の言葉に、佐七もすぐさま喜兵衛の懐中を探してみたが、すると中

から出て来たのは一通の手紙である。

「御新造さん、おまえさんの仰有るのはこの手紙のことでございますかえ」

「はい、どうぞそれをお読み下さいまし」

佐七はすぐさま手紙をひらいたが、思わずはっと顔色をかえた。

——一筆啓上、二十年まえの約束により、来る師走の五日、日本橋まで参り候まま、何卒《なにとぞ》身代の三つ割の一つお譲り下され度《た》く、この事予《あらかじ》め念を押しおき申し候。

三つ鱗の一人より

伊丹屋喜兵衛どの

「ほほ、これは又大した無心状でございますねえ。身代の三つ割一つとはよくもまあ吹きかけたもの。しかし、これしきの事で生葬式をするというのは解せぬ話、御新造さん、ここに書いてある二十年まえの約束というのは、いったいどういう事でございますえ」

「はい、それがまことに不思議なことで……お聞き下さいまし、かようでございます」

お絹が話したところによると、それは世にも奇怪な約束だった。

喜兵衛はもと信州上松《しんしゅうあげまつ》の者であったが、いまから、二十年まえに志《こころざし》を立ててお江戸へ登って来た。その時彼には、条蔵、宗助《そうすけ》という同年の二人の連れがあったが、その二人と日本橋のうえで別れたのがちょうど二十年まえの師走の十五日、その時三人はつぎのようなことを誓ったのである。

今後三人、己《おの》れの信じるところへ進んでいって、互いに出世競べをしよう。そして十年毎《ごと》に、師走の十五日に日本橋で邂逅して、その時めいめいの持っている物を、均等に三人で頒ちあおうというのである。

「しかし、十年といえば譬《たと》えにもいう通り一昔、もし顔形が変っていて、間違いが起ってはならぬというので、三人とも右腕に三つの鱗の刺青をしたのだそうでございます。こうして二十年たちました。そしてその間に旦那はごらんの通り、大した身代をつくりあげましたが、すると昔の約束が、だんだん厭になって来たのでございます。縁もゆかりもない赤の他人に、身代の三つ割一つずつ取られるのが惜しくなったのでございましょう。そこへそういう手紙が参りました故、旦那は一狂言書いて、その棺の底から抜け出して、しばらく姿をかくすつもりでございました。この事は和尚さまもよく御存じ、それだのに、こういう事になってしまって、あたしはなんだか恐ろしゅうてなりませぬ」

これを聞いて驚いたのは佐七ばかりではない。

喜兵衛の息子の伊之助も、はじめて聞いた父の秘密に、思わずはっと顔色かえる。それもその筈、昨日聞いたお筆の話がいまさらの如く思い出されるのだ。お筆の父の粂蔵が、行方不明になったのは、十年まえの師走十五日。しかもその時粂蔵は、自分の儲《もう》けた金をすっかり持って、日本橋へ人に会いにいくといったという。おそらく百五十両という金を約束どおり三人で分けるつもりだったろう。だが、それから……それから粂蔵はどうしたのか。何故、二度とこの世に姿を見せないのか。——

伊之助はそれを考えているうちに、何かしら、ぎょっとするような恐ろしさに打たれて、思わず真蒼《まつさお》になったのである。

折からそこへ引返して来たのは辰と豆六、見るとあとにはお筆と犬塚新三郎が、おどおどした様子でついている。

お筆は伊之助の顔を見るなり、わっとばかりに泣きながら、その胸に縋《すが》りついて、

「若旦那、おまえ様からもよく言って下さいまし、あたしがここへ参ったわけは、おまえ様がよく御存じ。昨日おまえに話した通り、親旦那様にお眼にかかって父の行方を訊ねようと思って参ったのでございます。それをこの人たちに疑われて……若旦那、どうぞおまえの口からも、よく理由を話して下さいまし」

「お筆さん」

その時うしろから呼びかけたのは人形佐七だ。

「誰もおまえを疑っているなどと言やあしねえ。それはおまえの勘違いだ。時にお筆さん、伊丹屋の親旦那は、おまえに父つぁんの行方を教えてくれたかえ」

「はい、あの、それが……あたしがさんざん掻き口説きましたのに、万事は葬式が終ってからとついに打ち明けては下さいませんでした。その親旦那も亡くなって……ああ、どうしたら、あたし父の行方を尋ねることが出来ましょう」

お筆はまた改《あら》ためて涙に袖をしぼるのだったが、その時、辰と豆六が、かわるがわる佐七の耳に何やら囁《ささや》いたが、それを聞くなり人形佐七、はっとばかりに顔色をかえたのである。

日兆和尚も三つ鱗

――やあ、下手人の頭から角が生えたぞ――

「ええ、和尚さまえ。少々おまえさまにお尋ねいたしたいことがございます」

改まった佐七の言葉に、和尚の日兆は、はっとしたように、かすかに唇をふるわせたが、

「は、はい、愚衲《わし》にどのような御用かな」

「へえ、まことに恐入りますが、和尚の右腕をちょっと見せて戴きたいのでございます」

「え？」

と、叫んだ日兆は、思わずぎっくり、衣のうえから右腕をおさえるのである。

「あ、そうするとやっぱり本当のことと見えます。いまここにいる二人が寺男から聞いて来たところによると、和尚様の右腕にも、亡くなった伊丹屋さんと同じような三つ鱗の刺青があるとやら、してみれば、和尚様、おまえさんこそ出世競べの最後のひとり、宗助さんに違いございますまいねえ」

聞いて並いる一同は、あっとばかりに驚いたが、日兆和尚も観念したように、ほっとばかりに溜息つくと、

「いや、恐れいりました。いかにも日兆こそは、俗名《ぞくみよう》宗助、出世競べの一人にちがいござらぬ」

「そして、また、伊丹屋の旦那やお筆さんに、ああいう手紙を出したのも、やっぱりお前さんでしょう」

「いかにも、しかし決して早合点して下さるな、それとても決して悪気があったわけではない。些《いささ》かたりとも喜兵衛どのに罪ほろぼしをさせとうござって」

「なんですって？　伊丹屋の旦那に罪滅しと仰有るのは？」

「さればじゃ。喜兵衛どのは十年まえに人を殺《あや》めて金を奪《うば》うた。殺されたのはいわずと知れたお筆の父の粂蔵じゃ」

「ええ、と、それじゃお父つぁんは？」

「お筆どの、不憫《ふびん》ながらそなたの父は、十年まえからこの世のものではない」

意外また意外、日兆の語るところを聞けば、そこには実に恐ろしい秘密があったのである。

伊丹屋喜兵衛まことの名は喜左衛門《きざえもん》というのだが、この喜左衛門、粂蔵、宗助の三人が、日日本橋のうえで出世の誓いを立てて別れたことは、さっきも話した通りだが、その後宗助、俗界では出世の途《みち》もおぼつかなしと、出家の道に入ったが、それから十年目の師走の十五日、約束どおり彼は日本橋へ出かけていった。

「そこでどういう事があったと思召《おぼしめ》す。朝まだき、まだ人通りとてない橋のうえに、哀れや粂蔵どのは縊《くび》り殺されておりました。そして橋桁《はしげた》のうえに指で書き残されたのは、下手人は喜左衛門とただそれだけ――」

宗助の日兆は、それを見ると急に人の心が恐ろしくなった。粂蔵はおそらく稼ぎ溜めた金を頒けるつもりで、約束どおり来たのだろう。それを縊り殺した喜左衛門の恐ろしさに、日兆はいよいよ俗界の物慾がいとわしくなったのである。

「と申して粂蔵の死体を、そのまま放っておくわけにもいかず、秘かに寺へ持ちかえり、厚く葬って進ぜました。それから後というものはいよいよ修業に励んだ甲斐あって、漸く一寺の主となりましたが忘れもしない四年まえ、伊丹屋喜兵衛の妻がなくなりこの寺へ葬ることになって、喜兵衛がはじめてここに来た時の驚き、何しろ別れてから十六年もたっているうえに、愚《わ》衲《し》はこのように大きな痣が出来ているので、向うでは少しも気がつかぬ様子であったが、こちらは一瞥《ひとめ》見るなり喜左衛門だと気がつきました。それから後の愚衲《わし》の苦しみ、何卒お察し下されい。喜左衛門は友を殺し、友の財を奪って今の身代を築きあげたのじゃ。しかも殺された粂蔵の娘はいま塗炭《とたん》の苦しみにある。愚衲《わし》は何んとかして喜左衛門の喜兵衛の罪ほろぼしをさせてやりたかった。せめて喜左衛門の身代の三分の一でもお筆にかえしてやりたかった。それでああいう手紙を二人に書いたのじゃ」

聞けば聞くほど意外な物語に、一同は唖唖然《あぜん》としていたが、しかしこれで下手人がわかったわけにはいかない。

「ところで、和尚さま、伊丹屋の旦那は最後まで、おまえさまを宗助とは気附きませんでしたかえ」

「むろん、気がついたら当寺へ参る筈はございますまい」

「いや、よく分りました」

さきほどより和尚の話を聞きながら、一同の様子を窺《うかが》っていた人形佐七、その時何んと思ったのか、突如、本堂もわれよとばかり声張りあげて、

「おのれ、不埒《ふらち》な奴め、伊丹屋の旦那に毒を盛ったのは手前だな。いや、いうな、いうな、たといいかに包みかくせばとて、阿弥陀様《あみださま》は見透しだ。喜兵衛を殺せばお絹が手に入ろうと、このような悪計を書きやがったにちがいあるめえ、ええ、きりきりとありていに白状してしまえ」

巾着の辰と豆六は、あっとばかりに驚いて、犬塚新三郎の方を振りかえったが、新三郎は真蒼になって唯がたがたと震えるばかり。佐七は尚も構わずに、

「ええい、この場に及んでまだ白《しら》を切るつもりだな。これ聞けよ。人を殺さば無限地獄へ墜ちるぞよ。ましてやこの仏域を血でけがした不屈者。あれあれ、みなさん御覧なさいまし、下手人の頭に角が生えましたぞ。やあやあ、口が割れて来た。なったわ、なったわ、生きながら鬼になったわ」

佐七の言葉に一同は、驚いてきょろきょろあたりを見廻したが、その時である。わっという叫び声とともに、本堂に突伏したのを誰かと見れば、何んとこれが律儀者の権助ではないか。

「お許し下さいませ、お許し下さいませ。心得違いをいたしました。お絹さまが……お絹さまが優しい言葉をかけて下さいましたので、つい心の駒が狂いました。お許し下さいませ。お許し下さいませ。おお、苦しやの、体が燃える。体が火のように熱くなった。のうのうお絹さま、これもみんなお前さま故じゃ、不憫じゃと思うたら、一度優しい言葉をかけて下され」

のたうち廻る権助の、世にも気味わるい形相に、お絹はあなやととびのくと、犇《ひし》とばかりに

新三郎に取りすがる。権助はそれを見ると妬《ねた》ましさに狂わんばかりの眼差しで、

「ええい、薄情者、売女《ばいた》め、それではいつぞの言葉はいつわりであったのか。怨《うら》めしい、恨みじゃ。それを真にうけたこの身が口惜しい。おお、苦しやの、体が燃える。骨が砕ける。……ああああああ」

ばりばりと歯を食いしばってのたうち廻る権助に、素速く縄をうちながら、人形佐七はにっこり微笑《わら》い、

「ええ、皆さんえ、とんだお騒がせを致しました。さっきはさぞお驚きでございましたろう。どうやら俺のやまかんが当りましたようで」

辰と豆六はあっとばかりに顔見合せ、

「親分、そんならいまお前さんの仰有ったのは出鱈目《でたらめ》でございましたかえ」

「ふふふ、まあ、そうだが、まったく出鱈目というわけでもねえ。豆六、ちょっとそいつの懐中を探ってみろ」

「へえ」

と、豆六は権助の懐中を探ると、取り出したのは盃だ。

「あっ、親分、こいつ盃をかくしとりましたぜ」

「豆六、気をつけろ、うっかりそいつを嘗めりゃお陀仏だぜ。実は俺が権助を怪しいと睨《にら》んだのは、さっきこいつが調べてくれと取出した盃、みるとそれがからからに乾いているじゃねえか。いま水盃をしたばかりの盃が、いくら何んでもそんなに早く乾く筈はねえ。こいつはてっ

きり誰かが掘りかえたにちがいねえ、と、みんなの様子を見ているうちに、権助の野郎が時々気になるふうで、懐へ手をやるのを見かけたから、さては毒の入っていた盃を、隠しているのはこの権助とそこでちょっとやまをかけてみたのでございます。それにしても、盃をすりかえたのは上出来だがそれを濡らしておくのを忘れるとは、やっぱり薄野呂の智恵でございますねえ」

その権助はもう正気なく、縛られたまま本堂のうえを、狂いに狂い、荒れに荒れ廻っているのであった。

鶴の千番

縁起籤鶴の千番

――富札《とみふだ》売り実はと番附にある奴さ――

「これ、お近《ちか》、どうしたものだ。何をそんなに口汚く罵っているんだ」

「おや、これは浜松屋《はままつや》の旦那、つまらないことがお耳に入ってすみません。いえね、どこから入って来たのかこの人が、富札を買ってくれとうるさくて仕様がないんですよ。これおまえさん、ここはおまえの来るところじゃない。いえさ、こちらは富札をお買いになるようなさもしい旦那じゃないんだから」

「そんな邪慳《じゃけん》なことを言わないで、後生だから買って下さい。一枚だけ売残っているんです。どなたか、二朱捨てたと思って奮発して下さい。残り物に福のたとえ、万一当らないものでもありません」

「そんなに当りそうな札なら、おまえが取っておくがいいじゃないか」

「いけませんよ。それは俺《あっし》だってこれが当るときまってたら、何をおいても買うんだが」

「それ御覧《ごらん》な。当るかどうか怪しいんじゃないか」

「それゃ……そこが運試めしの富籤《とみくじ》です。邪慳なことを言わないで、どなたか二朱奮発して下さいまし」

厠《かわや》からのかえりがけに、こういう押問答をきいて、ふと縁側に立ちどまったのは、浜松屋幸《こう》兵衛《べえ》という人物。浜松屋といえば蔵前《くらまえ》の札差しでも有名な資産家《ものもち》で、主《あるじ》の幸兵衛は十八大通《だいつう》の一人に数えられるくらい、四十の坂を五六年昔に越して、酸《す》いも甘いも嚙みわけた粋人《すいじん》だった。

「おや、富札を売ろうというのはおまえさんかえ」

「はい、旦那、後生ですからどうぞ一枚買って下さい」

そういう男の顔をつくづく眺めて、

「富札売りというものは、たいてい、よぼよぼの爺さんか、脂の抜けた婆あばかりと思っていたのに、これゃ滅法《めっぽう》いい男だ。ちょいと皆さん、御覧なさい。音羽屋《おとわや》の息子に生写しの富籤売りが参りましたぜ」

と、いう幸兵衛の言葉に、座敷の中で騒いでいた客が、いっせいにこちらを振向いた。

ここはその頃、向島《むこうじま》で名高かった料亭植半《うえはん》の離れ座敷。集まった客というのは、いずれも当代の粋人通人《つうじん》だったが、そこへどうして入って来たのか、庭先へまぎれこんだのが、この若い富札売りなので。幸兵衛の言葉に物好きなのが二三人、簾《すだれ》の外へ出てみると、なるほど滅法いい男だ。尾上松助《おのえまつすけ》の息子でいま売出し盛りの栄三郎《えいざぶろう》に、そっくりそのままという男振りである。

「なるほど、これゃ浜松屋さんの仰有《おっしゃ》るとおりいい男だ。ちょいとお蔦《つた》、こっちへ来てみねえ。おまえが贔屓《ひいき》にしている音羽屋の息子に、生写しの富札売りが来ているぜ」

と、客の一人が座敷に向って声をかけると、簾の向うでは芸者のお蔦が、

「馬鹿ねえ。そんな事をいわないで、買うものなら、さっさと買ってあげればいいじゃありま

せんか」

「はははは、買ってあげればと来やがった。いい男と聞くと言葉使いから変るから妙だ。ともかくお蔦、こっちへ出ておいでよ」

「いや、いや、あたしゃ無理矢理に酒を強いられて、頭が痛くて仕様がない。あまり騒がないで下さいよ」

お蔦はどういうものか動かない。富札売りはすっかり照れて、

「旦那、そんなにからかわないで、後生だから買って下さい」

「ああ、買いますよ。買いますとも。おまえのようないい男に、富札売りをさせておいちゃ罰《ばち》が当る。総仕舞いにしてあげよう」

幸兵衛はふところから鬼縮紗《おにさらさ》の紙入れを取出した。

「いえ、総仕舞いといっても、あと一枚しか残っちゃいませんので。はい、鶴の千番」

「おや、鶴の千番とは縁起がいい、それじゃこれは祝儀だよ」

二朱のほかにいくらか貰《もら》った富札売りは、なんとなく後にこころが残る風情《ふぜい》で帰っていったが、さあ、そのあとがまた一騒ぎで。

「お蔦、どうしたのだ。私が呼んだのに何故《なぜ》出て来なかった。ほんに惜しいことをした。おまえと二人縁側にならべて見たかったよ」

「何を言ってるんです。可哀そうに、皆さんがあまりからかうものだから、あの人真赤《まつか》になっていたじゃありませんか」

「おや、それじゃおまえもよそながら見ていたのか。はははは、からかって悪かったね。どうせこちとらは敵役《かたきやく》、阪東善次《ばんどうぜんじ》というところさ」

「さよう、さよう、いまの男は富札売り実はと番附にある奴で、こちとらがあまり執念《しっこ》くからかうと、何《な》が何んとと利腕とって左右に投げます」

「馬鹿ねえ」

と、お蔦は仕方なさそうに笑っていたが、なんとなく片附かぬ面持ちだった。こちらのほうでは浜松屋幸兵衛を中にはさんで、

「浜松屋さん、おまえさん富籤なんぞ買ってどうなさいます。もし一の富でも突きあてたら、それこそ江戸中大騒ぎになりますぜ」

「ほんにそうだ、こういう事はえてして依怙《えこ》贔屓になりがちなもので、こちとらのように、咽《の》喉《ど》から手の出そうな奴には当らないで、浜松屋さんのように、馬に喰わせるほどお金のある人に当るものだ。もうそうなっちゃ貧乏人に怨《うら》まれますぜ」

等々々《とうとうとう》という騒ぎ。

近頃ではお上《かみ》の取締りが厳重だから、絶対に許されないが、江戸時代にはこの富籤興行がまことに盛んだったもので、何しろ江戸だけでも毎年二三十ケ所の神社仏閣で、富籤興行が行われたというから大変な話だ。これが庶民階級を煽りに煽《あお》ったものだから、さまざまな悲喜劇がいまに伝えられているが、この富籤の中でも一番有名なのが谷中感応院《やなかかんのういん》、目黒不動《めぐろふどう》、湯島天神《ゆしまてんじん》の三ケ所で、これを江戸の三富と言った。

いま、浜松屋幸兵衛が買ったのは湯島の富だが、一同があまり騒ぐのでにっこり笑って、

「ははははは、まさかこれが当ることもあるまいが、それじゃ皆さん、こうしようじゃありませんか」

と、幸兵衛は何やら曰《いわ》くありげに膝《ひざ》を進めた。

當籤瓢簞《ひょうたん》から駒《こま》

——いい男の富札売りが血相変えて飛出した——


さて、ここで、この日植半の離れ座敷に集まった顔触れを、一応紹介しておこう。

先《ま》ず第一にお蔦だが、これは当時柳橋《やなぎばし》でも、一といって二とは下らぬ評判女。年齢《とし》は十九、縹緻《きりよう》なら気性なら嗜《たしなみ》なら、ちかごろ珍しい芸者とあって、われこそは手折《たお》りて手活《てい》けの花と眺めんと、名乗りをあげた客も多かったが、これがまた大の男嫌い。

たとえ黄金《こがね》の山を積み、百夜通《ももよがよ》いをつづけても、いっかなうんと首を縦にふらないところが、いよいよ評判となって柳橋のお蔦といえば江戸切っての人気者だった。

こうなると客のほうでは、いよいよ昇りつめるものである。虚々実々の策をもちいて、お蔦を射落さんと執心の客も多かったが、中でも一番熱心なのが今日集まった五人の男。

先ず筆頭が蔵前のお大尽《だいじん》浜松屋幸兵衛、これは前にいったとおりだが、その次ぎは狂歌師の

阿漢兵衛《あかんひょうえ》。この人は本名を本田直次郎《ほんだなおじろう》といって、身分は低いがともかく旗本《はたもと》、しかも才識ともに一世に卓絶していた。しかし身分が低いから登庸《とうよう》されない。そういうところから世をすねて、ちかごろでは、もっぱら狂歌三昧《ざんまい》、通人としての名が高かった。

さて、その次ぎは浮世絵師の豊川春麿《とよかわはるまろ》。およそ美人画を描《か》いて、この人ほど艶《なまめ》かしいのは、類いまれだといわれたくらいで、あまりその肢態が人情の機微にふれているところから、その当時「ほんに憎いよ春麿さん」という言葉が巷間《こうかん》に流布したものである。

以上の三人はともに四十の坂を越した年輩だが、さて四人目の柳下亭種貞《りゅうかていたねさだ》というのはまだ白面の戯作者。ちかごろ著わした「花紫橘草紙《はなむらさきたちばなぞうし》」という合巻本《ごうかんぼん》が素晴らしい人気で、読本なら馬琴《ばきん》、合巻本なら種貞と、一躍流行《はやり》っ児《こ》になりすました。

さて、最後にひかえたのが些《いささ》か変った人物で、年齢《とし》の頃二十七八の人三化七《にんさんばけしち》——というのはまだ贔屓目のほうで、およそ世の中にこれほど念の入った顔はあるまいという、天下御免の醜《しこ》男子《おのこ》。職業《しょうばい》は彫金師だが、その途《みち》にかけちゃ名人といわれる叶千柳《かのうせんりゅう》。

さて、この五人がお蔦をまじえてきょうここに集まったのは、こうしていつまで競争していても限りがない。それよりいっそこの五人が同盟して、みんなお蔦から手をひく代りに、ほかの誰にもお蔦に触らせないことにしようじゃないかと、変な同盟もあったもので、これを称して「お蔦に触らぬ会」。当人のお蔦にしてみると、まことに挫《くすぐ》ったい話だが、五人の男は大真《おおま》面目《じめ》だ。

ようやく話もまとまり、酒になったところで、富札の一件が持ちあがったのである。

「へえ。そして浜松屋さん、おまえさんの考えというのは？」

こう水を向けたのは浮世絵師の豊川春麿、すでに酒もだいぶ入っている。

「つまりこうするんです。この富札は私ひとりが買ったものじゃない。ここにいる五人が買ったのだから、これが千両突当てたら、五人で山分けということにしようじゃありませんか」

「おや、それは有難い。するとこの富札が当ったら、さしずめ私のふところにも、二百両ころげこむというわけですね」

戯作者の柳下亭種貞は、もう一の富を突当てたように喜んでいる。天下御免の醜郎《しこおのこ》といわれる彫金師の叶千柳は、さきほどから独酌《どくしゃく》で、ぐびぐび酒を飲んでいたが、これを聞くと蒼白んだ顔をあげ、

「なるほど、そいつは趣向だが、人間は老少不定《ろうしょうふじょう》、富突きまでにはまだ五日ある。もしそれまでに一人でも死んだらどうします」

と、いやな事を言い出したから、さすが通人揃いの一同も、眉《まゆ》をひそめたが、そこはさすがお大尽、幸兵衛はさりげなく笑うと、

「はははは、そいつは面白いところへ気がついた。それじゃこうしようじゃありませんか。もし一人でも死んだら、あとは四人で山分けにする」

「二人死んだら？」

「三人で山分けさ。三人死んだら二人で山分け」

「四人死んだら独占《ひとりじめ》か。こいつは面白い。それじゃみんな死んでくれると、俺のふところに

千両ころがりこむ事になる」

面も醜いが口も悪い。あくまで横車を押しとおそうとする千柳の毒舌に、植半のお内儀《かみ》お近は眉をひそめて、

「千柳さん、何をいうんだね。縁起でもない。いい加減にしなさいよ」

「おっと、忘れていた。もし浜松屋さん、そういう俺《あつし》も死んでしまって、五人が五人いなくなったら、この富札はどういうことになりますか」

さすがの幸兵衛も相手があまりしつこいので、眉をひそめて黙っていたが、その時やおら、膝を乗り出したのは、狂歌師の阿漢兵衛。

「はははは、その時にゃ千両を、お蔦にやってしまうがいい」

と、この一言で万事はきまった。

「なるほど、それはいい考えだ。みんなが想いをかけている、お蔦のふところへころげこむなら、死んでも本望というものだ。お内儀さん、この証人はきっとおまえに申しつけたぜ」

と、叶千柳はぐっと瞳を据えていたが、お蔦はそれを聞くと、いやな表情《かお》して横向いていた。

こうして妙ないきさつから、妙な約束が取り交わされたが、さて、それから五日目のこと。

いよいよ富突きの当日となると、湯島の境内《けいだい》はたいへんな騒ぎで、富札を買った連中が、われもわれもと詰めかけるから、境内は身動きもならぬ大混雑。

さて、時刻ともなれば拝殿のうえで富突きという事がはじまる。これは木札をいっぱい入れた箱を、がらがら廻しながら、側面の孔《あな》から世話役が、槍で木札を突きさすのだ。この突当て

られた木札がつまり当り籤で、その度に、大太鼓をうって当り番号を披露する。普通これは百回ついたものだそうで、百回目を突留《つきどめ》といって、これがつまり一の富、千両貰えるわけである。されればしだいに突進んで、いよいよ突留めになると、さしも広い境内も、ぴたりと鳴りをしずめて、針一本落ちる音でも聞かれたというくらいだ。やがてその中へ一の富の番号が、大声で披露される。

「一の富の御披露、一の富の御披露。――鶴の千番、鶴の千番」

とたんにわっと群集が、なだれを打って返したが、その群集をつきのけ跳ねのけ、真蒼《まつさお》になって境内から跳出していった男がある。

植半で浜松屋幸兵衛に、鶴の千番を売った、あのいい男の富札売りだった。

一人頭二百五十両
――みすみす千柳の体を刻むようだ――

瓢箪から駒が出るとはまったくこの事で、うっかり買った富札が、千両の富を突当てたのだから、浜松屋幸兵衛をはじめとして、その場に居合せた連中は、いずれも面喰ったに違いない。

さて、富突きのあったその晩、向島の植半へ、言いあわせたように集まったのは、幸兵衛を筆頭として、狂歌師の阿漢兵衛、浮世絵師の豊川春麿、戯作者の柳下亭種貞、最後にお蔦もやって来たが、あの醜郎の叶千柳だけは顔を出さない。

やがていつもの離れ座敷で酒になると、お内儀のお近も顔を出して、

「この度はまたとんだ事になりましたねえ」

と、何んとなく沈んだ顔色である。

「ほんに、ひょんな事になりました。だから言わない事じゃない。千柳さんも、少し口が過ぎるから、あんな事になりますのさ。あれがほんとに言い出し屁《べ》の何んとやらでございます」

浮世絵師の春麿は、盃《さかずき》をおくと洟《はな》をすすった。

「やっぱりあれは虫が知らせたんでしょうな。千柳の毒舌は通りものだが、あの日は少し度が過ぎました」

戯作者の柳下亭もいつになく盃も控え目に、妙に舌の重い口調である。幸兵衛も阿漢兵衛も、じっと盃の中を凝視《みつめ》たきり口も利かない。何んとなく座が白《しら》けて、行燈《あんどん》の燈芯《とうしん》の焼ける音ばかりが耳につく。お蔦は横を向いてそっと眼頭をおさえていた。

それにしても、千両の富を突当てたというのに、どうしてこんなに沈んでいるのか。また、富籤仲間の叶千柳が、何故この席に顔を出さないのか、――それには次《つ》ぎのような事情《わけ》がある。

今日から三日まえのことだった。彫金師の叶千柳は、職業《しょうばい》仲間の若い者と、芝浦《しばうら》から船を出して釣りに出かけた。釣りといってもどうせ若い者のことだから、魚は二の次ぎで、海の上で騒ぐのが目的である。

船の中には鍋釜七輪の用意もよろしく、酒はすでに漕出した時分からはじまっている。やが

て船は品川沖《しながわ》へ出ていった。ほんとに釣の好きな連中は、そこで釣糸を垂れはじめたが、多くはどうでもよさそうに、酒ばかり飲んでいた。

千柳などもその口で、船に乗るまえからほろ酔い機嫌だったのが、その後《ご》飲み続けの騒ぎつづけで、品川沖へ出た頃には、すっかり銘酊《めいてい》の態《てい》だった。そこへもって来てその日は滅法暑かった。うえからはかんかん照りつける。下からは船が激しく揺りあげる。

千柳はこれでいくらか気が変になっていたらしい。だしぬけにくるくると帯をといて、褌《まわし》一本の赤裸になると、

「俺あちょっと泳いで来るぜ」

と、いったかと思うと、舷《ふなべり》を乗り越えて海の中へドボーン。そのまま死骸もあがらないのである。

「千柳さんはほんとに死んだのでございましょうか。あたしゃなんだか、いまにもあの人が、悪口を言いながら、ひょっこりやって来そうに思えてなりません」

お蔦は懐紙《かいし》でそっと眼頭を拭いている。幸兵衛も溜息をついて、

「それだといいんだがなア」

死骸はあがらなかったが、結局、死んだにちがいないという事になって、今日がそのお葬《とむら》いだった。ここにいる連中は、とりわけ懇意な仲だから、みなその席に連なったが、読売の触れて来る湯島の富の当り番号を聞いたのは、実にそのお葬いの席だった。なるほどそれでは、寝覚めの悪い思いをするのも無理ではなかった。

「いやもう、こんな事をいくら言っても仕方がない。さっき春麿さんもいったとおり、言いだし屁のなんとやら、あいつは、あまりうまく言いあてた。せめて、われわれが死ななかったのが仕合せさ」

阿漢兵衛が吐きすてるようにそういうと、お内儀のお近も取りなし顔に、

「ほんにそうでございますよ。死んだ人のことをいくら悔んでも仕方がありません。それよりあの鶴の千番のかたをお附けになったら」

「いや、お内儀の言葉だが、この金ばかりはまことに受取りにくい」

幸兵衛はいやな表情《かお》をしていた。

「あら、そんな事をいってたら、際限《きり》がないじゃありませんか。じゃ、こうしましょう、あなたがたが受取りにくいと仰有るなら、私がかわりに行って来ますわ。ねえ、それならいいでしょう」

「ふむ、万事お内儀にまかせるよ」

戯作者の柳下亭は、うつむいたまま不味《まず》そうに、魚の肉をせせっている。

「そうさせて下さいまし。折角《せっかく》の千両を宙に迷わせちゃ、冥利《みょうり》にあまる話じゃありませんか。私が代りに受取って来て、皆さんに一人あたり二百五十両ずつ、ねえ、そういう約束でしたね」

「約束は約束だが、どうも気がすすまないね。みすみす千柳の体を四人で刻むようだ」

「あら、兵衛先生、そんな事をおっしゃるものじゃありませんよ。万事はこのお近が引受けましたから、あなたがたは黙って私のいうままになっていて下さい」

植半のお内儀お近というのは、物分りのいい、世話好きな女だった。

「ふむ、それじゃまあそういう事にして貰おうか。ねえ、皆さん、どうでしょう」

「それゃこの富札の発頭人は浜松屋さんだから、おまえさんがそういうなら……」

兵衛先生も不承無精《ふしょうぶしょう》の顔色だった。

「ああ、それじゃ私にまかせて下さいますね。これでやっと落着きました。さあ、そう話がきまったら、ひとつ精進落しに、ここでわっとお騒ぎなさいまし。蔦ちゃん、御苦労だけどひとつ三味線《しゃみせん》を持っておくれな」

「あい、そうしましょう」

と、お蔦は三味線を取りあげたが、いつものようなわけにはいかない。それでも四ツ（十時）頃までには、いくらか一同元気づいたので、そこでお開きということになって、

「それじゃ、気をつけておいでなさいまし。土手っぷちは危《あぶの》うございますから……」

お近とお蔦は門口まで送って出たが、四人のうしろ姿のそれぞれに、何んだか暗い影がつきまとうているようで、思わずぞくりと襟元をちぢめた。

ここ暫《しばら》くつづいた天気が下り坂になったのか、空には星影ひとつ見えなかった。

浮世絵師豊川春麿が、中の郷《なかごう》の自分の住居《すまい》へかえる途中、隅田川《すみだがわ》へ落ちて死んだのは、実にその晩のことである。

叶千柳生死不明

——死霊より恐ろしい生霊の仕業だろう——

「——と、そういうわけで親分さん、私は怖くて耐《たま》りません。あの千両には死霊がついているのでしょうか」

その翌日のお昼過ぎ、神田《かんだ》お玉《たま》が池《いけ》の佐七《さしち》のところへ、顔色かえてやって来たのは、植半のお近である。男まさりのお近が、瞳をすえているところを見ると、よくよく驚いたに違いない。

佐七は富籤の話をはじめて聞いて、

「ふむ、ほんに憎いよ春磨さんの春磨が、今朝《けさ》がた土左衛門になって大川端《おおかわばた》にあがったということは、俺《あっし》もさっき読売の触れ口上で聞いたが、そうか、そんな妙ないきさつがあったのか」

「はい。千柳さんといい春磨さんといい、それゃ過失《あやまち》といえば過失ちで済みそうですが、たった四日のあいだに、当籤の御連中が、二人まで次ぎから次ぎへと……、ねえ、親分さん。やっぱり死霊の祟《たた》りでございましょうか」

「さあ、死霊ならいいが、ひょっとすると、死霊より恐ろしい生霊の仕業かも知れねえ」

お近はぞっとしたように、

「親分さん、生霊と申しますと……?」

「ははははは、お内儀にも似合わねえ。一人でも余計に死ねば、それだけ生き残った連中の分前が多くなるんだ。ほら、よくいうじゃねえか、金が敵《かたき》の世の中と」

「あれ、親分さん、それじゃおまえさんは誰かが、わけまえ欲しさに千柳さんや春麿さんを……」

「と、俺《あつし》に聞くまでもねえ。お内儀、おまえだって内々そう思っているからこそ、俺のところへ来た筈だ。まさか死霊を縛ってくれというのじゃあるめえ」

そういわれるとお近は一言《いちごん》もない。まったく佐七のいうとおりで、お近は今朝ほど、春麿が土左衛門になってあがったという噂を聞いた時から、眼に見えぬ殺人鬼の影に戦《おのの》いているのだった。

「しかし、親分さん、あの富籤仲間で生き残っている御連中といえば、浜松屋の旦那に兵衛先生、それから柳下亭さんとこの三人、まさかあの人たちが、そんな恐ろしいことをなさるとは思われません」

「そこがお内儀、人は見かけに寄らぬ者というところさ。人間切端づまったら、どんな事をするかわかるもんか。それに千柳という奴がある」

「え?」

「いま、おまえの話を聞けば、千柳の死骸はまだあがらぬというじゃないか。人間の最期という奴は、はっきり死骸を見なきゃわからねえものだ」

「まあ、それじゃ親分さんは、千柳さんがまだ生きていると仰有るのですか」

「と、まあ、これは話さ。春磨みてえにちゃんと帳消しになっている奴のほかは、みな一応は疑ってかからにゃならぬ。それにお蔦だってそうだ。聞けゃ五人が五人とも死ねば、千両まるまるお蔦のふところに入るというじゃないか」

「まあ、だってあのお蔦ちゃんが……」

「女だから出来ねえというのかえ。しかし、お蔦が自ら手を下さずとも、誰かにやらせるという法もある。男嫌いで通っている女だが、なに、知れたものじゃねえ。どこかに言い交わした男があるかも知れねえ。そいつにとっちゃ、いずれ女房にする女のふところへ、千両転げこんだら、こんな有難い——おや、お内儀、どうかしたのか」

「いえ、あの、親分さんがあまり怖いことをおっしゃるから……」

お近はあわてて言いまぎらせたが、何故か真蒼になっている。蒼い眉根がふるえている。佐七がじっと凝視めると、お近はあわてて眼を外《そ》らし、

「あの、親分さん、それでは私はどうしたものでございましょう」

「どうしたものとは……？」

「あの千両でございます。今日湯島へ行って、受取っておくという約束でございますけれど」

「そうよなあ」

佐七も首をかしげて、

「受取るだけは受取っておいたらどうだ。山分けにする事はも少し先へのばすとしても」

「では、そう致しましょう。どうせ私が分けると申しても、お受取りになるようなお三人では

ございません」

「そうよ。咽喉から手が出るほど欲しくても、当分そうとはいえまいな」

「あれ、また、あんな怖いことを……」

お近は肩をふるわせて立ちあがった。そして佐七とお粂《くめ》に挨拶《あいさつ》すると、逃げるように出ていったが、その後姿は妙に淋《さび》しそうだった。何んだかひどく考込んで、踏む足にも力がなかった。

後では佐七とお粂が顔を見合せ、

「おまえさん、なんだか怖い話だねえ」

「ふむ、死霊か生霊か、どちらにしてもこの一件はこれだけじゃおさまるまいぜ。おい、辰《たつ》、豆六《まめろく》おまえたち、そこにいるか」

「へえ、親分、万事はあちらで聞きました」

「何んや知らん、奇体《けったい》な話やなあ」

と、唐紙《からかみ》をあけて入って来たのは、うらなりの豆六と巾着の辰である。この二人が面《つら》を出さないことには話が進まない。

「ふむ、聞いてたとありゃ好都合だ。辰」

「へえ、へえ」

「手前《てめえ》はこれからお蔦の情夫《いろ》というのを洗ってくれ。男嫌いで通っている女だが、いま俺がその事をいったら、お近の顔色が変りやがった。よっぽどうまく隠しているにちがいねえから、眉に唾《つばき》をつけておけよ」

「おっとしょ」

「それから豆六」

「へえへえ、わてはどんな役廻りや」

「おまえはこの間、叶千柳と一緒に船を漕ぎ出した連中を洗って来い。千柳が海へ落ちたのは嘘か実《まこと》か、そいつらの口裏を集めりゃ、およその見当はつくだろう」

「おっと合点《がってん》や。そんなら兄哥《あにい》、行《ゆ》きまほか」

と、辰と豆六が飛び出していったあと、佐七はもう一度、お近から聞いた話を、頭脳《あたま》の中でくりかえしていた。

雨夜の怪燃える提灯《ちょうちん》

――飛出したのはいつかの富札売りだった――


さて、ほんに憎いよ春麿さんの春麿が、土左衛門と改名した顚末《てんまつ》というのは次ぎのとおりだ。

昨夜、植半をいっしょに出た四人のうち、浜松屋幸兵衛と狂歌師の阿漢兵衛の二人は、植半のまえから猪牙舟《ちょき》に乗った。兵衛先生は下谷《したや》御徒町《おかちまち》の住いだから、蔵前へかえる幸兵衛に、両国《りょうごく》まで送ってもらうことになったのだ。一方春麿と柳下亭の二人は駕籠《かご》だった。春麿の家はまえにもいったとおり中の郷だが、柳下亭は深川《ふかがわ》の木場《きば》に住んでいる。

さて、後になって佐七が調べたところによると、みなまっすぐに自分の家《うち》へ帰ったことは事実らしい。幸兵衛と阿漢兵衛は、両国まで舟でいっているし、柳下亭は木場まで駕籠で送られている。当の本人春麿さえ、中の郷の路地口まで、駕籠を乗りつけているのだが、それがどういうものか、翌朝になると、大川端へ土左衛門と改名して浮びあがったのである。

春麿にはお岸《きし》という古女房があるが、亭主の外泊は毎度のことなので、別に気にもとめなかったという。しかし、それにしても路地の入口まで駕籠を乗りつけながら、わが家《や》へも立ち寄らず、春麿はそれからどこへ出かけたのだろう。そして、どうしてああいう災難に遭ったのだろう。そこのところがわからないのである。

さて、その夜は春麿のお通夜《つや》だった。何しろほんに憎いよ春麿さんと、巷間女童《おんなわらべ》の口にまで唄われるくらいの人気者だから、お通夜の客も多かった。例の富籤五人組の生残りの三人をはじめ、植半のお近、柳橋のお蔦も顔を出したが、いずれも蒼い顔をして碌《ろく》に口も利かない。何しろ昨日千柳のお葬いを出したばかりだから、さすがの通人粋人も、ひどい衝動をうけたらしい。日頃の駄洒落《だじゃれ》もとばなかった。

さて、このお通夜がお開きになったのは四つ半(十一時)頃のこと。何しろ一時《いっとき》に大勢の客が立ったものだから、せまい玄関はひとしきり大混雑だった。下駄を探すもの、提灯を探す者、しばらくは大騒ぎだったが、やがて一人立ち、二人立ちして、ようやくその混雑もおさまると、後には幸兵衛、阿漢兵衛、お近、お蔦の四人が残った。この四人は朝までお通夜をつづけるつもりなのである。

何しろ一時に立ってしまったものだから、後は無闇《むやみ》と淋しい。幸兵衛と阿漢兵衛の二人は、無言のまま盃を重ねていたが、そのうちに、ふと幸兵衛が気がついたように、

「おや、柳下亭はどうしました？」

「はい、種貞さんはお仕事のほうが急がしいから、今夜は失礼させてもらうという、御挨拶でございました」

春磨の女房お岸が酒の燗《かん》を直しながら答えた。

「え？　それじゃ柳下亭はかえったのかい」

兵衛先生も驚いたように訊き直した。

「はい」

「一人で……？」

「そうらしゅうございました」

幸兵衛と阿漢兵衛はふと眼を見交わした。お蔦も俄《にわ》かに怯えたような眼の色をする。昨夜《ゆうべ》のことがあるから、何んとなく不安を感じたのも無理はない。

「あの、お内儀さん、柳下亭さんは駕籠でございましたろうねえ」

お近も顔色が変っている。

「いいえ、あの、それが……皆さんのお立ちが、一時になりましたので、駕籠が、出払ってしまって……」

お近はそれを聞くと、すらりと立上った。

「皆さん、私が様子を見て参りましょう」

「あら、お主婦《かみ》さん」

「まさか、そんな事はございますまいが、こうしていては際限《きり》がありません。柳下亭さんのいく道はたいがい分っておりますから……蔦ちゃん」

「はい」

「おまえさんはお二人の側を、離れるんじゃありませんよ」

「あれ、お内儀さん」

お蔦はいまにも泣き出しそうな顔をした。

「馬鹿だねえ。何もありゃしないさ。ほんの気休めにいって来るんじゃないか。じゃ、浜松屋の旦那も兵衛先生も、朝までこの家《うち》をお出にならないで……ね、よござんすか」

男まさりのお近はきりりと褄《つま》をからげて表へ出たが、すぐまたかえって来て、

「お内儀さん、すみませんが傘を一本貸して下さい」

「あれ、降って参りましたか」

「ええ、何んだかポツポツと……」

傘を借りたお近は提灯をぶらぶらさせながら、本降りにならないうちにと急いでいく。

中の郷といえば、それからずっと後《のち》に、「梅暦《うめごよみ》」の丹次郎《たんじろう》が佗び住いをしていたところである。

野に捨てし笠に用あり水仙花《すいせんか》、それならなくに水仙の、霜《しも》よけほどなる佗び住居と、狂訓亭《きょうくんてい》

主人《しゅじん》も書いているとおり、その時分はずいぶん淋しいところだった。これがお近だからいいようなものの、ほかの女ならとても一人で夜道は出来まい。

お近は中の郷から横川《よこかわ》へ出ると、その川沿いをすたすた急いで、小名木川《おなぎがわ》の橋を渡ると、やがて大工町《だいくちょう》、もうこの辺から深川だ。その時分から雨はだんだん本降りになって来た。

「チョッ、悪い時には仕方がないねえ」

お近は舌を鳴らしながら、十間川《じっけんかわ》の岸まで来た。この川向うが木場である。広い堀割《ほりわり》の中には夜目にも黒く材木がうかんでいる。お近はここでふと、いつか柳下亭が自慢そうに話した事を思い出した。

幼い時から木場に育った柳下亭は、川並《かわなみ》のように材木のうえを渡って歩くのが上手なのである。これは容易《たやす》そうに見えて、なかなか難しいもので、何しろ水のうえに浮いている材木から材木へと渡って歩くのだから、体の中心のとりかたがむつかしい。うっかり踏み外したり、材木の踏みどころが悪いと、水の中へ振り落される。

木場育ちの柳下亭はこれが得意で、廻り道が面倒な時など、材木を渡って、堀を斜《ななめ》に突っ切るのだと、いつか自慢たらだらで話していた。お近はいまそれを思い出したのだ。

今夜のような晩に、そんな危いことをしてくれなければよいが……と、堀の中を見ながら歩いているうちに、プッツリと前鼻緒を切らした。

「まあ、可厭《いや》だねえ」

折も折とて、お近は思わず息を呑んだ。俄かに胸騒ぎを覚えて、急いで鼻緒を立てようとうつむいたが、そのとたん、向うの方がぱっと明るくなったと思うと、きゃっという人の叫び声。お近がぎょっとして、顔をあげた時には、堀の中は、ふたたびもとの闇に戻って、何んの物音も聞えない。

お近はもう、鼻緒を立てているのももどかしくなった。片手に下駄をぶら下げたまま、跛《びっこ》ひきひき声のしたほうへやって来ると、堀の中から這い出して来た男が、いきなりお近の脚下《あしもと》にぶつかった。

「あれ！」

お近はあわてて二三歩うしろへとびのくと、男の顔へ提灯をさしつけたが、そのとたん、のけぞるように体を反らせて、

「あっ、おまえは蓑《みの》さん！」

男はそれを聞くと、袖で顔をかくしながら、一目散に逃げ出したが、まぎれもなくその男こそ、いつかの富札売りだった。してみるとお近はあの富札売りを知っていたのだろうか。

お近は何んともいえぬ怯えた顔色で、いま蓑さんの這出《はいだ》した堀のほうへ提灯を差出したが、たちまちあっと立ちすくんだ。

五六間向うの材木のあいだに、男の体が浮いている。顔は見えないが、着物の縞柄からみて、たしかに柳下亭にちがいない。そばには半分燃えた提灯がぷかぷかと。……

雨が急に強くなって来た。

四度目の惨劇

――いまや佐七は血眼だったが――

さあ、大変だ。佐七は俄かに急がしくなった。もう辰や豆六相手に冗談どころではない。

何も知らぬ者から見れば、柳下亭の死方も、やっぱり過失としか見えぬ。いつものように材木のうえを渡っているうちに、足を踏外して脾腹《ひばら》を打ったとしか思えない。しかし過失というものは、そうお誂《あつら》え向きに起るものでないことを佐七は知っている。叶千柳からはじまって、僅《わず》か五日のあいだに早《はや》三人、言いあわせたように妙な死方をしたのには、そこに重大な意味があると見なければならぬ。人間の手が働いていると思わなければならぬ。

佐七は躍起になっていた。血眼で関係者のあいだを走り廻っていた。一刻も早く下手人をあげなければ、これから先、何人犠牲者が現れるか知れない。これが斬ったり殴《は》ったりの人殺しとちがって、いかにも過失らしく見せかけてあるだけに、下手人のなみなみならぬ奸悪《かんあく》さが思われて、佐七は歯軋りが出るほど恐ろしかった。

柳下亭の兇事を耳にすると、佐七は取るものも取りあえず木場へ駈けつけた。今日ばかりは辰も豆六も連れて来なかった。二人は二人で、昨日言いつけた探索に、躍起となって駈けずり廻っているのだ。

木場へ着くと彼はすぐに柳下亭の死体をみせて貰った。しかし、まえにも言ったとおり、誰がみてもこれは過失死としか思えない。紫色になった脾腹の痣《あざ》以外には、掠傷《かすりきず》ひとつなかった。唯《ただ》、指先が少し黒くやけているのが不思議といえば不思議だったが、それくらいの事で人間が死ぬ筈《はず》はない。

佐七はつぎに柳下亭の提げていた提灯を見せて貰った。提灯は半分燃えていたが、蠟燭《ろうそく》を見ると殆《ほと》んど燃えつくして、ただ蠟ばかりが底の金具にへばりついている。ひょっとすると蠟燭が燃えつくして、真っ暗になった拍子に足を踏み外したのではあるまいか。――そんなふうにも考えてみたが、ただそれだけの事では合点がいかぬ。少《すく》なくとも佐七の腑には落ちなかった。

結局、何んの得るところもなく、佐七は重い胸を抱いて木場を出ると、その足で中の郷の豊川春暦の家へ赴いた。春暦の家では今日がお葬いで、家の中はごったがえしていたが、佐七は無理に頼んで死体を見せて貰った。しかし、これまた、ふつうの土左衛門で、首を絞められた様子もなければ、毒を飲まされた跡も見えぬ、体中あらためてみたが、どこにも傷らしいものもなかった。

佐七はとほうに暮れていたが、ふと思い出して、

「お内儀さん。すまねえが師匠の亡骸《なきがら》があがった時、身につけていた品があったら見せてくれませんか」

「はい、身につけていたものと言っても、莨《たばこ》入れやなんかは流れてしまったと見えて、この紙入れだけが胴巻《どうまき》に残っておりました」

お岸の出してみせたのは、その頃珍しい革造りの紙入れだった。開けてみると紙片《かみぎれ》が二三枚。幸い胴巻に入っていたので、大して濡れていない。佐七は丹念にそれを開いてみたが、料理屋の受取りや、絵草紙屋の註文状で、別に珍しいものでもない。だが、最後の一枚をひらいてみた時、佐七の眼は思わずぎらりと光った。

「今宵《こよい》四ツ半（十一時）植半の離れ座敷で」

唯それだけで差出人の名もなければ受取人の名前もない。しかし、筆蹟からおして差出人が男であることだけはわかった。佐七は素速くそれだけをふところにおさめると、

「いや、お邪魔を致しました。いずれまた来るかも知れないが、きょうのところはこれで……」

と、中の郷を出ると順だから、その足でやって来たのは木母寺《もくぼじ》わきの植半だ。

「まあ、親分さん、よくおいで下さいました。ほんにまた変なことが出来まして」

と、佐七の顔を見ると、とんで出たのはお内儀のお近だ。見ると蒼い顔をして頭痛膏《ずつうこう》を貼っている。昨夜《ゆうべ》はとうとう寝なかったらしい。

「いや、ほんに大変だったね。おまえさんが一番に、あの死骸を見附けたというじゃないか」

「はい、気にかかったからあとを追っかけたんです」

「そうだってねえ。惜しいことをした。もう少し早けれゃ、あんな事にならなかったのに」

「ほんにそうですよ。生憎《あいにく》鼻緒が切れちまって……思えばあの時、ぱっと向うが明るくなったのが、何かの合図だったんでしょう」

「何？　向うが明るくなった？　それはいったいどういうわけだ」

そこでお近は昨夜のことを詳しく話して聞かせたが、どういうわけか、蓑さんという男のことだけは黙っていた。

「ふうむ、すると向うがぱっと明るくなると同時に、叫び声が聞えたというのだね。そして、その明りはすぐ消えちまったんだね」

佐七はしばらく首をかしげていたが、思い出したように、ふところから取出したのは、さっき春麿の紙入から探し出した妙な手紙だ。

「お内儀、ちょっと見てくれ。おまえさんこの字に見覚えはないかえ」

お近はその手紙を見ると、ぎょっとしたような顔色だったが、すぐさあらぬ態で、

「いいえ、存じません」

と、蒼い顔して頭《かぶり》を振った。佐七はじっとその眼を見ながら、

「お内儀、隠しちゃいけねえ。この字は浜松屋か兵衛先生、それとも柳下亭か叶千柳か、まさか春麿の字じゃあるめえな」

「いいえ、決してそんな事はございません。あの人たちのお書きになったものなら、いくらでも家《うち》にございますから、どうぞお調べ下さいまし。しかし、親分さん、その手紙がどうしたのでございます」

「それが俺《あっし》にもよくわからねえのだ」

二人が探りあうように、互いの眼の中を覗きあっているところへ、表の方から勢いよくお近の名を呼ぶ声がした。二人が、何気なく出てみると、狂歌師の阿漢兵衛が、意気揚々《いきようよう》と、馬に

跨《またが》っている。

「あら、先生、そのお姿は……？」

「なにさ、今日は春麿のお葬いに来たのだが、駕籠はいやになったから馬にした。どうじゃ、俺《わし》もこうしていると立派なものじゃろう」

兵衛先生は鼻高々と笑ったが、その時何に驚いたのか、乗馬がさっと棒立ちになったかと思うと小梅《こうめ》のほうへまっしぐらに……。

「おやおや、先生あんまり上手じゃないね」

二人はあっけに取られてみていたが、そのうちに何を思ったのか、

「しまった！」

と、叫ぶと佐七が夢中で駈け出したから、お近も漸《ようや》く唯事でない事に気がついた。

ふつうの疾走とは違っていた。鬣《たてがみ》を振り乱し、頸《くび》をぐるぐる廻しながら走っていく乗馬の様子は、どうしても気が狂ったとしか思えない。このまま放っておいたらどんな一大事が起るかも知れないのだ。奔馬《ほんば》は土手づたいに寺島《てらしま》から須崎《すさき》を抜け、牛島神社《うしじまじんじゃ》のほとりまで走っていったが、恰《あたか》もよし、その時向うからやって来たのは辰と豆六だ。

佐七はその姿を見ると夢中になって、

「辰、豆六、止めろ、その馬をとめろ」

声を限りに叫んだが、そのとたん、奔馬がつるりと前脚を滑らせたから耐《た》まらない。はずみを喰《くら》って人馬諸共、堤《どて》のうえから河の中へまっさか様に。……

騒ぎをきいて人々が駈けつけて来た時には、人も馬も、見事に頸の骨を折って死んでいた。

——四人目である。

残る一人の浜松屋

——蓑さん、おまえは恐ろしい人だねえ——


阿漢兵衛の死骸は取りあえず植半へ担ぎこまれたが、それを見るとさすが気丈なお近も、歯の根もあわぬくらいだった。春麿の葬式に列席していた人々も、急を聞いて駈けつけて来る。その中には浜松屋幸兵衛とお蔦もいたが、二人とも阿漢兵衛の無惨な死態《しにざま》を見ると、放心したようにそこにへたばってしまった。あいつぐ惨事に口も利けないという顔色だった。

そこへ一足おくれて帰って来たのが人形佐七、辰と豆六から低声《こごえ》で何か聞いていたが、やがてお蔦と幸兵衛の姿を見ると、

「どうも大変な事になりましたなあ」

と、二人のまえに座をしめた。幸兵衛は上ずった眼で佐七を見ながら、

「おお、おまえさんがお玉が池の親分さんですか。私はもうどうしてよいかわかりません」

と、さすが剛腹《ごうふく》なお大尽も、すっかり度を失った態だった。

「いや、御尤《ごもっと》もでございます。順にいけば今度はおまえさんの番でございますからねえ」

「それが、親分さん」

と、幸兵衛はぐっと息をのみ。

「実は、私ももう少しでやられるところでございました」

「なに、おまえさんも？」

「はい、これでございます。親分さん、これを見て下さい」

幸兵衛がふところから取出したのは、皺苦茶《しわくちゃ》になった一枚の紙、佐七はそれを開いてみて、思わずぎょっと呼吸《いき》をのんだ。

「印籠《いんろう》のなかの薬を嚥《の》んではいけません。すぐ捨ててしまいなさい」

文句も文句だが、佐七がそれより驚いたのはその筆跡だ。まぎれもなく春麿の紙入から発見した手紙と、同じ筆跡なのである。

「なるほど、そしてその印籠というのは……？」

「これでございます。私は心《しん》が弱いので、持薬にこれを嚥んでおります。始終この印籠をはなした事はありません。今朝もこれを嚥もうとしているところへ、家《うち》の者がこんな手紙が投込んであったと、持って参りましたのがその手紙で……」

「なるほど、それで……？」

「なんだか気味が悪うございますから、嚥むのをやめて、試しに猫に舐《な》めさせて見ますと……」

「猫に舐めさせて見ると……？」

「ころりと参って……はい、瞬《また》きをするひまもございませんでした」

そばで聞いていたお蔦は、いきなりわっと泣き出した。あまり恐ろしいことがつづくので、ヒステリーを起したのだろうか。いつもならこういう場合、慰《なぐさ》めいたわるお近だが、今日は横を向いて知らぬ顔をしている。いや、それのみならず、何んともいえぬ憎々しげな顔色だった。

佐七はこういう様子を、それとなく窺《うかが》っていたが、やがて膝を進めると、

「お蔦、おまえに聞きたいことがある」

お蔦はそれを聞くと、ぎくりと肩をふるわせたが、それでもやっぱり泣いている。

「こうこう、お蔦、泣いてちゃいけねえ。おまえも係りあいの一人だ。富籤五人組の四人までは死んでしまった。ここで浜松屋の旦那にもしもの事があれば、あの千両はおまえのものになる。そうなれば所詮《しょせん》、詮議はまぬがれねえ。お蔦、潔《いさぎよ》く何もかもいってしまえ」

「親分さん、それはあんまりです、あんまりです。あたしゃそんな恐ろしいこと……」

「何もおまえが手を下したといやあしねえ。おまえにゃ情夫《いろ》があろう。蓑助《みのすけ》といって、おまえのお父《とっ》つぁんやお母《つか》さんが大恩うけた、木更津《きさらづ》の資産家《ものもち》の伜《せがれ》だが、いまじゃ落魄《おちぶ》れて、おまえの世話になっているいい男がある筈だ」

お蔦はさっと蒼褪《あおざ》めたが、唯唇をふるわすばかりで、剛情に押黙っている。するとこの時、

「蔦ちゃん！」

金切声で呼びかけたのはお近だ。見ると柳眉《りゅうび》を逆立てて、眼には殺気が漲《みなぎ》っている。

「あたしゃおまえを見損ったよ。おまえばかりはそんな人じゃないと思った。お玉が池の親分さんに、ああ図星をさされちゃ、所詮もう逃れっこはない。何もかも言っておしまい」

「あれ、お内儀さん……」

お蔦は何か言おうとしたが、そのまままた頂垂《うなだ》れてしまう。お近はいよいよいきり立って、

「言わないのかえ。いいよ、おまえが言わなきゃ私が言ってやる。蓑さんという人は、両親《ふたおや》にとって恩人だから、何んとかして下さいと頼まれて、いままで面倒を見て来たのが私ゃ口惜《くや》しい。こうなったら突出してやるからそうお思い」

お近は荒々しく座敷を出ていったが、やがて引きずるようにつれて来たのは、まぎれもなくいつかの富札売りだ。

「あっ、おまえさんはこのあいだの……」

幸兵衛は眼を瞠《みは》っている。お近は憎々しげに、

「そうですよ、富札売りですよ。女房の贔屓《ひいき》が集まっていると聞いて、富札売りに化けて、皆さんの様子を見に来たんですよ。ところがその時、自分の売った富札が、千両に当ったところから、口惜しさのあまり、あろうことか、あるまい事か……」

「あれ、お内儀さん、そんなこと……」

「蔦ちゃん、おまえは黙っておいで、蓑さん、おまえという人はほんとうに恐ろしい人だねえ。このあいだ、春麿師匠が死んだ晩、おまえ四ツ半（十一時）過ぎにここへ帰っておいでだったねえ。その時おまえの顔色は、まるで生きている空はなかった。唇まで真蒼になり、妙に眼をきょときょとさせてさ。あたしゃ何事かと思ったが、おまえはそのまま蔦ちゃんと、奥の離れへお引けだから、とうとう何も聞けなかった。ところがその翌朝になってみると、春麿師匠が

川へはまって死んだという。あたしゃ思わずぎょっとして……」

と、お近はぐっと息をつぎ、

「そこでお玉が池の親分さんのところへ、意見をお伺いにあがりましたのさ。すると親分さんも、蔦ちゃんの情夫《いろ》が怪しいと仰有る。あたしゃどうしようかと思ったが、それでもまさかと思っていたら、昨夜、柳下亭さんが死んだ時……蓑さん、おまえはあすこで何をしていたのだえ」

蓑助は畳に両手をついたまま、蒼い顔して黙っている。お蔦ははっと側へ進み寄り、

「蓑さん、おまえ……おまえ……」

何かいおうとするのを、

「黙ってろ！」

蓑助は物凄い顔をしてお蔦を睨《にら》みつけた。

「お蔦、何もいうな。何もいっちゃいけねえ。要らねえ事に口出しすると、夫婦の縁も今日限りだぞ」

お蔦はそれを聞くと、わっとその場に泣き伏した。蓑助はお近のほうへ向き直り、

「お内儀さん、済みません」

と、ただそれだけ。これまた、畳に額をこすりつけて男泣きだった。

驚きいった真犯人

――いまぞこの世をあかんべえする――

佐七は先程からこの様子を眺めていたが、やがて春磨の紙入から見附けた手紙を、もう一度お近のまえに差出して、

「お内儀、こうなったらもう言ってもいいだろう。実はこの手紙は春磨師匠の紙入から見付けたのだ。春磨はいったん家の側までかえったが、この手紙が気になるところから、またそっとこの近所へ引返して来て殺された。つまり、これは春磨を誘《おび》き出すための手段《てだて》だったんだが、いったいこれは誰の手だえ」

「蓑さんの手でございます」

お近はいよいよ憎しみに燃える眼で、蓑助の横顔を睨みながら躊躇《ちゅうちょ》なくいった。これを聞くと佐七は俄かに笑い出して、

「蓑助さん、お蔦も泣くことはねえ。浜松屋の旦那がおまえに礼をいいたいと仰有る」

「え？」

一同はびっくりして佐七の顔を見直した。佐七はなおも笑いながら、

「お内儀、おまえも年が寄ったねえ。そう気が早くちゃ困る。俺《おいら》がお蔦に白状しろといったの

は、情夫《いろ》をかくしていることさ。こういうことには少しでも、嘘や隠蔽《かくし》があっちゃ詮議がしにくい。それで言葉を強めたのだが、誰も蓑さんを下手人だといやあしねえぜ」

「あら、それじゃ蓑さんは……？」

「下手人どころか浜松屋さんが、すんでの事で殺されようとするのを、危《あや》うく助けた恩人だ」

「え、え、え！」

お近はびっくり仰天《ぎょうてん》、眼をパチクリ。

「蓑さん、おまえは下手人を知ってるな。おおかた春磨師匠が殺される現場を見たのだろう。そこでおまえはかげながら、柳下亭を守ろうとした。しかし下手人の方が一枚上手《うわて》で、おまえの力も及ばなかった。どうだ、蓑さん、もういい加減に下手人の名前をいったらどうだ」

だが、蓑助は黙っている。金輪際《こんりんざい》、口を割るまいという決心が、ありあり顔に現れている。お蔦はそばでやきもきしているが、何かいおうとする度に、蓑助が物凄い眼で睨みつける。

「はははは、これだけ言ってもいわねえところを見ると、下手人に、何か義理があるな。よしよし、おまえが言わなくても、俺にゃちゃんと分っている」

その時、お近が膝をすすめて、

「あの……親分さん、それじゃ蓑さんは下手人じゃなかったので」

「違うよ、お内儀、こういっちゃ何んだが、蓑さんにゃあれだけ深い悪企みをする智恵はねえ。今度の下手人がどれほど悪賢い奴か、ここでひとつ絵解きをしてやろう。まあ、こうだ」

と、佐七は一同を眺めながら、

「先ず第一に春麿の一件だが、下手人がどうして春麿を、この近所へ誘き出したか……、それにつかったのが即ちこの手紙だ。これは蓑さんがいつかお蔦にやったものだろうが、下手人はこいつを手に入れていた。そしてあの日、お蔦の袂《たもと》から落ちたように見せかけて、わざと春麿に拾わせたのだ。これを見ると春麿は心中甚《はなは》だ穏かでない。みんなお蔦から手を引くと約束しながら、今宵四つ半ここで忍びあおうというのだから、春麿が憤《おこ》ったのも無理はない。名前がないから誰だかわからないが、ひとつ現場を取押え、うんと恥かしめてやろうと、こっそり引返して来たところを、これまた家《うち》へかえったようにみせかけて、引返して来た下手人につかまり、無理矢理に川の中へ引きずり込まれたのた。どうだ、蓑さん、違うかえ」

蓑助は黙っていたが、その唇は真蒼で、体はこまかく震えている。

「さて、二番目は柳下亭だが、これまた恐ろしい悪企みだ。下手人は柳下亭がいつも材木を渡って帰ることを知っていた。そこで蠟燭の長さを、あの堀の近所で燃えつきるように切っておきやがった。おおかた、そのためにゃ、自分で中の郷から木場まで、蠟燭つけて歩いてみたに違いねえ。そして、お通夜のごたごたにまぎれて、柳下亭の提灯に、あらかじめ長さを計った蠟燭を立てておいた。そうしてもう一本新しい奴を、提灯の中に放りこんでおいたのだ。そんな事とは夢にも知らぬ柳下亭は、材木を渡っているうちに蠟燭が燃え尽きそうになった。そこで火が消えちゃ材木は渡れねえから、新しい奴に火をつけたが、とたんに、ぱっと火花が散った。二本目の蠟燭にゃ、花火が仕込んであったのよ」

お近はあっと驚いた。そういえば、あの明るさは、花火だった事に、はじめて気がついたのである。

「柳下亭ならずとも、これじゃ驚くのが当りまえ、まさかそんなところで、花火が燃えるとは思いがけねえ事だから、びっくりして跳びのく拍子に足踏み外した。……どうだ、蓑さん、そのとおりだろう」

蓑助はまるで不思議な物でも見るように、佐七の顔を眺めている。

「俺ゃ柳下亭の指にくろい焼傷《やけど》があるのを見た時、花火の焼傷じゃねえかと思ったが、まさかと考え直しているところへ、お内儀に向うがぱっと明るくなったと聞いたから、さてはと思ったのだ。何んとよく考えやがったものじゃないか」

「そして、親分さん、兵衛先生は……?」

お近は夢中で膝を乗り出す。

「兵衛先生か? 兵衛先生が殺《や》られたのはこれよ」

佐七が掌《て》にのせて差出したのは、丸薬ぐらいの鉛の玉。

「これを馬の耳に投げこんだのだ。こいつが耳の中でがらがら鳴るから、馬は気が狂ったように走り出す。そこであういう騒ぎが起ったのよ」

「しかし、しかし……誰がそれを投げ込んだんです。あの時、馬の側には誰もいなかったじゃありませんか」

佐七はそれを聞くと大声をあげて笑った。

「そんな事があるものか。いたよ」

「誰が……誰がいました。親分さんと私のほかに……」

「馬のうえに兵衛先生がいた筈だ」

「えっ」

これには一同、二の句もつげずに眼を瞠っている。

「まだ、わからないのかえ。兵衛先生は春磨と柳下亭を首尾よく殺した。浜松屋さんもいまごろは印籠の薬を嚥んで死んでる時分だと思ったんだ。そこで安心して自分もああして死んでしまった。蓑さん、ここまでいえばおまえも素直に白状しても、もう兵衛先生に義理は立とう」

「親分さん、恐入りました」

蓑助が、素直に両手をつくのをみると、お蔦は、わっと泣き出した。但《ただ》し、今度のは嬉し泣きである。

ここで蓑助が語ったところによると、彼の両親は木更津の資産家だったが、若い頃に百姓一揆の代表みたいな事をやって、危く首を斬られるところを、当時、代官所へ勤めていた、兵衛先生こと本田直次郎に救われたのである。

だから、兵衛先生は取りも直さず、蓑助にとっては両親《ふたおや》の恩人だった。その恩人が人殺しをするところを見たのだから、彼はどんなに驚いたろう。恩人の罪をあばくわけにはいかぬ。と言って、このままみすみす放っておくわけにはなおいかぬ。そこでお蔦に事情《わけ》を話して、兵衛先生の挙動に注意させておいた。

お蔦もさすがに提灯のからくりは気がつかなかったが、お通夜の晩、印籠の中味を擦りかえたことに気がついたので、さっそくこの事を蓑助に知らせた。そこで蓑助があいう文《ふみ》を浜松屋へ投込んだのだが、おかげで幸兵衛は危いところで生命《いのち》が助かったのである。
「しかし、親分さん。あの千柳さんが海へ落ちたのはどうしたのでございます。あれもやっぱり兵衛先生のからくりで……？」
お近が不思議そうに訊ねると、佐七は俄かにからから笑って、
「いや、あればかりは俺の大縮尻《おおしくじり》だ。千柳が死んだのはまったく過失らしい。だが、兵衛先生がこんな恐ろしい事を考えたのも、きっとそれから思いついたにちがいねえ」
佐七の言葉は当っていた。その後、兵衛先生の書斎を探したところ、次ぎのような奇妙な遺書が発見されたのである。
余《よ》、すぐる年《とし》より肺をわずらいとうていこの夏をすごしがたきむね医者より申しわたされ候《そうろう》折からかのう千柳のさいごをきき心はなはだなぐさまずいっそひとおもいに死なんと思い候えどもひとりいくは淋しければこころあいたる友を誘いて、
豊春《とよはる》の浜松やなぎ植えかえて
きょうぞこの世にあかんべえする
これには浜松屋も蒼くなった。いかに仲好しとはいえ、冥途《めいど》まで誘われちゃ耐《たま》らない。それはさておき例の千両だが、こうけちがついちゃ幸兵衛も受取る気になれぬ。そこで全部を貧民救恤《きゆうじゆつ》に投出《なげだ》して、その代り自分のふところから出した別の千両で、蓑助の生家を再興させてやった。

それと同時にお蔦が蓑助の女房になったことはいうまでもないが、その世話を一手に引受けたのは植半のお近で、お近という女は憤ると物凄いが、まことに世話好き女だった。

そのお近がしみじみ人に語るには、

「私ゃいままで世の中に怖いものはなかったが、今度という今度、お玉が池の親分には恐入った。あの人はほんとうに怖いよ。おまえさんも悪事を働くなら、あの人が亡くなってからにおしよ」

春色眉《まゆ》かくし

眉《まゆ》かくしの女

　文化《ぶんか》から文政《ぶんせい》へかけて江戸一番と謳《うた》われた捕物名人の人形佐七《にんぎょうさしち》、男はよし、腕はよし、気前はよしと、三拍子も四拍子も揃った親分だが、玉に瑕《きず》ともいうべきはこの男、女にかけてだらしがない。おりおり妙な女にひっかかっては問題を起すから、そうでなくとも玄人《くろうと》あがりで、人一倍悋気《りんき》深い女房のお粂《くめ》は、おちおち気の休まる折とてもない。

「辰《たつ》つぁん、豆《まめ》さん、そして相手というのはいったいどんな女なんだい」

「それがねえ。姐《ねえ》さんの前じゃ言いにくいが、小股《こまた》の切上ったそれゃあ姿のいい女なんで」

「年齢《とし》はそやね、二十五六だっしゃろ。眼もとの涼しい、鼻の高い、……水も垂れるような縹緻《きりょう》ちゅうのはあんなんをいうのだっしゃろな」

　と、辰と豆六《まめろく》が溜息づくから、さあ、お粂はいよいよ気が気でない顔色である。

　いったい巾着の辰にうらなりの豆六というこの二人は、根は極《ご》く正直な人物なのだが、お粂の悋気深いことを知っているから、おりおり飛んでもないことをいい出しては、お粂を妬《や》かせて喜んでいるという、人の悪いところがある。お粂もそれを知っているから、うっかりその手に乗らぬように警戒しているのだが、今度という今度はそれではないらしい。第一、辰と豆六の二人からして、先に立って気を揉んでいるのだから、女房たるもの、肚胸《とむね》を突かれる思いがするのも無理ではない。

「辰つぁん、豆さん、お前さんたちがついていながら、どうしてそんな事になったのだねえ」

と、お条は半分泣かんばかりである。

「それがねえ、姐さん、あっしたちがついていれゃ、まさかそこまで深入りはさせなかったんだが、生憎《あいにく》その時は親分ひとりで」

「わてらがいなかったもんやで親分、ついころりと女の手管に乗ってしまいよったんやな。それにしても馴染《なれそ》めちゅうのが悪い。こんな事が世間に知れると、親分十手捕縄召上げや。それでわてらこない心配してまんね」

と、そこで辰と豆六が、こもごも語るところを聞くとこうである。

それは二十日ほど前の事である。佐七はひとりで日本橋《にほんばし》の歌村《うたむら》という小間物店へ出向いていった。御用の筋というのはこうである。

その時分、江戸には頻々《ひんぴん》として抜買品《ぬけがいひん》が現れた。抜買品、つまり密貿易品である。和蘭陀《おらんだ》渡りの唐桟《とうざん》、モール、珊瑚《さんご》というような高価な品々が、長崎会所の手を経ないで、直接江戸へ持込まれるのだ。しかもその数量から言って、よほど大掛りな抜荷買いの一味が関係していると思われるのに、その遣口《やりくち》が巧妙を極めていて、なかなか尻尾《しっぽ》がつかめなかった。さてこそ奉行所では躍起《やっき》となって、御府内の御用聞きを総動員で探索に当らせているのだが、佐七がひとりで歌村へ出向いていったのも、つまりはその探索のためであった。

日本橋の歌村は名高い老舗《しにせ》で、そういう如何《いかが》わしい仕事に関係があろうとは思えなかったが、商売柄、珊瑚だの鼈甲《べっこう》だの、抜荷買に関係の深い品を扱うので、何か参考になるような事もあろうかと、出向いたわけである。

ところがその店先で、亭主の孫右衛門《まごえもん》や番頭の治兵衛《じへえ》を相手に話しこんでいると、そこへ一人の女が入って来た。派手な縞《しま》の着物に黒縮緬《くろちりめん》の羽織をぞろりと着流し、小豆《あずき》色の眉かくし頭巾に、爪紅さした素足には、黒の塗下駄をつっかけていようという、どう見ても素人《しろうと》とは思えぬ風体だが、その様子のいい事といったら、清長《きよなが》の一枚絵を見るようであった。

根が女に眼のない人形佐七、これを見るともう動けない。用事がすんで上げかけていた腰をふたたびおろすと、亭主や番頭を相手に冗談話《むだばなし》をしながら、見るともなしに女の様子を見ていたが、そのうちに大変なところを見てしまったのである。

若い手代《てだい》を相手に、あれやこれやと櫛笄《くしこうがい》の品定めに余念のなかった件《くだん》の眉かくしの女、手代の油断を見すまして、素速く二三点袂《たもと》のなかへ忍ばせた。主《あるじ》の孫右衛門や番頭の治兵衛もこれに気がついたから、思わずあっと顔色かえるのを、佐七は素速く眼顔でおさえて、

「ここで事を荒立てては拙《まず》い。万事はあっしに委《まか》せておきなさい」

何しろ相手がいま評判の御用聞きである。それに歌村としても店先で、万引騒ぎは演じたくなかった。そこで万事を佐七にまかせて様子を見ていると、女は間もなく、江戸の水か何かをひと瓶買って帰っていった。佐七がその後をつけていった事はいうまでもない。

「そこまではよかったんですが、さあ、それから後がいけねえ。親分、なってねえんです」

「いけないとはどうしたんだえ」

お粂は眼の色がかわっている。気が気でない息使いだ。

「いやね、そうして女の後をつけていった親分、それから一刻《いっとき》ほど経つと、ホロ酔いの一杯機嫌で歌村へ引返して来やはったんだが、そこでいう事がええ。あの女に仔細はない。あら自分の眼違いやったと。……」

「あらまあ！」

「そんな筈《はず》はねえんです。現にその女が万引するところを、亭主や番頭もちゃんと見ている。後で調べると珊瑚の根掛けと鼈甲の櫛が紛《な》くなっている。その事を孫右衛門や治兵衛が申立てると、親分は威丈高《いたけだか》になって、俺が仔細はねえというのに、おまえたちは難癖つけるか。誰だと思う、お玉《たま》が池《いけ》の佐七だぞと、十手をかさに無茶苦茶なんです」

「今迄《いままで》、そんな人やなかったんだが魔がさしたというんやろ。女をつけていったんはええが、向うへ上りこんで一杯飲まされ、ねえ、親分とかなんとか味な眼付きをされたんで、親分ころりと参ってしまいよったんや」

「口惜《くや》しい。そしてその女というのは何者だえ」

「何《な》んでも鐘突新道《かねつきしんみち》へ近頃引越して来た、お蓮《れん》とかいう女なんです。いずれ旦那がある人でしょうが、ふだんは婆やと二人住い、そんなとこへ上りこんだんですから、下地は好きなり、どんな事があったか知れやしません」

焚きつけるつもりではないが、辰と豆六からそんな話をきかされて、

「口惜しい、口惜しい。わたしゃどうしよう。どうしよう」

と、お条はその場に泣き伏した。

艶説かねつき新道

「尤《もつと》もや、尤もや。姐さんが口惜しがるのも無理はおまへん。わてかて今度の親分のふしだらには、腹の中が煮えくり返るようや。しかし姐さん、話はまだそれだけやおまへんで」

「まあ、まだ何かあるの」

お条は泣き濡れた眼をあげて、不安そうに二人の顔を見る。辰と豆六は溜息ついて、

「魔がさしたというのはほんとにこの事でしょう。万引一件があったその翌日の事なんです。歌村の店先へ坐《すわ》りこんだ奴がある。五分月代《さかやき》の凄いようないい男の浪人者なんですが、自ら名乗るところによると、宇津木源之丞《うつきげんのじよう》といってお蓮の兄に当るんだそうです。さて、その源之丞のいうのにゃ、昨日、自分の妹に万引の濡衣《ぬれぎぬ》きせて、岡っ引きに後をつけさせたそうだが、いったいどういう量見なんだ。お蓮は世間態《てい》を恥じて、あれから気狂いみてえに歎き悲しんでいる。うっかりすると自害するかも知れねえ。何も知らねえものに濡衣きせて、さあ、どうしてくれると強談判《こわだんぱん》……」

「つまり脅迫《ゆすり》なんだね」

「そうだす。そうだす。歌村でも店先で大きな声を立てられて大弱りや。非は向うにあっても事を荒立てたら老舗に傷がつく。そこで奥へ通して一杯のませ、いくらかつかませて帰したらしいんやが、ちょうどその後へまたうちの親分が行きあわせた」

「まあ、よかった。それで親分がその浪人者をとっちめたんだろうねえ」

「ところが大違い。歌村の主人からその話をきくと、親分、鼻でせせら笑って、罪もない女に汚名をきせたからにゃ、それくらいの事は当り前だ、よく劬《いた》わってやんねえと……」

「まあ！」

「何しろ親分、その女にすっかり鼻毛を読まれるんやで仕様《しよ》がおまへん。歌村でもあまり変やと思たもんやさかい、丁稚《でっち》の長松《ちょうまつ》ちゅうのに親分のあとをつけさせたら、親分、それからまた鐘突新道のお蓮のうちへ上りこんで、酒を飲んだりふざけたり……」

聞く事毎《ごと》にお粂も呆れ果てたかして、もう泣くにも泣けない気持ちだったが、ちょうどその頃、鐘突新道のお蓮の家では……。

「ああ、酔った酔った、おめえのすすめ上手にゃ叶わねえ。すっかりいい気持ちに酔っちまったぜ」

と、佐七め、鼻の下を長くして脂下《やにさが》っている。

「ほほほほほ、親分さんのお口のうまいこと。どうせわたしのような者のお酌《しやく》じゃ、気に入らないのはわかっていますわ」

長火鉢の向うに坐ったお蓮は、朱羅宇《しゅらう》の煙管《きせる》をひねりながら艶《えん》な流眄《ながしめ》なのである。どういうわけかこの女、家にいる時も小豆色の頭巾だけはとらない。それがまた滅法《めっぽう》色っぽくて、佐七め、ぶるると胴顫《どうぶる》いしやあがった。

「おやおや、またはぐらかされか。おいお蓮さん、おまえも罪が深いぜ。あれからもう二十日も経つのに、少しは打ちとけてくれてもよかろうぜ」

「それゃあもう、わたしだってそう思うけど、おまえさんの気心が知れませんもの」

「なに、気心が知れねえ。それはこっちのいうことだ」

「あら、何故《なぜ》、何故……どうしてわたしの気心が知れませんの」

「先《ま》ず第一にあの源之丞さんよ。おまえは兄貴だというけれど、どうだか知れたものじゃねえ。俺あ何だか心配で耐《た》まらねえよ」

「あら、またその事を仰有《おつしや》る。あれはほんとに兄さんなんです。顔を見ても分るじゃありませんか。みんな生写しだといいますわ」

「それはそうだが、従兄《いとこ》似って事もあるからな」

「あら、またあんな事を仰有って……どうせわたしは万引などする女ですから、信用のないのも仕方がないと諦《あきら》めますが、現在の兄との仲を疑われるなんて、わたしゃあんまり浅間しくって……」

お蓮はほろりと、袖口で眼を拭いている。こうして女に泣かれると、佐七は忽《たちま》ちぐんにゃりして、

「なにさ、なにさ、そういうわけじゃねえけれど、何しろ源之丞さんという人があまりいい男振りだから、俺《おいら》も一寸《ちょっと》心配なのさ」

「ほんにあの人の男振りにゃわたしもしじゅう苦労をします。親分さんには疑われるし、わたしは立つ瀬がありません」

「なにさなにさ、ほんとの兄妹とあらば何もいうことはねえ。しかしお蓮さん、それじゃおまえほんとにほかに男はねえんだな」

「親分の疑い深い。きょうこのごろのわたしは、ほんとに淋しい身の上なんです」

「そんならお蓮さん、もうそろそろその頭巾ぐらい取ってくれてもよさそうなもの」

「あれ、この眉かくし……」

と、お蓮は額に手をやって、

「いつもいうようにこの頭巾は、先《せん》の良人《おっと》に死別《しにわか》れたとき、二度と亭主は持つまい、生涯男のまえではこの眉かくしを取るまいと、固く誓いを立てたんです。しかしこのごろではどうやら心の誓いもゆるんで……」

「え?」

「相手によってはこの頭巾、とってもいいと思うんですけど、想うお方は気心が知れず……」

「はてな、俺なら心の底まで見せているつもりだが、やっぱり想う男はほかにあるのか」

「あれまたあんな事を仰有る。だっておまえさんは水臭いじゃありませんか」

「俺が水臭い? どうしてそんな事がいえるんだ」

「だって水臭《みずくそ》うございますわ」

「だから何が水臭い」

「いいえ、水臭うございます」

と、しだいに痴話が嵩じて来るとき、雨戸の外に男がひとり、さっきからじっと利耳を立てているのである。

痴話が嵩じて

お蓮が水臭いというのはこうである。

さっき佐七がふところから、一通の手紙を取落した。お蓮が何気なくそれを拾い上げると、佐七はあわてて横奪りしてふところへ捩込《ねじこ》んでしまった。その仕打ちが憎らしい、水臭いとお蓮はそれを怨《えん》じるのである。


「なんだ。何んの事かと思ったらその事か。あれゃおまえ、何んでもねえ手紙だ」

「何でもない手紙なら、見せて下すってもいいじゃありませんか。いいえ、そんな事仰有って、きっといい女《ひと》から来た手紙に違いありませんわ」

「そんな事があるものか。おまえがそんなに疑うなら、上書だけ見せてやろう。ほら、これは俺が書いた手紙よ」

「おや、ほんとうに。……でも、でも、ああ分った。きっといい女《ひと》にやるんでしょう」

「あれ、まだそんな事をいっているのか」

「だってそれなら見せて下すってもいいじゃありませんか」

「弱ったなどうも、お蓮さん、いくら何んでもこればかりは見せられねえ」

「ええ、そうでしょう。そうでしょうとも。どうせわたしのようなものには……ああ口惜しい」

と、お蓮がぷっつり遅れ毛をかみきったから、さあ、佐七の奴あわてて。

「ま、まあ、何もそう憤《おこ》ることはねえやな。見せられねえたって、これは決して怪しいものじゃねえ。実はな、これは御用のことでお上《かみ》へ差出す手紙だわな」

「ほほほほほほ、あんなうまい事を仰有って、御用といえばわたしが恐れるかと思って……ああ、口惜しい!」

お蓮がまたもや遅れ毛を嚙み切る様子に、佐七はいよいよ泡を喰って、

「ま、まあ、待ちねえ。弱ったな、どうも。仕方がねえ、おまえがそんなに疑うなら見せてもやろうが、おお、この事は誰にも内緒だぜ」

「まあ、見せて下さる。ああ、嬉しい。ええ、ええ、おまえさんのためにならない事なら、なんでわたしが喋舌《しゃべ》りますものか」

「よし、それじゃ見せてやろう。お蓮、まあ読んで疑い晴らしてくんねえ」

いったいこれはどうしたというんだろう。いかに佐七が女に甘いとはいえ、これではあまり

だらしがなさ過ぎる。お蓮はしかし嬉しそうに、佐七の出した手紙に眼を通したが、たちまち顔色をかえて、

「あっ、これゃ抜荷買いの……」

「そうよ」

「そしてあの歌村の旦那がその抜荷買い……」

「叱《し》ッ」

と、制して佐七はあわてて座を立った。

その気配に驚いたのは雨戸の外で立聞きしていた男である。あわてて縁の下へ這いこんだが、月の光でその顔を見ると何《な》んとこれが歌村の番頭治兵衛なのである。

だが、そんな事と知るや知らずや、こちらは眉かくしのお蓮と佐七である。

「済みません、済みません。わたしの邪推から、こんな大事なものを見せて戴いて……」

「お蓮、それじゃ疑いは晴れたかえ。疑いが晴れたらちょっとこっちへ……」

「あれ、親分、それじゃあんまり話が急で……まあ、いっぱいお飲《あが》んなさいまし」

「よし俺を盛り潰そうというのかえ」

「いいえ、そうじゃございません。今夜という今夜はこの眉かくしを取りますけれど、素面《しらふ》じゃ何だか極《き》まりが悪くって……親分、わたしも戴きますから、おまえさんもちとお重ねなさいまし」

と、暫《しば》らく盃《さかずき》のやりとりをしていたがそのうちにどうしたものか、佐七はポロリと盃を取

り落すと、色男もだらしがない。口のはたから涎《よだれ》を垂らして、居穢《いぎたな》く眠ってしまった。

「あら、親分、嫌ですわ。いまから寝てしまっちゃお楽しみが……親分、親分、……ふふん、どうやら薬が利いたらしいよ」

眉かくしのお蓮は嘲《あざけ》るような、冷たい眼でじっと佐七の寝顔を見守っていたが、やがてふところへ手を入れると、さっきの手紙を採り出し、それから襖《ふすま》越しに隣の部屋へ声をかけた。

「兄さん、兄さん、うまく行ったよ。この手紙を持って歌村へ掛合いにいっておいでな。今度は五両や十両の眼腐れ金で追っ払われちゃ駄目ですよ。二百と三百たんまり纏《まと》まったものを取って来なくちゃ……」

それから間もなく鐘突新道のお蓮の家から出て来たのは、浪人者の宇津木源之丞、兄妹とはいえ、なるほどお蓮によく似ている。

「お蓮、それじゃ行って来るが、佐七の野郎を逃がしちゃならねえぜ。なに、ぐるぐる巻きにして猿轡《さるぐつわ》をはめてあるから大丈夫だ？　あははは、薬の利目とはいえ他愛がねえな」

鼻唄交りに路次を出ていく源之丞のうしろから、歌村の番頭治兵衛も見えがくれに。……佐七はその晩から家へ帰らないのである。

霊巌島《れいがんじま》の夜嵐

「御免《ごめん》下さいまし。お蓮さんとおっしゃるお方はこちらでございましょうか」

それから三日目の夕方のこと。鐘突新道のお蓮の家へ、血相かえてやって来たのはお条である。生憎婆やがいなかったかして、お蓮が自ら出て来たが、お条を見ると眉をひそめて、

「あの、何誰様《どなたさま》でございましょうか」

そのお蓮の艶《あで》やかな姿を見るなり、お条はもう嫉妬《しっと》のために眼がくらんだ。

「わたしはお玉が池の佐七の女房、お条という者ですよ。おまえさんがお蓮さんですね。うちの人をどこへやったんです。さあ、うちの人を返して下さい」

物凄いお条の権幕《けんまく》に、

「あっ、それじゃおまえさんが親分の……」

と、お蓮は裾《すそ》を乱して奥へ逃げ込んだが、その時袂《たもと》から落したのが一通の文《ふみ》。

「お待ち、おまえさん、逃げるんだね」

お条も相当の者である。後追っかけて上へあがった拍子に眼についたのが、いまお蓮の落とした手紙である。見ると見覚えのある良人の筆蹟だから、はっとして素速く拾ってふところへ

隠すと、

「お蓮さん、逃げるとは卑怯《ひきょう》じゃないか。おまえもひとの亭主にちょっかいを出すほどの女でしょう。ここへ出て来て……」

がらりと合の襖を開いた拍子に、お粂はどんと胸を突かれて立竦《たちすく》んだ。そこに立っているのは浪人者の源之丞、刀の提緒《さげお》を片手につかみ、物凄い微笑《わらい》をうかべている。

「お主婦《かみ》さん、いやさ、お粂さん。おまえ何かうちの妹に言いたい事があるそうだが、文句があるなら俺《わし》がきこう。妹のお蓮はああ見えても、まことに気の小さい女でな」

「は、はい……」

お粂は思わず膝頭《ひざがしら》ががくがくふるえた。舐《な》めるようにジロジロと、体中を見回わす源之丞の瞳の色の気味悪さ。何かしら、いやらしい、みだらがましい、まるで相手を裸にして舐めまわすような眼付きなのである。

「あはははは、どうしたお粂さん、言いたいことがあるなら言わねえか。おやおや、可哀そうに舌が顎《あご》へひっついたそうな。おまえの方に言うことがなきゃ、俺の方から言ってやろう。おまえの亭主の佐七なら、妹のお蓮にしつこく付纏《つきまと》うていたが、あまりうるせえからこの間、兄妹してさんざぱら恥を掻かしてやったら、それきり足踏みをしなくなったぜ。それだけ聞きゃ十分だろう。さあ、帰った、帰った。それとももう少しここにいて、この俺とひとつ面白く遊んでいくか。おいお粂」

源之丞が矢庭《やにわ》に猿臂《えんぴ》をのばしたから、

「あれえッ」

と、お粂はうしろざまにひとっ跳び、そのまま格子の外へ跳び出したが、とたんに左右から寄って来たのは辰と豆六である。

「姐さん、どうしました」

「すっかり毒気を抜かれた顔付きやおまへんか」

「あっ、辰つぁん、豆さん、わたしゃ口惜しい」

「姐さん、ど、どうしたんです」

「どうもこうもありゃしない。ああ、気味が悪かった。あんな嫌らしい男ははじめてだよ。だけど辰つぁん、豆さん、わたしゃ確かな証拠を手に入れたから、今日はこのまま帰ろうよ。あの色気狂いの浪人者め。いまに面の皮をひん剝いてやるから見ているがいい」

捨台詞《すてぜりふ》を残して、お粂はそのままお玉が池へかえって来たが、さて、そこでさっき拾った亭主の手紙を開いて見て、お粂はあっと驚いた。

「姐さん、親分の手紙といやあ、どうせいやらしい事が書いてあるんでしょう」

「そやそや、恋しきお蓮さままいる、こがるる佐七よりてなもんやろ。姐さん、阿呆らしい、そんなもん破ってしまいなはれ」

「辰つぁん、豆さん、それどころじゃないよ。これはこれ、親分からお奉行所へ出す手紙」

「えっ！」

「抜荷買いの一味が分ったんだよ。今夜その一味の船が霊巌島へ着くという報《し》らせの手紙。辰つぁん、豆さん、これゃこうしてはいられない。おまえさんたちこれを持って、すぐこれからお奉行所へ行っておくれ」

さあ、大変なことになったものである。辰と豆六はそれからすぐに奉行所へ駆込んだが、奉行所でも委細の話を聞いて驚いた。何しろほかならぬ人形佐七が直筆の手紙だから、それっとばかりに手配りして、霊巌島界隈《かいわい》は蟻《あり》の這出る隙間もないほどの厳戒振り。

その晩、霊巌島附近の住民は、時ならぬ捕物騒ぎに深夜の夢を破られて、明方頃まで呼吸《いき》をこらして、蒲団の中にもぐりこんでいたものである。まったくこれは近来にない大捕物だったが、夜が明けるとともに人々は、抜荷買いの一味が昨夜、一網打尽に挙げられた事を知った。それと同時にその抜荷買いの主領というのが、日本橋の小間物屋、歌村の主人孫右衛門と聞伝えて、あっとばかりに驚いた。更にまたこの捕物の采配をふるったのが、お玉が池の人形佐七と聞いた時には、今更のように佐七の腕に感嘆したものだが、ここに一人、妙な人物が佐七とともに働いたという事が分った時には、江戸中わっとばかりに湧立ったものである。

さて、その妙な人物というのは……。

春景衝立《ついたて》の蔭

「あれまあお前さん、よく帰っておくれだったね。わたしゃもう二度とお前には会えないかと……」

ここはお玉が池の佐七の住居《すまい》。

昨夜の捕物のいきさつが、早くも読売になって町から町へと流れて行くのを聞きながら、お粂はひとりで亭主の安否を思い煩《わずろ》うていたが、思いがけなくその佐七が、元気で帰って来たのだから、お粂はもう跳立つ思いだ。

「あはははは、お粂、どうした。いやに蒼い顔をしているじゃないか」

「だってわたしゃもう心配で心配で……ねえ、おまえさん、これにこりて今後はもう、決して浮気をするんじゃない」

「あれ、お粂、変なことをいうぜ。俺がいつ浮気をしたい」

「お前さん、隠したっていけないよ。お蓮という莫連者《ばくれんもの》にうつつを抜かして、すんでのことで大事な御用に間《ま》を欠くところだったじゃないか。わたしがああしてお前さんの手紙を見附けて、お奉行所へ届けたからよかったものの。……ねえ、お前さん、あのお蓮という女もつかまったんでしょうねえ」

「ああ、あのお蓮さんかえ。なに、あの人がつかまるものか。俺《おいら》と一緒にいまお奉行所からかえって来たところだ。お蓮さん、お蓮さん、遠慮はいらない。こっちへお入り」

あっとお粂が驚いたのも無理はない。

「御免下さいまし。昨日はどうも、ほほほほほ」

と、艶やかに笑いながら入って来たのは、なんとあの眉かくしのお蓮ではないか。お蓮はいかにも親しげに、ぴったり佐七に寄り添うと、

「親分さん、どうぞ姐さんにあやまって下さいまし。わたしゃもう姐さんに叱られるのが怖くって……」

と、溢れるような媚《こ》びをうかべて、佐七の指をまさぐっているから、お粂は思わずかっとした。

「おまえさん、それは何んの真似ですッ。わたしゃ口惜しいッ」

「おや、お粂、どうしたのだ。何をそんなに憤っているのだ。ああ、そうか。おまえまだあの読売を聞いていないんだな」

「読売なんかどうでもようございます。それよりお前さん、その女をどうするつもりですッ」

何しろお粂の勢い当るべからざるものがあるから、佐七もすっかり兜《かぶと》を脱いだ。

「お蓮さん、こいつはいけねえ。お粂はまだ何も知らねえらしい。済まねえがひとつその眉かくしの頭巾をとってやってくれないか」

「親分さん、それよりあの衝立を拝借して……」

「なに、衝立を借りてえ。……あはははは、そうか、そうか。それじゃそう頼もうか」

佐七が笑ってうなずくと、眉かくしのお蓮は艶やかなしなを作りながら、ついと衝立の蔭へかくれて、

「あの、親分さん、ちょいと、ちょいと……」

と、衝立の向うから呼んだから、さあお粂が憤ったの憤らないの。

「何んです。昼日中から衝立のかげへひとの亭主を引っ張り込もうとは……何んという嫌らしい女だろう、呆れて物がいえないよ。さあ、こっちへ出ておいで、ああいやらしい」

と、物凄い権幕で衝立をぐいと向うへ押しやったお粂は、思わずあっと立竦んだ。何んと衝立の向うに悠然と胡坐《あぐら》をかいているのは、浪人者の宇津木源之丞。お蓮の姿はどこにも見えない。

お粂は呆れて二の句もつげなかったが、折からそこへ表からあたふたと駆け込んで来たのは巾着の辰とうらなりの豆六だ。

「姐さん、いけねえ、いけねえ。まんまと親分に一杯かつがれた」

と、跳び込んで来るなり、源之丞のすがたを見つけて、

「あっ、おまえは葉村屋《はむらや》の親方……」

「あれまあ、辰つぁん、豆さん、それじゃおまえこの人を知っているのかえ」

「知ってるどころやおまへんがな。どうもどこかで見た人やと思《おも》てたが。姐さんこの人はこの春狂言に大阪から下《くだ》って来た、早変わりの名人、葉村屋の親方、嵐雛之丞《あらしひなのじよう》さんやがな」

「あれまあ、それじゃさっきのお蓮さんもこの人かえ。……それとは知らずやきもちやいて、おお恥かし」

どっと挙《あが》る一同の笑い声、久しぶりにお玉が池には春色が漲《みなぎ》ったが、やがて雛之丞は居ずまい直《ただ》して、

「姐さんにはいろいろ御心配をおかけ致しましたが、これもひとつに親分のあついお情《なさけ》」

「ええ？　うちの人の情とは？」

「お聞き下さいまし。かようでございます。この春、堺町《さかいちょう》の芝居へ下って参りましたが、馴《な》染《じ》みの浅い土地柄とて、さっぱり人気も立ちませず、いっそこのまま大阪へ帰ろうかとも思いましたが、それではあまり残念と、思い煩うている折柄ふとした事でお知合いになったのがこちらの親分。このまま大阪へ帰っては、向うの人気にもかかわろう。心配するな、次ぎの狂言までにはきっと人気の立つようにしてやろうと仰有って、それから仕組んで下さったのがお蓮源之丞の一人二役……お聞き下さいまし、あの読売の起りを。お玉が池の親分を扶《たす》けて、抜荷買いの一味を挙げたのは、早変りの名人嵐雛之丞、手柄によってお奉行所からお褒めの言葉を頂いたと、江戸中にいたるところ大した評判。これでつぎの狂言に人気の立つのは必定、これというのも親分のおかげでございます」

と、雛之丞は男泣きだった。佐七はおだやかに笑って、

「なに、そう礼をいわれては痛みいる。今度のことはお互いっこだ。抜荷買いの一味の首領は歌村と、睨《にら》んだものの証拠がねえ。そこでおまえに片棒かついで貰《もら》ったんだが、お粂よく聞きねえ。歌村じゃ俺がお蓮という女にたぶらかされていると思い込んでいるものだから、お蓮の兄の源之丞を味方に抱込もうと、何もかもぶちまけてしまいやがった。これというのも日頃から、お玉が池の佐七は女に甘いという評判が役に立ったのだ。どうだ、辰、豆六、浮気も時にはしておくもんだなあ」

「あれ、おまえさん、そればっかりは……」

と、お粂は鶴亀鶴亀というように、ぴったり佐七に寄り添ったという、春色眉かくしの段、へい御退屈さま。

彫物師の娘

ふたりお信乃《しの》

――これ、まことに珍妙な一件である――

三馬《さんば》の書いた浮世床《うきよどこ》を見ると、町内の閑人《ひまじん》が髪結床にあつまって、表をとおる新造《しんぞ》や娘の品定めやなんか、面白おかしくやるところが書いてあるが、社交機関のすくなかった江戸時代では、髪結床などが、さしずめ、いちばん安直にして、かつ、気のおけない男の社交場であったろう。

神田柳原《かんだやなぎはら》の西端《にしはず》れ、筋違御門《すじかいごもん》のこちらがわ、いわゆる八《や》つ小路《こうじ》の角にある青柳床《あおやぎ》なども、御他聞にもれずこのでんで、今日も町内の熊《くま》さん八《はっ》つぁんが大勢あつまり、他愛のない話に花を咲かせていたが、そのうちに話題もつきると、例によって表をとおる娘や新造のしなさだめ。

「や、来たぜ、来たぜ。ちょっと見や。向うから魚十《うおじゅう》の娘のお福《ふく》がやってきたぜ。このあいだ河岸《かし》から養子がきたということだが、あれ見や、もうお腹が大きいじゃないか」

「お、なるほど、大きい、大きい、たしかに大きい。養子め、早いことやりゃアがったな」

「ウップ、あれ見ねえ。団子っ鼻をまっ白にぬたくってよ。誰に見しょとて紅かねつけよか。あれで鼻筋がとおって見えると思ってるンだから可愛いよ」

「いや、お福さん、いつ見ても福々しいな。ふっくらとお肥《ふと》りあそばして、さぞや養子も抱きがいがあるだろう。あのままお臀《しり》のみごとなこと」

「お臀もみごとだが、あれで腹がせりだして来てみねえ。まるで河豚《ふぐ》だアな」

「なるほど、魚屋の娘だけあって、その名もおフグか。ひとつからかってやろうじゃないか。やアい、おフグやアい」

「おい、止《よ》せよ。養子というのが河岸からきた、おそろしく鉄火な男だというぜ。うっかりからかうと、あとでどんな尻を持ちこまれるか知れねえ」

「おっと、そいつはおっかない」

「や、来た、来た、そうら真打ちのお出ましだぞ」

「なんだ、なんだ、真打ちたア何んだ」

「おまえ、知らねえのか。向うからくる二人づれ。あれがおまえ、いま評判のたかい伊丹屋《いたみや》のふたりお信乃だ」

「お、なアるほど。噂《うわさ》にゃアきいてたが、お眼にかかるのはいまがはじめて。いずれがあやめかきつばた。そろいもそろってべっぴんだが、あれでどっちかひとりは贋者《にせもの》なんだね」

「そうよ。だからちかごろ伊丹屋じゃ、旦那も隠居も頭痛鉢巻だ。真偽の見分がつかねえうちは、どっちを叩きだすわけにもいかず、みすみすひとりは贋者とわかっていながら、わけへだてのねえようにと、ああしてお揃いの衣裳《いしょう》を着せておくのだから、伊丹屋もとんだ入費《ものいり》よ」

「それゃア伊丹屋の身上《しんしょう》だから、入費くらいは平気だろうが、いつまでたっても埒《らち》のあかねえのには弱っているとよ」

「しかし、世のなかもおっかなくなったもンだね。あんな綺麗な顔をして、女天一坊《おんなてんいちぼう》をきめこむたア、これまったく澆季《ぎょうき》の世だアな」

「ちっ、お株をいってやアがら」

などと、熊さん八つぁんなどが、がやがやいっているのを、ちらりと小耳にはさんだふたりづれ。このふたりづれこそ何者ぞ、なアんてひらきなおるほどの人物じゃないが、これぞ皆様御存知の、お玉《たま》が池《いけ》は佐七《さしち》の身内、巾着の辰《たつ》とうらなりの豆六《まめろく》であることはいうまでもない。辰と豆六は溜まりのおくで、しんねんむっつり将棋をさしていたが、連中の話が耳にはいると、

「おい、兄哥《あにい》、さっきから聞いていると、なにやら面白そうな話じゃないか。そして、そのふたり何《な》んとかいう娘はどこにいるンだえ」

と、声をかけられてふりかえったのは、太吉《たきち》といって、このへんきっての金棒曳き、つまり、いまの言葉でいえば、放送局みたいな男である。

「おや、これはお玉が池の兄哥、すっかりお見それいたしました。おまえさんが、おいでだとは、ちっとも気がつきませんで……」

「そんなことはどうでもええが、いまの話の娘ちゅうのは……」

櫺子窓《れんじまど》からそとをのぞいて、

「ああ、向うからくるあれがそうかいな」

と、眼をとめたのはふたりの娘である。どっちも年齢《とし》は十九か二十《はたち》、一方は面長、一方は丸

ぽちゃと、趣きこそちがっているが、どっちがどっちともいえない器量。それが帯から着物から、頭の髪飾りから履物にいたるまで、すんぷんちがわぬ服装《なり》かたちときているのだから、これじゃ、道行くひとびとが、いちいち眼をとめてみるのも無理はない。

ところでこの二人娘。双生児《ふたご》のように揃いの衣裳をきているのだから、さぞ仲がよかろうと思うと、これが大きに見当ちがい、ふたりならんで歩きながらも、おりおり顔を見合せては、下唇をつき出して、ピ、ピ、ピイ。いや、いい娘のやることじゃない。

さて、その娘たちのあとからもうひとり、可愛い娘がついてくる。これは年頃十五六、まだ肩揚げもとれぬ小娘だが、髪をお莨盆《たばこぼん》に結っているのがあどけなく、おっとりして上品な娘だ。

さて、衆人環視のうちに三人の娘は、青柳床のまえまでさしかかったが、そのとき、どういうわけか面長娘が、石かなんかにつまずいて、よろける拍子に、丸ぽちゃ娘にぶつかったからたまらない。

「あれ、何をおしだえ。けがらわしい」

と、吐きだすような丸ぽちゃの言葉に、面長娘はきりりと柳眉《りゅうび》を逆立てた。

「あれ、何んですって？　けがらわしいとは何事です。あたしがなんでけがらわしい」

「けがらわしいじゃありませんか。どこの馬の骨とも牛の骨ともわからぬ分際で、伊丹屋の孫娘がきいてあきれる。大騙《おおかた》りの大盗人《おおぬすっと》とはおまえさんのことだよ」

「あれ、まあ、口惜《くや》しい。大騙りの大盗人とはおまえさんのことじゃないか。伊丹屋の孫娘お信乃というのはこのあたし。亡くなったお父《とっ》つぁんが、丹精こめて彫ってくれた彫物がなにより証拠。おまえさんこそ、化けそこなった牝狐《めぎつね》だよ。牝狐め、とっとと消えてなくなれ」

「何をいってるのさ。その彫勝《ほりかつ》はあたしの父さん、あたしの背中の彫物こそ、名人彫勝のかたみなんだよ。ええ、もう、けがらわしい、この大騙りの大盗人め」

と、いい娘が往来なかで、つかみあいをはじめんばかりの剣幕《けんまく》に、むらがる野次馬連中も、あいた口がふさがらない。そのとき、うしろにひかえていた小娘が、あさましそうに涙ぐんで、

「あれ、まあ、姉さん」

と、ふたりのあいだに割って入った。

「いったい、これは何事です。たかがよろけてぶつかったぐらいのことで、あまりといえばあまりのいさかい、さあさ、機嫌をなおして、仲よくいっしょに帰ってください」

「おや、まあ、ほんとにあたしとしたことが……お浜《はま》ちゃん、堪忍しておくれ。あたしは胸をさすっている気だのに、あの大騙りめが……」

「お浜ちゃん、そんな牝狐のいうことを、ほんとにするンじゃありませんよ。さあさ、このお信乃と手をひいて……」

「いいえ、お浜ちゃん、お信乃というのはこのあたし。さあ、手をひいてあげましょう」

「いいえ、あたしが……」

「いいえ、あたしが……」

「あれ、また、姉さん。それじゃふたりで両方から、あたしの手をひいてください。さあ、少しも早《はよ》うかえりましょう」

と、お莨盆を中心に、三人手をひいていく姿を見送って、辰と豆六はあっけにとられた顔を見合せた。

「おい、兄哥、あれゃアいったいなんのざまだ。いま聞きゃア背中の彫物がどうとかこうとかいってたが……」

「あんな殊勝な顔をしていて、あいつら背中に刺青《いれずみ》をしてまンのか」

と、聞かれて太吉は、ここぞとばかりに膝《ひざ》を乗り出した。

「まあ、兄哥たち、きいて下さい。これには深い仔細があるンです」

と、語り出した話をきけば、これまことに珍妙な一件だった。

芳流閣《ほうりゅうかく》 信乃の血戦

――あらわれ出でたる二人お信乃――


話はいまから二十五年の昔にさかのぼる。

鍋町《なべちょう》でも名だかい老舗《しにせ》、伊丹屋市兵衛《いちべえ》には子供がふたりあって、姉をお房《ふさ》、弟を徳兵衛《とくべえ》といったが、当時姉は十八、弟の徳兵衛は十一だった。ところで姉のお房は界隈でも評判の器量よしだったが、箱入り娘に虫がつきやすく、いつの間にやら男ができた。しかもその男というのが彫物師だというのだから、親父の市兵衛が驚いたのも無理はない。

彫物師といえば、いずれ火消し人足や、駕籠舁《かごか》きなどの肌に彫物をするのが商売。堅気の商家《あきゅうど》の婿《むこ》として、これほど不釣合いなものはない。そこで親の市兵衛は泣いてお房をいさめた。掻きくどいた。しかし、恋に狂ったお房が、なんで親のいさめをきこう。ある日とうとう家をぬけだし、男と手に手をとって駈落ちしてしまったのである。

これがいまから二十五年まえの話で、男の名は勝五郎《かつごろう》、俗に彫勝とよばれ、その時分、二十四か五の、苦みばしった好い若者だったが、彫物にかけては日本一と謳《うた》われていたという。

さて、親もとを駈落ちしたお房勝五郎、お江戸ばかりに日は照らぬと、旅へ出て、あちらに三年、こちらに五年とくらしているうちに、つぎつぎと男子が三人うまれたが、いずれも育たずに死んでしまった。そして、さいごにできた女の子、お信乃だけが無事にそだって十四の年に、母のお房は旅の空でみまかった。それがいまから六年まえのことである。

さて、恋女房に死なれてみると、彫勝も急に旅の風が身にしみた。故郷忘れがたしというやつである。そこでお信乃をひきつれて、江戸へ舞いもどってきたのがその翌年。即ちいまから五年まえ。お信乃が十五の春だったが、故郷《くに》へかえって気のゆるみが出たのか、それから間もなく彫勝はどっと患《わずら》いついた。

そして、命旦夕《めいたんせき》にせまるというところになって、はじめて伊丹屋へ手紙を書いたのである。

その時分、市兵衛は店をむすこの徳兵衛にゆずって、自分は気散じな隠居の身分をたのしんでいたが、忘れようとして忘れることができないのは、娘お房のことである。不孝な子ほどかあいいたとえで、どうかすると、老のくりごとに出ることが多かったが、そこへ来たのが彫勝の手紙である。

それによると、お房が去年みまかったこと。自分も命旦夕にせまっているが、気にかかるのは、お房とのあいだに出来たお信乃のこと。どうかそちらで引取って、養育してはくれまいかというのである。それを読んで市兵衛は、孫可愛さにとびたつ思いであったが、やれ待て、しばしと思いなおした。

氏《うじ》より育ちということがある。うまれ落ちるとから、旅から旅へとさすらいあるいた孫娘。どのような人間になったかと思えば心許なく、うっかりひとに語られぬ。ここは一度自分の眼で、よく人柄を見さだめたうえでと、誰にも話さず市兵衛は、こっそり孫を見にいったが、そこでかれは肝をつぶすようなものを見たのである。

その頃、彫勝は今戸《いまど》の河岸っぷちに住んでいたが、そのあばら家の裏っかわ、破れた垣根からなかをのぞいた市兵衛の眼にうつったのは、もろ肌ぬぎで洗濯をしている小娘のすがたであった。暑い夏のさかりのことだから、もろ肌ぬぎはよいとして、驚いたのは背中いちめん、みごとに彫られた彫物である。それはどうやら、当時評判の流行小説「八犬伝《はっけんでん》」中の一場面、芳流閣は信乃の血戦の場らしかったが、これを見て、市兵衛がきもをつぶしたのも無理ではなかった。

見れば見るほどその小娘は、娘のお房に生写しだから、それこそ孫のお信乃にちがいなかったが、男ならばまだしものこと、背中に彫物のあるような娘を、どうして堅気の家にひきとれようか。……

市兵衛は涙をふるって、そのまま会わずに帰ってきたが、その後、ひとづてにきくところによると、あれから間もなく彫勝はみまかって、娘のお信乃はゆくえが知れなくなったという。それがいまから五年まえ、お信乃が十五のときである。

さて、それからさらに星うつり、月かわり、五年の歳月がながれたが、老の身の市兵衛、ちかごろ眼が見えなくなった。そして、とかく一間にとじこもるようになったが、そうなってみるといまさらのごとく思い出されるのは、五年まえにかいま見た孫娘のことである。いかに彫物があるとはいえ、げんざいのわが孫を、見捨ててきた自分の所業が、あまりにも情なく、恐ろしく、かつはまた孫可愛さに、とうとうそのことを伜《せがれ》の徳兵衛にうちあけた。

これを聞いて驚いたのは徳兵衛である。徳兵衛にはお里《さと》という女房とのあいだに、お浜という、ことし十六になる娘があるが、そのお浜が何不自由なく育ってきたにつけても、姪のお信乃がふびんやと、女房のお里にそのことを話すと、お里というのがこれまたきだてのよい女で、そんなことなら一日もはやく、お信乃さんをさがし出して引取ろう。彫物があろうがなかろうが、義姉《ねえ》さんのわすれがたみとあれば伊丹屋の姪《めい》、よい婿とって、暖簾《のれん》をわけてあげてくださいと、まことによくわかった話に、徳兵衛もいさみたって、親戚中にもわけを話して、手わけをして、お信乃のゆくえをさがすことになったが……。

「それがいまから半年ほどまえのことなんです」

と、金棒曳きの太吉はことばをついで、

「ところがどうでしょう。ひと月ほどまえにとうとうお信乃が見つかった。最初にそれを見つけて来たのが、伊丹屋の親戚筋にあたる宝屋万兵衛《たからやまんべえ》というひとなんですが、これこそお信乃にまちがいないと、太鼓判をおして、ひとりの娘をつれてきたかと思うと、それから五日とたたぬうちに、こんどは槌屋千右ヱ門《つちやせんえもん》といって、これまた伊丹屋の親戚が、いや、そのお信乃は贋者じゃ、これこそ本物のお信乃でござると、またぞろ娘をつれてきたじゃありませんか」

　太吉の話に辰と豆六は眼をまるくして、

「ほほう、なるほど、それでお信乃がふたり出来たというわけか」

「そうです、そうです。さきに来たのが面長お信乃、あとからあらわれたのが丸ぽちゃお信乃。しかも証拠の彫物しらべをしたところが、どっちも背中に八犬伝、芳流閣は信乃の血戦が彫ってあるンですが、なんと驚いたことにゃア、図柄といい、色合いといい、敷写しにしたように同じなンです。だから、どっちが贋やら本物やら、見きわめかねて伊丹屋じゃ、ちかごろ大難渋というわけです」

と、得意になってまくし立てる、太吉の話を聞きながら、辰と豆六がさっきから、眼ひき、袖ひき、それとなく注意をはらっているのは、溜りのすみに腰をおろして、さりげなくたばこを喫《す》いながら、こちらの話へいっしんに、利耳を立てているひとりの若者。年齢のころは二十才《はたち》前後か。色白のいい男っぷりだが、辰と豆六がそのほうへ、眼をやるたびに、そっと顔をそむける素振《そぶ》りが気にくわぬ。

　若者はもっと太吉の話を聞きたかったらしいのだが、あまりジロジロふたりが見るので、尻こそばゆくなったのか、スポンときせるを筒におさめると、誰にともなく挨拶《あいさつ》をして、逃げる

ように出ていった。辰はうしろすがたを見送って、

「おい、いま出ていった若い衆はこのへんのものか」

「あれですか。なに、あれア小名木川《おなぎがわ》の船宿、川長《かわちょう》の船頭で篠太郎《しのたろう》というンです」

「小名木川の船宿のものが、どうしてわざわざこんなところで髪を結いにくるンだ」

「いえ、それが、川長というのは昔から、伊丹屋の隠居がヒイキにしていた船宿で、あいつも可愛がられていたもんですから、ちょくちょく見舞いにくるついでに、この店へよるンですが、そういやア、ちかごろ月代《さかやき》ものびないのに、毎日のようにやってくるようですね」

太吉の話に辰と豆六は、なんとなく顔を見合せていた。

彫若《ほりわか》の行方
――床の下から白骨死体が――


「……と、そういうわけで、青柳床で太吉の話をきくと、あっしは豆六といっしょに、今戸まででいって調べてきたンですが、太吉の話にゃアだいたい間違いはねえようで」

「なるほど、すると宝屋万兵衛か槌屋千右ヱ門のどちらかが、贋者をつれて来たということになるンだな」

「さよさよ。それでどっちが贋者か、見分けがつけば文句はおまへンが、それがそういかンと

ころにこの一件のややこしさがおまンねン」

あれから間もなくのことである。柳原の青柳床をとび出した辰と豆六は、念のために、今戸河岸のかつて彫勝の住んでいた家の近所を調べたうえ、お玉が池へかえって来たのである。佐七はふたりの話をきくと、眉《まゆ》をひそめて、

「しかし、辰、豆六、伊丹屋の隠居は五年まえに、いちどお信乃を見てるンだろ。それじゃなんとか見分けがつきそうなもンじゃないか」

「親分、それがあきまへン。伊丹屋の隠居はちかごろ眼が見えまへンねン」

「あ、なアるほど。そいつはうまく考えやアがったな」

佐七しばらく考えていたが、

「それでなにかえ。彫勝の娘の信乃に、芳流閣の彫物があったことは、間違いのねえところだろうな」

「へえ、それはもう間違いございません。さっき今戸へいって調べてきたンです。何ンしろ五年まえの話だから、どうかと思ったンですが、近所のものはよく覚えてましたよ。お信乃ちゃんの背中にゃ、たしかに芳流閣の彫物があったといってるンです。なんでも親爺《おやじ》の彫勝が、余命いくばくもねえと覚ったとき、一世一代の腕をふるって、娘の背中に彫りのこしたもンだそうです」

「それじゃ、五年まえのお信乃をおぼえているやつが、今戸に生きているわけだな。そいつらに首実検をさせてもわからねえのか」

「さあ、それです。伊丹屋でもぬかりなく、彫勝の住んでいたうちの、近所のものを全部あつめて、首実検をさせたもンだそうですが、あるものは面長お信乃がそうだというし、またあるものは丸ぽちゃこそ、お信乃にちがいねえというンだそうです。いずれは宝屋や槌屋の鼻薬がきいてるンだと思いますが、結局、これでてんやわんや、またしても、どっちがどっちともわからなくなっちまったンだそうで」

佐七はまた、何やらじっと考えこんでいたが、ふと思い出したように、

「ふたりお信乃の彫物は、敷写しにしたように、すっかり同じにできているというンだな」

「へえ、そうなんです。だから、いっそうわけがわからねえンで」

「ときに、辰、豆六」

「へえ、へえ、親分、何んだす」

「彫勝が死んだときだが、いったい、誰がお葬《とむら》いを出したんだ」

「へえ、彫勝のお葬いですか。さあ、そこまでは訊いて来ませんでしたが……」

「馬鹿野郎。それだから手前《てめえ》たちは抜けてるというンだ。せっかく今戸まで出向きながら、肝腎のことをきき落して来るたア、これがまったく、仏造って魂入れずよ。と、まあいまンになって叱ってみたところではじまらねえ。よし、それじゃ出掛けよう」

「え？　出掛けるといってどちらへ？」

「知れたことよ。今戸へいって、だれが彫勝のあと葬いをしたか、それを調べて来ようというのよ」

「親分、そンならあんた、この一件がなにか物になると思いなはるのンかいな」

「そうよ。どっちにしてもちょっと気になる。お粂《くめ》、支度をしてくれ」

岡っ引きはこれでなくては勤まらない。思い立ったら待てしばしはないのである。佐七はすぐに辰と豆六をひきつれて、今戸河岸まで出向いていったが、冬の日は短くて、もうそのころには河岸っぷちには、ソロソロ暮色がはいよって、千鳥が寒そうに餌《えさ》をあさっていた。

佐七は二三軒あたった末に、そのことなら大家の治兵衛《じへえ》が知っているだろうという話に、その家を訪ねてみると、

「ああ、あの彫勝のお葬いを出したやつですか。それならばよく覚えていますよ。あれはなんでも彫勝の、昔の弟分だとかいう男で、同じ彫物師仲間の、若之助《わかのすけ》一名彫若という男でした」

大家の治兵衛はよく覚えていた。

「それじゃそいつが彫勝のあとしまつ、一切をしていったンですね」

「へえへえ、さようで」

「それでなんですか。彫勝の持物なんどはどうしたンです」

「それも一切合切、彫若が持って、お信乃さんを連れていきましたよ。なに、持物たって、彫物道具に図柄の下絵、それくらいのものでしたがね」

図柄の下絵ときいて、辰と豆六は思わず顔を見合せた。どうやら佐七の心中がわかったらしいのである。彫若の持っていった下絵のなかには、芳流閣信乃の血戦もあったにちがいない。

「いや、よくわかりました。ときに彫若の住居《すまい》だが、おまえさん、御存じじゃありませんか」

「そうですねえ。ああ、そうそう、ここを引きはらっていくとき、用事があったらここへ来てくれと、所書きをおいていったが……」

と、手文庫のなかをさぐって、治兵衛は一枚の紙片を取出した。

「ありました。ありました。浅草田町《あさくさたまち》の二丁目、源兵衛小路《げんべえこうじ》というンです。しかし、まだここに住んでおりますかどうか……」

「いや、どうも有難う。いろいろお手間をとらせました」

治兵衛の家を出ると、

「親分、これから田町へまわってみますか」

「うむ、ついでのことだ。まわってみよう。なに、引越していればまたそのときのことよ」

と、今戸から田町へまわった時分には、あたりはすっかり暗くなっていた。そうでなくても、路巾《みちはば》のせまい、ゴミゴミとしたそのへんの町は、冬の夜のからっ風をおそれて、どの家も戸をしめているので、こんなときに、はじめての家をさがすのは不便である。それでもやっと、源兵衛小路というのをさがしあてて、そのほうへ曲ろうとすると、向うからやって来た男が、いきなりどんと辰の胸にぶつかった。

「やい、気をつけろ」

「すみません。つい、急いでいるものですから……」

そこはちょうど蕎麦屋《そばや》のまえだった。表にかかっている行燈《あんどん》の灯《あかり》で、いきすぎようとする男の顔を、何気なく見た辰は、ギョッとしたように眼を見張った。

「おや、おめえは小名木川の船宿、川長の船頭の篠太郎じゃねえか」

そう声をかけられて、相手も辰の顔を見直したが、

「あ、おまえさんは今日、青柳床にいた……」

それだけいうと篠太郎は、ひらりと身をひるがえして、暗闇のなかを一目散に駆出した。

「おい、辰、いまの男を知っているのか」

「へえ、親分、こいつはちょっと変ですぜ」

と、辰は今日の一件をかたってきかせると、

「あいつがこのへんをうろついているというのは、何か今度の一件に、かかりあいがあるンじゃありますまいか」

「親分、ひとつあとを追いかけてみまほか」

「まあ、いいや。この夜道じゃ、いまから追っても間にあうめえ。それよりとにかく、彫若の住居というのをさがしてみろ」

彫若の住居はそれから間もなくわかったが、訪《おとの》うても返事がないので、大家の源兵衛にきいてみると、

「それがどうもおかしいンですよ。彫若というのはひとりもんなんですが、それがひと月ほどまえから、行方がわからないンです」

「行方がわからねえ。どっか旅へでも出たンじゃねえのか」

「いいえ、そんな様子もないンです。彫若の姿が見えなくなってから、家のなかを調べてみたン

ですが、商売道具もそろっており、何もなくなってるものはないンです」

佐七は急に胸騒ぎをおぼえはじめた。

「それじゃとにかく、家のなかを見せてもらいましょうか。何か手懸りがあるかも知れねえ」

「へえへえ、それはよろしゅうございます。ちょっとお待ちなすって」

大家は奥から提灯《ちょうちん》に灯《ひ》をいれてくると、

「さあ、御案内をいたしましょう」

と、さきに立ってやって来たのは彫若の住居のまえ、鍵を出して格子をひらこうとして、

「おや」

「大家さん、どうかしましたか」

「誰か錠をねじきっていったやつがある」

「なに、錠がねじきってある？」

「へえ、どうもおかしい。暮まえにもいちど見廻ったンですが、そのときにはこんなことはなかったのに。……」

ゴトゴトと立てつけの悪い格子をあけて、なかの土間へ踏込んだ大家の源兵衛は、提灯の灯《あかり》であたりを見廻していたが、急にあっと叫んで立ちすくんだ。

「ど、どうしました、大家さん」

「親分、ごらんください。誰かが畳をめくっていきゃアがった」

彫若の住居は土間の横手に三畳があり、その三畳のおくが六畳になっているのだが、その六

畳の畳がいちまい、めくったままになっている。

「大家さん、ちょっと提灯をかしてください」

佐七は大家の手から提灯をうけとると、ズカズカとうえへあがっていく。辰と豆六もあとからつづいた。めくりあげた畳の下は、床板もはがしてあって、床下からつめたい風が吹きあげてくる。佐七は提灯をつっこんで、床下をのぞいていたが、ふいにギョッと息をのんだ。辰と豆六も真蒼《まつさお》になって顔を見合せている。

それもその筈《はず》、床下の土のなかから、男の死体——と、いうよりも、すでに白骨になりかけたやつが、無気味に上半身をのぞかせているのである。

「大家さん、大家さん、ちょっと見てください。おまえさん、あの着物に見おぼえはありませんか」

「へえ、何んでございます。親分、床下に何かありましたか」

大家もうえへあがってくると、恐る恐る床下をのぞいたが、とたんにわっと尻餅ついた。

「わっ、こ、これは……」

「大家さん、大家さん、ふるえてちゃいけねえ。よくあの着物を見てください。あれに見おぼえはありませんか」

大家はガタガタふるえながら、もういちど床下をのぞいてみて、

「や、や、や、こ、これゃ彫若だ」

その彫若の着物の胸には、匕首《あいくち》でついたような孔《あな》があり、どっぷりと血に染まっているので

ある。

「親分、それじゃ彫若は、ひと月まえに殺されて、この床下へ埋められたンですね」

「そうらしいな。そしてちょうどそのころ伊丹屋へ、ふたりのお信乃があらわれたンだ。おい、豆六、何か証拠になりそうなものはねえかさがしてみろ」

「へえへえ。あ、親分、あんなところに手拭《てぬぐ》いが……」

なるほど、見ればいちまいめくった畳の下から、手拭いのはしがのぞいている。豆六がとり出してひろげてみると、まだ真新しい手拭いで、まんなかに、川長という字が染めだしてある。

「親分、こら篠太郎の手拭いだっせ」

「そうだ、そうだ。それじゃさっきすれちがった篠太郎のやつ、ここから逃げだしたにちがいねえ」

佐七はその手拭いを手にとって、しばらく考えていたが、やがてその顔には、しだいに意味ふかい微笑《えみ》がひろがっていった。

二人信乃彫物くらべ

――親分、牝狐の尻尾《しっぽ》をおさえて下さい――

「おお、なるほど、こっちが面長お信乃で、そっちが丸ぽちゃお信乃か。いや、いずれを見ても花あやめ、負けず劣らず美しいね」

その翌日のことである。辰と豆六をひきつれて、伊丹屋へ乗込んだのは佐七である。二人お信乃の真偽のほどを見分けて進ぜようという申入れに、よろこんだのは隠居の市兵衛にあるじの徳兵衛。なにしろ、困《こう》じはてていた折柄だけに、すぐに離れのひと間に招じいれた。

そこで佐七の註文で、宝屋万兵衛と槌屋千右ヱ門が呼びよせられる。こうして離れのひと間にあつまったのは、以上ふたりをはじめとして、二人お信乃に市兵衛徳兵衛、ほかに徳兵衛の女房お里や、娘のお浜も不安そうな顔をつらねていた。

佐七は二人お信乃を見くらべながら、

「辰、豆六、見ねえ。どっちを見ても、虫も殺さぬ面《つら》アしてるが、それでいて、このうちのひとりは大騙りの大盗人だ。これだから女は恐ろしい。おい、面長お信乃。騙りというのはおまえかえ」

「とんでもない、親分さん、あたしはたしかに彫勝のひとり娘、お信乃でございます。騙りというのは向うの女、あいつこそ牝狐でございます」

「そうとも、そうとも。この万兵衛がさがし出したお信乃こそ、まことのお信乃にちがいございません。向うにいるのがたしかに贋者」

宝屋万兵衛がことばをそえる横合いから、いきり立って膝を乗出したのは槌屋千右ヱ門。

「これ、万兵衛どの。何をいわっしゃる。するとわたしが騙りとぐるになって、伊丹屋の身代《しんだい》をなんとかしようと、目論《もくろ》んででもいるといいなさるのか。ええい何をいうのじゃ。糞《くそ》面白くもない。そういうおまえこそ、大騙りの大盗人とぐるになり、こちらの身代を横奪りしようと目論んでいなさるのだ。親分、こっちのお信乃こそ、まことのお信乃にちがいございません。のう、信乃や」

「あいあい、あたしこそ本物のお信乃にちがいございません。親分、お願いでございます。一刻も早くその牝狐の、尻尾をあらわしてくださいまし」

「ええい、何をいう。おまえこそ牝狐じゃ」

「いいえ、おまえこそ」

「おまえこそ」

と、女だてらにまたしても、つかみあいになりそうな剣幕を、佐七は苦笑いをしながら見ていたが、

「いや、その真偽はいまにおいらが、しかと見分けてやろうが、どうだ、そのまえにおまえらの彫物を、ひとつおいらに見せちゃくれまいか」

佐七のことばに二人お信乃は、たがいに顔を見ていたが、やがて、面長がすすみ出て、

「それはお安いことでございます。さあさあ、御存分にごらん下さいまし」

と、バラリと双肌《もろはだ》ぬぐのを見ると、丸ぽちゃお信乃も負けてはいない。

「いいえ、親分、あたしのほうから、さきにごらん下さいまし」

と、これまたバラリと双肌ぬいで、お信乃とお信乃、たがいにさきを争いながら、佐七にむかって背中をむけたが、とたんに辰と豆六は、ううんとうなってしまったのである。

珠をあざむくふたりの背中に、彫りも彫ったり芳流閣、犬塚《いぬづか》信乃の血戦が、一分一厘の狂いもなく、まるで敷写しにしたように、見事に彫ってあるのである。

「なるほどなア」

佐七はにっこり顎《あご》を撫でながら、

「これ、お信乃、ふたりともよく聞けよ。この彫物のどちらかは、ちかごろ彫若という彫物師に、頼んで彫ってもらったものにちがいねえ。おい、お信乃、彫若という名を知っているか」

彫若という名前をきいて、面長も丸ぽちゃも、はっとしたように顔色かえたが、すぐさりげなく取りすますと、まず面長が口をひらいて、

「とんでもない。彫若という名前など、いままできいたこともございません」

「おい、そっちのお信乃、おまえはどうだ」

「あい、あたしとても同じこと。そんな名前をきくのはいまがはじめて」

辰と豆六はそれを聞くと、思わず大きく眼をみはった。

彫勝の娘お信乃は、親爺の死後、彫若にひきとられた筈である。それを二人が二人とも、知らぬというのはどういうわけだろう。贋者のほうは知らぬとしても、本物のお信乃まで、知らぬというのは何故《なぜ》だろう。

佐七はしかし、にっこり笑って、

「いや、おまえたちが知らぬというなら仕方がねえが、その彫若という彫物師はな、ひと月まえに殺されて、床下に埋められているのが昨日わかった」

ふたりお信乃はギョッとしたようにたがいに顔を見合せている。

「ところが悪いことは出来ねえものだ。彫若を殺した下手人は、たいへんなものを現場にのこしていきゃアがった」

「え、たいへんものといいますと」

「親分、なんでございます」

と、面長お信乃も丸ぽちゃお信乃も、なんとなく、不安そうに身を乗出した。

「それが手型よ。しかも血に染まった真紅《まっか》な手型よ。残念ながらその手型は、べったり板壁についているので、すぐに取りはずしは出来かねるが、いずれ二三日うちにゃア壁をこわして、手型のついた壁板を、とりはずして持ってくるつもりだ。こういうたしかな証拠があるからにゃ、彫若殺しの下手人も、きっとそのうちにあげて見せるぜ。そうそう、辰、豆六、あの手型はたしかに女のようだったなア」

「へ、へえ、た、たしかに……」

「女子《おなご》はんの手型にちがいおまへンなア」

と、咄嗟《とっさ》にあいづちは打ったものの、辰と豆六は眼を白黒。男も女も、彫若の家には手型など、どこにものこっていなかったのである。

黒装束ふたり

――豆六は押入れのなかで胴ぶるい――


「親分、親分、いったいどうしたもンです。彫若の家にゃア手型など、どこにものこっていなかったじゃありませんか」

「まあ、いいってことよ。ああいっておけば、思いあたるやつがあるはずだ」

「親分、思いあたるやつってどっちゃだンねン。面長だっか。丸ぽちゃだっか」

「さあ、どっちだろうな」

「親分、それより本物のお信乃はどっちなンです。彫物を見ただけじゃ、どっちがどっちとも判断がつかねえが」

「なに、それもいまにわかるだろうよ。そうそう、辰、おまえちょっと使いにいってくれ」

「へえ、どちらへですか」

「小名木川の船宿川長だ。ちょっと待ってくれ。一筆したためるから」

その日の晩方のことである。鍋町の伊丹屋からかえってきた佐七は、しばらく思案をしたのちに、何やら手紙をしたためると、厳重に封をして、

「これを川長の若いもの、篠太郎という男に渡してくれ」

「親分、篠太郎に何か用があるンですか」

「いいってことよ。それを持っていけば話はわかる」

「そうですか。それじゃいってまいります」

辰が出かけるとしばらくして、佐七も身支度をして立ちあがった。

「豆六、さあ、出かけよう」

「へえ、親分、出かけるってどこへ行きまンねン」

「なんでもいいからついて来い。しかし、あんまりおしゃべりするな。なるべく眼立たねえように気をつけろ」

と、豆六をつれてやって来たのは源兵衛小路。もうそのころは日もとっぷりと暮れはてて、あたりはまっくらだった。

佐七は大家の源兵衛を呼びだして、何やらささやいていたが、やがて、大家の手から鍵を受取ると、

「それじゃ、大家さん、頼んだぜ。どんなことがあっても騒がぬように……」

「おっと、親分、がってんです」

大家とわかれて、佐七がやって来たのは彫若の住居である。大家から借りてきた鍵で格子をひらくと、ふたりはなかへすべりこんだ。

家のなかはむろんまっ暗。床下の死体は検視のために、昨夜のうちに掘出されたものの、なんとなく無気味なかんじは争えない。豆六はガタガタとふるえながら、

「親分、親分、こんなとこでいったい何がはじまりまンねン」

「何んでもいいから黙ってろ。口を利くンじゃねえぞ」

「親分、しかし、表の格子は……？」

「わざとああして、鍵をかけずにおいとくのよ。おっと、そうだ。裏木戸もあけておいてやろう」

　手さぐりで台所へ出て、水口の戸の掛金をはずすと、

「さあ、これでよしだ。豆六、どこかかくれるところはねえか」

「へえ、そこに押入れがおますが、そこではいけまへンか」

「いや、結構結構。豆六、それじゃ押入れのなかへ入ろう。くどいようだが、どんなことがあっても口を利くンじゃねえぞ」

　押入れのなかは蜘蛛《くも》の巣だらけ。そうでなくとも、蛆《うじ》のわきそうな男世帯。よごれものやなんか、そのまま突っこんであるところへ、長いあいだ締めきったままになっていたのだから、男の垢《あか》とカビの匂いで、冬とはいえ、むっと息詰まるようなかんじである。

　佐七と豆六はそういうなかで、息をころして何者かを待っている。

　岡っ引きとして、何がつらいといって、こういう張りこみほどつらいものはない。待たるるとも待つ身になるなという言葉があるが、待人《まちびと》が来るときまっていればまだしものこと、来るか来ないかわからぬものを、待ちうけているのだから、こんなじれったい思いはない。

　そうでなくてもお喋《しゃべ》舌りの豆六は、何かいいたくてたまらないが、絶対に口を利いてはなら

ぬという佐七の厳命に、さっきから口のなかがムズムズして、唾《つば》がいっぱいたまるのである。

だが。……

そういう難行苦業もついに報われるときがきた。待つことおよそ三刻（六時間）あまり、九つ頃（午後零時）になって、誰やら裏手のほうへ忍びよる足音に、こくりこくりと舟を漕《こ》ぎはじめていた豆六も、はっとばかりに眼をさました。

足音は水口のまえにとまったきり、しばらく音を立てなかったが、やがてギイと戸をひらく音。気のせいか、つめたい風が押入れのなかまで吹きこんでくる。

「お、親分……」

「しっ、口を利くンじゃねえ」

押入れのなかでふたりの男が、息をころしてうかがっていると知るや知らずや、やがて誰か台所へ入ってきたらしく、ほのかな光が襖《ふすま》のすきから、押入れのなかへさしこんできた。どうやら相手はふところ提灯《ちょうちん》を持っているらしいのである。

やがて、相手は台所から六畳の間《ま》へ入ってきた。

豆六がそっと襖のすきからのぞいてみると、相手は黒い筒袖に黒いたっつけ。おまけに黒い頭巾をかぶっているので、どこの何者ともわからない。まるで忍びの姿である。

さて、黒装束の曲者《くせもの》は、ふところ提灯をかかげて、家のなかを調べてまわる。かれの調べているのは、どうやら板壁らしいのである。あまり度胸のあるやつではないと見えて、風の音、鼠《ねずみ》の騒ぐ物音にも、びくついているのが笑止なようである。

豆六はそっと佐七の袂《たもと》をひいた。もういい加減にとび出して、ひっとらえてはどうかという合図である。佐七はしかし、何か考えるところがあるのか、豆六の合図に取りあわない。

と、ふいに黒装束があわてはじめた。きょろきょろあたりを見まわしていたが、気がついたように、ふところ提灯を吹き消したから、あたりは漆《うるし》のようなまっくらがり。

豆六ははてなと首をひねったが、すぐ黒装束のあわてたわけがわかった。そのときまたもやこの家に、ちかづいてくる忍びの足音。しかもこんどは表からである。足音は格子のまえにとまって、しばらくあたりの様子をうかがっているらしかったが、やがて格子をひらく音。そして、またもや押入れのなかへ、ほのかな光がさしこんできたので、豆六が襖のすきからのぞいてみると、なんとそいつも黒い筒袖に黒いたっつけ。おまけに黒い頭巾でおもてをつつんで、たかだかと、ふところ提灯をかかげているではないか。

豆六はあいた口がふさがらなかった。

第三の影物

——意外とも意外お信乃の正体——

第二の曲者も提灯をかかげて、家のなかを調べていたが、そのときである。突如、くらやみのなかから躍り出したのは曲者第一号。匕首逆手《さかて》に、いきなり曲者第二号の土手っ腹をえぐったからたまらない。

「キャッ」

と、叫んで曲者第二号が、その場にどうと倒れたから、驚いたのは佐七と豆六。

「曲者、御用だ」

と、押入のなかからとび出したから、仰天《ぎょうてん》したのは曲者第一号。

「しまったッ」

と、叫んで表のほうへ、バラバラと逃げ出す出会いがしらに、入って来たのは船頭篠太郎と巾着の辰。

「や、曲者！」

「畜生《ちくしょう》ッ」

死者狂いで曲者が、突き出す匕首をやりすごし、二三合わたりあったかと思うと、やがて篠太郎がはっしとばかり、相手の利腕を叩いたから、

「あっ」

と、叫んで曲者が、匕首をとりおとすところへ躍りかかったのは巾着の辰。

「曲者、御用だ」

と、たちまちお縄をかけてしまった。

こう書いてくると、長いようだが、事実は、これらのことは一瞬のうちに行われたのである。

佐七は曲者の取り落したふところ提灯に灯《ひ》をつけると、

「やあ、辰、御苦労。篠太郎さん、どこも怪我《けが》はなかったか」

「はい、おかげさまで……出会いがしらに突いてこられたので、たいそう肝をつぶしましたが……」

篠太郎は苦笑いしながら、

「それにしても親分、わたくしに何か御用でございますか。今夜こちらへ来るようにとのことでございましたが……」

「いや、ちょっとお待ちなさい。いま、わけを話します。辰、そいつを縛りあげたら頭巾をとってみろ」

「へえ」

辰は曲者第一号の頭巾をとったが、とたんに肝がつぶれたような声をあげた。

「親分、こいつは男じゃねえ。これゃアお信乃だ、面長お信乃だ」

「ふふん。おおかたそんなことだろうと思ったよ。豆六、そこに倒れてるやつの頭巾をとってみろ」

「へえへえ、どれ、面《つら》を見てやろか。わっ、お、親分、こいつは丸ぽちゃお信乃やがな」

いかにもそいつは丸ぽちゃお信乃、急所の深傷《ふかで》でもう虫の息だった。一同はこれはとばかりに、呆れかえっていたが、折からそこへ駕籠をとばせて駆着けてきたものがある。伊丹屋の隠居と、当主の徳兵衛。

徳兵衛はその場の様子を見ると、あっとばかりに肝をつぶして、

「や、や、こりゃこれお信乃、ひとりは殺されひとりは下手人。どっちがほんとのお信乃にしても、これゃこのままじゃすまされぬ」

徳兵衛のことばに隠居の市兵衛も驚いて、

「親分、もし、お玉が池の親分さん、これゃどうしたことでございます。用事があるからここまで来いとのお言葉でしたが、殺されたのがほんとのお信乃か。殺したやつが孫のお信乃か。親分、どっちがどっちでございます」

うろたえ騒ぐめくらの市兵衛を、佐七はしずかに押しなだめ、

「御隠居さん、御安心なさいまし。そのお信乃はどっちも贋者。ほんとのお信乃は別におります」

「げっ、どっちも贋者。そ、そして、ほんとのお信乃は別にあるとは……」

「それ、辰、豆六、篠太郎を裸にしてみろ」

「あれ、何をなさいます」

驚く篠太郎におどりかかって、褌《ふんどし》いっぽんの裸にした辰と豆六は、思わずあっと眼を見張った。

なんと、篠太郎の背中にも、まごうかたなき八犬伝、芳流閣は信乃の血戦が、色もみごとに彫られているではないか。徳兵衛も、捕えられた面長お信乃も、あっとばかりに驚いた。

佐七はにっこり笑って、

「もし、御隠居さん、旦那もよくお聞きなさいまし。彫勝がわが子にお信乃と命名したのは、

八犬伝の信乃の名前を借りたのだ、と、いうことは、おまえさんたちもお察しでしょうが、では、何故、信乃の名前を借りたのか、それはこうでございます。八犬伝の信乃の父親、犬塚番《ばん》作《さく》には信乃よりさきに、男子が三人うまれたが、いずれも夭逝《ようせつ》して育たなかった。そこで四番目にうまれた男の子は、十五の年まで女として育てた。それが即ち犬塚信乃です。彫勝もお信乃のまえに三人の男子があったが、いずれも夭逝したところへ、四番目にうまれたのがこれまた男子。そこで八犬伝の知恵を借り、その名もお信乃、十五の年まで女姿で育てたから、世間のものはみんなお信乃を、女と思いこんでいたンです。どうだ篠太郎さん、それにちがいあるめえが」

いわれて篠太郎はホロリと涙を落したが、これをきいて驚いたのは市兵衛と徳兵衛。わけても市兵衛は気も狂わんばかりに、篠太郎のそばへさぐりより、

「親分、そ、それじゃこれがほんとの孫で」

「御隠居様、お懐しゅうございます」

「おお、そういう声は船頭篠太郎。そういえば以前眼があいていた時分、どこやらお房に似た面差しと思うていたが、お信乃を女と思いこんでいたから、いままでそれと気がつかなんだが、それじゃおまえが孫であったか」

隠居の市兵衛は篠太郎の手をとって、見えぬ眼を見張りつつ、おろおろと泣きだしたのである。

篠太郎の親の彫勝は、手紙を出しても市兵衛が来ないところから、きっと外聞をはばかって、

わが孫ながら見捨ててしまう気であろう。それも無理のないところと諦《あきら》めて、息子のお信乃にもその身の素性を知らさずに死んだのである。お信乃はその後、彫若にひきとられたが、親の遺言により、十六になると同時に男にかえって、その名も篠太郎と改めて、船宿川長に奉公に出たのである。

ところがそれから五年たって、伊丹屋でこれこれしかじかの娘をさがしているときいて、悪心を起したのが面長お信乃と丸ぽちゃお信乃。面長お信乃は本名お勘《かん》、丸ぽちゃお信乃は本名お紺《こん》。どちらも名代《なだい》の莫蓮娘《ばくれんむすめ》で、伊丹屋の噂をきくと、まさか競争相手があろうと知らず、彫若にたのんで芳流閣を背中に彫らせた。そして、お信乃と名乗って伊丹屋へ乗りこむまえに、お勘は彫若を刺し殺したのである。ところがお勘が逃げ出したあとへ、同じ目的で忍んできたのが丸ぽちゃお紺。彫若がすでに殺されているのを見ると、これ幸いと死体を床下に埋めたのである。だから二人とも血染めの手型が、彫若の家にのこっているときいて、不安を感じたのも無理はなく、忍んできたところで、ああいう騒動が持ちあがったのである。

お紺は間もなく息をひきとったが、こうなるとお勘は重罪である。彫若とお紺、ふたりまで手にかけているのだから、引廻しのうえ獄門になったのも当然だった。

心がらとはいえ、お勘とお紺が非業の最期をとげたのにひきかえ、一陽来復の春を迎えたのは篠太郎だ。

かれは伊丹屋の噂をきいて、さては自分は伊丹屋の血筋の者かと気がついたが、相手があくまでお信乃を女と信じているので、名乗って出るのをためらっていたのである。ところが宝屋万兵衛と槌屋千右ヱ門だが、かれらは別に、ふたりの魂胆をふかくも知らず、騙《だま》されていただけであるとわかって、単に叱りおくというだけで罪はのがれた。

さて、この篠太郎、彫物こそあれ、人品骨柄いやしからず、また、まことに気質《きだて》のよい若者だったので、祖父の市兵衛はいうに及ばず、叔父の徳兵衛夫婦も、わが子のように可愛がっていたが、のちにお浜と夫婦にして、伊丹屋の店をつがせたという。

刺青師の娘、実は刺青師の伜であったという、例によって例のごとき佐七の手柄話である。

春宵《しゅんしょう》とんとんとん

離れの置炬燵《おきごたつ》

――お染《そめ》はふっと行燈《あんどん》を吹き消した――


「乳母《ばあ》や、雪はまだ降っているかえ」

「はい、お染さま、ますますはげしゅうなるばかりでございます」

「もう、よっぽどつもったろうねえ」

「さあ、五寸はつもったでございましょう」

「まあ、憎らしい雪だこと。せっかく丹様《たんさま》がしのんできてくださろうという宵《よい》に、あいにくのこの大雪。ほんにおてんと様も気がきかない。人の恋路を邪魔する気かえ」

「もし、お染さま」

「……」

「それではあなたはどうしても、今宵あの丹三郎《たんざぶろう》めとしのびあうつもりでございますか」

「ああ、そのつもりだよ。そのつもりだとも。乳母《ばあ》や、意見ならもうさんざん聞いた。このうえくどう聞きとうもない」

「いいえ、申します。申しませえでか。あの丹三《たんざ》めのどこがようて、親の許さぬ不義いたずら、お染さま、あなたは気でも狂ったのではございませぬか」

「そうかも知れぬ。気が狂ったのかも知れぬ。乳母《ばあ》や、恋は盲目というではないか」

「ええ、もう、あんなやつに恋だのと、耳にするさえけがらわしい。お染さま、よう考えてくださいませ。あなた様は叶屋《かのうや》という、れっきとした大店《おおだな》のひとり娘。ゆくゆくはお婿《むこ》様をとって、お店をつぐべき御身分ではございませぬか。それにひきかえ丹三めは、安《やす》御家人のならずもの。それに年齢《とし》だってあなた様とは、二十もちがうじゃございませんか。お染さま、そこのところを考えて……」

「乳母《ばあ》や、恋に上下のへだてはない」

「それはそうでございます。旦那様もそのことは、日頃からおっしゃってでございます。たとい身分ちがいでも、器量さえあれば婿にすると。ですからわたしもいちがいに、野暮《やぼ》なことを申すのではございませぬ。しかし、相手が丹三とあっては、これゃどうしてもお制《と》めしなければなりませぬ。あいつはまむしと異名のあるくらい札つきのならずもの。ゆすりかたりはいうまでもなく、ほかにどのような兇状《きょうじょう》を持っているやら知れぬ男。お染さま、こればっかりは思いとまってくださいまし。もし、お染さま」

「くどい！」

お染はきっと瞼《まぶた》を染めて、

「さっきから聞いていれば、よう恋人の悪口をゆうておくれだったね。もう乳母とも思わぬ。主人とも思うておくれでない。あたしが慕うて、あたしが身をまかせようというのに、他人の斟酌《しんしゃく》はいらぬこと。ああ、まだ五つ半（九時）にはならぬかえ」

お染はことしまだ十七、日頃はしごくおとなしい娘だが、いったんこうと思いこむと、なかなかあとへはひかぬ性分。恋に狂うたかそのお染が、気もそぞろのありさまに、乳母のおもとは袂《たもと》をかんでむせび泣いた。

そこは油《あぶらちよう》町でも名《な》だいの大店、叶屋の離れ座敷なのである。

今宵は親戚にお通夜《つや》があって、あるじ重右衛門《じゆうえもん》はひと晩うちをあけることになっているが、その留守中に娘お染が、乳母に切り出したのは思いもよらぬ難題だった。今宵五つ半裏から男がしのんでくるから、なんにも言わずに手引きをしてくれというのである。びっくりしたおもとが相手をたずねると、丹野《たんの》丹三郎だというので、おもとはいよいよびっくりして肝をつぶした。

丹野丹三郎というのは評判の悪御家人で、叶屋へも二三度ゆすりめいたことを言ってきたことがある。年齢《とし》もお染と二十ばかりちがって三十五六、そんな男とどうしてと、訊ねてみても理由はない。ただ惚れたから身をまかせる気になった。邪魔立てすれば生きてはおらぬと、懐剣まで用意して思いつめたお染のようすに、乳母はただ泣くばかりである。

そのうちに時刻は容赦なくうつって、約束の刻限ともなれば、お染はいそいそ炬燵の火をかき立て、枕もふたつ用意して、なまめかしい長襦袢《ながじゆばん》いちまいで、男を待ちこがれるようすに、おもとはいよいよ呆れて泣いた。

やがて、約束の五つ半、

「もう丹様がお見えになる時刻だが……」

と、お染のことばもおわらぬうちに、裏木戸にあたって、とんとんと軽く三つ戸を打つ音。それが逢曳《あいびき》の合図なのである。

「それ、乳母《ばあ》や、丹様がお見えになった。早くこちらへ御案内して。無礼なまねをすると承知しないからおぼえておいで」

と、せき立てられた乳母のおもとが、涙をかくして庭へおり、裏木戸をあけると、降りしきる雪のほの明りのなかに、長合羽に、宗十郎頭巾《そうじゅうろうずきん》でおもてをつつんだ男が、傘をつぼめて立っている。

「丹様かえ」

乳母のおもとがそばへよると、男はひどく酔うていて、ぷんと酒の匂いがする。

「は、はい。……」

と、男はふらふらしながら答えた。

「お染さまがさきほどよりお待ちかね。さ、ちっとも早く……」

と、悲しさと口惜《くや》しさをこらえて、おもとが手をとると、男はなにか言ったようだが、頭巾のために聞きとれなかった。やがて、おもとが男の手をひいて、離れ座敷へかえってくると、お染がとび立つような顔色で、

「丹様、さぞ寒かったでございましょう」

と、ふらふらしている男の手をとり、寝床のほうへみちびいていくと、

「まあ、いやな丹様、こんなに酔うて……」

と、言いながら、ふっと行燈を吹き消した。

それを見ると乳母のおもとは、あまりの浅間しさ、悲しさに、自分の部屋へかえってくるなり、わっとその場に泣き伏した。

それから小半刻（小一時間）ほどのちのこと。くらがりのなかでかえり支度をした男を、お染がしどけない恰好で、縁先まで送って出ると、いつか雪はあがって、空にはうつくしい月が出ていた。

「まあ、きれいなお月様だこと」

と、お染はうしろから男を抱きすくめて、

「もし、丹様」

「ふむ」

「さっきの約束を忘れないでね」

と、甘い声で囁《ささや》くのを、男は上の空で聞き流し、逃げるように裏木戸から出ていった。

お染はしばらく呆然と、そのうしろ姿を見送っていたが、やがて雪の夜風が身にしみたのか、ゾクリとからだをふるわせると、座敷のなかへとってかえし、いま男と甘いかたらいをかわしたばかりの寝床のうえに、わっとばかりに泣きふした。

丹野丹三郎が死骸となって、叶屋からほど遠からぬ火除地《ひよけち》のそばで、雪に埋もれているのが発見されたのは、その翌朝のことである。

小指の疵《きず》

――死体の手には紅《あか》い手絡《てがら》が――

「よく冷えます。ゆうべはまた、やけにつもりましたね」

その翌日の朝まだき、雪を踏んで油町の自身番へかけつけてきたのは、いわずと知れた人形《にんぎょう》佐七《さしち》。うしろには例によって、辰《たつ》と豆六《まめろく》がお神酒《みき》徳利《どっくり》のように顔をならべている。

「おや、お玉《たま》が池《いけ》の親分、この寒いのに早くから御苦労でございます。辰つぁん、豆さん、なんだか眠そうな顔をしているじゃないか」

詰めていた町役人にからかわれ、

「あっはっは、こいつらはまだ伸び盛りの喰いざかり、眠いさかりときていますから、早起きとくると大の苦手なんです」

「いやですぜ。親分、十六七の餓鬼《がき》じゃあるめえし。これでもお玉が池の辰五郎《たつごろう》といやア、ちったアひとに知られた兄さんだ」

「さよさよ、それにつづいて豆六さんときたら、江戸中の娘で惚れぬものなしや」

「あっはっは、そうかよしよし。それほどいい兄さんなら、眼糞《めくそ》ぐらいはとっておけ」

佐七は笑いながら町役人をふりかえって、

「ときに殺しがあったと聞いてきたんですが、死体は……？」

「まだ現場においてあります。じつはまだ御検視がおりないんで……」

「そうですか。それはちょうどさいわい。そのまえにちょっと見せてもらいましょう。ときに殺されたのは、まむしの丹三ということですが、ほんとうですか」

「そうなんですよ。それについてちょっと妙な話があるんですが、いずれあとでお話するとして、とにかく現場へ御案内しましょう」

町役人が案内したのは、叶屋の裏木戸から一丁ばかりはなれた火除地のそばで、野次馬がはや二三十人、胡麻《ごま》を散らしたように、雪の現場を遠巻きにしてたたずんでいた。

その野次馬のそばまでくると、佐七は立ちどまってあたりを見まわしたが、見ると雪のうえに三種類の足跡が往復している。

「この足跡は……？」

と、佐七が町役人にたずねると、

「はい、そっちの足跡はいちばんはじめに死体を見つけた、豆腐屋の親爺《おやじ》の足跡なんで。それから、それとこれとはわたしと番太郎《ばんたろう》の足跡です。豆腐屋の親爺は死体を見つけると、すぐに自身番へとどけてきたので、わたしと番太郎が駆着けてきたんです。そして、死体をちょっとあらためると、番太郎にいいふくめて、ここからさきへは、誰もとおさぬように取りはからったんです」

「すると、豆腐屋の親爺が死体を見つけたときにゃ、ほかに足跡はひとつもなかったんですね」

「そうです。そうです。だから人殺しのあったのは、まだ雪の降ってる最中だろうと思うんで。ほら、ごらんのとおり、死体のうえにも相当雪がつもっております」

「なるほど」

そばへよって見ると、丹三は火除地のそばを流れている、泥溝《どぶ》に半分顔をつっこんで、うつむけに倒れており、腰から下へかけては、まだふんわりと雪をかぶっていた。

「豆腐屋の親爺が見つけたときにゃ、頭のほうまで雪をかぶっていたそうですが、びっくりして抱きおこしたひょうしに、うえのほうだけ雪がふりおとされたんです」

「なるほど、おい、辰、豆六、死体をちょっと起してみろ」

「おっと合点《がってん》です。豆六、手をかせ」

「よっしゃ」

辰と豆六が抱き起した顔を見て、

「なるほど、まむしの丹三にちがいねえな。いずれ畳のうえじゃ往生出来ねえやつと思っていたが、とうとう年貢を納めやがったか」

まむしと異名のある丹野丹三郎は、札つきのならずもので、おかみの御厄介になったことも、一度や二度ではないから、佐七もよく顔を知っている。

年頃は三十五六、色白の顔に月代《さかやき》をのばして、苦みばしった、ちょっといい男である。藍微塵《あいみじん》の素袷《すあわせ》のうえにみじかい袢天《はんてん》を着て、合羽を羽織っているが、相当格闘をしたとみえ、合羽の紐はちぎれ、前がはだけて、その胸元になにでつかれたのか突傷があり、血が赤黒くこびりついている。おそらく、そのひと突きが致命傷になったのであろうが、ほかにも手脚に、かなりかすり傷があった。

佐七はいまいましそうに舌を鳴らして、

「これだけのかすり傷があるからにゃ、相当立廻りがあったにちがいねえが……」

その痕跡は雪のために、すっかり消されているのである。

「親分、ちょっとごらんなせえ。こいつ右手になにやら握っていますぜ」

辰に注意されて見なおすと、なるほど、丹三は右手に、なにやら紅いものを握っている。

「辰、ちょっとその掌《てのひら》をひらいてみろ」

「へえ」

凍りついたように固張っている、丹三の指をいっぽんいっぽんひらいて見ると、丹三郎の小指は喰いきられたように、半分なくなっている。

「親分、この小指の疵はずいぶん古いものらしいが、昨夜《ゆうべ》こいつ刃物をつかんだのにちがいありませんぜ。ほら、掌がこんなに切れている」

なるほど見れば、丹三の掌は横にふた筋、うすく切れているのである。

「はてな、これゃいったいどういう刃物だろう。両刃にしてもすこし変だぜ」そういえば胸のつき傷も、ふつうの刀や匕首《あいくち》とはちがっていた。佐七はだまって考えていたが、いい考えもうかばないのか、いまいましそうに舌を鳴らして、

「ときに、辰、その紅いものはなんだ」

「親分、これゃア手絡《てがら》ですぜ」

「手絡……？」佐七が眼をまるくして、手にとって見ると、なるほどそれは若い娘が、頭にかける鹿《か》の子《こ》しぼりの手絡であった。

「親分、そんなら丹三を殺した下手人は、わかい娘だっしゃろか」

「きっとそうにちがいねえ。丹三のやつは突かれたとき、苦しまぎれに相手の髪から、この手絡をむしりとったんだ」

「しかし、辰、そんなら丹三の掌についている、この切り傷はどういうんだ」

「親分、それゃそれよりまえ、渡りあっているうちに、刃物をつかんだにちがいありませんぜ」

「なるほど、そういやアそうかも知れねえが……」

佐七はなんとなく納得のいきかねる顔色で、もういちどあたりを見まわしたが、なにしろ雪におおわれているので、何が落ちていてもわからない。泥溝をのぞいてみると、そこも濁った水がかたく凍りついて、底までは見とおせなかった。佐七は舌打ちをして、

「辰、豆六、いずれ雪がとけたら、もういちどこのへんを調べてみろ。旦那、それまではなるべくひとを寄せつけぬように願います」

そこへ御検視の役人が出張してきたので、佐七はいったん自身番へひきあげた。

丹三様まいる
——親分、うちのひとの敵《かたき》を討ってください——

「旦那、それでさっきおっしゃった、妙な話というのはどんなことなんで」

御検視の役人もひきあげたので、それから間もなく町役人が、自身番へかえってくると、待っていた佐七がいきなりそう訊ねかけた。

「親分、そのことですがね。これはじつは番太郎の話なんですが、おい、留爺《とめじ》い、おまえからひとつ親分に申上げろ」

「へえ」

と、水《みず》っ洟《ぱな》をすすりながら、番茶をいれてきたのは番太郎の留爺いである。番太郎というのは町内の小使いみたいなもので、ふつう自身番のそばに小屋をもらって、いきどころのない老人などの役どころとされていた。

番太郎の留爺いはあかい鼻をこすりながら、

「御近所のことですから、あまりとやかく言いたかアないのでございますが……」

と、おどおどしながら語るところによると……。

昨夜五つ半（九時）ごろ、留爺いは火の用心に町内をひとまわりした。なにしろまだ大雪の最中で、往来には犬の子一匹通らなかったが、叶屋の裏通りまでくると、ふと雪のなかに、まだ新しい足跡がついているのに気がついた。さては、誰か自分のまえを、歩いていくものがあるのだなと、留爺いがそう思いながら、つけるともなくその足跡をつけていくと、どこかで軽く戸をたたく音がした。

そこでふっと向うを見ると、誰か叶屋の裏木戸に立っている。そしてとんとんとんと戸をたたくしのびやかな音が、何かの合図のように思われたので、へんに思った留爺いが、すこし手前に立ちどまって、物陰からようすをうかがっていると、やがて裏木戸がひらいて、

「丹様かえ」

と、女が出てきたのである。むろんそれはあたりを憚《はばか》る小声だったが、静かな雪の夜更けのこととて、はっきりと留爺いにきこえたのである。それに対して、男がなんと答えたのかわからなかったが、やがてまた、

「さきほどからお染さまがお待ちかね。さ、人眼にかからぬうちにちっとも早《はよ》う……」

と、女の声がきこえると、そのまま男の手をひいて、木戸のなかへ消えてしまった。……

「わたしの話はそれだけのことなんですが……」

佐七は思わず辰と豆六と顔見合せて、

「その声はたしかに丹様かえといったんだな」

「へえ、それはもう間違いございません」

「そして、声のぬしというのは……？」

「姿はよく見えませんでしたが、叶屋のお乳母《んば》さんの、おもとさんのようでございました」

「そして、お染というのは？」

「叶屋のひとり娘でございます」

「その男はたしかに丹三にちがいなかったか」

「さあ、それはよくわかりません。あたりが暗うございましたし、それに頭巾をかぶっていたようですから」

「頭巾……？　しかし、丹三の死骸は頭巾なんかかぶっていなかったようだが」

「親分、それはどこか雪のなかに、埋もれているのじゃございますまいか」

そばから口を出したのは町役人である。

「なるほど、すると丹三のやつは、ゆうべお乳母の手引きで、叶屋の娘にあいにきたというのだな。旦那、お染というのは丹三のようなやつと、乳繰りあうような娘ですかえ」

「さあ、お染さんは勝気なところもあるが、そんないたずらな娘じゃないと思うんです。ただ、ここにちょっとおかしいのは……」

町役人はちょっと口ごもったのち、

「御近所のことですからいいたかアないんですが、叶屋さんでは何か弱い尻でも握られているのか、近頃ちょくちょく丹三のやつが、ゆすりにくるという評判でした」

「叶屋の旦那というのは、そんな弱味のありそうなひとですか」

「とんでもない。叶屋の重右衛門さんは物堅い律義《りちぎ》なひとで、近所でも評判がいいんです。だから、みんな不思議に思っているんですよ」

佐七はちょっと考えたのち、

「ときに爺《とつ》つぁん。その男が叶屋へしのびこんだのは、九つ半ごろといったっけね」

「さようで。雪が降ってる最中でした」

「ゆうべ雪のあがったのは何刻《なんどき》ごろだろう」

「そうですね。わたしが町内をひと廻りして、小屋へかえってきたころには、雲が切れはじめて、だいぶ明るくなってきましたが……」

「すると丹三が殺されたのは、おまえが見かけてからすぐあとということになるな。死体のうえには相当雪がつもっていたから。……」

佐七はまたちょっと考えて、

「爺つぁん、おまえ夜廻りの途中で、丹三の殺されてるところをとおったかえ」

「いえ、あそこはわき道になってますんで……」

佐七がまた考えこんでいるときである。表のほうが俄《にわ》かに騒々しくなったかと思うと、女がひとりころげるように駆けこんできた。

「ああ、お玉が池の親分さん！」

と、女はいきをはずませて、

「あたしゃくやしい。敵を討って……うちのひとの敵を討ってくださいまし」

と、わっとその場に泣きくずれたから、佐七をはじめ一同は、びっくりして目を丸くした。

見ると髪を櫛巻きにした、ひとめで酌婦か女郎あがりと知れる女である。

「なんだ、敵を討ってくれ。そういうおまえさんはいったい誰だ」

女は泣きぬれた顔をあげると、

「あたしは丹三郎の女房でお金《きん》といいます。親分、うちのひとは騙《だま》し討ちにされたんです。これを、この手紙を見てください」

お金がふところから取出したのは、ぐしょ濡れになった手紙だったが、それを読んでいくうちに、佐七は思わず目を見張った。


ひと筆しめしまいらせ候《そうろう》。さきごろよりたびたび懇《ねんご》ろなおことばをいただきながら、人眼の関にへだてられ、落着いておかたらいするひまもなく、心にもなく無礼のみかさねまいらせ候。さて、今宵は父も不在とあいなり、このうえもなき上首尾ゆえ、九つ半ごろ裏木戸より、おしのび賜《たまわ》りたく、合図はとんとんとんと、木戸を三べんお叩きくだされたく候。つもる話はいずれその節。

こがるる染より、

恋しき丹三様まいる。


「お金さん、この手紙はどこにあったんだ」

「うちのひとの箱枕のひきだしに入っていたんです。ゆうべあのひとがかえらないところへ、今朝《けさ》その手紙を見つけたもんだから、あたしもうくやしくてくやしくて、かえって来たらどうしてくれようと思っているところへ、近所のひとがうちのひとの殺されてるのを、知らせにきてくれたんです」

お金はまたわっとばかりに泣きくずれた。

乳兄妹

——お染は親のためと観念して——


「親分、いけねえ。下手人はやっぱりお染にちがいございませんぜ」

その日の夕刻のことである。一足さきに佐七がかえって待っているところへ、勢いこんで舞いこんできたのは巾着の辰である。

「辰。何かまた新らしい手懸りがあったのか」

「手懸りというのはあの手絡です。おまえさんにいわれたとおり、あっしゃ叶屋へ出入りする女髪結を聞き出して、そこへいってみたんです。叶屋へ出入りの女髪結はお新《しん》といって、下谷《したや》に住んでいるんですが、そいつにあの手絡を見せたところが、たしかにお染さんの手絡にちがいないというんです。ねえ、親分、こうなったら一も二もありませんや。可哀そうだがお染をあげちまいましょうよ」

「そうよなあ」

佐七はしかしなにかしら、割切れぬ顔色で腕を拱《こまね》いている。辰はいくらかじれ気味で、

「親分、どこがいけねえというんです。丹三はゆうべお染のところへ忍んでいってるんですぜ。それから間もなく丹三のやつは、叶屋のすぐそばで殺された。しかもその死体がお染の手絡を握ってたとありゃ、こんなたしかな証拠はないじゃありませんか」

「そういえばそうだが、おれにゃもうひとつ、納得のいかねえ節がある」

「納得のいかねえ節ってどういうことです」

「まず、第一に時刻のくいちがいだ。番太の留爺いは丹三が叶屋へしのびこむところを見て、それから町内をひとまわりして小屋へかえったが、そのときにゃ、雲が切れかけて、空もだいぶ明るくなっていたといったろう。油町がどんなにひろいか知らねえが、町内をひとまわりするのにそんなに手間がかかるはずはねえ。と、すれば丹三が叶屋へ入ってから間もなく、雪はやんだということになる。ところが丹三の死体のうえにつもっていた雪を見ねえ。あれゃ殺されてから相当ながく降っていた証拠だ。かりに留爺いの見た男が、それからすぐに叶屋をとび出し、あそこで殺されたとしても、あんなにゃ積らねえはずだ」

「親分、それじゃ留爺の見た男は、丹三じゃなかったというんですかえ」

「時刻からいうと、そういうことになるな。そのころにゃ丹三はもう殺されていたはずだ」

辰はギョッといきをのんで、

「そ、それじゃ親分、誰かが丹三を殺して、その身替りになったというんですかえ」

「と、まあ、そんなことも考えられるわけだ。そいつは頭巾で面《おもて》をつつんでいたというし、雪の夜更けのうすくらがりだ。お乳母がなにも気がつかず、丹様かえと声をかけたのをよいことにして、そいつめ丹三郎になりすまし、叶屋へしのびこんだが、さて、そのあとはどうなったか。あくまで丹三になりすまし、首尾よくお染をものにしたかしなかったか、そこまではこのおれにもわからねえがね」

いつもなら、こんな話をきくと有頂天になって喜ぶ辰だが、今日は妙に深刻な顔をして、

「親分、しかし、それはいったい誰でしょう」

「さあ、そこまではわからねえ。しかしそいつ丹三が昨夜《ゆうべ》、お染のもとへ忍んでいくということを知っていたんだから、丹三の仲間か、それともお染のまわりのものにちがいねえ。丹三の仲間とすると探索にちと骨が折れるが、お染のまわりのものとすると、案外早くわかるかも知れねえ。辰、叶屋のまわりのもので、お染に惚れているやつはねえか」

それを聞くと辰はにわかに膝《ひざ》を乗り出した。

「親分、それならあるんです。いえ、お染のほうからぞっこん惚れて、想いをこがしている男があるんです」

「誰だえ、それは……?」

「お染の乳母の倅《せがれ》で三吉《さんきち》というんです」

佐七は思わず眼をみはって、

「そして、そいつはどこにいるんだ」

「同じ町内の鳶頭《かしら》、よ組《ぐみ》の長兵衛《ちょうべえ》のところに、若いものとして預けられているんです。叶屋の重右衛門も眼をかけて、いろいろ面倒を見ているし、お染も惚れてるんですが、乳母のおもと

が自分の倅を、御主人のお嬢さんに取持ったといわれちゃ、世間に対して面目ないと、頑として承知しないんです。三吉のほうでも、内心お染にほれてるらしいんですがね」

「おもとというのはどういう素性の女だ」

「親分、それにはここに話があるんです」

と、辰の語るところによるとこうである。

おもとの亭主は清兵衛《せいべえ》といって、猛烈な法華の信者だったが、いまから十六年ほどまえ、講中から集めた三百両という金を、甲州《こうしゅう》の身延山《みのぶさん》へおさめにいった。ところが、それきり行方がわからなくなったのである。

清兵衛は堅い男で、金を持ち逃げするような人物ではないから、これはきっと途中で悪いやつに、殺されたにちがいないといわれているが、ここに哀れをとどめたのは女房おもとで、当時三つになったばかりの三吉をかかえて、路頭に迷っていたところ、それから間もなく叶屋でお染がうまれたので、口を利くものがあって乳母として住込んだのである。

「三吉はおもとの親戚にあずけられていましたが、年頃になったので重右衛門がひきとってやろうというのを、おもとがそれではすまないからと、承知しないので、出入りの鳶頭のところへあずけているんです。お染の惚れるのも無理はねえいい若い衆《しゅ》だそうですよ」

「しかし、お染はそういう惚れた男があるのに、なんだって丹三みたいないやなやつに、呼出しなどかけやアがったろう」

「親分、それですよ。これゃやっぱり重右衛門は、丹三になにか弱い尻を握られてるんじゃありませんか。それを種にお染をくどいた。お染も親のためと観念して、丹三に身をまかせる気になったんじゃありますまいか」

「おれもそれを考えるんだが、そうなると重右衛門だって怪しいもんだ。あいつほんとに親戚のお通夜にいっていたのか」

「へえ、その親戚というのは本郷《ほんごう》なんですが、重右衛門がそこへ着いたのが五つ半頃（九時）だからいままで大丈夫と思っていたんですが、おまえさんのいうように、丹三の殺されたのがそれよりまえとすると、こいつもどうも……」

佐七はだまってうなずいて、

「しかし、ここにわからねえのは、丹三の死体が握っていた手絡だ。下手人が重右衛門にしろ、三吉にしろ、自分の娘や惚れた女に、罪をおっかぶせるような真似をするはずはねえ。それに丹三のあの傷口と掌のきず、どうもこいつが腑に落ちねえ」

佐七がかんがえこんでいるところへ、鼻の頭を真赤《まつか》にしてかえってきたのは豆六である。

「おお、寒ッ、こら今夜も雪になりまっせ」

「おお、豆六、お金のほうはどうだ」

「へえ、だいたい調べてきました。お金ちゅうのは品川《しながわ》の女郎あがりで、去年年季《ねん》があけたんで、丹三のところへころげこんできたんやそうなが、こいつ恐ろしいやきもち焼きで、丹三のやつと年中やきもち喧嘩《げんか》のたえまがなかったちゅう話だす」

佐七はまただまって考えこんだ。

お染の怯え

——亭主の敵と斬りつけてきた——

豆六の予言のとおり、その夜はまた大雪になって、江戸の町は真白《まっしろ》に降りこめられたが、油町の叶屋ではその雪を真赤に染めて、またしても大惨劇が演じられたのである。その夜、お染はただひとり、離れ座敷の炬燵にもたれて、深いもの思いに沈んでいた。

丹三が殺されたということは、お染の耳にも入っていた。そのことはお染にとってこのうえもない喜びだったが、いっぽう彼女にはげしいショックをあたえたのは、丹三が殺されたのは、まださかんに雪の降っていたあいだらしいという噂《うわさ》である。

お染はそれを聞いたときのけぞるばかりに驚いた。昨夜お染が丹三を送りだしたときには、雪はもうやんで空にはきれいな月が出ていた。あれからのちに丹三が殺されたとすれば、死体のうえに雪がつもろうはずはない。これを逆にいえば、丹三がまだ雪の降っているうちに殺されたとすれば、自分が昨夜身をまかせたのはいったい誰か。……

お染はそれを考えると、ゾッと身内がすくむような恐ろしさと浅間しさに心がおののく。

そういえば昨夜の男は日頃の丹三のようではなかった。お染はすぐに行燈の灯を吹き消したので、とうとう男の顔を見ず、男はまたひとことも口をきかなかったが、丹三ならばあのように神妙にしているはずがない。くらがりのなかで手をとって、お染がそばへひきよせたとき、男はガタガタふるえていた。お染はそれを寒さのためと考えたが、いまから思えばそうではなかった。

そして……そして……お染は結局身をまかせたのだが、そうなるまでには男は少《すくな》からずためらっていた。丹三ならばそんなはずはなく、遮二無二《しゃにむに》、押してきただろう。前門の虎を避ければ後門の狼とはこのことだった。丹三の毒牙をのがれたのは嬉しいけれど、その代り、どこの何者とも知れぬ男に、おもちゃにされてしまったのだ。

ああ、浅間しい、このまま死んでしまいたい。……

お染は炬燵に顔をふせて、身も世もあらずもだえたが、ふいにはっと顔をあげた。

とんとんとん、とんとんとん……

裏木戸をたたく音がする。時刻はちょうど五つ半（九時）。お染はゾッと肩をすくめた。

「乳母《ばあ》や、乳母《ばあ》や」

小声で呼んだが返事はなかった。おもとは今朝からどっと煩《わずら》いついたのである。

とんとんとん、とんとんとん……

また戸を叩く音がする。お染はふらふらと立上った。雨戸を一枚くってみると、外には狂ったように白い雪が舞いおちている。

とんとんとん、とんとんとん……

雨戸の音に力をえたのか、木戸を叩く音はいよいよ強くなる。このまま放っておけば家の者に知られてしまう。お染は庭下駄をひっかけて裏木戸のそばまでいった。

「誰？　戸をたたくのは……？」

しかし、返事はなくてただ戸を叩く音ばかり。お染はこわごわ、しかし、思いきってとうとう木戸をなかからひらいた。

そのとたん、雪のなかから黒いつむじ風のように躍りこんできた女が、

「亭主の敵！」

と、斬りつけた。

「あれえ！」

よける拍子にお染は雪のなかに滑ってころんだ。しかし、結果からいえばそれがよかったのである。匕首が宙に流れて、女がよろよろ泳ぐところへ、お染は雪をつかんで夢中で投げたが、それがまんまと顔にあたって、

「畜生《ちくしょう》！」

ひるむすきにお染は雨戸のなかへ駆込んで、

「誰か来てえ、人殺しィ……」

あるじの重右衛門はそのまえから、ただならぬ物音に気がついて、はっと離れへかけつけてきたが、そこに倒れているお染を見ると、

「これ娘、どうした、外に誰かいるのか」

と、雨戸のすきから外をのぞいたが、そのとたん、外から突いてきた匕首に、われからふか

ぶかと土手っ腹をえぐられて、

「わっ！」

と、その場に尻餅ついた。

あわてたのは女である。この人違いに度をうしなったのか、身をひるがえして木戸から外へとび出したが、ちょうどそこへ来かかったのが、ひとめで鳶《とび》と知れる若者だった。

「やっ、曲者《くせもの》！」

おどりかかって利腕をたたくと、女はもろくも刃物を落した。その代り、鳶の者も雪にすべって泳ぐすきに、女は雪を蹴って逃げだした。だが、ものの十歩といかぬうちに、向うから来た三人づれが、女を見ると、

「やっ、おまえはお金じゃねえか」

そういう声は佐七である。お金はそれを聞くと、雪のなかを一目散。佐七ははっとして、

「辰、豆六、お金をつかまえて来い。おれは気になるから叶屋へいってみる」

「がってんです」

辰と豆六が雪を蹴立てて、お金のあとを追っかけるのを見送って、佐七が叶屋の裏木戸までくると、鳶の者が血にそまった匕首を持って立っていた。

「ああ、おまえはもしや三吉じゃねえか」

「そういうおまえさんはお玉が池の親分。いまここを通りかかると、女が血にそまった匕首を持ってとび出したんです」

「よし、入ってみよう。おまえも来い」

三吉をつれて、佐七がなかへとびこむと、重右衛門は娘のお染と乳母のおもとに左右からかかえられ、もう虫の息だった。

意外又意外
——嬉しい間違いのとんとんとん——

「それじゃあの女はおまえさんに、亭主の敵と斬りつけたというんですね。もし、お染さん、おまえなにかそんな覚えがありますかえ」

あれからすぐに医者が駆けつけてきて、怪我人《けがにん》の手当てをしていったが、重右衛門はよほどの重態で、ひょっとすると命もおぼつかないという話であった。その枕元で人殺しの詮議はむごい話だが、これも致方《いたしかた》がない。

「もし、お染さん、正直にいってくださいな、おまえさんは誰も知らぬと思うていようが、昨夜おまえが丹三のやつを、ひっぱりこむところを見ていたものがあるんです。そこでどんな話があったのか知らねえが、丹三のかえりのあとをつけ、ぐさっとひと突き。もし、お染さん、これに見憶えはありませんか」

さし出された手絡を見て、お染はふしぎそうに眼を見張って、

「それはあたしの手絡ですが……」

「それを丹三の死体が握っていたんですよ。もし、お染さん、素直に白状してください」

それを聞くと、お染はわっと泣伏したが、

「ちがう、ちがう、それはちがいます」

と、そのとき横から叫んだのは三吉だった。

「三吉、ちがうとは何がちがうンだ」

「親分はいま、お染さまが丹三のかえりをつけ、突き殺したとおっしゃいました。しかし、丹三はまだ雪が、さかんに降っているあいだに殺されたというじゃありませんか」

「そうよ、それがどうした」

「だからちがいます。昨夜お染さまが男を送り出したときには、雪はあがって空には月が出ていました。お染さまも縁側で、きれいなお月様だこととおっしゃったんです」

それを聞いて、弾かれたように顔をあげたのはお染である。びっくりして眼を丸くして、

「三吉、それをおまえがどうして……」

「許してください。堪忍してください。昨夜《ゆうべ》の男はわたくしでございました」

三吉はがばとそこにひれ伏したが、そのとき矢庭に三吉の髻《もとどり》をとって捻《ね》じふせたのはおもとである。ギリギリと歯をかみながら、

「おのれ、おのれ、不埒《ふらち》なやつ。大恩ある御主人様のお嬢さまを、おのれはまあ。……知らぬこととはいいながら、その手引きをしたのが恥かしい。どうしてくれよう」

「あれ、おもと、堪忍してあげて……」

「これ、お乳母さん、三吉にゃまだ話があるんだ。お仕置をするならあとにしてくれ」

佐七はおもとを突きはなすと、

「それじゃ三吉、おまえは昨夜丹三のやつが、ここへ来ることを知っていたのか」

「はい、あの、さようでございます。それで途中で丹三を待ちぶせ、殺しておいて身替りになったのでございます」

「しかし、この手絡はどうしたのだ。これもおまえが握らせておいたのか」

「は、はい……」

「この手絡はいつ手に入れた？」

「昨日の昼間こちらへお伺いしたときに」

「ちがう、ちがう、それはちがいます」

その時そばから叫んだのはお染だった。

「親分さん、三吉はあたしをかばうために嘘をいっているんです。乳母《ばあ》や、おまえからもいっておくれ。一昨日《おととい》の晩、おまえといっしょにお風呂へ入ったとき、おまえはこの手絡を洗濯しようとして、あやまって流し口へ流してしまったじゃないか。ですからその手絡は、昨日はどこかの溝《どぶ》に浮いていたはずなんです」

佐七は思わず膝をのり出し、

「それじゃもしやお宅の風呂場の流し口は、火除地のそばの溝へつづいちゃいませんか」

「はい、お風呂場からものを流すと、よくあのへんに流れていきます」

佐七はだまって考えていたが、そこへ辰と豆六が、お金を戸板にのせてかえってきた。

「親分、いけねえ、お金のやつ大川《おおかわ》へとびこんで、凍え死んでしまやアがった」

「ところが親分、そのお金の掌にも、丹三と同じような切り疵がおまンねン」

佐七はそれを聞くと、すぐにお金の掌をあらためたが、はたとばかりに膝をたたくと、

「わかった！　丹三を殺したなアお金だぜ」

「えっ！」

「みんなよく聞きねえ。お金は亭主のあとをつけ、あそこでやきもち喧嘩をおっぱじめたのよ。丹三はおこってお金を泥溝に突きおとし、なおもうえから打ってかかった。お金はくやしまぎれに手にさわったもので、下から丹三をつきあげた。そのひと突きで丹三は死んだが、そのとき右手で兇器をつかんだのだ。ところでその兇器をなんだと思う。氷よ」

「氷……？」

「そうよ。氷でも馬鹿にゃならねえ。刃物のようにとがった欠《かけ》らなら、立派に人も殺せらあ。ところでその氷のなかにゃ、一昨日ここの風呂場から、流れていったお染さんの手絡が凍りついていたんだ。さて、朝までにゃ氷の刃は解けてしまって、手絡だけが手に残ったんだ」

あまりのことに一同は暫《しばら》く言葉も出なかった。

「お金は亭主を殺すつもりじゃなかった。それだけにそんな破目になったのがくやしくて、これももとはといえばお染さんゆえと、そこで亭主の敵とやってきたんだ」

佐七はそこで三吉のほうをふりかえると、

「さあ、三吉、こうなったらもう一度、正直になにもかも申上げろ。昨夜ここへ忍んできたのはおまえらしいが、どうしてそんなことになったんだ。嘘をつくと承知しねえぞ」

それに対して三吉が、穴へも入りたげな風情で、物語るところによるとこうである。

昨夜、三吉は隣町のさる旦那のところで、したたか酒を御馳走《ごちそう》になった。そしてそのかえりに旦那から頭巾と合羽をかしてもらった。

「ところが、この裏木戸までまいりますと、下駄の歯に雪がはさまって歩けません。そこで雪を落そうと、とんとんとん、とんとんとんと、足で木戸を蹴っておりますと……」

それを合図と間違えておもとが出てきた。しかも丹様かえというのを三吉は三様かえとききちがえたのである。げんざいの母が様づけはおかしいが、酔うているのではいと答えた。それというのが、いつもふたりきりのときには、お染は三吉を三様と呼ぶのである。

「何しろ酔うておりましたので、くらがりのなかでお染さまに手をとってひきよせられると、わたくしもつい……」

「嬉しい夢を結んだのか。あっはっは、こいつはおうら山吹だ」

「あれ、まあ、三吉……」

お染は袖で顔をおおうたが、しかし彼女は嬉しいのである。どこの何者におもちゃにされたかと、身も世もあらぬ思いだったのに、思いきや、相手は恋いこがれる三吉だったとは、それこそ棚からぼた餅だろう。

「おもと、おもと。……」

そのとき、苦しそうな息の下から、乳母に声をかけたのは重右衛門だった。

「これでおまえも異存はあるまいな。三吉は昨夜お染と枕をかわした。このうえおまえが我を張ると、お染は疵物になってしまうぞ」

「旦那様、申訳がございません」

「いいや、これでよいのだ。これお染、仏壇のひきだしに、桐の箱があるから持って来てくれ」

お染はふしぎそうな顔をしてその場を立ったが、すぐに桐の箱を持ってかえってきた。

「おもと。それをあけて見い」

おもとが箱をあけてみると、なかから出てきたのは、どっぷりと黒いしみのついた大きな縞《しま》の財布である。おもとははっと息をのみ、

「ああ、これは、十六年まえに、身延詣《まい》りの途中、行方知れずになった清兵衛殿の……」

「そうじゃ、三吉の父の財布じゃ。清兵衛殿は十六年まえに殺されなすった。……」

一同はギョッとして重右衛門の顔を見る。重右衛門は苦しい息をつぎながら、

「こう申しても清兵衛殿を殺したのはわしではない。おもと、財布をあけて見い」

おもとが財布をあけると、なかから出てきたのは一握りの髪の毛と小さい骨である。

「その髪の毛こそ清兵衛殿の遺髪、そしてその骨は下手人の右手の小指だ。清兵衛殿は殺されるとき、下手人の小指を嚙みきられた」

それを聞いて佐七ははっと、辰や豆六と顔見合せた。そういえば、あの丹三の右手の小指は

半分なくなっていたではないか。

重右衛門が語るところによるとこうである。

十六年まえ重右衛門は商売が手詰まりになり、どうしてもまとまった金をつくる必要にさしせまられた。そこで甲府《こうふ》の親戚のもとへ金策に出かけたが、結局工面もつかずにかえる道すがら、とある山の中で聞えてきたのが、人殺し、助けてくれという悲鳴である。

重右衛門が驚いてかけつけると、その足音に驚いたのか、それとも小指をかみきられた痛さにたえかねたのか、悪者は逃げてしまって、あとにはむごたらしゅう斬られた旅人が、小指をくわえたまま虫の息だった。

それが清兵衛だった。清兵衛は名前とところをつげ、財布を重右衛門にことづけると、それから間もなく息をひきとった。重右衛門は遺髪をきりとり、死骸をていねいに埋葬すると、財布を遺族にわたすつもりだった。

「ところが途中で魔がさして、とうとう三百両を着服してしまったのでございます。もっとものちに工面がよくなったとき、清兵衛殿の講中の名で三百両は身延におさめておきましたが、それで罪が消えたというわけではない。せめてもの罪滅ぼしと、おもと三吉をひきとって。……」

重右衛門の息はしだいに苦しくなる。佐七は膝を乗り出して、

「なるほど、それで丹三にゆすられたんですね」

重右衛門はかすかにうなずき、

「あいつは清兵衛殿を殺したのち、物かげに身をかくして、わたしの様子を見ていたんです。そしてしつこくわたしをつけてきましたが、そのときには江戸へ入るまえにまいてしまいましたが、去年思いがけないところでばったり出逢うと、向うはわたしをおぼえていたのでございます。親分もごぞんじでしょうが、あいつは右手の小指がはんぶんありません。だからあいつこそ清兵衛殿を殺した下手人にちがいないと思いましたが、それをいえばわが身の罪が露見します。くやしいけれどゆすられていましたが、しかし、あいつのおかげで三吉が、お染といいかわしたというのも何かの因縁《いんねん》、これ、おもと、憎かろうが許してくれ。そしてお染と三吉を夫婦にして……」

「旦那様！」

おもとはわっと泣きふした。

その夜の明方、重右衛門はとうとう息をひきとったが、そのまえに、お染三吉、重右衛門の枕元で、改めて夫婦のかための盃《さかずき》をかわしたが、なんと、その媒酌人《ばいしゃくにん》をつとめたのが、佐七だったということである。

狐の裁判

素焼きの狐

――それじゃこれが化けマンのか――


「御免《ごめん》くださいまし。親分さんはおいででございましょうか」

神田《かんだ》お玉《たま》が池《いけ》は人形佐七《にんぎょうさしち》の住居《すまい》へ、ある日、訪れてきた粋《いき》な女客。年の頃は三十二三か、いずれ素人《しろうと》ではあるまいが、眼鼻立ちのかっきり大きい、ふるいつきたいほどいい女だ。

「へえへえ、親分はおいででございますが、そういうおまえさんは……？」

相手を別嬪《べっぴん》と見て、辰《たつ》がいやに神妙に、揉手《もみで》かなんかしながら訊ねると、

「はい、わたくしはいま葺屋町《ふきやちょう》の芝居に出ております、歌川歌十郎《うたがわうたじゅうろう》の家内で、お縫《ぬい》というものでございます。親分さんがおいでございましたら、ちと、お願い申上げたいことがございまして。……」

と、聞いて辰は眼をまるくした。

「あっ、それじゃおまえさんはさぬき屋さんの。……少々お待ちくださいまし」

と、あたふたと奥へかけこんだ辰が、

「親分、親分、さぬき屋のおかみさんが、何かおまえさんに話があると、眼の色かえてやって来てますぜ」

と、息せき切って御注進《ごちゅうしん》におよぶと、佐七ははてなと小首をかしげた。

「なに、さぬき屋のおかみが眼の色かえて……それは妙だな。おれゃべつにあそこに、義理の悪い借金はねえが……それとも、辰、豆六《まめろく》、おまえたち、また飲み倒して来たんじゃねえのか」

「と、とんでもない。そら濡衣《ぬれぎぬ》や。もしそれやったら兄哥《あにき》だっせ。兄哥はこないだ……」

「親分、豆六、それゃいったいなんのこった」

「なんのこっちゃゆうて、角の酒屋のさぬき屋のおかみさんが、血相かえて借金取りに来てンのやろ」

「ぷっ、ばかなことをいうな。篦棒《べらぼう》め、あんな婆あが何人来たって驚くもんか。親分、そうじゃねえンで。あっしのいってるのは、いま日の出の人気役者、歌川歌十郎のおかみさんが来たっていってるンです」

「なんや、役者のさぬき屋か」

豆六はほっと胸撫でおろして、

「それならそうと、はよいうておくなはれ。わては三年寿命がちぢまりましたがな」

「ちっ、さては豆六、てめえは角のさぬき屋に……?」

「あっはっは、まあいい、それより辰、はやくお客人をお通ししねえか」

いやはや、たいへんな騒ぎで、これだけの手数をかけて、やっと座敷へ通された歌十郎の女房お縫が、お願いの筋というのを聞かれて、もじもじしながら袂《たもと》から取り出したのは素焼きづくりの一個の狐。

「お願いというのは、これ、この狐でございます」

と、来たから、佐七をはじめ辰と豆六、狐につままれたような顔をして、はてなと眉《まゆ》につばきをつけた。

お縫もそれに気がついたか、あわてて言葉をついで、

「いえ、だしぬけにこんなことを申上げては、さぞうろんなやつと思召《おぼしめ》すでしょうが、ごらん下さいまし。この狐の額を……」

「なるほど、眉間《みけん》に傷がついておりますな」

「さあ、それですからわたしは心配でなりません。何をかくそうこの狐は、ただの狐ではございません」

「へえへえ、そんなら化けまンのか」

豆六め、つまらないことをいっている。

「いえ、そうではございませんが、これは千代太郎《ちよたろう》の身替りも同然、それをこうして無残にも、眉間をぶちわったものがあるとすれば、とりも直さず何者かが、千代太郎を呪うているとしか思えません。わたしはそれが心配で……」

と、お縫が声をふるわせて、語るところによるとこうである。

いま葺屋町の市村座《いちむらざ》では「蘆屋道満大内鑑《あしやどうまんおおうちかがみ》」が出ているが、そのなかへ今度新しく書かれたのが「保名物狂《やすなものぐるい》」の一場面。これは踊りで保名はいうまでもなく座頭《ざがしら》の歌十郎だが、その保名に十二匹の狐がからむことになっており、その役が十二人の子役にふられた。

そこで子役たちは申合せて、素焼きの狐をひとつずつ市村座のお稲荷《いなり》様へ奉納した。ところがほかの十一個の狐になんの触りもないのに、千代太郎の奉納した狐だけが、眉間をわられているとあっては、なんとなく気がかりであると、お縫は心配そうに語るのである。

佐七はちょっと呆れ気味で、

「ところで、その千代太郎さんというのは……？」

「はい、あの、うちの伜《せがれ》で……」

と、お縫はちょっと口籠《くちご》もったが、やがて思いきったように語るところによると、千代太郎とお縫は生《な》さぬ仲で、それゆえにこそ千代太郎のためには、ひと一倍気をくばらねばならぬのであると、お縫は溜息をついた。

それというのが千代太郎、座頭の伜というのを笠にきて、威張りちらすところから、幕内《まくうち》での憎まれものになっている。ことに今度は下廻りの伜といっしょになって、縫ぐるみを着るのが不足なのか、舞台で毎日、ほかの狐をいじめ抜くのだ。

そのために舞台をしくじる狐も少《すく》なからず、そのつどかれらは歌十郎に呼び出されて、大目玉をくらうところから、ちかごろ十一匹の狐たちは、千代太郎に対して遺恨骨髄に徹していると いう評判がある。

「先日も梅丸《うめまる》が千代太郎に足がらめにされ、舞台でころんで大恥をかきましたので……」

「梅丸さんというのは……？」

「はい、わたくしの伜でございます。千代太郎にとっては腹こそちがえわが弟。それにこんな恥をかかせるくらいですから……」

他はおして知るべしとお縫はなげいて、

「それですからみんなして、いつか千代太郎に返報してやらねばならぬといきまいておりますが、とりわけ、鯉之助《こいのすけ》さんなんかは、ひと思いに千代太郎を殺してやると……」

鯉之助というのは、かつて歌十郎と覇を争った人気役者、中村三右衛門《なかむらさんえもん》のわすれがたみで、千代太郎とおないどしだが、このふたりが当時子役の双璧といわれていた。

「昨年、三右衛門さんがなくなられてからは鯉之助さんは後楯《うしろだて》もなく、楽屋でもとかくおろそかに扱われます。梅丸は気のやさしい性質ですから、年下ながらも影になり日向《ひなた》になり鯉之助さんをいたわってあげているようですが、それにひきかえ千代太郎は、親の威光を笠にきて、ことごとに鯉之助さんをいじめます。鯉之助さんも腹にすえかね、千代太郎を殺してしまうといきまいているとやら」

と、お縫は声をしめらせて、

「そこへ、こうして千代太郎の納めた狐の、眉間がわられているものですから、わたしはなんだか気がかりで……」

結局、お縫のやって来たのは、千代太郎をまもってやってくれまいかというのであったが、さりとて、なんの事件もないのに、十手を持って飛び出すわけにもいかない。

「まあ、それゃ一応話はきいておきますが、おまえさんもそう、取越し苦労をしねえで、もう少し気を大きく持つんですな」

と、その場はそれでかえしたが、あとで佐七は辰や豆六と顔見合せた。

「なんや、あれ、少し気がおかしいのンとちがいまっか」

「いや、そうじゃねえ。はたから見ればおかしくとも、当人にしてみれば真剣なのかも知れねえ。あの世界と来ちゃ別だからな」

とはいえ、さしあたってどうしようという法もないので、佐七はそのままにしておいたが、さて、その翌日の日暮れごろ。

「親分、たいへんだ、たいへんだ。市村座で狐が一匹殺された」

と、泡を食ってとびこんで来たのは辰と豆六。

「な、な、なんだと。それじゃ千代太郎が殺されたのか」

「いえ、それがおかしいンで。殺されたンは千代太郎やおまへん。異母弟《おとうと》の梅丸が、舞台で背中をえぐられて、そのまま死んでしまいましたンや」

狐ころし

——舞台で鬼ごっこしてるんじゃねえ——

報《し》らせを聞いて佐七が駆けつけると、市村座は上を下への大騒動。佐七の顔を見ると、頭取《とうど》りがとんで出て、

「これはこれは御苦労様で。ただいま、本所《ほんじょ》の親分がお見えになっているところで……」

「なに、本所の茂平次《もへいじ》が……」

「ちっ、また、あの海坊主が出しゃばっているのかいな」

と、辰と豆六が口をとがらせるのを、

「これ、よけいな口をたたくな」

と、たしなめながら頭取りに案内されて、佐七が舞台へやってくると、役者たちは、まだ扮装のままでうろうろしている。

見ると舞台の中央には、保名のつくりの歌十郎が、茫然としてわが子の死体を見おろしている。そしてその向うには縫いぐるみの仔狐が十一匹、ひとかたまりになってふるえており、そのまえに立って、威丈高《いたけだか》になっているのは、いわずと知れた本所の茂平次。色が黒くて大あばたのあるところから海坊主の茂平次とよばれて、げじげじのようにひとから嫌われている岡っ引きである。

「やいやい、手前《てめえ》ら子供だと思ってやさしくされれゃいい気になりやアがって、知らぬ存ぜぬと白《しら》を切りやアがる。誰だと思う、茂平次さまだぞ。大地を打つ槌《つち》ははずれても、茂平次様のにらんだ眼《まなこ》にゃ狂いはねえンだ。さあ白状しろ、誰が梅丸を突殺した。きりきり白状しやあがれ」

これじゃいいたいこともいえなくなる。仔狐たちが蒼くなってふるえているのを、どん栗《ぐり》眼《まなこ》でねめまわしながら、

「うぬ、いわねえな。白状しねえな。ようし、さては仔狐十一匹、みんなぐると覚えたわえ。どいつもこいつも数珠つなぎにしてひったてるぞ」

と、海坊主がポッポッと湯気を立てていきり立ったから、子役のひとりがわっと声を立てて泣き出した。

「おいらは知らねえ。梅丸ちゃんを殺したのは、鯉之助さんにちがいねえ。舞台へ出るまえ鯉之助さんは、縫ぐるみの下に短刀をかくしていたよ」

聞くなり茂平次、どん栗眼を光らせた。

「おお、よくいった。そして鯉之助というのはどいつだ」

「いちばんはしに立っている、背の高いのが鯉之助さんだい」

言下に茂平次は子役のひとりにおどりかかった。

「やい、これゃ鯉之助、わりゃふとどきなやつだな。さあいえ、白状しろ。てめえなんで梅丸を殺した。なんの遺恨で……や、や、見附けたぞ、見附けたぞ、これゃどうじゃ」

と、茂平次が得意の鼻をうごめかし、鯉之助の縫ぐるみの下から、無理無体にひきずり出したのは白鞘の短刀である。

「う、ふ、ふ、こういうたしかな証拠があれば、いまさら知らぬとはいえめえ、やい、鯉之助、きりきりうせろ」

鯉之助は蒼くなって、きっと唇をかんでいたが、そこへつかつかと恐れ気もなく、進み出た仔狐がある。

「おじさん、違うよ。梅丸を殺したのは鯉之助じゃねえ」

「な、な、なんだと。てめえはいったい誰だ」

「おらア千代太郎という子役だが、鯉之助は下手人じゃねえ。その証拠にゃおまえの持ってる短刀だ。おじさん、見ねえ。梅丸の背中にゃ、まだ短刀がつっ立ってるンだぜ。鯉之助が下手人とすれやア、短刀を二本も用意していたのかい」

いわれてぎっくり、茂平次は梅丸の死体をふりかえったがなるほど、その背中にはまだ短刀が突立っている。

「ぶるぶるぶる! それじゃ鯉之助はなんだって、こんな短刀を持ってやあがった」

「それやアおおかた、おれを殺そうと思ったのよ。鯉之助はおれにこそ怨《うら》みはあれ、梅丸にゃなんの怨みもねえはずだ。それがどうして梅丸を殺すもんか」

それを聞いて茂平次は、かんらかんらと打ち笑った。

「あっはっは、小僧、よくいった。それでよくわかったぞ。鯉之助が梅丸を殺したわけがわかったぞ。鯉之助は人違いをしやあがったンだ。みんな同じような縫いぐるみ、しかも舞台の暗がりで、鯉之助はてめえと間違え、梅丸を刺し殺したンだ。どうだ、小僧、わかったか」

今度は逆に千代太郎が、かんらかんらと打ち笑った。

「おじさん、おまえは芝居を知らねえな」

「なにを」

「おじさん、芝居の踊りというものはな、鬼ごっこをしてるンじゃねえぜ。ちゃんときまったふりがあるンだ。十二匹の仔狐は出たらめに舞台を走りまわっているンじゃねえ。下座の三味《しゃみ》や唄にあわせて、いつ誰と誰がからむか、いつ誰と誰とがもつれるか、ちゃんときまったふりがあるンだ。だから眼をつむってても、そこにいるのが誰だか、みんな互いに知っているンだ。素人じゃあるめえし、人違いなどあってたまるもンか」

いや、子供ながらもあっぱれな度胸である。

さっきから舞台の袖で、この押問答をきいていた辰と豆六は、すっかり嬉しくなってしまった。

「よう、さぬき屋ア、大統領！」

「ヘン、海坊主め、ざま見なはれや」

そういう声にこちらをふりかえった海坊主の茂平次は、柄にもなく鼻じろんで、

「やっ、てめえは辰と豆六、おお、佐七も……ちっ、悪いところへ……ぶる、ぶる、ぶる」

海坊主がわれとわが毒気にあてられたか、とうとう口から泡を吹いた。

光る縫ぐるみ

——梅丸殺しの下手人召捕ったア——

さて、海坊主がすごすご引揚げていったあとで、佐七はあらためて死体を調べる。

梅丸は千代太郎とはひとつちがいの弟で、内気でやさしい性質は、役者としてはいささか不向きといわれたが、その代り幕内の誰からも愛された。それだけに、かれのむごたらしい横死には、涙をしぼらぬものはなかった。

佐七が死体を調べると、梅丸は縫いぐるみのうえから背中をえぐられ、短刀はまだそこに突立っている。おびただしい血が、縫いぐるみを染めていた。

佐七は歌十郎をふりかえり、

「おまえさん、さぬき屋の親方だね」

「は、はい、さようで。……」

「とんだことが起ったが、どうしてこんなことになったのかひとつ話しておくんなさい」

「はい。……」

と、歌十郎が語るところによるとこうだ。保名の踊りは二段になっていて、いったん、保名が上手《かみて》へ入ると、つくりをかえるあいだの時間を、十二匹の仔狐が踊りでつなぐのである。

ところがそうして踊っているうちに、梅丸の足許がみだれたかと思うと、ばったり倒れて、そのまま動かなくなってしまった。

驚いたのはほかの仔狐だ。ばらばらと駆けよってみると背中に短刀が突立っている。そこで、わっ、人殺しだということになり、楽屋も客席も、うえをしたへの大騒動になったのである。

「なるほど、そして梅丸が倒れたとき、いちばんそばにいたのは誰だえ」

「あい、それならおいらでございます」

進み出たのは千代太郎。

「おお、おまえか。しかし、まさかおまえがやったンじゃあるめえな」

「冗談じゃねえ。おいらが梅丸を殺すわけがねえ。梅丸はおいらの可愛い弟だもの」

「しかし、その可愛い弟を足がらめにして、舞台にころがしたのはいったい誰だ」

「それはおいらさ」

と、千代太郎はけろりとして、

「しかし、おいらは梅丸が、憎くてあんな悪戯《いたずら》をしたんじゃねえ。可愛いからついふざけたんじゃねえか。役者は誰でもあんな悪戯をするもんだよ」

「よしよし、それじゃおまえがやったンじゃねえとして、誰がやったか心当りはねえか。おまえがいちばん近くにいたのなら、いちばんよく知っているはずだ」

千代太郎はさかしげな眼をくるくるさせて、しばらく考えていたが、

「いいや、知らねえ。心当りはねえ。だしぬけに梅丸がふらふら倒れたので、おいらもびっくりして駆けよったンだ。あいにくそのとき、舞台がいつも暗くなる場で、よくはわからねえが、梅丸のそばにゃ誰もいなかったよ」

「舞台がいつも暗くなる場……?」

佐七はちょっと考えたが、何思ったのか十一匹の仔狐にむかい、

「おまえたちすまねえが、もう一度ここで踊っちゃくれまいか。なに、梅丸が倒れた前後のふりだけでいいんだ」

仔狐たちは顔を見合せていたが、

「ああ、いいとも、そんなこたアわけはねえ」と、千代太郎の音頭取りで踊り出したが、

「ここだよ、おじさん、このときだ。梅丸はここでこうして踊っていたが、それがだしぬけにこういうふうによろめいて……」

さすがは役者だ。たくみな仕方《しかた》話で説明されて、佐七は眼を光らせた。

「なるほど、それじゃそのとき梅丸は、客のほうに背をむけていたんだな」

「そうだよ、そうだよ。あっ、そうだ思い出した、おじさんそのとき梅丸の背中が、薄暗がりのなかできらきら光っているもんだから、おやと思って覗《のぞ》こうとしたら、とたんに梅丸がふらふらと倒れたんだ」

「なに、梅丸の背中が光っていた?」

佐七はなにかはっとしたように、もう一度梅丸の背中をあらためていたが、やがて幕をあけて客席のあちこちを見廻した。

それから辰を呼びよせて、何やら耳にささやくと、辰はすぐに合点《がってん》して、舞台からとび出していったが、そのとき舞台裏から聞えてきたのは、またしても海坊主の声である。

「つかまえたぞ、つかまえたぞ。梅丸殺しの下手人は、茂平次様が召捕《めしと》ったぞ」

と、胴間《どうま》声を張りあげながら、茂平次が無理無体に引きずってきたのは、五十五六の身すぼらしい服装《みなり》をした親爺《おやじ》だった。

「あっ、薬研堀《やげんぼり》のおじさん」

それを見ると鯉之助はまっさおになる。

小判三枚
――おれの渡した三両がなぜいけない――

「本所の、その親爺が下手人とは……？」

佐七が不審そうに訊ねると、茂平次は得意の鼻をうごめかし、

「まあ、聞け、こいつは歌川吉五郎《うたがわきちごろう》といって、以前はそこにいる歌十郎の弟子だったが、酒癖の悪いところから、ついこのあいだ破門になり芝居をクビになった男だ。役者が芝居から閉め出されちゃ飯は食えねえ。おまけにこいつの娘のお袖《そで》というのが、当年とって十四歳、それがいま大病だから、家のなかは火の車だ。それやこれやで吉五郎は、ふかく歌十郎を怨んでいるが、さりとて歌十郎には歯が立たねえから、代りに倅の梅丸を殺しゃあがったンだ」

「なるほど、しかし、本所の。吉五郎はどういうふうにして梅丸を殺したンです。舞台へとび出せば大勢のひとの眼にふれるはずだが……」

「さあ、それよ。そこがこいつの悪がしこいところだ。いま、千代太郎はなんといった。梅丸の背中が暗闇のなかできらきら光ったというじゃねえか。それが、何よりの目印だ。吉五郎は舞台の袖から、その光を目当てに短刀を投げつけたんだ。どうだ、吉五郎、恐れ入ったか」

海坊主に毒気を吹っかけられて、蒼くなってふるえあがったのは吉五郎親爺。

「と、と、とんでもない。滅相もないことおっしゃりますな」

「なにがとんでもねえだ。何が滅相もねえことだ。それじゃてめえなんだって、舞台裏をうろついていたンだ。芝居をクビになったやつが、なんの用事で楽屋へやって来やあがった」

「はい、あの、それは……」

「これゃ、やい、吉五郎、四の五のぬかさず、きりきり白状しやあがれ!」と、海坊主の猛毒にあてられたか、吉五郎ははっと言葉につまったが、そのとき、ふたりのあいだに割って入ったのは鯉之助。

「おじさん、それはちがうよ。吉五郎のおじさんが今日楽屋へやってきたのは、きっとおいらを止めるためだよ」

「なに、てめえを止めるためとは……?」

「さっき千代太郎さんもいったとおり、おいら今日ここで千代太郎さんを殺すつもりだったんだ。それで楽屋入りをするまえに、おじさんやお袖さんにそれとなく、別れをつげにいったンだが、おじさんはおいらの顔色から、それを察してとめにきたにちがいねえ。おじさんがなんで梅丸さんを殺すものか」

必死となって抗弁する鯉之助の顔色を、佐七はそばからじっと見守っていたが、

「おい、鯉之助、おまえはよっぽどこの吉五郎と懇意と見えるな」

「はい、あの、それは……」

と、鯉之助はちょっと言いよどんだが、

「おじさんやお袖ちゃんが、あんまり気の毒だから。……」

「鯉之助さんはいつも親切にしてくださいます」

と、吉五郎もそばから鼻をすすりながら、

「芝居をクビになると、誰ひとり寄りつくものもないなかに鯉之助さんだけがよく見舞いにきてくださいます。このあいだも三両という金をめぐまれて。……」

「なに、三両……?」と、海坊主の眼がぎろりと光った。

「はい、ところがおかしなことにはすぐそのあとへ、千代太郎さんがお見えになり、さっき鯉之助のわたした三両をかえせ。その代りこの三両をやろうとおっしゃって、鯉之助さんのおいていかれた三両を、無理矢理にとりかえしていかれました。それをわたしが黙っていればよかったものを、つい鯉之助さんに話したものですから、鯉之助さんがたいそう口惜《くや》しがり、おれの渡した金がなぜいけねえ。なんでもかんでもおれのすることに水をさす千代太郎、生かしちゃおけぬと、鯉之助さんの血相が、あまり物凄かったものですから、もしものことがあってはならぬと、今日も様子を見にまいりましたので……」

吉五郎は鼻をすすって涙をふいたが、そんなことで心を動かす海坊主ではなかった。

「これゃ、やい、鯉之助、ここへ出ろ、きりきりここへ出ゃあがれ」

「は、はい。……」

鯉之助の顔色は藍をなすったように蒼くなっている。

「てめえはたいそうお慈悲ぶかくていらっしゃるンだな。いやさ、たいそうなお金持ちでござりますな。やい、三両といや少い金じゃねえぞ。親もない子役の分際で、その三両をどこからチョロマカして来やあがった。きりきりそれを白状させ」

頭から極《き》めつけられて、鯉之助はわっとその場に泣き伏した。

「御免くださいまし。御免くださいまし。盗んだのでございます。あまりお袖ちゃんが不愍《ふびん》だから、つい、盗みを働いたのでございます」

「なに、盗んだと? 一体、どこから盗んで来やあがった」

「はい、あの、それは……」

と、鯉之助が、涙ながらに語るところによるとこうである。

このあいだ、大黒屋惣兵衛《だいこくやそうべえ》という、室町《むろまち》の両替屋の旦那に招かれて、鯉之助は深川《ふかがわ》の福村《ふくむら》という家《うち》へいった。

大黒屋惣兵衛は派手な気性で、まえから梅丸を寵愛《ちょうあい》していた。その夜も梅丸、千代太郎の兄弟に鯉之助、ほかに大勢の芸者や太鼓持ちが待っていたが、酒宴の途中で惣兵衛大尽《だいじん》が厠《かわや》に立った。芸者や太鼓持ちはお供に立った。梅丸や千代太郎のすがたもみえなかった。

唯《ただ》ひとり座敷に残った鯉之助が、何気なく床の間を見ると胴巻《どうま》きがひとつおいてある。しかも、その胴巻きは蛙をのんだ蛇のようにふくらんでいる。

ああ、金というものはあるところにはあるものだ。それに引きかえお袖ちゃんは、病気というのに薬ものめない。可哀そうなことだと思っているうちに、ふと悪心がきざして、胴巻きのなかから小判を三枚。……

「つい、抜いてしまったのでございます」

鯉之助は悄然《しょうぜん》として首うなだれた。

海坊主の茂平次はそれを聞くとせせら笑って、またもや毒気を吐き出そうと、舌なめずりをしていたが、そのとき横から佐七が乗り出して、

「兄哥、ちょっと待ってくれ。そのまえに千代太郎に聞くことがある。おい、千代太郎」

「は、はい。……」

「おまえなんだって鯉之助がめぐんだ三両を、あとからいって取り返したンだ」

「はい、あの、それは……いつも鯉之助がお袖ちゃんに親切にして、いい子になろうとするから、それがいまいましかったンで。……」

「あっはっは、つまり、嫉妬《やきもち》やいたンやな」

「豆六、てめえは黙ってろ。千代太郎、ただそれだけのことか」

「は、はい、それだけのことなんで。……」

「しかし、千代太郎、おまえは鯉之助がお袖に、三両めぐんだということをどうして知ったンだ」

「はい、あの、それは……誰かに聞きましたンで。……」

「誰かって誰だ」

「はい、あの、それは……忘れました」

問いつめられて千代太郎は、しだいにしどろもどろとなる。佐七はじっとその顔色を見つめていたが、たまりかねたのはそばで見ていた海坊主の茂平次だ。

「そんなことはどうでもいい。怪しいのは吉五郎に鯉之助だ。さあ、きりきりとうしゃあがれ」

海坊主の茂平次が無理無体にふたりをひっ立てていったあとへ、血相かえてとびこんできたのは歌十郎の女房お縫だ。梅丸の死体を見ると、わっと泣きながら取りすがったから、市村座の楽屋はまたしてもてんやわんやだ。

千代太郎斬られる
――駕籠《かご》の提灯《ちょうちん》ばっさり斬って――

「親分、親分、ちょっと待ってくださいよ」

それから間もなく、市村座を出た佐七と豆六が、ぶらぶら歩いていくうしろから、息せき切って追って来たのは巾着の辰。

「おお。辰か。そしてどうだったえ」

「へえ、やっぱり親分のおっしゃるとおりで、茶屋へいってきいてみると、二階の東桟敷《さじき》の、いちばん、舞台よりにいた客が、あの騒動の起った直後、あたふたとかえっていったというンです」

「ふうん、そしてそれはどういうやつだ」

「それがね、宗十郎頭巾《そうじゅうろうずきん》をかぶっていたので、顔はしかとは見えなかったが、黒縮緬《くろちりめん》の羽織を着て、でっぷり肥《ふと》った大男だったというンです」

「黒縮緬の羽織を着て、でっぷり肥った大男……?」

佐七が腕拱《うでこまね》いて考えこむのを見て、

「親分、そんならあの短刀は、見物席から投げられたンやとおっしゃるンで」

「そうよ。縫いぐるみのうえからぐさりと、梅丸の背中にささっていた短刀は、その角度から投げたんじゃなくっちゃ、ああいうふうにはささらねえのよ。ふうん、黒縮緬の羽織を着て、でっぷり肥った大男なあ。……」

佐七はもう一度同じことを呟いて、しばらく黙って歩いていたが、急に顔をあげると、

「辰、豆六、おまえたちに頼みがある」

「へえ、へえ、親分、どんな御用で」

「千代太郎はまだ市村座にいるだろう。おまえたちこれから引きかえして、今夜いっぱい、こっそりあいつのあとをつけて見てくれ」

「へえ、親分、千代太郎のあとをつけますンで」

「親分、そんならあいつがやっぱり臭《くさ》おますか」

「なんでもいいからおれのいうとおりにしろ。いいか、誰にも気取《けど》られちゃいけねえぜ」

「おっと、合点だ」

と、辰と豆六はそこで佐七にわかれると、こっそり市村座へひきかえしたが、その夜の真夜中過ぎになって、きりきり舞いをしながら、かえって来たのは豆六だ。

「親分、たいへんや、たいへんや。ちょっと起きとくなはれ」

「ちっ、まだ寝てやあしねよ。騒々しいやつだ。お条《くめ》、表をあけてやれ」

「あいよ」と、お条が表の格子をあけると、のめりこむようにとびこんできた豆六が、

「親分、たいへんだ。千代太郎がやられた」

「なに、千代太郎がやられたと？　そ、それじゃ殺されたのか」

「いえ、あの、危《あやう》く殺されるところだしたが、いいあんばいにわてらがつけておりましたさかいに、深傷《ふかで》は深傷だすけれど、どうやら命は助かるらしい」

「そして、千代太郎はいまどこにいるンだ」

「柳橋《やなぎばし》の舟宿にあずけておます。兄哥がつききりで介抱してまンねン」

「よし、それじゃすぐに案内しろ。話はみちみち聞くとしよう。お条、支度だ」と、大急ぎで身支度をととのえた佐七がみちみち豆六に聞いたところではこうである。

千代太郎は今夜、贔屓《ひいき》の客に招かれて、柳橋の茶屋を二三軒まわった。人気稼業の悲しさには、弟があんなことになっても、贔屓の客によばれると、顔を出さぬわけにいかないのである。

そして、いちばん最後の茶屋を出たのは、もうかれこれ真夜中ちかく、むろん駕籠で送られたが、その駕籠が大川端《おおかわばた》の淋しいところへさしかかったとき、突如、暗がりのなかから抜身を

さげた男が現れ、ばっさりと駕籠の提灯を切っておとした。

駕籠屋なんてものは、もとより意気地《いくじ》のないものである。

「わっ！　出た！」

と、ばかりに駕籠を投げ出し、雲を霞《かすみ》と逃げ出した。

宵《よい》から佐七の命令で、千代太郎のあとをつけまわしていた辰と豆六は、叫びを聞くと、すぐにその場へ駆けつけたが、その足音を聞いて、曲者《くせもの》は川のなかへとびこんだ。川の中には舟の用意がしてあったらしい。

「と、いうわけで曲者は取りにがしてしまいましたンやが、千代太郎のほうはどうやら命を取りとめる様子だす。わてらが駆けつけるのンが、もうひと足おくれてたら、とどめを刺されるところだした」

「なるほど、それですぐに舟宿へかつぎこんだンだな。さぬき屋のほうへ報らせてやったか」

「いいえ、まだどこにも報らせてえしまへん。親分がお見えになるまで、誰にもいうたらあかんと、舟宿のものにも口止めしときました」

「そうか、それはよかった」

ふたりが駆けつけると、ちょうど医者の手当てが終ったところだった。

身替り梅丸
——障子のなかには惣兵衛とお縫が——

千代太郎の傷はかなり深傷だったが、幸いいずれも急所をはずれているので、命には別条なさそうだった。

それに千代太郎は気性の強い少年と見え、蒼ざめてはいたが、べつに取乱した様子はなかった。

「千代太郎、とんだことだったな」

佐七が枕もとに坐《すわ》って見舞いをのべると、

「親分、有難うございました。兄さんたちがつけていてくだすったンだそうで、おかげで危いところを助かりました」

「そんなことはどうでもいいが、千代太郎、これで誰かがおまえの命をねらっているということがわかったろう」

「はい」

「それから考えると、梅丸の一件も、おまえと間違えたのだということがわかる。千代太郎、おまえどうして梅丸と、縫いぐるみをとりかえたんだ」

千代太郎ははっとして、佐七の顔をふりあおいだが、やがてしょんぼりうなだれた。

「千代太郎、かくしたっていけねえ。おれゃ知ってるぜ。梅丸の縫いぐるみはだぶだぶだった。それにひきかえ、おまえの着ていた縫いぐるみは、たいそう窮屈そうだったじゃねえか。どういうわけで縫いぐるみを、取りかえて着ることになったンだ」

「恐れいりました」千代太郎は苦しそうに顔をしかめて、

「あれは梅丸がとりかえてくれといい出して、むりやりにわたしの縫いぐるみを着てしまったンです。そこでわたしはよんどころなく、梅丸の縫いぐるみを着て出たんですが、あんなことになろうとは……」

千代太郎はそっと指で涙をおさえた。

「いや、よくわかった。ところでもうひとつ訊きたいことがある。千代太郎、おまえどうして鯉之助が吉五郎にめぐんだ金を、とりかえしにいったンだ」

「恐れいります。親分、じつはわたしは鯉之助が、大黒屋の旦那の胴巻きから小判を三枚抜きとるところを見たンです」

「ああ、そうか。しかし、それじゃ何もわざわざ、小判をとりかえなくてもいいじゃねえか」

「いえ、ところが……いつか大黒屋の旦那が、こんなことをおっしゃったのをおぼえておりますので。おれの持っている小判には、誰にもわからぬ目印がついているから、うっかり手をつけるとすぐばれるぞと。……だからもし、吉五郎がうっかりその金を使って、鯉之助の盗みがばれてはならぬと、じぶんで三両くめんしてその金をとりかえして来たンです」

「取返した小判はどうした」

「それはその翌日、大黒屋さんにお返ししました。ゆうべ座敷の隅で拾ったといって……」

だが、そういう千代太郎の顔色が、なんとなくくもっているのを佐七は見のがさなかった。

「千代太郎、そのときなにかあったのか」

「いえ、あの、べつに……」

「おい、千代太郎、何もかもまっすぐに申立てろ。おまえどこで大黒屋にあったのだ」

「はい、深川の富貴楼《ふうきろう》でした。奥に大黒屋の旦那が来ていらっしゃると聞いて、何気なく障子を開いたンです。そしたら……」

「そしたら……?」

「親分、それはいえません、口がたてに裂けても、こればっかりは……」千代太郎はわっと泣き出した。

佐七はびっくりしたように、辰や豆六と顔を見合せていたが、急にはっと眼をみはると、

「千代太郎、障子のなかにゃ大黒屋のほかに誰かいたのか」

「……」

「そして、それはおまえのおふくろの、お縫さんじゃなかったのか」

「親分!」ぎょっとしたように顔をあげた千代太郎の眼からみるみる涙が溢れてきた。

千代太郎は見たのである。何気なく開いた障子のなかに、大黒屋惣兵衛と継母《けいぼ》お縫が、あられもない恰好で抱きあっているのを。……

「そうか、そうだったのか。いや、おまえがいわなくてもわかっている。ときに小判はどうした。大黒屋にかえしたのか」

「はい、ところが、わたしが小判を出しますと、大黒屋さんがとても怖い顔をなさいまして、この小判がどうしておれのものだとわかったと、それはそれはひどい権幕《けんまく》でございました。わたしはいまでも大黒屋さんが、なぜあんなにお怒りになったのかわかりません。それは、あの、あんなところを見られたからでもございましょうが……」

佐七はそれを聞くと、またきらりと眼を光らせた。

日本橋《にほんばし》室町で大捕物があったのは、それから三日目のことである。捕えられたのは大黒屋惣兵衛はじめ一味十数名。かれらはさかんに贋金《にせがね》をつくって、江戸の経済界をかきみだしていたのである。

惣兵衛一味が捕えられたと聞くや、歌川歌十郎の家でも、お縫が咽喉《のど》をかき切って自害した。こうして、この一件はことごとく落着したのである。

「驚きましたね。親分、それじゃ大黒屋惣兵衛は、贋金づくりだったンですかえ」

「そうよ。それを知らずに鯉之助が、ちょろりと三枚小判を盗んだ。千代太郎もまたそれとは知らなかったが、鯉之助の身に間違いがあってはならぬと、その小判を取返えし、惣兵衛のところへ返しにいったが、そこは脛《すね》に傷持つ身だ。ひょっとすると千代太郎に、贋金を看破《みやぶ》られたンじゃあるめえかと、そこで殺す気になったンだ」

「それをお縫が片棒かつぎよったンだすな」

「そうよ。お縫はまさか惣兵衛が、贋金づくりとは知らなかったが、千代太郎に変なところを見られたから、生かしてはおけぬと思ったンだろう。それに親まさりといわれるほどの千代太郎に継母としての妬《ねた》みもあったンだろうな」

お縫が腹をいためた梅丸は、女のようにやさしい子だった。惣兵衛はそれを可愛がって、おりおり閨《ねや》のお伽《とぎ》をさせることもあった。それだけならまだよかったのだが、いつかお縫とも出来てしまったのである。

「そこで惣兵衛の入れ智慧《ぢえ》で、千代太郎の縫いぐるみに薬をぬって、闇でもぽっと光るようにしておいた。そして、それを目印に惣兵衛が、桟敷から短刀を投げつけて、殺すてだてになっていたンだが、それを知った梅丸が、自ら兄の身替りになったンだな」

「しかし、親分、お縫が眉間の欠けた狐を持って、ここへやって来たのはどういうンで」

「あっはっは、あれか、あれはおれをこけにしようとしゃあがったンだ。千代太郎にもしものことがあってみろ。いちばんに疑われるのはじぶんだ。そこで予防線を張って、誰かが千代太郎を呪うていると吹きこみに来やアがったンだ。あのときのお縫の口ぶりじゃ、鯉之助に罪をきせる肚《はら》だったンだろうな」

「それにしても、親分、千代太郎ちゅうやつは、えらいやつやおまへんか。競争相手の鯉之助をかばったところといい、継母のことをひとくちも、口にせなんだとことといい、……」

「そうよ。なかなか腹のすわったやつだ。あいつはいまに大物になるぜ」

佐七の予言ははずれなかった。千代太郎はのちに、二代目歌十郎をついで、古今のまれものといわれるほどの名優になったが、これはずっと後の話である。

当り矢

おかん富五郎《とみごろう》
——おいおい、わざわざ見せつけに来たのか——

権五郎《ごんごろう》のおかんが土蔵のなかで殺されたときには、さすがの佐七《さしち》も驚いた。驚いたというより憤慨した。

何しろそのとき佐七も同じ家のなかにおり、つい半時間ほどまえまで、おかんとおもしろおかしく話していたのだから、それが自分の鼻先きで殺され、しかも下手人がわからないとあっては、佐七の面目まるつぶれである。

さて、おかん殺しの顚末《てんまつ》を語るまえに、おかんに権五郎という仇名《あだな》のあるいわれを語っておこう。

おかんというのは深川《ふかがわ》の芸者だが、背中いちめんに鎌倉《かまくら》権五郎景政《かげまさ》の彫物《ほりもの》をしている。

鎌倉権五郎というのは源 義房《みなもとよしふさ》の家人《かじん》だが、後三年の役《えき》に義房について奥州《おうしゅう》へおもむいて、その際、敵の射込んだ矢を左眼《さがん》にうけたまま、奮戦したという記録がのこっている。

おかんの背中に彫った彫物も、髪振りみだした権五郎が、左眼に矢を突っ立てたまま、奮戦している図柄である。この彫物が評判になって、権五郎のおかんといえば、当時、深川では誰知らぬものはないという、流行《はやり》っ子だった。

さて、そのおかんが殺された顚末というのはこうである。

陽気もしだいに春めいて来た、二月の終りのある晩のこと、深川は木場《きば》のほとりにある白木《しろき》屋《や》の寮で、あるじ茂左衛門《しげざえもん》の還暦祝いが盛大に催された。

白木屋というのは、当時江戸でも一といわれる材木問屋だが、あるじ茂左衛門というのが、いかにも江戸っ児の旦那らしい、豪放寛闊《ごうほうかんかつ》のお大尽《だいじん》で、芸人たちでこのひとの、息のかからぬものはないといわれるくらい。

いや、この人の息がかかると、不思議に芸がのびるといわれ、そのかわり、このお大尽から見放されると、どんな人気ものでも、しだいに落目《おちめ》になるといわれている。

それくらいのお大尽の還暦祝いのことだから、その盛んなことといったら、筆にも言葉にもつくしようがない。集まったのはいずれも一流の芸人ばかり、それが入れかわり、立ちかわり、御《ご》挨拶《あいさつ》に参上するなかに、当の茂左衛門大尽は、おきまりの赤いちゃんちゃんこに、赤い頭巾をかぶり、左右のあまたの芸者末社《まつしゃ》を侍《はべ》らせて、いかにも嬉しそうににこにこしている。

佐七は芸人ではないけれど、捕物の名人として、当時、一流の人物にかぞえられ、茂左衛門大尽にも、何かと眼をかけられていたので、辰《たつ》と豆六《まめろく》をひきつれてお祝いに参上し、その席につらなっていたのである。

さて、おかん殺しが発見されたのは、夜の五つ半（九時）ごろだったが、そのころ白木屋の大広間は、主客入りみだれて杯盤狼藉《はいばんろうぜき》、大陽気の大乱痴気《だいらんちき》の、てんやわんやのありさまになっていた。

あとになって、佐七が思い出したところによると、権五郎のおかんは席を立つまで、佐七のそばにいたのである。おかんは今年二十三、深川の代表芸者といわれるだけあって、勝ち気でお俠《きゃん》な女であった。

そのおかんが席を立つちょっとまえ、佐七のそばへやってきたのは役者の中村《なかむら》富五郎。富五郎なども茂左衛門大尽に眼をかけられるようになってから急に売出し、当時、若手の人気役者だった。

「親分、ひとつわたくしにも、お 盃《さかずき》をいただかせてください」

「ああ、これは成駒屋《なりこまや》か、おまえもいい役者になったな。そうか、ではひとつ受けてもらおう」

佐七と富五郎が盃のやりとりをしていると、

「親分さん、わたしはちょっと……」

と、おかんが席を立ちそうにした。それを見る富五郎が、わざと口をとがらせて、

「おかんさん、わたしが来たって何もこわいもののように逃げなくてもいいじゃないか。ひとつわたしの盃もうけておくれな」

「いやな兄さん、今夜はいやにからむのね。ほっほっほ、じゃ、ひとついただくわ」

と、富五郎とおかんが差しつ差されつしているのを見て、そばから辰がからかった。

「おいおい、成駒屋もおかんも、わざわざおいらのまえまで来て、見せつけるこたあねえじゃねえか」

「ほんまにいな。わてらちゃんと、あんたがたのことを聞いてまっせ」

豆六もぶうぶう不平を鳴らす。

「あら、御免《ごめん》なさい。それじゃわたしむこうへいくわ。少し酔ったようだから、どこかで風に吹かれて来ましょう」

おかんは裾《すそ》をさばいて立ちあがったが、生きているおかんの姿を見たのは、それがさいごだった。

土蔵の中
――権五郎の彫物のうえに矢がぐさりと――

おかんが席を立ってからも、富五郎は佐七のそばにいのこって、芝居の話や捕物の話に花を咲かせていた。

佐七と富五郎、どっちもいい男の人気者なので、まわりにはいつも二三人、若い芸者がついていて、辰や豆六のふたりもまじえ、おもしろおかしく騒いでいたが、そのうちに、向うのほうでわっと囃《はや》し立てる声がきこえた。

一同がふりかえってみると、いましも芸者やたいこもち、取りまきの芸人たちにわいわい囃し立てられながら、立ちあがったのは赤いちゃんちゃんこの茂左衛門大尽。

「あっはっは、おまえたちがあんまりからかうもんだから、こんなことになったんだ。さあ、お駒《こま》、いこう」

茂左衛門大尽に手をひかれて、顔をあからめてうじうじしているのは、いま深川で権五郎おかんと並び称せられる流行っ子のお駒。去年の秋、茂左衛門大尽の手がついて、いまでは寵愛《ちょうあい》このうえもないという果報者だ。

「だって、旦那、何《な》んぼ何んでも……」

「あっはっは、姐《ねえ》さん、何もそんなに御遠慮なさらなくてもいいじゃございませんか。旦那はすっかり若返っていらっしゃるんです。向うへいって、ひとつしんみり可愛がっておもらいなさいまし」

「そうだ、そうだ。仙橋《せんきょう》のいうとおりだ。赤いちゃんちゃんこを着させてもらって、おれは赤ん坊にかえったんだ。うんと駄々をこねるから、そのつもりでいてくれろ。あっはっは、さあ、いこう、いこう」

と、お駒の手をひいて出ていく茂左衛門の背後から、

「よう、御両人」

だの、

「妬《や》けますねえ」

などと、芸人たちの野次が乱れとぶ。

佐七もにやにや笑いながら、

「あっはっは、こちらの旦那もお達者なことだ。成駒屋、おまえ妬けやあしないか」

「いえ、もう、とんでもない。あれくらいのお元気でないと……いえ、あれくらいのお元気ですから、あのかたにひいきしていただくと、しぜんと精気が乗りうつって、芸人衆がのびるんです」

「ほんとにあれくらいの旦那はちょっとねえな。成駒屋、おまえもあの旦那を大事にしなきゃいけねえぜ」

「それはもう、おっしゃるまでもございません」

お大尽がお引けになったので、広間のなかはいよいよもって乱痴気騒ぎ。あちらでもこちらでも、芸者に抱きついたり吸いついたり、きゃっ、きゃっと騒ぎまわっていたが、やがて、そこへ茂左衛門大尽が、赤いちゃんちゃんこの紐を結びながらかえってきた。

「あっはっは、旦那、お目出度《めでと》うございます」

「いや、どうも、あっはっは」

さすがに茂左衛門大尽も、赧《あか》い顔をして照れている。

「そして、姐さんはどうなさいました」

「あれは風呂へ入っているよ。あの妓《こ》、なかなかたしなみがいいからな」

と、いいながら茂左衛門大尽は、ふと富五郎に眼をつけて、

「おや、成駒屋、おまえひとりか。おかんはどうした」

「へえ、おかんさんはさっき、風に吹かれてくるといって出ていきましたが……」

「あっはっは、そんなことをいって、おかんもどこかでお楽しみじゃないのかな。そうそう、

だいぶまえ、奥の土蔵へ入っていくのが見えたが、ひょっとすると誰かと……あっはっは」

おかんと富五郎の仲を知っている茂左衛門大尽は、面白そうにからかっている。

「えっ、そりゃたいへんだ、成駒屋、おまえ油断はならねえぜ。早くおかんを探して来い」

佐七もそばから煽《あお》り立てる。その尾について辰や豆六、さてはまわりのものまでが、わいわい囃し立てたから、富五郎はすっかり顔を赧くして、もじもじしながら立ちあがった。

「それじゃ、蔦《つた》ちゃん、おまえさんいっしょに来ておくれ」

お蔦というのはおかんの妹芸者である。

「あれ、兄さん、何もわたしがいかなくても……」

「いいや、そうじゃない。わたしひとりいって、あとでまたからかわれると困るから。後生だからわたしといっしょに来ておくれ」

と、無理矢理にお蔦の手をとってひったてる。

座敷から土蔵まではかなりある。そのあいだに、暗いわたり廊下をわたらねばならないので、お蔦が雪洞《ぼんぼり》に灯《ひ》をつけて富五郎とならんで歩いた。

土蔵のまえまで来ると、なかに誰かいるらしく、半開きになった扉のすきや、小さな覗《のぞ》き穴から灯の色がもれている。

「おかん、おかん、おまえここにいるのかえ」

扉の外から声をかけたが返事はない。

富五郎は覗き穴からなかを覗いたが、

「わっ、こ、これは……」

と、のけぞるような声である。

「兄さん、兄さん、どうかなさいましたか」

「蔦ちゃん、あれを……」

富五郎がふるえているので、不思議に思ったお蔦も、何気なく覗き穴からなかをのぞいたが、とたんに、

「あれえ!」

と、金切り声である。

お蔦が驚いたのも無理はない。土蔵のなかにはつづらにもたれて、腰巻ひとつの女が倒れている。顔は見えないけれどかたわらにおいた雪洞の灯《あかり》に、照らし出された背中には、見おぼえのある鎌倉権五郎の彫物がありありと……。

しかし、富五郎やお蔦をおどろかしたのはただそれだけではない。

権五郎の彫物のうえには、ほんとうに矢がぐさりと突っ立って、そこから血が吹き出しているのである。

「蔦ちゃん、ここにいておくれ。わたしはちょっとなかへ入ってみる」

雪洞をお蔦にわたして、半開きになった扉から、あたふたと土蔵のなかへとびこんだ富五郎は、ちょっと女の体を抱き起したが、

「あっ、蔦ちゃん、いけない。おかんが誰かに殺されている」

「に、に、兄さん！」

「おまえすぐにこのことを、お玉《たま》が池《いけ》の親分さんに……」

「は、はい。……」

お蔦は脚をがくがくさせながら、やっとのことで、渡り廊下をわたって、もとの座敷へかえってくると、

「だ、だ、旦那、親分さん、た、た、たいへんでございます。姐さんが……姐さんが……」

とお蔦はその場にへたばった。

「えっ、おかんがどうかしたのかえ」

「あっはっは、蔦ちゃん、おどかしちゃいけねえ。おまえ、おかんや成駒屋とぐるになって、われわれを一杯はめようというんだろう」

「いいえ、いいえ、そんなんじゃございません、姐さんが土蔵のなかで、矢で射殺されて……」

お蔦はわっと泣き伏した。

紅《あか》い蠟《ろう》

――成駒屋と嬉しい首尾でもするのだろうと――

おかんの死にようはなんともいえないほど、妖しくも艶《なまめ》かしかった。

赤い腰のもの一枚で、つづらにもたれて死んでいるその死顔には、苦痛の色もなく、かえってうっとりと、何かに憬《あこが》れるような表情がうかんでいる。その美しい、きめの細かい背中の肌いちめんに、鮮《あざや》かに彫られた鎌倉権五郎景政の彫物の見事さ。さすがに名人彫兼《ほりかね》が、腕をふるって彫っただけのことはある。

この権五郎の左の眼、すなわち彫物でも矢が突っ立っているその左眼に、いまは本物の矢が突っ立って、その傷口から泡のような赤い血が、ぶくぶくと吹き出しているのである。つづらのそばには当人が脱いだか、それとも下手人が脱がせたのか、おかんの衣裳が、匂うようにこぼれている。

これには佐七もううんと唸《うな》らずにはいられなかった。

「親分、これゃどうしたんです。おかんは自分で衣裳を脱いだんでしょうか」

「さあて、それがおれにもわからねえ」

「親分、ひょっとすると、おかんはここで、誰かとお楽しみをしようちゅうわけで……」

「馬鹿あいえ。春とはいえまだこう冷えるのに、おかんがなんぼ物好きだって……それに、かなり離れているとはいえ、向うには大勢ひとがいるんだ。そうおおっぴらに出来るもんか」

「それじゃ、親分、下手人が脱がせたということになりますか」

「ふむ、まあ、そうとしか思えねえが、なんのために着物をはいだか」

「親分、そら、きっとこうだぜ。着物のうえからやと、うまく権五郎の眼玉がねらえまへんやろ。それで、着物を脱がせよったんや」

「しかし、豆六、なんのために権五郎の眼玉をねらわなければならないんだ」

「さあて、それはわてにもわかりまへん」

豆六は小首をかしげている。

「それに、辰、豆六、下手人が着物を脱がせたとしたら、いや下手人が脱がせたにゃちがいねえが、おかんは何んだっておとなしく、下手人のするがままにまかせていたんだ。また下手人が権五郎の眼玉にねらいをさだめて矢を突っ立てるまで、おかんはどうして声を立てなかったんだ」

「ほんとに妙ですね。ここらの座敷まで、かなりあいだがあるとはいえ、声を立てりゃ聞えるはずですからねえ」

「それにおかんの様子にゃ、ちっとももがいたような形跡がおまへんな。顔かて何んやこう、嬉しい夢でも見るような顔つきやおまへんか」

「ふむ、それがおれにも合点がいかねえ。とにかく、辰、豆六、そこらに何か、下手人の残していったものはねえか調べてみろ」

「へえ」

土蔵のなかはわりにきちんと整頓《せいとん》しているので、探しものをするにもあまり手間はとれなかった。隅のほうに古びた大きな姿見があり、そのまえにひとかたまりの紅いものが落ちている。豆六が何気なく拾いあげてみると、それは蠟のかたまりで、そのうえに紅いものがついている。紅いものはまだ乾ききっておらず、豆六の拾いあげたとたん、にちゃりと指が紅く染まった。

血か……？

豆六が匂いを嗅《か》いでみると、それは血ではなく、何か紅い染料らしかった。

「親分、親分、こう、また何んだっしゃろ」

「何んだえ、豆六、何かあったか」

「へえ、鏡のまえに蠟のかたまりが落ちてましたが、そのうえに紅いもんが塗っておますねン」

「どれどれ」

佐七はひとかたまりの蠟を掌《てのひら》にうけると、同じように匂いを嗅いでいたが、

「豆六、これゃ血じゃねえな」

「へえ、血とはちがいまンな。しかし、まだ濡れてるところを見ると、極《ご》く最近、誰かがここへ落しよったんだすな」

佐七はしばらく考えていたが、

「とにかく、これはおいらが預っとこう。辰、ほかに何かねえか」

「へえ、別にこれといって……」

「そうか、それじゃとにかくここは引きあげよう。いつまでも仏を裸にしておくのは可哀そうだ。旦那にお願い申して、座敷のほうへ引きとって戴こう」

三人が土蔵を出て大広間へとってかえすと、さっきの大陽気、乱痴気騒ぎにひきくらべ、みんなしゅんと消気《しよげ》こんで、不安そうな顔を見交わしている。

あるじ茂左衛門大尽のそばには、湯上りのお駒がさむざむとそそけ立った頬を固張《こわば》らせ、恐

ろしそうに寄りそっている。蒼い顔をして、しょんぼりとうなだれている中村富五郎のそばには、お蔦が真赤《まつか》に眼を泣きはらして坐《すわ》っている。

「親分、何か当りがつきましたか」

赤いちゃんちゃんこの茂左衛門大尽は、さすがにこんな場合でも、ゆったりとした口の利きかただった。

「いや、いまのところ皆目見当がつきませんが、旦那はおかんが土蔵へ入るところを御覧《ごらん》になったんですね」

「ふむ、これと……」

と、お駒を顎《あご》でさしながら、

「あっちの座敷へひける少しまえ、厠《かわや》へ立ったところが、おかんが雪洞を持って、土蔵のほうへいく姿が見えたんだ。そのとき、わたしゃおおかた成駒屋と、土蔵のなかで嬉しい首尾でもするのであろうと、わざと黙っていたんだが……」

「成駒屋はずっとあっしのそばにいたんだが、ほかに誰かおかんが土蔵にいることを、しってたひとはありませんか」

「わたしが厠へ立ったときにゃ、仙橋が雪洞を持ってついてきてくれたんだが、仙橋、おまえは気がつかなかったかえ」

「いいえ、わたしゃ一向気がつきませんでしたねえ」

坊主頭の花の家《はなや》仙橋は、深川でも有名な幇間《ほうかん》で、茂左衛門大尽の腰巾着だが、場合が場合だけに、得意のしゃれも出なかった。

結局、おかんが土蔵にいることを、知っていたと名乗って出るものはひとりもなく、それにあの大乱痴気の大騒ぎの最中だ、いつ誰が座敷を立ったか立たなかったか、ひとりひとり調べてみたところで仕方がない。

ただわかっているのは中村富五郎だけで、かれはずっと佐七のそばにいたのである。

盗まれた下絵
——お駒も彫物をしたいといって——

「師匠、いるかえ」

薬研堀《やげんぼり》の裏店《うらだな》に住む、彫物師兼松《かねまつ》のところへ、佐七が声をかけて入ってきたのは、白木屋の寮であの大騒ぎのあった翌日のこと。

仕事場で鳶《とび》の者らしい男の肌に、朱《しゅ》をさしていた彫兼は、上《あが》り框《かまち》に立った佐七の姿を見ると、

「おや、お玉が池の親分、いらっしゃいまし。ゆうべはまた大変なことがございましたそうで」

「ふむ、師匠はもう聞いてるのか。それについて師匠にちょっと、聞きたいことがあってやってきた」

「へえ、少々お待ちくださいまし。いまこちらの兄さんがすみますから」

痛さをこらえて歯を喰いしばっている若者の背中へ、彫兼はしばらく針をさしていたが、

「金《きん》ちゃん、きょうはこれくらいにしておこう。あんまり根《こん》をつめると熱が出るから」

「ああ、そう、それじゃ明日また来る」

若者が肌を入れてかえっていくと、彫兼はそこを片附《かたづ》けながら、

「さあ、どうぞおあがりくださいまし。取り散らかしておりますが……」

「じゃ、御免蒙《ごめんこうむ》って……」

と、佐七が席へつくと、彫兼は茶をすすめながら、

「ほんに今朝《けさ》噂《うわさ》を聞いて、びっくりしてしまいました。親分も同じ席にいらしたんだそうですねえ」

「そうよ、面目丸つぶれというところだ。それでおまえさんに訊きてえんだが……」

「へえどういうことでございましょう」

「鎌倉権五郎の彫物だがね、あれにゃ何かこう曰《いわ》くでもあるのかね、よく地雷也《じらいや》と大蛇丸《おろちまる》をいっしょに彫っちゃいけねえとか、そんな因縁話《いんねんばなし》みてえなものがあるようだが……」

「いえ、とんでもございません。権五郎の彫物にゃ、べつにこれといって話はございませんが……」

「あれゃ、おかんが自分でえらんだのかえ。それとも誰かが権五郎を彫るようにすすめたのか」

「いや、あれゃ、おかんが自分でえらんだんです。下絵を見せるとこれがいいって……ところで親分、それについて、ちょっと妙なことがございますんで」

「妙なことって?」

「権五郎の下絵がちかごろなくなりましてね」

「権五郎の下絵がなくなった?」

と、佐七は妙な顔をして彫兼を見る。

「へえ、そうなんです。ちかごろ権五郎を彫りたいといってやってきたひとがあるんで、下絵をさがしたところが、あれ一枚だけが見えなくなっているんです」

「ふむ、そしていつごろまであったんだね」

「ひと月ほどまえでしたか、白木屋の旦那がお駒さんをつれていらしたことがあるんです」

「なに、白木屋の旦那がお駒を……それゃまたどういうわけで?」

佐七はぎょっとしたように彫兼を見る。

「いや、旦那がすすめてお駒さんにも彫物をさせようとなすったんですね。そのとき、あれかこれかと下絵をふたりで御覧になったんですが、そんときにゃたしかに権五郎の下絵もございましたんです。げんにお駒さんが、ああ、おかんさんの彫っていなさるのはこの図柄ね、なんておっしゃったくらいですから」

「それで、お駒も彫物をはじめたのかね」

「いえ、それがもう少し暖くなってからにしようということになったんですが、今朝、深川から使いがまいりまして、彫物はやめにすると、お駒さんからことづかって来たんです。わたしゃそのひとから、ゆうべの一件を聞いたんですが、たぶんお駒さんはああいうことがあったから、気味が悪くなったんでしょうね。何もわたしの彫物をしてるからって、殺されるたあ限らねえが、やっぱり女だから縁起をかつぐんでしょうね」

彫兼は自ら嘲《あざけ》るように嗤《わら》ったが、佐七はだまってその話を聞いていた。

それから間もなく彫兼のうちを出て、お玉が池へかえっていくと、辰と豆六が待ちかまえていて、

「親分、妙なものを見附けましたぜ」

と、出してみせたのは長さ六寸くらいの矢である。むろん六寸なんて短い矢があるはずはなく、それは矢尻のほうを切り落して、矢羽根のほうだけ、六寸くらいの長さに残した矢である。しかも、その切口が一寸あまり、ぴかぴか光っているのは、蠟でも塗ってあったらしい。

佐七はきらりと眼を光らせると、

「辰、豆六、この矢羽根は濡れてるようだが、いったい、これをどこで見附けた」

「へえ、白木屋の寮の池のなかに落ちていたんです。ほら、渡り廊下をわたっていくと、左手に池が見えるでしょう。あそこんなかに浮いてたんです」

「ゆうべの人殺しに使われたのも矢だっしゃろ。それで、これも何かこんどの一件に、関係があるんやないかとそう思って、拾って来たんだすけど……」

佐七はゆうべ土蔵のなかで拾った、紅い蠟のかたまりを取り出すと、それと折れ矢を見くらべて、しばらく黙ってかんがえていたが、そのうちに、一種の驚きと怒りの色が、さっとかれの顔を紫色に染めた。

「親分、何か……」
「ふむ、辰、豆六、耳をかせ」
佐七が何かささやくと、辰と豆六もぎょっとばかりに眼をまるくする。

蠟と矢

――こんな悪がしこいやつははじめてです――

おかんのお葬《とむら》いもすんで今夜は初七日《しょなぬか》。

茂左衛門大尽はおかんの最期を哀れんで、あと葬いいっさいを自分でしてやり、初七日の供養も因縁のある、木場の寮でやることになった。だから今夜は男も女も、あの晩いた連中は全部顔を出しているのである。

さて、回向《えこう》もすんでやがて酒肴《さけさかな》となったとき、茂左衛門大尽は佐七のほうへむき直って、
「どうじゃな、お玉が池の親分、あれからもう七日になるが、まだ下手人の目星はつきませんかな」
「それがね、旦那、すっかりわかっておりますんで」

佐七が落着きはらって答えたから、一同はぎょっとしたように顔を見合せる。なかでも花の家仙橋はびっくりしたように膝《ひざ》をすすめた。

「親分、そ、それゃほんとでございますか」

「ああ、ほんとうだよ、仙橋さん、おれゃ何もかも知っているんだ」

「それじゃ、親分、何故《なぜ》そいつをひっくくってしまわねえんで」

「あっはっは、だから今夜、この場でひっくくろうと思っている」

一同はまたぎょっとしたように顔見合せた。

「それじゃ、親分、下手人はこの席にいるというのかえ」

さすがの茂左衛門大尽も、驚いたように膝をのり出した。

「そうです、旦那、あっしゃいろいろ悪いやつを手がけてきたが、こんな悪賢いやつははじめてです。ちょっと、蔦ちゃん」

「は、はい……」

お蔦はおびえたように肩をすくめる。

「おまえは成駒屋といっしょに、土蔵のなかの死体を見附けたんだが。そのときおまえは土蔵のなかへ入っていったのかえ」

「い、いいえ、とてもそんな恐ろしいこと……」

「それじゃ、土蔵の外から見ただけなんだね」

「は、はい、あの覗き穴から……」

「そのとき、おまえはつづらにもたれている女の顔を見たのか」

「いいえ、あの、それは見えませんでした。おかん姐さんはつづらに顔を伏せていなさいましたから」

「顔を見ねえで、何故それがおかんとわかった」

お蔦はすっかりおろおろして、

「だって、親分、権五郎の彫物が……」

佐七はにっこり笑って、茂左衛門大尽の顔を見る。

「旦那、これなんですよ。あっしもはじめは下手人が、どうしておかんを裸にしたのかわからなかったんですが、そいつはあの彫物を見せることによって、そこに倒れているのが、いかにもおかんであるように見せかけたんですね」

「親分、そ、それじゃ、あれはおかん姐さんじゃなかったんですか」

お蔦は茫然《ぼうぜん》たる眼付きである。

「そうだ、おまえの見たのはおかんでもなく、また、死んでいるんでもなかったんだ」

「だって、あのとき成駒屋の兄さんは……」

さっきから、顔を蒼ざめてぶるぶるふるえていた中村富五郎と、芸者のお駒が、さっと座を立とうとするところへ、

「中村富五郎、御用だ」

「お駒、御用や、神妙にしなはれ」

と、辰と豆六がおどりかかったから、一同はびっくり仰天《ぎょうてん》。鳩が豆鉄砲をくらったように、眼をぱちくりさせているうちに、富五郎とお駒は辰と豆六に縛りあげられた。

「親分、何かまちがいじゃないか。富五郎とお駒がなんだって……」

さすがの茂左衛門大尽も驚きのあまり、眼をしろくろさせている。

「旦那、このふたりは出来てたんです。こんな悪いやつはねえ。大恩ある旦那のおもい者に手を出しゃアがった。それをおかんに覚《さと》られて、おおかた意見でもされたんでしょう。そこですっかりおかんにしゃべられて、旦那に見はなされちゃ、せっかく築きあげた人気も台なしになる。そう思ったもんだから、お駒とぐるになり、おれというものの鼻さきで、見事におかんを殺しやがった。こんな悪がしこいやつはあっしもはじめてだ」

「それじゃ、親分、土蔵のなかでおかんのまねをしていたのはお駒だというのか」

「へえ、そうです」

「しかし、お駒にゃ彫物はないが……」

「いいえ、あれゃ彫物じゃなかったんです。ただ描いてあっただけなんです。旦那はひと月ほどまえ、この女をつれて薬研堀の彫兼ンちへいらしたでしょう。あのときこいつが権五郎の下絵をぬすんできてそのとおり富五郎に描かせたんです。富五郎に絵心があることは、旦那もよく御存じのはずですが……」

茂左衛門大尽はいよいよ眼を丸くする。

「だから、あの晩、お駒はどうしても風呂へ入らなきゃならなかったんです。そこで、旦那をそそのかして、ああいう首尾へもっていったんですね」

「ああ、そういえば、この座敷へかえってきたとき、掌が藍色に染まっているので、不思議に思ったが……」

「あっはっは、それじゃ、旦那はお駒の背中へ、じかに手をおやりなすったんですね」

さすがの茂左衛門大尽も照れて赧くなる。

「いや、失礼いたしました。さて、旦那がこちらへおいでなさると、お駒は風呂へ入るといって、あの土蔵へいき、背中へ蠟でこの矢をくっつけて、つづらにもたれていたんです」

と、佐七が風呂敷包みを開いて取り出したのは、六寸ばかりに切りおとした矢と、紅く染めた蠟のかたまり。

「あの土蔵にゃ、お誂《あつら》えむきに姿見がございますから、うまく権五郎の眼のところへくっつけたんですね。この紅く塗った蠟のかたまりが、お蔦にゃ血のあぶくに見えたんでしょう。そうして、お蔦がこっちへあっしを呼びに来ているあいだに、お駒は風呂場へかけこんで、背中にかいた権五郎を洗いおとす。富五郎は土蔵のすみにかくしてあったおかんを引きずり出して裸にし、お蔦が見たとおりの恰好に、おかんを突き殺しゃあがったんです」

「しかし、そのあいだおかんはどうして声を立てなかったろう」

「おかんは眠っていたんですよ。ここを立つまえ、おかんと富五郎は二三度盃のやりとりをしていましたが、そのとき、富五郎が眠り薬を盛ったんです。おかんは富五郎にだまされて、土蔵のなかで首尾するつもりで、待っているうちに薬の効目《ききめ》で眠ってしまった。だから、おかんの死顔は嬉しい夢でも見てるようにうっとりしていたんです」

佐七のいうところには一分の狂いもなさそうだった。

一同はいまさらのように茫然として、縛られたお駒と富五郎を視《み》つめていたが、そのとき、悲痛な声をふりしぼったのは茂左衛門大尽である。

「富五郎、おまえは馬鹿だ。そんなにお駒に惚れているなら何故ひとことおれに言わねえ。それを知ってたらおれはのしをつけてお駒をおまえにやったのに」

「だ、旦那！」

そのとき、うつぶしていたお駒の口から、苦しげなうめき声がもれてきたので、豆六があわてて抱き起すと、お駒は舌をかみきって……。富五郎はしばられたまま、茫然として悽惨《せいさん》なお駒の最期を見まもっている。

風流女相撲

藤《ふじ》の花《はな》の死

——盛られて突かれて絞められて——

女芸人というと、なんとなくこう、色っぽいところを想像するものだが、ここにひとつ、色っぽいところをとおりこしてグロっぽいという女芸人がある。

即ち女相撲で、何しろ女だてらに褌《ふんどし》いっぽんの赤裸、お乳もお臀《しり》もまるだしで、四十八手のうら表、よいしょ、よいしょと相撲をとるというのだから、なるほど、これはエロというよりグロである。

さて、人形佐七《にんぎょうさしち》のこのたびの捕物というのが、この女相撲の世界のできごとで、なにせ、関係者一同が、いずれも男子そこのけの偉大な体軀《たいく》の持主、女お相撲さんときているから、これはたしかに、いっぷう変った事件である。

「親分たいへんだ、たいへんだ」

「親分、えらいこっちゃ、えらいこっちゃ」

と、お玉《たま》が池《いけ》の佐七のところへ、糸が切れた奴凧《やっこだこ》がふたつ、からみあって舞い落ちたみたいに、とびこんで来たふたりづれ。いわずと知れた辰《たつ》と豆六《まめろく》である。

そのとき佐七はいい気になって、女房のお粂《くめ》に耳掃除なんかさせていたが、ふたりの声をき

くとお粂は顔をしかめて、

「何んだねえ、辰つぁんも豆さんも。もう少し静かに出来ないものかねえ。もうちょっとで親分の耳を突きやぶるところだったじゃないか」

「お粂、もういい。もう止《よ》そう。こいつらが帰ってきたら、とても危くて、耳掃除なんかしていられねえ。辰、豆六、おまえたちもいい加減にしねえか。何かというと胴間《どうま》声を張りあげやアがって、御近所に対してもきまりが悪いや」

佐七がおもむろに煙管《きせる》をとりあげれば、辰と豆六はいよいよ熱くなって、

「親分、これが胴間声を張りあげずにいられますかってんだ。なあ豆六」

「そやそや、胴間声ですンまへンが、なんべんでも言いまっせ。さいわい耳掃除が出来てンのやったらよく聞きなはれ。親分、えらいこっちゃ、えらいこっちゃ」

「ええい、やかましいやい、どうしたというンだ」

と、佐七が訊きかえせば、辰と豆六はひらきなおって、

「親分、女相撲の大関藤の花が、一服盛られて……」

「グサリと……」

「くびり殺されたンです」

佐七は聞くなりプッと吹き出した。

「おいおい、辰、豆六、おまえたち、この暑さに頭がどうかしたンじゃねえか。いいから裏へまわって、頭から水をぶっかぶって来い」

「はてね、親分、そりゃまたどういうわけです」

「なんでまたわてら、水をかぶらンなりまへンねン」

「なんでもへちまもあるかい。よく考えてみろ。一服盛られて、グサリとくびり殺されたってやつがあるかい。一服盛られたのなら、血ヘドを吐いてもがき死によ。グサリというのは、槍か刀で突かれることだ。くびり殺されたというのは、紐か手拭《てぬぐ》いでしめ殺されたことをいうンだろ。それをなんぞや、一服盛られて、グサリとくびり殺されたというのは」

佐七はせせら笑ったが、このとき辰と豆六少しも騒がす、顔見合せてにたりと笑うと、

「親分、おまえさん、えろう学がおありでんね。へへえ、そうですかね。一服盛られて、グサリとくびり殺されたてえのはありませんかね。どうだろう、豆六、親分のおっしゃるのはほんとだろうか」

「いやそこが凡人の浅間しさやな。事実は小説より奇なりちゅう言葉があるのを御存じないさかい、あんな阿呆らしいことといやはるンや。ああ、女子《おなご》と小人《しょうじん》やしないがたし」

「なにを言いやアがる」

佐七は苦笑して、

「なにが女子と小人だ。なにが事実は小説より奇なりというんだ」

「だって、親分、藤の花はたしかに一服盛られて、血ヘドを吐いてもがき苦しんでいるところをグサリと刀でえぐられて、そこを手拭いでしめ殺されたンだから、どうもほかに言いようがありませんや。なあ、豆六」

「げっ、辰、豆六、そ、そりゃアほんとか」

「朝っぱらからだれが嘘なんか言いますかいな。藤の花はたしかに、一服盛られて、グサリと、くびり殺されよったンですがな」

佐七は眼をしろくろさせて、

「誰がまた、そんなややこしい殺しかたをしやアがった」

「それゃアまだわかりませんや。わからねえからこそ、こうして御注進にかえって来たンじゃありませんか」

「それにしても親分、なんぼ相手が不死身の女相撲やかて、毒をのませて、刀でえぐって、おまけにくびり殺すちゅうのは、よっぽど念のいったやつにちがいおまへんな」

「よし、それじゃさっそく出掛けるとしよう。なあに、話は歩きながらだって聞けらあな。お条、支度をしてくれ」

と、それから間もなく、お玉が池をとびだした佐七が、みちすがら、辰と豆六にきいた話によるとこうである。

いのちの戻り駕籠《かご》

――よっぽど深い怨《うら》みがあるに違いおまへン――

そのころ湯島《ゆしま》の境内《けいだい》で、女相撲が人気を呼んでいた。

女相撲とは読んで字のごとく、女がふんどし一本のあか裸で、相撲をとるのだが、なにがさて、ストリップなどの横行する現今《いま》とちがって、女はひとまえで肌を見せぬものとしてあった時代に、たとえ半股引《はんももひき》に肉襦袢《にくじゅばん》を着ているとはいえ、わかい女がお乳やお臀の曲線をまる出しで、相撲をとるというのだから、これが評判にならずにはいられない。

「おい、熊公《くまこう》。てめえ湯島の女相撲を見たかい」

「見たとも、見たとも、あれを見なきゃア江戸っ児《こ》の恥だ。大きなお臀をふりたててよ、四十八手のうら表、いや、たまったものじゃあねえ」

などと、現今のアプレ青年が、ストリップのかぶりつきに集まるがごとく、当時の八《はっ》つぁん熊《くま》さんが、わっしょ、わっしょと押しかけるから、いや、湯島の境内はたいへんな賑《にぎ》わいだ。そのとき八つぁん熊さんの垂らした涎《よだれ》が、流れてたまったものがいまの不忍池《しのばずのいけ》だというが、これはあんまり当てにならない。

それはさておき、この女相撲の一行で、いちばん人気のあるのが藤の花に葛城《かつらぎ》という東西の両大関。

藤の花というのはとって二十七、いってみれば女盛りだ。いったい女相撲の関取りなど、肉体美はさておいて、御面相のととのったのは少《すく》ないものだが、この藤の花にかぎって、色白のぽってりとした器量が十人並みをこえていて、まずは美人といってよかった。身長五尺四寸五分、体重二十四貫、とりくちが綺麗で、愛嬌のあるのが評判だった。

この、藤の花に拮抗する葛城というのは、とって三十、女としては薹《とう》が立っているが、身長五尺七寸、体重二十八貫という体軀が、藤の花を圧倒していた。もとは志州鳥羽《ししゅうとば》で海女《あま》をしていたという評判だが、いかにも浅黒い皮膚《ひふ》がそれらしく、いつも苦虫をかみつぶしたような顔をしてみじんも愛嬌のないところが、かえって人気のもとだった。取りくちは鈍重で、粘りづよかったという。

さて、藤の花と葛城の両大関、土俵のうえでも好敵手だが、私生活でもとかく仲が悪く、張りあうことが多かった。それには土俵の遺恨のうえに、恋の鞘当《さやあ》てがからんでいるという評判で、藤の花のいろ男を、葛城が強引によこどりしたのがもとだという。

これを心配したのが、勧進元の井筒屋与兵衛《いづつやよへえ》で、藤の花葛城の取組あってこそ、女相撲も興行になる。だから土俵のうえではあくまでも、真剣であってもらわねばならぬが、わたくしごとの怨恨があっては困るというところから、一夕《ゆうべ》ふたりを呼んで、柳橋《やなぎばし》の富貴屋《ふきや》で酒酌《く》みかわし、和解の手打ちをすることになった。それが昨夜のことである。

ところが、何がさて女同志のこと。男のようにさっぱりいかない。いかに酒酌みかわしたところで、女同志の妬《ねた》みそねみが、そう簡単にとけるものではない。いや、師匠同志は心がとけても、そこには弟子というものがいる。

昨夜は弟子もいっしょに招いたのだが、藤の花の愛弟子若紫《わかむらさき》と、葛城の弟子の逢州《おうしゅう》というのがともにいま若手の人気ざかり。そこにも感情の拘《わだか》まりがあったからたまらない。女だてらに飲むほどに、酔うほどに、しだいに、感情がとがってきて、和解どころか、てんやわんやのつかみあいになりそうになったから、弱ったのは勧進元の井筒屋与兵衛。

若紫と逢州を押しなだめ、これにほかの弟子たち全部をつけてさきにかえした。そしてそのあとで、藤の花と葛城のふたりだけで話をさせて、和解させようとはかったが、これはどうやら成功したらしく、小半時ほどさしむかいで話をしているうちに、少しはわだかまりもとけた様子に、ほっとしてお開きにしたのが四つ（十時）ごろのこと。

そこでまず葛城がさきに駕籠でかえった。そのあとしばらくたって藤の花が、これまた駕籠でかえっていった。いちばんさいごの勧進元の井筒屋与兵衛が、これまた駕籠で出ようとするところへ、ころげるようにかえってきたのが藤の花を乗せていった駕籠屋である。

「た、た、たいへんだ、大変だ。藤の花関が殺された……」

「な、な、なに、藤の花関が殺されたと……どこでどうして？」

「大川端《おおかわばた》のそばなんです。暗闇の中からだしぬけに、曲者《くせもの》が現われ、駕籠の外から藤の花関をぐさりと一突……」

これを聞いて驚いたのは井筒屋与兵衛。富貴屋の若いものをひきつれて、おっとり刀で駆けつけると、藤の花は駕籠のなかから半身のりだし、朱《あけ》に染って死んでいたが、その頸《くび》には豆絞りの手拭いが、喰いいるようにまきついていた……。

「そこで大騒ぎになったンですが、駕籠屋の話によるとこうなんです」

と、辰が説明するところによると、

「藤の花は富貴屋を出るころから、顔色が悪かったそうですが、大川端までくると、ひどく苦しみ出した。そこで駕籠屋が駕籠をとめ、様子をきいているところへ、暗闇の中からとび出した曲者が、いきなりぐさりと、駕籠の外から突き刺したんだそうです。そこで駕籠舁《か》きめ、肝をつぶして逃出したというンですが、さて、引返えしてみると、豆絞りの手拭で、くびり殺されていたというわけです」

「それで、藤の花は血ヘドを吐いて、おまけに抉《えぐ》られていたというンだな」

「さいです、さいです。お医者はんの良庵《りょうあん》さんの言やはるには、確《たし》かに一服盛られてるちゅうし、脇っ腹を抉られているちゅうし、いやもう、実に御念のいった殺しかただすがな。下手人はよっぽど藤の花に、深い怨みがあったのにちがいおまへン」

豆六はしきりに首をふっていた。

「ところで、曲者はどうなんだ。駕籠屋はそいつの顔を見ていねえのか」

「顔はおろか、姿かたちさえろくすっぽ見てねえンで。もっとも無理もありませんのさ。あたりはまっくらだし、それになンしろ、とっさの出来事ですからねえ。男か女か、それさえわからねえというンです」

佐七はちょっと考えて、

「それで、女相撲の連中はいまどこにいるンだ」

「根津《ねづ》の旅籠《はたご》にとまってるンですがね。藤の花の屍体はそっちにありますが、相撲は今日も休まねえといってますから、連中はみんな湯島のほうにおりましょうよ」

「よし、それじゃまず湯島へいって、あとで根津へまわってみようよ」

と、やって来たのは湯島の境内、まだ午前《ひるまえ》のこととて、相撲は始まっていなかったが、櫓太鼓《やぐらだいこ》が威勢よく、空にひびいている。

なるほど、藤の花の人気が圧倒的だったらしく、風にはためく幟《のぼり》のなかに、藤の花の名前がいちばん多かった。ほかに葛城、逢州、若紫の名前なども見えている。

その木戸口を横に見て、佐七が裏から支度部屋へ入っていくと、

「おやおや、佐七、何しに来た。こりゃアおれが拾った事件だぜ。それをなんぞや断りもなしに面《つら》ア出しゃアがって、はは、わかった。てめえ、また、ひとの手柄のうわまえを、はねる気で来やアがったな」

と、いきなり毒気を吹っかけられて、ギクッとしたのは、当の本人の佐七より、お供について辰と豆六である。

取りかえ提灯《ちょうちん》
――これが即ち人間性というものだ――

「おや、これは本所《ほんじょ》の、お早うございます」

「早かろうが遅かろうが大きなお世話だ。おい、佐七、ここはおまえたちの出る幕じゃねえ。悪いことは言わねえから、さっさと尻尾《しっぽ》をまいてかえってしまえ」

「おや、本所の親分、へんなことをおっしゃいますね。うちの親分が来ちゃ悪いンですかい。おまえさんもうちの親分も同じ御用聞き。いわば御同役じゃありませんか」

「そやそや、その御同役のあんたはんが来て、うちの親分が顔を出したらいかんちゅうのは、そらいったいどういうわけだす」

「おや、辰、豆六、ちかごろちっとばかり評判がいいと思って、ひどく鼻息があらいの。何をいやアがる。こっちは親切ずくでいってるンだ。もう下手人はわかった。おまえたちの出る幕じゃねえ。とっととかえれかえれ」

「ほほう、それはそれは、さすがは本所だ。早いことおやりなすった。そして、その下手人というのは？」

「さあ、それだて」

と、佐七におだてあげられて、得意になってそっくりかえった人物を何者かというに、これぞ本所は横網《よこあみ》に住む岡っ引きで茂平次《もへいじ》という男。一名へのへの茂平次、あるいは海坊主の茂平次ともいう。色が濃くてあばたがあって、おまけに眼玉がギョロリとしているところなど、なるほど海坊主にそっくりである。年齢《とし》は五十五六、佐七などから見ると大先輩だが、この海坊主の茂平次という男、とかく御用を笠にきて、威張り散らすところから、世間からゲジゲジみたいに忌《い》み嫌われている。

さて、その茂平次が得意の鼻をうごめかしていうことに、

「いや、てめえがそう下手《したで》に出るなら、教えてやらねえものでもねえ。下手人は他でもねえ。

「それ、そこにいる若紫だ」

と、そのものズバリと指さされて、わっと泣き伏したのは若紫。

その声に、佐七ははじめて支度部屋を見まわしたが、このときばかりは、さすがものなれた佐七も、多少照れざるをえなかった。

明荷《あけに》をまえに、あぐらをかいた五六人の相撲取り。これがみんな女である。女相撲だから、女であるのはあたりまえだが、なかには褌いっぽんのやつもある。褌いっぽんたって、その下には猿股《さるまた》をはき、肉襦袢を着ているのだから、考えてみるとなんでもないみたいなもんだが、猿股も肉襦袢も、ぴったり肌に食いいっているから、とんと裸を見るも同然、いや、若いものには眼の毒である。

若紫はそれでも、大柄のゆかたを着て、赤い帯をしめていたが、これが小山のような肩をゆすって泣きながら、

「いいえ、ちがいます、ちがいます。わたしがなんでお師匠さんを殺しましょう。親分、それは間違いです」

からだのわりに、案外やさしい声だった。

「いうな。ほざくな。てめえがいかに吠えたところで、この茂平次のにらんだまなこに狂いはねえわい」

「ええ、お言葉ですが本所の、それはちと妙ですね」

「なにが妙だ」

「だって、弟子が師匠を殺すというのは、よくよくのことですぜ。きけばゆうべ、藤の花の弟子と、葛城の弟子とのあいだに、いざこざがあったということ。それがもとで藤の花が殺されたとしたら、葛城の身内こそ、怪しいんじゃありますまいかねえ」

聞くなり茂平次、ラッパのごとく鼻を鳴らして嘲笑《あざわら》った。

「あっはっは、やはり青二才は青二才だけのことをいやアがる。そこが駆出しの悲しさだ。そんなことで事件がバタバタ片附くなら、岡っ引きも苦労はねえ。その代り、捕物帳など売れやしめえ」

まさかそんなことは言やアしないが。

「事件にゃつねに裏がある。裏があるから面白《おもしれ》えのよ。佐七手前《てめえ》もこののち御用をつとめるつもりなら、それくらいのことは心得ておけ。そこへいくとこの茂平次、場数をふんでるから、そう易々と片附けねえ。つまり眼《がん》のつけどころがちがうのよ」

「へへえ、そしてお前さんの眼のつけどころというのは？」

「提灯だよ。駕籠につるした提灯よ」

「提灯がどうかしましたか」

「それよ」

と、茂平次はいよいよそっくりかえって、

「いま、おれが教えてやるからようく聞け。殺された藤の花の紋は九曜星《くようぼし》、また葛城の紋は笹竜胆《ささりんどう》だ。ふたりはゆうべ、めいめいの定紋のついた提灯を、駕籠の棒鼻にブラ下げて、富貴屋へ出向いていったと思え」

「なるほど」

「そして、駕籠はそのまま待たせておいて、かえりにもめいめいその駕籠に乗ってかえったのだが、どこでどう間違ったのか、提灯がいれかわっていた。つまり藤の花ののった駕籠には、葛城の紋の笹竜胆の提灯がブラ下っていたンだ。そこでそれ、若紫は駕籠のなかの人物を、葛城とまちがえてぐさりとひと突き。あっはっは、どうだ。提灯の紋に眼をつけたところがおいらの働き。佐七、てめえなどもおいおい修業するがいい」

「なるほど。それはお手柄ですね。しかし、どうして提灯が、いれかわっていたんでしょうねえ」

「そりゃア、混雑にまぎれてとりちがえたのよ。しかし、そんなことは大したことじゃねえ。大切なのは提灯がいれかわっていたということよ。それに気がつくことが第一だが、若《わけ》えうちはそいつがなかなかむつかしゅうてな。あっはっは」

茂平次は得意満面、いつにない上機嫌である。

「いや、なるほど、恐入りました。しかし、親分、藤の花は毒をもられていたということってすが、それもやっぱり若紫のやったことでしょうかねえ。まさか、そいつも葛城とまちがえて……」

「あっはっは、あれか。あれは良庵の見立てちがいよ。藤の花は食当りよ。それとも食いあわせかな。何しろ時候が悪いからな。そういうところにちょくちょく間違いがあるから、手前な

ども よく気をつけろ」

茂平次はいたって簡単明瞭である。

「なあるほど。それではもうひとつお伺《うかが》いいたしますが、藤の花は豆絞りの手拭いで、首をしめられていたということですが、それも若紫の仕業でございましょうかねえ」

「いうまでもねえ。若紫はあやまって師匠を刺したが、すぐにそれと気がついて驚いた。驚いたとて、いまさらあとへは引けねえさ。うっかり師匠を助けておいちゃ、自分の罪が露見する。そこで毒喰わば皿までと、ぐっとひと締め、しめ殺したのよ」

「しかし、親分、若紫は抜身をさげていたはずですぜ。なぜ、それを使ってとどめを刺さなかったンです」

「馬鹿なことをいっちゃいけねえ。駆出しはこれだから困るで。なりは大きうても若紫は女じゃぞよ。血を見て怖くなったのはこれ人情、そこで抜身をすてて、手拭いでしめ殺したのよ。わかったか、これが人間性というものだ。よくおぼえとけ。ああ、青二才を相手にしてると、顎《あご》がだるくなって来るわ。これ、若紫、来い」

海坊主の茂平次は得意満面、脂切ったあばた面を、いよいよギラギラ光らせて、泣きわめく若紫をひっ立てて、女相撲を出ていった。

女中頭お角《かく》

――親分、一番揉《も》んであげましょうか――

海坊主の茂平次が、進軍ラッパを吹き鳴らして、引きあげていったあとは、まるで海嘯《つなみ》がひいたようである。さすがの辰と豆六も、毒気を抜かれてことばも出ない。女相撲の連中も、おこりが落ちたような顔をして、きょとんと眼ばかり見合せている。

佐七はそのひとりのほうへ向きなおり、

「もし、そこにいるのが葛城関じゃありませんか」

と、呼びかけられて、はっとしたように顔色をうごかしたのは、なるほど一座のなかでいちばんの大年増。器量はあまりよくないが、なるほど堂々たる体軀の持主、肌の色はあくまで黒く、腕なども丸太ン棒のようである。それが褌いっぽんの赤裸で、大あぐらをかいているのだから、こっちのほうで照れるくらいのものである。

葛城もさすがに顔をあかくして、いそいでゆかたをうえから羽織った。

「いま聞きゃ、おまえさんの提灯と、藤の花の提灯と、入れかわっていたということだが、おまえさん、それに気がつかなかったのかい」

「はい、なにぶんにも酔うておりましたから……」

「駕籠屋も気がつかなかったんだね」

「駕籠の衆もふるまい酒で、かなり酔うておりましたから、今朝、本所の親分にいわれるまで、気がつかなかったというております」

「しかし、どうして提灯がいれかわったろう。駕籠屋が提灯を外したのかな」

「はい、それは、富貴屋を出るとき、蠟燭《ろうそく》に火をつけるため、いちど提灯を外したが、灯をつけると、すぐまた棒鼻につるしたというております。だから、そのときにいれかわるはずはございません。入れかわったとしたら、それよりまえでございましょう」

「なるほど」

佐七はしばらく考えていたが、やがて葛城のうしろにいる女に声をかけた。

「もし、おまえさん、おまえはもしや逢州では……」

「はい、あの、さようでございます」

逢州というのは二十三四、女相撲としては小柄なほうで、器量もこういう稼業としては、ズバ抜けて美しかった。

「おまえはゆうべ、藤の花や若紫と口論をしたということだが、まさかそれを根にもって、藤の花をぐさりとひと突き、やったンじゃあるめえな」

「とんでもない。あたしはひと足さきにかえりましたから、提灯のいれかわっていることなど、知ろうはずはございませぬ。もし、あたしが藤の花関を殺そうとしたら、きっと間違ってお師匠さんを殺していたにちがいございませぬ。ほんとに恐ろしいことでございます」

声をふるわせて弁解する逢州のことばに、辰はいまいましげに舌打ちして、

「なるほど、それは道理だ。してみると、下手人はやっぱり若紫か。ちっ、いめいめしい。まんまと海坊主にしてやられたあげく、さんざんお説教をくらわされてよ。こんな馬鹿なことはありゃアしねえ。なあ。豆六」

「そやそや、これというのも親分が、あんまり姐《あね》さんを可愛がりすぎるさかいや。親分。もう少しシャッキリしておくれやすな」

「ほんにそうだ。耳掃除かなにか知らねえけれど、朝っぱらからくっついたり吸いついたり、そんなことをしているから海坊主にせんを越されるのよ。馬鹿馬鹿しい。さあ、帰ろう、帰ろう。親分、おまえさんも早くかえって、姐さんといくらでもいちゃつきなせえ」

辰と豆六は大ムクレだが、このとき佐七は少しも騒がず、

「いいや、おれはかえられねえ」

「えっ、かえらねえってどうするンです」

「ついでだから、女相撲を見ていくのよ」

と、来たから、これには辰と豆六、呆れかえって二の句もつげない。あやしげな女相撲を、佐七はさいごまで見ていたが、さて打出しになって小屋を出ると、

「ああ、面白かった。辰、豆六、女相撲ってやつもなかなか悪かあねえじゃねえか」

と、涎をながさんばかりの御機嫌だから、このときばかりは辰と豆六、よっぽど佐七の脳天から、かすがいでもぶちこんでやろうかと考えたくらいである。

さて、女相撲の小屋を出ると、佐七はそのままかえるかと思いのほか、ついでだからと根津へまわって、藤の花の死体をあらためた。

なるほど、藤の花は一服もられたと見えて、全身が紫色のぶちになっている。おまけに咽喉《のど》にはくびられた跡、土手っ腹には刀の突き傷。これじゃいかに不死身の女大関でも、助からないのも無理はない。

佐七は傷口をあらためながら、にんまり笑うと、

「辰、豆六、ちょっと見ねえ。藤の花をえぐったやつは、左利きにちがいねえぜ。この傷口がそれを語っている」

「それがどうしたンです。若紫は左利きかも知れねえじゃありませんか」

「あっはっは、ま、そうかも知れねえ」

それから佐七は、ゆうべ藤の花を乗せていったという駕籠屋をさがし出し、提灯のことを聞いてみたが、

「へえへえ、それがまことに面目ねえ話ですが、提灯のいれかわっていたことにゃ、少しも気がつきませんでしたので……そりゃア、富貴屋さんを出るまえに、提灯を外して、蠟燭に火をつけましたが、なんしろ酔うて眼がチラチラしていたものですから……いえ、そのときに提灯をとりちがえたなんて、そんなことはありません。入れかわったとしたらそれよりまえで、あっしらがふるまい酒に、あずかっていたあいだのことでございましょう」

佐七はそれからさらにまた、柳橋の富貴屋へまわって、ゆうべ、女相撲の座敷へ出た、女中

を呼び出してもらったが、それに応じて出てきた女を見て、佐七をはじめ辰と豆六肝をつぶして驚いた。

これがまた、女相撲そこのけの大女なのである。年齢は五十を越えてるらしいが、身丈五尺八寸もあろうという化物。それが白髪《しらが》に鉄漿《かね》をつけているところは、いまにもくわっと口が裂けそうで、いや、ものすごいの何《な》んのって。

これが富貴屋の女中頭でお角という。

「お角さんというのかい」

「はい」

「いい躰をしているな。おまえも女相撲になればよかった。あっはっは。ときにちょっと訊ねてえことがあるンだが、ゆうべの藤の花だがね。毒を盛られたとしたら、ここよりほかにねえと思うンだが、おまえに心当りはねえかい」

お角はむっとしたように、佐七の顔をにらみながら、

「親分のお言葉とも思えませんね。わたしがそれを知っていたら、止めるはずじゃありませんか。それから念のために申上げておきますが、いま、女相撲になればよかった、あっはっは、とおっしゃいましたが、わたしは若いころ、女相撲でしたよ。登《のぼ》り竜《りゅう》というのが、わたしのシコ名だったんです。昔とった杵柄《きねづか》、親分、お望みならばひとつ揉んであげましょうか」と来たから、肝をつぶしたのは佐七で、

「いや、な、なに、それにゃ及ばねえ。おい、辰、豆六、なにをゲラゲラ笑ってやアがるンだ。

さ、いこう」

と、ほうほうの態《てい》で逃げ出したから、よろこんだのは辰と豆六だ。腹をかかえて笑いながら、

「親分、いまのはまったくいい図でしたね。ひとつ揉んであげましょうかといわれたときにゃ、お前さんの顔色がさっと土色になったからね。あっはっは、いい気味だ」

「馬鹿をいえ。おれはなにも怖くて顔色がかわったのじゃねえぜ。あんなところであんな婆あと相撲をとらされてたまるもンかとはいうものの、凄《すげ》え婆あもあったもんだ」

佐七はびっしょり冷汗である。豆六は鼻のさきで嘲笑って、

「そやさかい、あっさり茂平次に兜《かぶと》をぬいでうちへかえって、姐さんといちゃついてはったらよかったンやがな。阿呆らしゅうて話にならんわ。ええ親分が、女相撲に現《うつつ》を抜かし、鬼婆にはどぎも抜かれ、あっちで抜かし、こっちで抜かれ、そのうちに腰でも抜かしゃはンのやろ。情ないこっちゃ」

辰と豆六は茂平次のお説教がよっぽど癪《しゃく》にさわったにちがいない。ポンポンと八つ当りに当りちらしているとこへ、

「あの、もし、お玉が池の親分さん、ちょっとお待ちくださいまし」

と、後から呼びかける者があるので振返ってみると、呼びとめたのは、さっき富貴屋の店先にいた若い女中だった。

「おお、おまえさんは富貴屋の姐《ねえ》さんだね。何かおいらに用事かえ」

「はい、あの、少々お耳に入れておきたいことがございまして、……」

富貴屋の女中はちょっと言葉をしぶっていたが、それでも思いきったように、

「実は昨夜、お店のほうへ二度も三度も、藤の花関はまだいるかと訊ねてきた人がございまして……」

「藤の花を訊ねてきた人？　それはいったいどういう奴だ」

「はい、頰冠りをしていましたので、顔はよく見えませんでしたが、ちょっと小意気な男でございました。なりからみると、遊び人といった格好で……」

「その頰冠りというのは、もしや豆絞りの手拭いじゃなかったかえ」

「はい、たしかにさようでございました」

「しかし、妙だな。お角はちっともそのことはいわなかったが、あいつはそれを知らねえのか」

「いいえ、知らないどころではございません。お角さんはその男を見て、たいそうびっくりしていました」

「ほほう。するとお角はそいつを知っているンだな」

「さあ、どうですか。とにかくお角さんもそのことは知ってるはずだのに、さっきいい忘れていたようですから、ちょっと一言……」

「いや、それは有難う。よく知らせてくれた」

佐七はいくらか握らせて、若い女中とわかれたが、辰と豆六はなんとなく、腑に落ちかねる顔を見合せていた。

遊び人ふうの男
――兄哥《あにき》が虫を起したらいかんさかいに――

「親分、わかりました。遊び人ふうの男が富貴屋へたずねてきたというのは、やっぱりほんとうのようですね」

その翌日の日暮れちかくのことである。聞きこみに出ていた辰と豆六のうち、まず辰が汗をふきふき、勢いこんでかえってきた。

「辰、ひどく威勢がいいな。なにか目星しい聞きこみでもあったのかい」

佐七が水を向けると、辰は膝《ひざ》をのりだして、

「それなんですがね。親分のおっしゃったとおり、一昨日《おととい》の晩、葛城をのせてかえった駕籠屋というのをあたってみたんです。すると、ちょっと妙なことがあるんですがね」

辰の語るところによるとこうである。

葛城をのせた駕籠が大川端までやってくると、だしぬけに暗がりの中からとび出して、駕籠の棒鼻をついた男があった。そして、なかにいるのは藤の花であろうときくのである。

駕籠屋がちがうとこたえると、男はそれでも承知せず、垂れをめくってなかをのぞきこんだが、そのとき葛城はいい気持ちに眠っていた。

男はそれでやっと納得して、藤の花はどうしたと訊ねるので、あとから来るはずだとこたえると、よし、それじゃいけと駕籠をやりすごし、男はまた暗がりのなかにかくれた。

「ところでその男ですが、駕籠屋の話によると、遊び人ふうの男で、豆絞りの手拭で頬冠りをしていたというンです」

「なるほど、藤の花をそこで待伏せしていたンだな」

「そうらしいンです。ところでここにもひとつおかしなことには、男とわかれて葛城の駕籠が、ものの一丁もいかねえうちに、寝ていた葛城が眼をさまし、なんだか気分が悪いから、ここから歩いてかえると、駕籠をおりてしまったンだそうで」

佐七はそれを聞くと眼を光らせて、

「なるほど。そいつは面白いな。辰、手前はそれをどう考えるンだ」

「ひょっとすると葛城も、その男を知っていて、ひきかえしたンじゃないかと思うんですがどうでしょう」

「おおかたそんなところだろうな。ところでその男というのは何者かわからねえか」

辰はいよいよ膝を乗りだし、

「そのことですがね。それも、だいたい見当がついてるンです。いえね、駕籠屋の話をきくと、急に面白くなってきて、葛城の素行を洗ってみたンですが、親分、こんなことはやっぱり自分で調べてみなきゃアわからねえもンでさ。世間の噂《うわさ》はまるであべこべだ」

世間では藤の花の情人《いろ》を、葛城がよこどりしたようにいっているが、それはあべこべで、ほんとは藤の花のほうが葛城のいろにちょっかいを出し、それをまんまと寝取ってしまったのであった。藤の花は女相撲としては、ちょっとお面《めん》のふめるところから、仲間のいろに片っ端からちょっかいを出しそれを自分のものにして、優越を誇る癖があったという。

「ところで藤の花に寝とられた葛城のいろというなあ、九紋竜《くもんりゅう》の常次《つねじ》といって、浅草《あさくさ》へんの鳶《とび》のもので、以前はかたい男だったのに、藤の花の色香に迷ってからというものは、博奕《ばくち》にこり出しそのあげくに、賭場《とば》の出入りから人をあやめ、友達のところにかくれているところを、つかまって島送りになったンだそうです。それが一昨年《おととし》のことなんですが、ちかごろ御《ご》赦免《しやめん》にあってその九紋竜、江戸へ舞いもどっているというンですがね」

「なるほど、それが遊びにんふうの男か」

「じゃねえかと思うンですがね」

「しかし、辰、九紋竜はなんだって、藤の花をつけねらうンで。島送りになったのは、おのれに落度があったからだろう。なにも藤の花を怨むことはねえじゃねえか。それとも藤の花は九紋竜に、なにか義理の悪いことでもしているのか」

「そりゃア知りませんがね。ここにひとつ面白いことがあるンです。親分、この九紋竜というのをいったい誰だとお思いです。こいつ、逢州の兄貴にあたるンですよ」

佐七は大きく眼を見張った。

「なるほど、そいつは面白いな」

「でしょう。つまり妹の関係から、しげしげ師匠のところへ出入りをしているうちに、つい師匠の葛城と出来てしまったンですな。葛城というなあ、図体こそあのとおりだが、あれでなかなか実意のある女で、それはそれは九紋竜を大事にしていたそうです。年齢はなんでも女のほうが二つか三つうえだそうですがね。だから、それでおさまってりゃアよかったものを、どう魔がさしたか、葛城にとっちゃ、競争相手の藤の花とできちまったンです。だから、まあ、昔の義理立てに、藤の花をつけねらっていたンじゃありますめえか」

「しかし、それだって筋のとおらねえ話だぜ、いかに藤の花がちょっかいを出したからって浮気をしたなあ自分の心がらだ。なにも藤の花をうらむこたアねえじゃねえか」

「そういやア、ま、そんなもンですが……」

辰がいくらか鼻じろんでいるところへ、おくればせながらも汗をふきふき、これまた勢いこんでかえって来たのは豆六である。

「親分、わかった、わかった。富貴屋へ遊びにんふうの男がたずねて来たちゅうのンは、やっぱりほんまらしい」

と、豆六が得意になって坐《すわ》りこむその鼻先へ、辰がつめたくせせらわらった。

「なにをいってやアがる。そんなこたアとうの昔にわかってるよ」

「さようか、そう、えらいすみまへんな、しかし、兄貴、そんならあんた、葛城の弟子の逢州が、その男を見て、ぎくっとしたちゅう話は御存じだすか」

「なに、逢州がぎくっとしたと」

辰はちょっと声をはずませたが、すぐ乙に取りすまして、

「そりゃア、それくらいのことはあるだろうよ。豆六、てめえ逢州が、なぜその男を見てぎくっとしたか知ってるか」

「さあ、そこまでは知りまへンが……」

「なんだ、てめえ、そんなことがわからねえのか。その男というのはな、逢州の……」

辰が得意になってまくし立てようとするのを、佐七がおさえて、

「まあ、辰、ここは豆六にしゃべらせておけ。逢州がその男を見てぎくっとした。それからどうしたンだ」

「へえ、これは富貴屋のお帳場のもンの話だすが、逢州がお帳場へきて、何か話をしてたンやそうな。ところがそこへ遊び人ふうの男がやってきて、藤の花のことを訊ねていたが、その横顔を見ると、逢州のやつが真蒼《まつさお》になったちゅう話や」

佐七と辰と顔見合せて、

「うむうむ、それからどうした？」

「遊び人ふうの男は逢州に気がついたかつかなんだか、そこまではわかりまへンが、すぐ出ていったそうな。すると逢州はあわてて座敷へひっこんだが、しばらくして帳場にいた女中が座敷のほうへいってみると、逢州とお角が廊下のすみで、何やらひそひそ話をしてたそうな」

「はてな、逢州とお角が……？」

「さいだす。さいだす。お角もなんやびっくりした顔色やったそうなが、それからすぐに逢州とわかれると、用もないのに帳場へきて坐ったそうな。すると、そこへまた遊び人ふうの男が

藤の花のことをききにきたが、それをみるとお角がまた、ぎくっとして真蒼になったちゅうねン」

「なるほど、逢州に教えられて、遊び人ふうの男の様子を見にきたンだな。するとお角と逢州はまえからの知合いか」

「さいだす、さいだす、識合も知合い、えらい知合いだすがな」

「えらい知合いってなんだ。豆六、じらさずにいってしまえ」

辰がじれればじれるほど、豆六は大納まりに納まって、

「さよか、そんなら兄貴が虫を起こしたらいかんさかいに、あっさり言うてしまいまほか。逢州ちゅうのはな、お角の娘だすがな、どや、兄貴、これで虫がおさまったやろ」

それを聞いて佐七と辰は、思わずあっと顔見合せた。

無理もない。逢州がお角の娘とすれば、逢州の兄の九紋竜もまた、当然お角の息子でなければならぬ。

今様大岡裁き《いまようおおおか》

――盛られて、突かれて、絞められて――

「葛城関、いるかえ」

佐七が辰と豆六をひきつれて、根津にある葛城の宿を訪れたのはその晩のことだった。

さすがに大関の葛城は、一同とはべつに、近所の植木屋の離れをかりて住んでいるのだった。

佐七がくらい木戸へ入っていくと、離れ座敷の障子をひらいて、

「どなた……？」と、顔を出したのは葛城である。なんとなく、落ち着きのない声だった。

「おれだよ」

「おれって……？」

葛城は不安そうな顔をして、くらい植込みのなかを近づいてくる、佐七の姿をみとめると、

「あら、まあ、お玉が池の親分さん」

と、何かしらドキリとしたような声で叫ぶと、急いで障子のなかをふりかえり、

「お新《しん》ちゃん、お玉が池の親分さんがおいでだよ。早くそこを片附けな」

「いいよ、いいよ、そのままでいいよ。ちょっと訊きたいことがあってやってきた。そう仰山《ぎょうさん》にしないでくれ」

と、くらい植込みのなかを抜けて、縁側の前までくると、なるほど、離れ座敷は大散らかしで、大きな葛籠《つづら》や明荷がふたつ三つ、衣装《いしょう》持物が部屋いっぱいに散らかったなかに、逢州が汗になってまごまごしていた。

「親分さん、取散らかしてありますが、どうぞこちらへ」

「いや、構わねえでくれよ。ときに師匠、いまお新ちゃんといったのは、この逢州のことかえ」

「はい、この娘《こ》の名前はお新というンです。お新ちゃん、親分さんにお茶を……」

「いいってことよ。そう構ってくれちゃ困る。ときにたいそう取り散らかしているようだが、旅にでも出るつもりかえ」

「はい、あの、上州《じょうしゅう》のほうから買いに参りましたので、藤の花関のことが片附きしだい、巡業に出ようかと思って」

「ああ、そうか。それもよかろう。しかし、師匠、旅に出るなら、ひとつおいていってもらいたいものがあるンだが……」

「まあ、なんでしょう。おいていくものって」

「九紋竜常次って男よ」

「えっ！」

葛城と逢州はギョッとしたように顔見合せる。逢州はだまって席を立って、大きな葛籠のまえにべったり坐った。

佐七は辰や豆六と顔を見合せて、にんまり笑うと、

「おまえ、まさか知らねえとはいうまいな。そこにいる逢州の兄貴で、おまえにとっちゃ昔の情人《いろ》よ。一度は藤の花に寝取られた男だが、まんざら憎かあねえはずだ」

葛城はゆっくりと長ぎせるに莨《たばこ》をつめながら、

「親分、そのひとなら知らぬとはいいませんよ。しかし、どうしてそのひとがここにいるとおっしゃるンです」

「は、は、は。おりゃ何もここにいるとはいやアしねえ。おまえが居所を知ってると思ってい

たが、それじゃ、やっぱりここにいたのか」

佐七はあざわらうようにいうと、

「おい、逢州や、いい子だからちょっとそこをどいて、葛籠のなかを見せてくれ」

「あれ、親分さん、このなかには、何もあやしいものはございません。旅廻りの衣装小道具のがらくたばかりで。……」

「そのがらくたを拝みてえのよ。辰、豆六、いいからその葛籠をあけてみろ」

「もし、親分さん」

そのとき、すっくと立ちあがったのは葛城である。大きな図体で三人のまえに立ちはだかると、

「いかにおまえさんが御用聞きでも、そんな理不尽なことはさせませんよ。かりそめにもこうして家を構えていれば、一国一城の主《あるじ》も同じこと。指いっぽんだってさしゃアしません」

それでも、辰や豆六が葛籠のふたをねらうというのなら、ただではおかぬという権幕《けんまく》。何しろ女でこそあれ五尺七寸、二十八貫という横綱相撲、辰や豆六がたばになってかかったところでかなうところじゃない。

これには佐七も鼻白んだが、そのときである。葛籠の蓋《ふた》をなかからはねあげ、飛出したのは二十七八のいなせな男だ。

「あれ、おまえさんがとび出しては……」

と、葛城の顔色がさっとかわるのを、男はいたわるように見やりながら、

「いや、もう、これ以上おまえさんに迷惑をかけちゃいられねえ。親分、恐れいりました。藤

の花を殺したら、器用に名乗って出ようと思っていたのを、つい、女たちの涙にひきとめられ、未練気《みれんげ》をおこしたのが悪うございました。もうこうなったら逃げかくれは致しませぬ。御存分になすってくださいまし」

度胸をすえてぴったりと、手をつかえたのは、なるほど葛城と藤の花が張合っただけあって、いい男っぷりである。

「てめえ、九紋竜の常次だな」

「さようでございます」

「てめえ、いま藤の花を殺したら名乗って出るつもりだといったが、なんの怨みがあって藤の花をねらっていたんだ。島送りになったのはおのれの心がら、何も藤の花を怨むことはねえじゃねえか」

「恐れいります。それにちがいございませんが、あんまりあいつのやりかたが悪どいから。……」

「藤の花がなにかしたのか」

「博奕のことからひとをあやめ、友達のところにかくれているあっしを、訴人《そにん》したのは藤の花でございました」

佐七は思わず眼を見張って、

「しかし、その頃お前は藤の花の情人《いろ》じゃなかったのか」

九紋竜はさびしくわらって、

「あっしゃ馬鹿だからそのつもりでおりました。しかし、ほんとうはそうじゃなかったンです。あいつはただ、ここにいる葛城の鼻をあかしたいばっかりに、あっしにちょっかいを出しゃアがったンです。それとも知らず、色男気取りで納まりかえっていたじぶんの馬鹿さかげん。おまけにあっしが凶状《きょうじょう》持ちになると、こと面倒とばかり訴人しやアがった。それを思うと、あっしゃ肚《はら》が煮えくりかえるようでございました。

なるほど、それじゃ九紋竜が、藤の花をつけねらうのも無理はなかった。

「よし、わかった。それでおまえ富貴屋のかえりを待伏せして、藤の花をやったんだな」

「へえ、さようで」

「おまえ、ひとりでやったのか」

「もちろんでございます。女ひとりを殺すのに、ひとでを借りるようなあっしではございません」

佐七はにんまり笑って、

「しかし、てめえひどく手のこんだ殺しかたをしたもンじゃねえか。藤の花は毒をもられて、ぐさりと突かれて、それから絞め殺されていたんだぜ。みんなおまえがやったのか」

九紋竜はちょっとためらったが、すぐきっと顔をあげると、

「はい、みんなあっしがやったのでございます。あんまりあいつが憎らしいゆえ、……」

「あの手この手でなぶり殺しにしたというのか。あっはっは、おまえもよっぽど執念ぶかい男だぜ」

「いいえ、いいえ、親分さん、それはちがいます。兄さんはわたしをかばって、あんなことをいってるんです。藤の花関を殺したのは、わたしでございます」

九紋竜のうしろから身を乗りだしたのは逢州である。

「藤の花関を待ち伏せして、葛籠の外からえぐったのはわたしでございます。藤の花関はその疵《きず》で、あえなく息は絶えたはず、兄さんが首をしめたときには、もう死骸になっていたんです。さすれば下手人はこのわたし、兄さんに罪はございません」

「馬鹿アいえ。おまえのような細腕で、いかに抉られたところで死ぬような藤の花じゃねえ。おれが手拭いでしめたときにゃア、あいつはピンピンしていたンだ」

「いいえ、いいえ、そんなことはありません」

「馬鹿！　てめえはだまってすっこんでろ！」

兄と妹がたがいに罪をひきうけて、争うようすを見ていた佐七は、にっこり笑うと、

「まあいい、まあいい、そのことはいずれ御奉行様が裁きをつけてくださらあな。ときに、逢州、おまえの相撲ぶりを見たが、おまえは左利きだな。藤の花をえぐったやつも左利き、だからおれはせんから、藤の花をえぐったのはおまえだろうとにらんでいたんだ」

辰と豆六は顔見合せて、おやおやとばかりに頭をかいた。それじゃ、このあいだの相撲見物には、そんな下心があったのか。ふたりはすっかり赤面したが、それと同時に、俄然うれしくなったものである。

「ところで、逢州おまえにきくことがある。藤の花の駕籠と葛城の駕籠の提灯をとりかえたの

はおまえかえ」

逢州ははっと手をつき、

「はい、わたしでございます。ああしておけば師匠とまちがえ藤の花関のお弟子の衆が、うちのお師匠さんとまちがえて、殺したことになるだろうという、女の浅墓な考えからでございました。親分さん、何卒《なにとぞ》お許しくださいまし」

「おまえは、またどうして藤の花を殺す気になったんだ」

逢州はちょっとためらったのち、

「それはあの晩兄さんが、なんども藤の花関のことをききに、富貴屋へきたのを知っていたからでございます。兄さんの顔色から、藤の花関を狙っているにちがいないと思いましたから、このうえ兄さんに罪を重ねさせたくないと。……」

「なるほど、そりゃ健気な心だが、しかし、藤の花に毒を盛ったのはいったいだれだ」

「むろん、わたしでございます。富貴屋で飲んでいるうちに……」

「しかし、逢州、それじゃ何も藤の花のかえりを、待伏せするこたアねえじゃねえか」

逢州ははっとしたらしかったが、すぐ顔色をとり直すと、

「いえ、あの、ひょっとすると毒が効かぬかも知れないと思いまして。……」

「おやおや、おまえもよっぽど執念ぶかい女だな」

佐七はせせら笑ったが、俄《にわ》かにきっと奥の間へむき、

「もし、お角さん、そろそろこっちへ出てきたらどうだえ。九紋竜が葛籠にはいって旅立ちし

ようというのに、おふくろのおまえが見送りにきて、いねえはずはねえ。逃げかくれせずと、そろそろ顔を出したらどうだ」

佐七のことばに一同は、はっと顔色がかわったが、そのときである。押入れのなかから聞こえてきたのは、苦しそうなうめき声。

「あっ、あの声は……」

九紋竜と逢州は、はっと身をひるがえすと左右から、押入の襖《ふすま》をひらいたが、そのとたん、なかからころがり出したのは、あの大女の女中頭のお角である。お角は苦痛に顔をひきつらせているのみならず、口許からひと滴の血が……。

佐七は、はっと顔色をかえた。

「あっ、お角、おまえ毒をのんだな」

「親分さん。……」

お角は苦痛にのたうちまわりながら、

「藤の花に毒を盛ったのはこのわたし。この毒は……この毒は、とてもきつうございますから、たとえお新や常次が手出しをせずとも、藤の花は死んだはずでございます。さすれば、藤の花を殺した下手人はこのわたし、伜《せがれ》や娘のことは何卒大目に見てやって。……」

お角はそこでがっぷりと、大きな血のかたまりを吐くと、しばらく手脚をふるわせていたが、やがてがっくりと呼吸《いき》絶えたのである。

しかし、いかにお角のいまわのきわの頼みでも、そのまま九紋竜や逢州を、見逃しにするわけにもいかなかった。因果をふくめて佐七はふたりに縄うったが、この一件ばかりはさすがにお奉行様も、判決を下すのに頭痛鉢巻だったという。

　そこでいろいろ考えたのち、お奉行様はついにつぎのような判決を下された。

お角の盛った毒は猛毒である。したがって、逢州や九紋竜が手を出さずとも、藤の花は早晩死んでいたであろう。されば、逢州がえぐったのは死骸も同然、ましてや九紋竜がしめたときには、藤の花はとっくに死んでいたにちがいない。これによって、つらつら案ずるに、下手人はお角ひとり、他のふたりは死骸をきずつけたるだん不届きにより、きつく叱りおくということになって、九門竜と逢州はしごく軽い罪でゆるされたが、このお裁きは当時、今様大岡裁きとして、評判が高かったという。

　それはさておき、一件落着したその当日、お玉が池の佐七の家へ、ぬっと真っ黒なつらをのぞかしたのは、海坊主の茂平次である。

「やい、佐七」

と、さつま芋のような鼻の頭から、ポッポッと湯気を立てながら、

「手前また、こぼれ幸いの手柄を拾やアがったな。しかし、いっておくがな、あの取りかえ提灯に気がついたのは、この茂平次様だぞよ。してみりゃアあれはおれの手柄も同然、よろしく三拝九拝《さんぱいきゅうはい》しやアがれ」

　大きな鼻をふり立てて、いきまいてかえったというから、いや、世の中、心臓の強いやつにはかなわないという評判だった。

たぬき汁

折助《おりすけ》九人

——お勘定をお下げ渡しくださいまし——

一個人による多数殺人事件で、ちかごろ有名なのは帝銀事件だが、いまから百三十年ほどまえの文政《ぶんせい》年間にも、これとおなじような事件が起こって、世間を驚かせたものである。

それは後の月の翌日というから、九月十四日のこと、本所割下水《ほんじよわりげすい》にある、榊原伊織《さかきばらいおり》というお旗本《はたもと》の仲間《ちゆうげん》部屋へ、

「ご免くださいまし、友造《ともぞう》さんはおいででございますかえ」

と、おどおどと声をかけた若者がある。盲縞《めくらじま》の着物に紺の前垂れ。いっけんして、お店《たな》者としれる若者だが、二十二、三のちょっといい男振りである。

「おお、友造ならここにいるが、だれだえ」

と、やぶれ障子のむこうから、坐《すわ》ったまま顔を出したのは、いかにもふうの悪い折助である。若者の顔をみるなり、いやな顔をして、

「なんだ、だれかとおもえば、豊島屋《としまや》の忠七《ちゆうしち》か。晦日《みそか》でもねえのに、また掛け取りか」

と、ことばつきも荒っぽい。

忠七はいまにも、泣き出しそうな顔をして、

「もし、友造さん、助けてください、おまえさんに掛け売りしたばっかりに、つぎからつぎへと借り倒され、わたしゃちかごろ旦那から、慳突《けんつく》をくいどおし、きょうはどうでも貰《もら》ってこいと、旦那にお店から突き出されてきました。もし、友造さん、後生《ごしょう》だから、いくらでも入れてください」

と、くどくどと口説き立てる声をきいて、やぶれ障子のむこうから、

「うるせえッ、だれだえ、そこでくどくどと、蚊の鳴くような声でくどいているのは……」

「あっ、そういう声は勘次《かんじ》さん、おまえさんにも話がある。ちょっと顔をかしてください」

「ちっ、なにをいやアがる。用事があるなら、てめえのほうからあがってこい。さいわい、ここにゃ熊《くま》も竜《りゅう》も三太《さんた》もいらあ。おまえの用事のあるやつばかりだ。あっはっは、文句があるなら、みんなでいっしょに聞こうじゃねえか」

せせら嗤《わら》うような濁《だ》み声《ごえ》をきいて、忠七はさっと顔蒼ざめたが、それでも覚悟をきめてきたのか、

「それではご免くださいまし」

と、草履《ぞうり》をぬいでうえへあがると、障子のなかをのぞいたが、そのとたん、さすがにひるんで立ちすくんだ。

それもむりではないのである。

障子のなかは、十二畳くらいの広間になっているが、襖《ふすま》も畳もやぶれほうだい。相馬《そうま》の古御所さながらである。まんなかに囲炉裡《いろり》が切ってあって、自在鍵《じざいかぎ》には大鍋、なにを煮ているのか、

ぐつぐつとものの煮える音がする。

その囲炉裡を取りかこんで、荒くれ男が九人、てんでに茶碗酒をひっかけながら、鍋の煮えるのを待っている。いずれもふうの悪い折助ばかりで、なかには褌《ふんどし》いっぽんのやつもいる。

この折助から少しはなれて、若侍がひとり、女をそばにひきよせて、これまた茶碗酒をあおっている。二十五、六の凄いほどの男っぷりだが、いかにも、道楽に身を持ちくずしたかっこうで、月代《さかやき》ののびた額のいろも冴えなかった。その若侍に引きよせられて、ふるえながら、貧《びん》乏徳利《ぼうどつくり》の酒をついでいるのは提《さ》げ重《じゅう》らしい。

提げ重というのは、仲間部屋へ食べ物などを売って歩くついでに、お求めによっては色も売ろうという、いわば一種の売女《ばいじょ》だが、なにさま、あいてが下等な折助だから、ろくな女はいないものである。

ところが、いまそこにいる女をみると、十七、八の、提げ重にはめずらしいよい器量である。まだこういう稼業に馴れないのか、男に抱きよせられて、小雀《こすずめ》のようにふるえている。どうやら鮨《すし》を売りにきたらしい。

忠七ならずとも、こういう情景を目にしては、立ちすくむのが当然だろう。まるで山賊の棲《す》み家《か》へ、とびこんだようなものである。

折助のひとりがせせら嗤って、

「やい、忠七、てめえ、あんがいいい度胸だな、きのうもここへ掛け取りにきて、友造はじめ熊や竜や三太のために、袋叩きにされたというじゃねえか。それをのめのめ、よくまたやってきやアがったな」

忠七はそれをきくと、目がさめたように、べったり膝《ひざ》をついて、

「はい、きました。いいえ、なんべんでもきます。みなさんから、きれいにお勘定をいただかないうちは、わたしゃ殺されてもくるんです」

「なんだと？」

「それゃみなさんはおそろしい。袋叩きにされるのは怖い。しかし、わたしにゃ、旦那のお叱言《こごと》のほうが怖いンです。旦那ががみがみ、おっしゃるのもむりはない。現金掛け値なしを看板にしてきた豊島の酒屋、それをわたしが友造さんにだまされて、つい掛け売りしたばっかりに、つぎからつぎへと借りたおされて、わたしゃ旦那に合わせる顔もない。もし、払ってくださいまし。お勘定をさげてくださいまし。わたしゃ殴られても、ぶたれてもかまわない。きれいにお勘定をおさげくださいまし」

忠七はよほど覚悟をきめてきたらしく、蒼白んだ顔に瞳がすわって、挺《てこ》でも動くけはいはない。さすが荒くれ男の折助たちも、多少うす気味悪くなったのか、

「よせやい。そこでくどくど泣きごとをいわれると、酒の味がまずくならあ」

「勘公《かんこう》。よせよせ、そんなやつをあいてにするなあ。それよりどうやら、たぬき汁が煮えたようだ。ぼつぼつはじめようじゃねえか」

「おお、それがいい、それがいい」

と、蓋《ふた》をとれば濛々《もうもう》たる湯気、肉の煮えるよい匂いだ。折助たちはてんでに汁を茶碗にとっ

て、

「やっ、こいつはうまいや、もし、江原《えはら》の若様、おまえさんもひとつどうです」

「いや、おれは止そう。おりゃアたぬき汁より、鮨のほうがいい。なんだか気味が悪いからな」

「あんな気の弱いことといってらあ。これほどうめえものを。おい、忠公《ちゅうこう》、おめえはどうだ。ゆうべ藪《やぶ》の内で、月に浮かれて出てきたやつを、三太とふたりでひっとらえてきたんだ。しゅんには早《はえ》えがうめえからやってみろ」

「いいえ、いただきません。わたしゃそれより、勘定がほしゅうございます。みなさん、お払いくださいまし。お勘定をおさげくださいまし」

「うるせえッ、おや、亀《かめ》、てめえもう三ばいめか。はええ野郎だ。おい、おれにも注がせろ」

「ああ、もし、みなさん。お勘定を、お勘定を……」

「やかましいやいッ、この野郎!」

三杯目を食いおわった亀吉《かめきち》は、いくらかお腹がくちくなったのか、茶碗をおくと、拳固《げんこ》をかためてうってかかったが、そのとたん、

「あっ、た、た、た、た!」

と、横腹をおさえて、苦しみ出したのがはじまりで、あちらでも茶碗を放り出し、あっ、た、た、た。こちらでも箸《はし》を投げ出し、あっ、た、た、た! 七転八倒の苦しみのすえに、九人が九人とも、があーッと血を吐き、もがき死にに死んだから、さあ、たいへん。

消えた提げ重

――そいつは狸《たぬき》の仔が化けたンじゃ――

本所割下水の榊原屋敷で、九人の荒くれ男が血へどを吐いて、もがき死にに死んだというわさほど、当時、世間をおどろかせた事件はなかった。

当の榊原家では食当たりということにして、ことをすませようとしたが、しかし、それでは世間が承知しない。

それというのが、榊原屋敷というのが、ちかごろ、とかくのうわさがあるうえに、死んだ九人の折助というのが、揃いもそろった名《な》だいの悪で、あんな悪いやつが、ちっとやそっとの食当たりで、死ぬものかというのが一般の定評《ていひょう》であった。

しかし、では、どうして死んだのかというと、それはだれにも見当がつかなかった。なかにはたぬきの祟《たた》りだろうなどと、まことしやかに説くものもあったが、食当たりで死なぬほどの剛の者が、たぬきの祟りなどに、負けるはずがないという反対説もあった。

食当たりでもなく、たぬきの祟りでもないとすると、けっきょく、だれかに一服盛られたということになるが、では、だれがそんな思いきったことをやったのか。……

これが目下、江戸の御用聞きの課題だが、なにせあいては旗本屋敷、しかも、食当たりですましているのだから、歯が立たない。

しかし、これほどの大事件だから、歯が立たないといって、そのまま、見送っているようじゃ御用はつとまらぬ。江戸中の御用聞きという御用聞きが競争で、内々に探索の手をのばしているのだが。……

「親分、だいたいのことは探ってきましたがね」

それは榊原屋敷で、あの大騒動があってから三日目のこと、神田《かんだ》お玉《たま》が池《いけ》の佐七《さしち》の住居《すまい》へ、外からかえってきたのは辰《たつ》と豆六《まめろく》、探ってきたというのは、もちろん、あの一件のことにちがいない。

「ふむ、それでいったいどういうようすだ。榊原屋敷というのは……?」

「それがね、以前はしごく、評判のいい屋敷だったんですが、三年まえから、すっかり評判をおとしましてね。ちかごろじゃ榊原屋敷といやア、近所でも鼻つまみだそうです」

「そりゃまた、どうしてそう変わったンだ」

「それは親分、こうだンねン」

と、辰と豆六が語るところによると。……

榊原家の当主は伊織といって、ことし三十、以前は御書院番《ごしょいんばん》かなんかつとめて、評判もわるくなかったが、三年まえになにかしくじりがあって、お役御免《やくごめん》になっていらい、やけにでもなったというのか、道楽の味をおぼえてしたい三昧《ざんまい》。

「それというのがね、親分、わるいお師匠番がついているンです。榊原の親戚に、江原というのがあるンですが、そこの次男の大二郎《だいじろう》というのが、きわめつきの道楽者なンで」

「ああ、そいつだな。九人がたぬき汁にやられたとき、提げ重とふざけていたというのは？」

「さよさよ、そんでも、伊織さんのいとこになるンやそうだすが、生涯冷《ひ》や飯食《めしく》いだンな」

旗本の次男三男ほど哀れなものはない。他家へ養子にいくか、それとも特殊技能をもっていて、新規お召し出しにあずかるかしない限り、生涯日蔭者の身の上である。

それだけに、なまじ気概のあるものは、やけをおこして身を持ちくずした。江原大二郎もそのひとりで、なまじ男っぷりがいいところから、二十《はたち》まえから身を持ちくずして、いまでは道楽が身にしみついている。

「伊織さんがお役御免にならはって、悶々《もんもん》として日を送っているところへさして、こいつが喰らいつきよったもンやさかいに、たまりまへん。伊織さんもひとかどの、道楽もんになってしもたところへ、奥さんが亡くならはったとかで、ついこのあいだ吉原《よしわら》の花魁《おいらん》で、花鳥《かちょう》ちゅうのンを、身請けしたちゅう話だす」

「ほほう、するとお役御免になっても、榊原さんはそうとう金があるんだな」

「そうなんで、榊原家はここ二、三代、心掛けのよい主人がつづいて、内緒はいたって裕福なんだそうです。そこへ大二郎のやつが目をつけて、たかりにかかったんですね」

「なるほど、しかし、ただそれだけのことで、近所の鼻つまみというわけじゃあるめえ」

「それはそうです。伊織さんの道楽も、女だけならまだよかったんですが、お師匠番がいいもンだから、飲む打つ買うの三拍子がそろってしまったんで。こうなると、主《しゅ》が主なら家来も家来というわけで、榊原の仲間部屋は、すっかり賭場《とば》になって、柄のわるいのがあつまって、さいころは振る、花札をめくる、喧嘩《けんか》口論のたえまはねえと、それですっかり、近所から見限られてしまったンです」

「なるほど、たぬき汁を食ったのはその連中だな。ところで、近所の口はどうなんだ。榊原家では、食当たりで頰冠りをしてしまったようだが」

「それがね、食当たりというのも、まんざら、根のねえことじゃねえンです。と、いうのが、あの日たぬき汁をやるんだと、亀という野郎がよせばいいのに、じぶんできのこを探しにいくのを、見たものがあるそうです。素人《しろうと》がきのこを探して、ろくなことはありませんや。おおかた、毒きのこを採ってきたんだろうというンです」

「しかし、九人の男がいっときに、血を吐いて死ぬほど、強い毒きのこもあるめえ」

「と、すると、やっぱりだれかがたぬき汁に、毒を盛ったちゅうことになりまッか、あの場に居合わせて助かったンは、江原大二郎に豊島屋の忠七、それから提げ重の女の三人だすが……」

「大二郎が、そんなばかなことをやりゃしめえが、忠七はどうだ」

「鳥越《とりごえ》の茂平次《もへいじ》などは、忠七を怪しいと睨《にら》んでるようです。忠七はまえにも掛け取りにいって、袋叩きにされているンで、その意趣晴らしに、やったんだろうというンです」

「ふうむ」

佐七はちょっと考えて、

「ところで、提げ重の女というのはどうだ」

「それがちょっとおかしいんです。あの騒ぎがおこったとき、大二郎はそいつを、取りおさえていたそうですが、すきを見て逃げてしまって、それっきりわからねえンです」

「しかし、どこのだれってことくらい、わかっていそうなものじゃねえか」

「それが、親分、以前あの近所の仲間部屋へは、おくにという女がまわってきてたそうです。二十前後のちょっと渋皮《しぶかわ》のむけた、ごくおとなしい娘だったそうですが、それがひと月ほどまえから、バッタリこなくなった。なんでも死んだらしいというンです。で、ちかごろじゃあのへんへ、廻ってくる提げ重はねえンだそうで、大二郎や忠七のいうような女にゃ、だれもかいもく、心当たりがねえというンです」

「そやさかい、親分、ひょっとすると、その娘、殺された、たぬきの仔やないかちゅう評判だす。仔狸が娘に化けてきて、親の敵《かたき》うって、どろんと消えたンやないやろかと、あのへんではもっぱら評判だっせ」

それにはこたえず、佐七はだまって考えこんだが、けっきょく、その娘のゆくえもわからぬままに五日と過ぎ、十日と経った九月二十五日の晩、ここにまた、ひとつの騒動が持ち上がったのである。

お部屋様ご最期

――お銀《ぎん》様は牡丹《ぼたん》のような血を吐いて――

「旦那、火急《かきゅう》のお召し、なにか御用でございますか」

佐七が手をつかえたのは八丁堀《はっちょうぼり》、与力神崎甚五郎《かんざきじんごろう》のまえである。この甚五郎というひとは、以前から佐七がひいきで、なにか面倒な事件や、内密を要する一件がおこると、いつも佐七を呼び出して、その探索を命ずるのである。

「ふむ、佐七、ちと面倒なことがおこった。そのほうこのあいだの、榊原屋敷の一件は知っているだろうな」

「はい、それは存じておりますが、それについてなにか……」

「ふむ、昨夜またあの屋敷で、血を吐いて死んだものがある。しかも、こんどはどうしても、食当たりとは思えぬというので、きょう用人《ようにん》がまいって、ひそかに探索を依頼していったのじゃ。どうだ。おまえひとつやってみてくれぬか」

「はい、それは旦那の仰せとあらば……して、昨夜亡くなられたというのは……」

「それはこうよ」

と、甚五郎が説くところによるとこうである。いっときに、九人もの死人を出したので、その当座、主人の伊織もつつしんでいたが、世間のうわさも、だいぶほとぼりがさめたようすに、昨夜は憂さ晴らしもてつだって、ひさしぶりに酒宴を催した。

あいてはいうまでもなく花魁花鳥、いまではお部屋様のお銀様。

ひさしぶりに、昔にかえって遊里のすがたをみたいという、主人伊織の註文で、立て兵庫に打ち掛けすがた、その美しさは、照りかがやくばかりであった。

ほかに腰元たちにも遊里のすがたをさせ、吉原から招きよせた太鼓末社《たいこまっしゃ》が二、三人、道楽指南の江原大二郎も、座につらなったことはいうまでもない。

こうして、おもしろおかしく、ばかをつくしているうちに、お銀様がにわかに苦しみ出したのである。

「あっ、これ、お銀、どうした、どうした」

主人の伊織が気がついて、抱きよせようとしたとたん、お銀様はがあッと血を吐いて……医者がくるまで、もがきどおしにもがいたあげく、ついに息が絶えたのである。

「伊織殿もばかではない。お愛妾のあわれな末路をみて、翻然《ほんぜん》と目をさまされた。目がさめてみるといぶかしいことばかりだ。このまえは、食当たりでことすんだが、こんどはそうは思われぬ。怪しげなきのこ料理など出ていなかったし、だいいち、みんなおなじものを食いながら、飲みながら、当たったのはご愛妾ひとり。してみると、だれかが毒を盛ったのではないか。また、こんどの一件が毒害とすると、このまえの九人も、だれかに毒を盛られたのではないか。……伊織というひとは、元来、聡明なかただけに、いろいろ思いまどわれたあげく、これが毒害とすると捨ててはおけぬ。多少家名に疵《きず》がついても、徹底的に究明せねばならぬと、そこで御用人をよこされたのじゃな。佐七、そういうわけだから、おまえひとつこの一件を洗ってみろ」

かしこまった佐七は、なおこまかい点について、二、三、甚五郎に訊きただしてみたが、甚五郎もそれいじょうのことは知らなかった。

「とにかく、御用人に添書《てんしょ》を書いてやるから、おまえ、それを持って榊原へいってみろ」

と、甚五郎の書いてくれた、添書をもって外へ出ると、供部屋で待っていた辰と豆六が、

「親分、旦那の御用というのはなんでしたえ」

「ふむ、それがちとおかしいのよ。おれにもなにがなんだか、わからなくなった」

と、甚五郎からきいた話を語ってきかせると、辰と豆六も目をまるくした。

「そんなら、親分、お部屋様も、たぬき汁を食べはりましたンかいな」

豆六がうなるのを辰はせせら嗤って、

「ばかアいえ。花魁あがりの、お部屋様といやアどうせたぬきよ。そんな共食いをするもンか」

「あっはっは、そういうわけでもあるめえが、ゆうべは、たぬき汁は出なかったそうだ。しかし、その死にかたが、九人の折助とそっくりおなじだったから、怪しいといいなさるんだ」

「でも、親分、妙ですね。お部屋様と九人の折助、それも、おなじ屋敷の折助ならばともかく、あのなかの半分以上は、他家の折助ですぜ。そのあいだに、どんな関係があるンでしょう」

「だから、おれもおかしいというンだ。まあ、いいや、とにかく割下水まで足をのばそう」

榊原家は八百石、目下小普請《こぶしん》入りをしているとはいえ、内緒の豊かさは、その構えにもうかがわれる。

通用門から名刺を通じると、すぐにこれへと通されたのは、用人小林喜兵衛《こばやしきへえ》のお長屋だった。喜兵衛というのは五十がらみの、毒にも薬にもならないような人柄である。甚五郎の添書を渡しひととおりのあいさつ。

「そこで、さっそくながら、御用人さんにお訊ねいたしますが、ゆうべの一件ですがね、御用人さんもその場に居合わせなすッたんで」

「いや、わしはおらなんだ。わしのような不粋なものが、顔を出すと興がさめるでな」

と、喜兵衛はにがい顔をして、

「しかし、あの騒動がおこってから、殿のお召しでかけつけたが、いやもうえらい乱痴気《らんちき》さわぎで、殿様も江原の若様も、太鼓末社はいうにおよばず、怪《け》しからんことには、お腰元衆まで赤い顔をしているのじゃ。杯盤狼藉《はいばんろうぜき》とはあのことじゃな。そのなかにお部屋様が、牡丹のような血を吐かれて、のたうちまわっていられたのじゃ。いや、もう怪しからんことで」

喜兵衛はほっとため息をついた。

「ところで、これが毒害とすると、毒はなにに入っていたという、思し召しでございますか」

「さあ、それがとんとわからぬ。みんな酔うていられたので、お部屋様がさいごになにに口をつけられたか、知っているものはない。それに、あとで調べようにも、みんながわっとうろたえさわいだものじゃで、お膳もなにもひっくり返ってしもうて……いや、言語道断の沙汰じゃてな」

喜兵衛はいかにも、にがにがしげな顔色である。

「なるほど、それでは、なにに毒が入っていたかわからぬとして、だれがお部屋様に毒を盛ったか、お心当たりはございませぬか」

喜兵衛はとんでもないという顔で、

「そのようなものが、当お屋敷におろうはずがない。もし、ゆうべいたとすれば、それはおそらくほかから来たものであろう」

「ほかから来たものといいますと……？」

「いや、なに、つまり、そのなんじゃ。吉原からきた太鼓末社のことよ」

喜兵衛がひどくへどもどしているのは、それによって暗に江原大二郎を指しているのであろう。

佐七は幇間《ほうかん》たちの名前をきいて、懐紙《ふところがみ》にひかえると、おそるおそる、

「ときに、まことに無礼な申し出でございますが、お部屋様の死に顔を、拝見いたすわけにはまいりますまいか」

佐七はもちろんこれにたいして、一言のもとに、はねつけられるものと思っていた。ところが案に相違して、喜兵衛は即座にうなずき、

「しからば、こちらへ……」

どうやら主人伊織から御用聞きがきたら、よろしく便宜を計るようにという、内命があった

らしいのである。

お部屋様の爪の垢《あか》

――ありがたく煎《せん》じて飲むつもりよ――

お銀様は北枕にねかされていた。

さすがに花魁の衣裳《いしょう》はぬいで、白無垢《しろむく》すがた、枕下には腰元がふたり、悄然《しょうぜん》としてひかえていたが、この連中もゆうべは赤い顔をして、はめをはずしていたのかと思うと、佐七はいささか笑止であった。

お銀様の顔にはかたどおり、白い布がおいてある。佐七はそれをめくってみて、おもわずかすかなため息をもらした。

断末魔の苦しみもさって、涅槃《ねはん》の境にはいったお銀様の顔は、神々しいばかりにうつくしい。だが、その神々しさをつくづく見ているうちに、佐七はふっと一抹の不安を感じた。お銀様の、神々しいばかりの美しさの底には、どこか邪悪なかげがある。どすぐろい妖気がただようている。

佐七はあわてて目をそらすひょうしに、胸のうえで組みあわせた、お銀様の両手に目をとめた。白魚《しらうお》のような指である。だが右の爪先にたまっている、茶褐色のものはなんだろう。お銀様のような女が、爪垢をためているとは思われぬ。

「もし、お女中、簪《かんざし》をおかしくださいませんか」

腰元のひとりがふしぎそうに、銀簪を抜いてわたすと、佐七はその脚で爪のあいだをほじくった。そして茶褐色の粉末を懐紙にとると、それをたたんでふところに入れた。

ふたりの腰元と用人の喜兵衛が、ふしぎそうに、そのようすを見まもっている。

佐七はにっこり笑って簪をかえすと、

「いや、ありがとうございます。御用人様、ここはこれでよろしゅうございますから、仲間部屋というのを、見せていただきとうございます」

庭へ出ると巾着の辰が、

「親分、いま懐紙へおとりなすったのは、ありゃいったいなんでございます」

「お部屋様の爪垢よ」

「その爪垢をどないしやはりまンねン」

「お部屋様、あまりうつくしいから、ひとつ、煎じて飲むつもりよ、あっはっは」

用人の喜兵衛は、にがりきった顔色である。

ところが、そこから仲間部屋へいくまでには、ちょっとした植え込みがある。佐七は喜兵衛のあとについて、その植え込みをくぐっていたが、ふいにどきりと立ちどまった。

「あっ、御用人様、ちょっと……」

「えっ。佐七、どうしたのじゃ」

「しっ。むこうにだれか……」

一同が木立ちのかげに、身をかくしてむこうをみると、植え込みの切れ目に、ひとむらの草花が植わっていて、だれやらひとが、その草の根を掘っている。十七、八の娘だが、どうみても屋敷娘とは思えない。

「御用人様、あれはこちらの……」

「いいや、知らぬ。これは怪しからん、ひとの屋敷へ踏みこんで、いったいなにをいたしおるのか、これ、娘！」

喜兵衛が声をかけたからたまらない。娘ははっと顔をあげてこちらをみると、すぐ身をひるがえして、脱兎《だつと》のごとく逃げ出した。

「あっ、しまった、辰、豆六！」

「がってんです」

ふたりのあとにつづいて用人の喜兵衛も、あたふたと駆け出した。

佐七はそのあとから、さっき娘のしゃがんでいたところまできてみると、ひとところ土が掘られて、草の根が掘りとられている。

佐七はふしぎそうな目の色で、残っているひとむらの草を見まわす。それは草丈二、三尺、ふかく切れこんだ掌《てのひら》のような葉がついていて、花はすでに散ったらしく、ふさのように実がなっている。

佐七のしらぬ花だった。

佐七はちょっと考えたのち、十手で根を掘ると、草を四つに折って、持ちあわせた風呂敷につつんだ。

そこへ辰と豆六がかえってきて、

「親分、いけません。小娘のくせに、おそろしくすばしっこいやつで、通用門からそとへとび出すなり、雲を霞《かすみ》と逃げちまいましたンで」

「そうか、それじゃしようがねえ。御用人様、では、仲間部屋へお願いいたします」

その仲間部屋は目と鼻のあいだにあった。

さすがに畳もいれかえ、障子襖も張りかえてあるので、当時の凄惨《せいさん》なすがたは、偲《しの》ぶよすがもないが、それでもなんとなくうす気味悪い。ひえきった囲炉裡の灰にも、たぬきの怨念が、こもっているようである。

しかし、そこからかくべつ、これという発見もなかった。

「ときに、御用人様、お屋敷に出入りの酒屋は」

「それはあの豊島屋じゃが……」

「なるほど、ところで、ちかごろ酒がお屋敷にとどけられたのは……?」

「きのうのことじゃったな。ゆうべのご酒宴に、酒が少し不足のようだというので、豊島屋にいって、菰冠《こもかむ》りをとどけさせたのじゃ」

「とどけてまいりましたのは……?」

「忠七という若い手代《てだい》じゃ。あれがいつも、御用聞きにくるのでな」

佐七はおもわず、辰や豆六と顔見合わせた。

哀れ提げ重

――五人の折助がよってたかって――

「親分、親分、ひょっとすると忠七のやつが、菰冠りのなかへ、毒を仕込みやアがったンじゃありますめえか」

それからまもなく、榊原の屋敷を出ると、辰がそっとささやいた。

「あほらしい、兄哥《あにい》、もしそれやったら殿さんも、腰元も、みんなやられたはずやないか」

「ところが、そうじゃねえのよ。つまりいままであった酒で、みんなが酔っぱらったところで、その酒が切れたもんだから、きのうとどいた酒に手をつけたのよ。それをお部屋様がいちばんに飲んで、があーッと血を吐いたもンだから、恐れをなして、ほかの連中は飲むのをひかえた。それでみんな助かったのよ」

辰としてはめずらしく、筋の立ったことをいう。

「だけど、そんなら忠七は、なんでそないひどいことをしよりまンねン」

「そりゃアね、袋叩きにされた怨《うら》みがあるからよ。坊主憎けりゃ袈裟《けさ》までにくい。折助憎けりゃ殿さんまでにくい。ひょっとするとあのお屋敷、酒屋の払いが悪いのかもしれねえ。それで、旦那にがみがみいわれるもんだから、ええい、いまいましい。いっそひと思いにみな殺しにしてやろう……」

「あっはっは、忠七もたいしたやつだな」

佐七は笑ったが、しかし、辰としてはめずらしく、筋道の立っているところもあるので、

「辰、それじゃてめえひきかえして、きのうとどいた酒に、どれくらい手がついているか聞いてみろ。そしてもしおまえの思うとおりだったら、残りの酒に手をつけねえように注意してこい」

「おっと合点《がってん》だ。そして、親分は……？」

「おれは豊島屋で待っている」

豊島屋というのは、かいわいでも有名な大酒屋で、店先でちょっと一杯、桝酒《ますざけ》もやれるようになっている。

佐七が店をのぞいていると、おくから手代が蒼い顔をして出てきた。

「親分さん、わたしになにか御用でございますか」

佐七はその顔を見まもりながら、

「ああ、おまえが忠七だな。店先ではなんだから、ちょっと顔をかしてくれ」

「はい」

忠七を横町《よこちょう》にひっぱりこんだ佐七は、あらためて、あいての顔を見まもりながら、

「おまえ、このあいだの騒動のときに居合わせた、提げ重というのを、ほんとうにしらねえの

か」

「はい、あの、存じません」

と、いいきったものの、なんとなく、その顔色に動揺の影があらわれたので、佐七はきっと語気を強め、

「おい、うそをついちゃいけねえ。知っているならはっきり申し上げろ、おまえ、あの女を知っているンだろう」

「いえ、あの、親分、ほんとうに知らないンです。でも、きのうちょっと、妙なことを、小耳にはさんだもンですから、もしやと……」

「妙なことってどういうことだ。なにもかも正直に申し上げろ」

「はい、それでは……」

と、忠七がおどおどしながら、物語るところによるとこうである。

以前、このへんへまわってきた提げ重は、おくにといって、二十一、二の、提げ重などする女とはみえぬ、おとなしやかな娘であった。それもそのはずで、おくには提げ重を、そんな賤《いや》しい稼業とは知らなかったのである。彼女はいいよる折助どもを、ことばたくみに撃退して、どうやら身を守りとおしてきた。

「そのおくにさんがひと月ほどまえに、首をくくって死んだンです」

佐七はだまって、忠七の顔を見まもっている。忠七はすこし涙ぐんでいた。

「わたくし、お葬《とむら》いにはまいりませんでしたが、ひとに頼んで、香典だけはとどけておきまし

た。すこし、あの、心やすくしていたもンですから」

忠七にはしかし、おくにがどうして、首をくくったのかわからなかった。そのことがきのうまで、かれの心を苦しめていたのである。

ところがきのう、知り合いの折助が店へきて、枡酒をひっかけて、酔っぱらったあげく、思いもよらぬことを、しゃべっていったのである。

「思いもよらぬことというのは……」

「はい、あの、おくにさんは、首をくくったまえの日、榊原様の仲間部屋にひっぱりあげられ、そこに居合わせた五人の折助に、よってたかって……」

「おもちゃにされたのか」

「はい」

忠七はくやしそうに、目に涙をうかべている。佐七もぎょっと、豆六と顔見合わせた。

「おくにさんはあの稼業が、そんな賤しい、浅ましい商売とはしらなかったんです。わたしは危ないから、あればっかりはよしたほうがいいと、なんども諫《いさ》めたことがあるんです」

「それをおくにはきかなかったのか」

「はい、じぶんさえしっかりしていれば大丈夫と……それにおくにさんはあのお屋敷に、なにか心がひかれるものがあったらしいんです」

「なんだえ、おくにが心をひかれたものとは……？」

「さあ、それはおくにさんも申しませんでしたが……いずれにしてもそういうおくにさんが、折助どもには面憎《つらにく》かったんでございますね。お高くとまってじぶんたちを、ばかにしているように思えたんでしょう。だから、あの日……おくにさんが首をくくったまえの日ですが、こんどおくにがやってきたら、手籠《てご》めにしてでも思いしらせてやろうと、居合わせた五人の折助が、相談しているところへ、いきあわせたのがおくにさんの不仕合わせ」

忠七は鼻をつまらせて絶句した。

おくにを弄《もてあそ》んだ五人の折助のひとりが、自慢そうに、ひとにしゃべったところによると、それは世にも凄惨な情景だったらしい。

おくにはいきなりボロ畳のうえに、仰向けざまに押したおされた。そして、四人の折助が、両手と両脚をおさえこんでいるあいだに、なかでいちばん頭《かしら》だったやつが、気も狂乱のおくにの体をうえから抱いて、ゆうゆうとして想いをとげた。

あとは籤順《くじじゅん》だったそうだが、こうして、つぎからつぎへとおもちゃにされているうちに、五人めの折助が想いをとげたころには、おくにはもう放心状態で、抵抗する気力もうしなっていた。

それをよいことにして、この五人の獣《けだもの》たちは、めいめい気随気儘《きずいきまま》な方法で、またあらためておくにの体をなぐさんだ。

かれらのなかにはデブもいれば、痩《や》せっぽちもいた。ノッポもいればチビもいた。毛深いのもいれば蒼ンぶくれもいた。かれらはそれぞれ、おのれの体と好みにあったやりかたで、おくにを抱いて獣のごとく咆哮《ほうこう》した。

こうして目のまえで演じられる、ひとりの珍妙な思いつきややりくちが、他の四匹の牡《おす》どもを刺戟《しげき》し、興奮させて、かれらの欲情には際限がなかった。

だから一刻（二時間）あまりたって、かれらがやっとおくにの体をはなしたとき、おくにはまる裸にされた体をボロ畳のうえに、半死半生でよこたえていた。

その翌日、おくにはみずから縊《くび》れて死んだのである。

「そいつはまた、むごいことをしやアがったもンだな。それで狸汁で死んだ九人のなかに、その五人がいたというンだな」

「はい」

「そうするとあとの四人は、おくにをなぐさんだ五人の折助の、巻き添えをくったというわけか」

「あとの四人だって、どうせ、おなじ穴の貉《むじな》みたいなやつばかりです」

忠七は吐きすてるようにいった。

「そら、まあ、そういえばそんなもんやけンどなあ」

豆六は首をかしげている。

「ところで、忠七どん、おくにがそれほどまでにして、あのお屋敷に心をひかれていたものというのは……？」

「さあ、それがわたくしにはわかりません。おくにさんはそれについては、なんにも申しませんでしたから……」

佐七はちょっと考えたのち、

「ときに、おれの聞いてる提げ重の女というのは……?」

「はい、おくにさんにはお房《ふさ》さんといって、十七になる妹がございますそうで。わたしはいちども会ったことないんですけれど……」

「そうか、よし、わかった。ところで、おくにの住居というのはどっちだ」

「三笠町《みかさちょう》とか聞いております。三笠町の法善寺《ほうぜんじ》門前とか……わたしはいったことないンですけれど」

そこへ、辰が頭をかきかきかえってきた。

「親分、いけねえ、あの酒はもう一升の余《よ》も、手がついているそうです」

とりかぶと

――錆《さび》を落として光っておくんなさい――


三笠町の法善寺門前で、提げ重をしていた、おくにと聞くとすぐわかった。それは文字どおり、九尺二間の棟割り長屋で、貧苦のほども察しられる住居である。

煤《すす》けた腰高障子のまえに立って訪《おとな》うと、なかから返事をしたのは、蚊の鳴くような老婆の声。障子をあけると、ひとめで見わたせる家のなかに、病みつかれた老婆がひとり、煎餅蒲団《せんべいぶとん》にくるまって寝ていたが、三人の姿をみるとあわてて起きなおった。

土間を見ると、さっきの草花がおいてあるが、娘の姿はどこにもみえない。

「おっ母《か》さん、おまえ提げ重をしていた、おくにのおっ母さんだろう」

「はい、さようでございます」

老婆はおどおどと、胸もとを掻きあわせる。

「おくにさんにゃ、お房という妹があるはずだが、そのお房さんはどうしたえ」

「はい、あれはいまさっきかえってまいりましたが、すぐ、また、出掛けましたので」

「どこへいったかわからねえか」

「なんでも、中之郷瓦町《なかのごうかわらまち》の、江原様というお屋敷に、用事があるとか申しまして……」

「江原様……？」

佐七はぎょっと、辰や豆六と顔見合わせた。

「そして、いったい、どういう用事だ」

「さあ、そこまでは存じません」

老婆は不安そうな目の色である。

「いや、それはそれでいいとして、おっ母、ここにある、この草花はどうしたのだえ」

「はい、あの、それはお房がさきほど、さるお屋敷からいただいてまいりましたので……」

「こんなものをどうするンだ」

「それはとりかぶとと申しまして、その根を焼酎につけて用いますと、痛風によく利きますので。わたくし痛風がひどいものでございますから……」

佐七はなんだか、肩すかしを食わされたような気持ちだった。それではお房は母親のために、とりかぶとを採りにきたのか。それもこのあいだのことがあるから、正面から頼むことができないので、こっそり忍びこんだのであろう。

佐七は、いささか拍子抜けのていだったが、そのとき老婆の吐いた一言が、ふたたびはっとかれを緊張させた。

「親分さん、このあいだの榊原様の出来事は、そのとりかぶとの毒ではございますまいか」

「な、な、なんだと！」

佐七はおもわず息をはずませて、

「そ、そ、それじゃ、これはそんなにひどい毒なのか」

「はい、その根を煮つめますと、どろどろの飴《あめ》のようになります。それを飲むと、立ちどころに血へどを吐いて……」

「おっ母さん、まさかお房がやったンじゃあるめえな」

「いいえ、あの娘《こ》はそのことを、さっきまで知らなかったんです。でも、あのお屋敷には、それを知ってるかたがございました」

「だれだえ。それは」

「江原の若様でございます」

「なに、江原の大二郎さんが……」

「はい、いつか姉のおくにが、とりかぶとの根を、掘らせていただいているとき、江原の若様がおいでになって、どうするのかと、お訊ねになったそうでございます、それでおくにが、いま親分に申し上げたようなことを言ったそうです。可哀そうに、おくにはその根が欲しいばかりに、榊原様のお屋敷へおもむいて……」

老婆はわっと泣き伏した。

忠七のいっていた、おくにがあの屋敷にひかれるものとは、この草花の根だったのだ。それを思うと、佐七はいっそうおくにの不愍《ふびん》さが、身にしみるかんじである。

「よし、わかった。しかし、お房はなんだって、江原様のお屋敷へいったんだ」

「はい、あのときの提げ重がじぶんだとわかれば、きっと疑いがかかってくる。だから、江原の若様にあって、問いつめてくると、わたしを振りきって出ていったンです。あの娘は勝気な性分ですから……」

「よし、それじゃお房のことはおれが引き受けた。おっ母、心配せずと待っていろ!」

おくにの家をとび出すと、秋の空のかわりやすく、ばらばら雨が落ちてきた。

「親分、こりゃ本降りになりそうですぜ」

「降ったってかまわねえ。ぐずぐずしているとお房も危ねえ。辰、豆六、急ごうぜ」

「へえ、そりゃいいンですが、親分、しかし、大二郎はなんだって、折助やお銀様を殺したんです」

「そら、兄哥、お銀様を殺したわけはわかってまっしゃないか。大二郎め、花鳥にほれていたにちがいおまへン。それが伊織さんに根引きされ、お部屋様におさまりよって、目の前でいちゃいちゃするもンやさかい、つい、むかむかして、一服盛りよったにちがいおまへン」

「しかし、それじゃ折助のほうはどうだ」

「さあ、そのほうはわてにもわかりまへンな」

雨はとうとう本降りになって、中之郷瓦町にさしかかったじぶんには、三人ともずぶ濡れになっていた。

日ももう暮れかげんで、そうでなくとも、稲を刈ったあとの、蕭条《しょうじょう》たる田圃《たんぼ》の風景が、いっそうものさびしい。やがて、むこうに源兵衛《げんべえ》堀《ぼり》の水が、蒼黒くよどんでみえてきたが、そこでふいに豆六が立ちどまった。

「あっ、親分、あら、お房やおまへンか」

いかにもそれはお房であった。

お房はどこで借りてきたのか傘をかかげて、若侍と立ち話をしている。若侍は糸経《いとだて》を背中にはおって、お房となにやら、押し問答をしているらしかったが、やがて袖をはらっていきすぎようとする。お房がとびついて袖をとらえた。若侍が怒って、刀の柄に手をかけたところへ、ばらばらととび出したのが、佐七をはじめ辰と豆六、

「あっ、ちょっとお待ちくださいまし！」

若侍は、三人の姿をみると、ぎょっと蒼白んだが、すぐさりげない顔色になって、

「拙者《せっしゃ》になにか用か」

「あなたは江原大二郎さんでございますね」

「いかにも」

「お房、おまえはそこにひかえておれ、もし、江原さま、あなたはとりかぶとの根が、猛毒であることをご存じでございましたね」

大二郎はまた蒼白んだが、やがて苦しげにうなずいた。

「あなたはそれを九人の折助や、榊原様のお部屋様に飲ませたのじゃ……」

「そのほうはいったいどういうものだ。ひとにものを訊ねるからは、まずじぶんから名乗れ」

「これは恐れ入りました。あっしゃお玉が池の佐七といって、十手捕縄をあずかるものでございます」

大二郎はまたちょっと蒼白んだが、

「名前はかねてから聞いている。それじゃ、佐七、誓っていうが、拙者はだれにも毒を盛ったおぼえはない」

「いいえ、いいえ、あんなことを……あのとき仲間部屋にいたのは、あなたと忠七さんのほかにはありません。忠七さんが、そんなことをするはずはなし、あなたです。あなたが毒を盛ったのです」

「お房、おまえは黙っていろ。大二郎さま、そりゃほんとでございましょうね」

「神かけて」

佐七はじっとその目を見てうなずくと、

「それじゃ、もうひとつお訊ねしますが、あなたはあの草の根が猛毒であること、またその毒の作りかたを、だれかに教えやアしませんでしたか」

大二郎の顔がまた蒼白んだ。唇が苦痛のいろをうかべてわなないている。

佐七はにっこり笑って、

「図星のようでございますね。そして、お教えになったあいてというのは……」

「佐七、それだけは許してくれ。冗談に教えてやったのだが……そのものは、もうこの世にいないものだから……」

佐七はじっとその顔を見まもりながら、

「大二郎さま、お銀様はどうして毒を飲んだンです。あのかたは、自害をするようなかたではないが、しかし、あのかたの死体の爪に、怪しげな薬のようなものがたまっていたところをみると、毒を使ったのはお銀様、どうしてあんなまちがいが起こったンです」

大二郎は、ぎょっとしたように大きく目を見張って、佐七の顔をみつめていたが、やがてしだいにうなだれると、

「佐七、そこまで知っていたか」

と、苦しそうに息をつき、

「拙者は見たのじゃ。お銀が……いや、あの女が伊織殿の吸い物に、怪しげなものを投げこむのを……」

「わかりました。そこであなたがすりかえたンですね、伊織様の吸い物とお銀様の吸い物を」

大二郎は力なくうなずいた。

「あの女は、伊織殿が死ねば、拙者と夫婦《めおと》になれると思っていたにちがいない。なにもかも拙者がわるかった。身から出た錆じゃ」

「しかし、しかし、お部屋様は仲間部屋へはおいでになりませんでした」

そういうお房へ、大二郎はさびしげな顔をむけ、

「お房と申すか、そのほうのしらぬのもむりはない。あのときのたぬき汁に使った味噌は、お銀様の女中がとどけてよこしたものじゃ。このことは女中に聞けばわかるだろう」

それから佐七のほうへむかって、

「ただ、わからないのはお銀がなぜ、あのものどもに毒を盛ったのか。お銀はかくべつあいつらに、怨みがあったわけではあるまいが……」

「大二郎さん、それがおわかりになりませんか。お銀様はね、あなたから毒のつくりかたを聞いたが、それがはたして、利くものかどうか不安だった。そこであいつらで試してごらんになったンです。あっはっは、おそろしいことだが、お銀様というかたはそういうひとだったンですね。そしてまた、九人の折助というやつが、試し台にされても、構わねえようなやつらだったンです。お房、おまえもうかえれ。おっ母が心配してるぞ。なにも泣くことはねえ。おまえたち母子《おやこ》のことは、榊原の御前のお耳に入れて、きっとなんとかしていただいてやる。大二郎さん、あなた、いま身から出た錆だとおっしゃいましたね。しかし、あなたはまだお若い。錆を落とすのにおそくはねえ。錆を落として、りっぱに光っておくンなさい」

雨はしとどに降りしきる。

枯れ田のうえに、堀のうえに、そして、首うなだれて、べったりそこへ膝をついた大二郎のうえに……。

遠眼鏡《とおめがね》の殿様

風流逢曳船《あいびきぶね》

——不義者見つけた、そこ動くな——

「待乳山《まつちやま》、金竜山《きんりゆうざん》とも聖天山《しようでんやま》ともいう。古木生《こぼくお》いしげり、砂石山《すないしやま》なり。仁王門《におうもん》の下、蓮池の中に弁天《べんてん》の社《やしろ》あり。この山の風景、言語に及びがたし。かの土手通いする二挺《ちよう》だちの船は、浅草川《あさくさがわ》より新鳥越《しんとりごえ》の橋へ漕ぎいれ、汐《しお》なきときは橋より手前にてあがり、山の麓《ふもと》を徒歩《かち》にていくを、山の茶屋より知る人の見ることもやとて、熊谷笠《くまがいがさ》をふせてかぶり、または羽織をうちかついでいけども、装《なり》より歩みぶり草履《ぞうり》取りにてやがて見知りて、手をたたきて呼びかかる。……」と、戸田茂睡《とだもすい》が「紫のひともと」に書かれた待乳山をうしろにひかえ、隅田川《すみだがわ》を眼の下に見おろすところに、茅門《かやもん》がかりの格子の入口、木地を見せた板塀のうちにびっしり竹を植えこんで、風雅をつくした高殿《たかどの》のあるじというのは、赤松源之丞《あかまつげんのじよう》といってもと幕府の勘定方《かんじようがた》をつとめた武士。

この赤松源之丞という人物、才はあり、腕はよし、学問、風流のたしなみも浅からず、男振りもまんざらではないと、三拍子も四拍子もそろった殿様だったが、なにを感じたのか、まだ四十を出てまもない男盛りという年頃を、病気をいいたてて勤めをしりぞき、家督も一子源太郎《げんたろう》というのに譲って、この待乳山のほとりに住居をかまえて楽隠居、頭も丸めてその名も竹斎《ちくさい》と、風流三昧の暮しぶり。

ところで、この殿様にはひとつ妙な道楽がある。と、いうのは高殿に南蛮《なんばん》わたりの遠眼鏡《とおめがね》をすえつけて、暇さえあれば覗《のぞ》いていようという珍な娯《たの》しみ。

なにがさて「紫のひともと」にも書かれているとおり、吉原《よしわら》通いの関門ともいうべき場所だけに、遠眼鏡にうつる世相百態には、狂言綺語《きょうげんきご》にもみられぬ面白味があるとやらで、竹斎源之丞はひとりで悦にいっている。

今宵《こよい》も今宵とて、さっきからいと熱心に、遠眼鏡のぞきにうきみをやっていたが、そこへ女中の取次ぎで、入ってきたのが人形佐七《にんぎょうさしち》。うしろには例によって例のごとく、辰《たつ》と豆六《まめろく》がひかえている。

佐七は敷居ぎわに手をつかえて、この場のていをみるよりにやりとわらって、辰や豆六と顔見合せた。

「あっはっは、殿様にはあいかわらず、お道楽に御精《ごせい》がお出ましとみえますな」

と、こうからかわれて竹斎源之丞、いささか照れたように丸めた頭へ手をやって、

「いやあ、面目《めんぼく》ないがこの楽しみ、いちどおぼえると味が忘れられんのでな。あっはっは、まあ、遠慮はいらんからこっちへ入れ。辰と豆六も御苦労だな」

と、遠眼鏡のそばをはなれて席につくと、

「お君《きみ》、さっそく酒肴《しゅこう》の用意を……」

と、案内してきた女中をふりかえる。

この赤松源之丞、かつて現職にあったころ、支配下にやっかいな事件がもちあがって、その調査を佐七に依頼したことがあるが、そのときの佐七のとりあつかい神妙なりというところから、すっかりその人柄に惚れこんで、佐七、佐七と贔屓《ひいき》にしていたが、隠居の身分になってからは友達づきあい。

「ときに御前《ごぜん》、けさほどはお使いをありがとうございましたが、なにか御用でも……」

「まあ、ゆるゆると話をしよう。それよりひとつどうだ。お君、酌《しゃく》をしてやれ」

「はい」

お今《いま》という年よりの女中とふたりで運んだ膳部《ぜんぶ》が、一同のまえにいきわたると、お君というきれいな女中が白魚《しらうお》の指で銚子《ちょうし》をとりあげる。佐七は不思議そうにさっきから、女中の顔を見まもっていたが、

「御前、この女中さんははじめてですが、いつからここに……?」

「ああ、半月ほどまえにひきとった。まあ、ひとつ眼をかけてやってくれ」

「へえ。……それでお君さんというンですね。あっしゃどこかでこのひとを、お見受けしたような気がするんですが……」

と、小首をかしげる佐七の袖を、辰と豆六が左右からひいて、

「親分、このひといま奥山《おくやま》で評判の、みよし野《の》のお君にそっくりですぜ」

「そやそや、顔といい、名前といい、はて面妖なあ……と、いうとこやな」

「あっはっは、かくすよりは現るるというが、お君、さっそく露見したようだな」

「えっ、それじゃ、やっぱりこの女中さん、みよし野のお君……さんですか」

と、三人が眼を見張ったのもむりはない。当時、みよし野のお君といえば江戸でも評判の美人で、お君の顔を見にいくついでに、観音様にでもお詣《まい》りしてこようかなどと、まるで主客顚《しゅかくてん》倒《とう》の人気であった。

「御前、御前、あなたもうまいことしていらっしゃるじゃありませんか。それじゃ、お君ちゃんをくどいて手活《てい》けの花と……」

「あれ、辰つぁん。そんな失礼なことを……あたしそんなんじゃありません」

と、あわてて打消すお君の顔は、火がついたように真赧《まつか》である。

「そんならただの女中さんかいな」

「それにきまってるじゃありませんか。あたしのようなものを殿様が……」

と、消えもいりたげなお君の風情《ふぜい》がいじらしい。三人は思わず眼を見かわせる。

「あっはっは、まあいい。お君のことはいずれ話そう。それより、辰、豆六、きょうは面白いことがあったぞ」

「へえへえ、面白いことというのは……?」

「なあに、その遠眼鏡のことさ。まだ日暮れまえのことだったがな。この下の稲荷《いなり》雁木《がんぎ》に屋形船が一艘やってきた。しかも上り場でもないところへ船をつけて、船頭が乱杭《らんぐい》づたいに陸へあがるのを見て、こいつ臭いと遠眼鏡でのぞいたところが、乗っているのは三十くらいの年増《としま》の女、あきらかに町方《まちかた》の女房だな。それともうひとり二十四五の手代《てだい》ふうの男。てっきり不義のふたりと見ているうちに、女のほうがそわそわと簾《すだれ》をおろしたから、さても、まだ日も暮れぬにだいたんなと、これが岡焼《おかや》きというのかな、そこにあるルーフルを取りあげ、不義者見つけたあ、そこ動くなあ、と怒鳴ってやったわ。あっはっは」

ルーフルというのは和蘭陀《オランダ》わたりの、声を遠くへとどかす器具である。

「あっはっは、それは殺生《せっしょう》なことを……それでふたりはどうしましたえ」

辰と豆六は面白そうに膝《ひざ》を乗りだす。

「それがな。しばらくはしいんとしていたようだが、やがて男が真青《まっさお》な顔で、そっと簾のすきからのぞいたから、こいつひとつ脅かしてやろうと、もういちどルーフルを取りあげて、不義者見つけた。重ねておいて四つにする……と、叫ぶなり矢を射かけてやったわ」

さすがの佐七もこれには呆れて、

「御前、まさかほんとうにお狙いでは……」

「当りまえよ。ほんとに射かけちゃ人殺しだ。脅かしに舷《ふなべり》へ射込んでやったのよ」

「それで、その船、どうしました」

「おれの声が聞えたんだな。船頭があたふたかえってくると、舷につっ立っている矢を抜きすて、ほうほうのていで下《しも》のほうへ漕いでいきおったわ。あっはっは、こういう娯しみがあるから遠眼鏡のぞきはよせんな。またあの稲荷雁木というところは、場所がよいとみえて、よくそういう船がつくところだあな」

竹斎源之丞はわらっていたが、いずくんぞしらん、その悪戯《いたずら》がはねかえって、おのが災難になろうとは夢にもしらなかったのである。

此糸伝八《このいとでんぱち》
――咽喉《のど》にのこる証拠の疵跡《きずあと》――


「なるほど、それは面白い。これからは暑くなるいっぽうですから、水のうえの逢曳きもだんだんふえるこってしょう」

「そうよ、辰、だからおれも娯しみにしてるンだあね」

「よっしゃ。そんならわてものぞいたろ」

と、豆六は立ちあがって遠眼鏡に眼をおしあてたが、見るとすっかり暗くなった稲荷雁木の河岸《かし》っぷちに、一艘の屋形船がもやってある。簾がおりているのでなかは見えないが、屋形の軒にあかい提灯《ちょうちん》がぶらさがっているのが意味ありげである。

「わあ、着いとる、着いとる。稲荷雁木の河岸ぶちに、いわくありげな屋形船。船頭のすがたが見えンとこ見ると、きっとあのなかで、うまいことしてるふたりがあるにちがいない」

「豆六、ほんとか。どれどれ、おれにもちょっと覗《のぞ》かせろ」

「兄貴、狡《こす》いや、狡いや。せっかくわてが見つけたのに……」

と、さからう豆六を押しのけて、辰は遠眼鏡に眼を押しあてると、

「あっ、なるほど、暗い河岸っぷちに一艘もやった屋形船。船頭も出していったいなかでなにをしているのか。……吹けよ川風、あがれよ簾だ。なかのお客の顔が見てえ……」

と、辰ははんぶん浮かれていたが、

「しかし、豆六、へんだなあ。あの風流な屋形の軒に、あのまた野暮《やぼ》提灯はどうしたもンだ。疱瘡《ほうそう》よけのまじないでもあるまいに……」

「なに、屋形の軒に紅《あか》い提灯……?」

と、なに思ったのか竹斎源之丞、持っている盃《さかずき》をポロリと落して、

「辰、ちょっとおれに覗かせろ」

と、立上った顔色が尋常ではない。しかし、遠眼鏡に夢中の辰は気がつかず、

「ご、御前、ちょ、ちょっと待っておくんなせえ。いま、だれやら乱杭をつたって、船のほうへ這いよっていくやつがあるンです。船頭かな。いや、船頭じゃあねえ。頰冠りをして尻端折《しりはしょ》り、あたりの様子をうかがいながらなんだかうさん臭いようすだが……、あっ、とうとう屋形のなかへ入りゃアがった」

辰がなおも遠眼鏡をのぞいていると、いったん屋形のなかへ入った男が、なんだかひどくあわてたようすで跳び出してくると、それこそころげるように乱杭をつたって逃げていく。おりからそこへかえってきたのが船頭だろう。河岸っぷちでその男をつかまえると、なにやらふた言三言いっていたが、頰冠りの男がいきなり船頭をそこへつきとばして、折からの薄闇のなかを一目散に逃げていく。

「親分、親分、ちょっと妙ですぜ。いま屋形船へ忍びこんだ男が、出合頭《であいがしら》に船頭を、河岸っぷちへつっころばして逃げていきましたが、あれゃア泥棒かな。おや、屋形のなかから船頭が、簾をひきちぎって気ちげえのように叫んでいる。あっ、あああっ……」

「辰、どうした、どうした」

「親分、ど、どうやら人殺しらしい。屋形船のなかに女がひとり倒れているようです」

「どれどれ、おれにのぞかせろ」

と、佐七は辰をおしのけて、遠眼鏡に眼をおしあてたが、みればなるほど簾をおとした屋形のなかに、女がひとり倒れていて、しかもその胸もとに突っ立っているのは、たしかに一本の矢ではないか。

「あっ、女の胸に矢がいっぽん……」

「な、な、なに、矢だと……？」

竹斎の殿様もびっくりしたように、佐七をおしのけ、遠眼鏡に眼をおしあてたが、やがて佐七のほうへむけた顔色は、なぜか土色にふるえていた。

「佐七、いってみよう。なにかまちがいが起ったのかもしれぬ。お君」

「はい」

と、お君もおどおどふるえている。

「庭のほうへ履物《はきもの》をまわすように。それから雪洞《ほんぼり》の用意を……」

と、命じておいて殿様は、ふたたび不安そうに遠眼鏡をのぞいたが、そこへお君が用意のできたむねをしらせてきたので、一同は雪洞かかげて庭へおりる。

「御前様、これを……」

「おお、さようか」

竹斎源之丞はお君のさし出す頭巾で丸めた頭をつつむと、

「それでは、お君、いってくるぞ」

「御前様、どうぞお気をおつけあそばして」

お君の声もなぜかふるえをおびている。

庭から枝折戸《しおりど》をぬけて、待乳山の暗い坂道をくだっていくと、おりからちょうど月があがって、隅田川のうえにはいぶし銀のような薄明が流れていた。

稲荷雁木の河岸っぷちへくると、船頭の声を聞きつけたのか、野次馬がいっぱいむらがっている。その野次馬をかきのけて、

「おお、兄貴、どうした、どうした。何かまちがいでも起ったのか」

と、佐七が河岸から声をかけると、船頭は月の光で佐七の服装《みなり》をすかしてみて、

「おお、これは親分、よいところへ……船の中で女が殺されているンです」

「よし、なんでもいいから上り場へ船を廻せ」

「へえ」

と、船頭が上り場へ船をつけるのを待って、佐七をはじめ辰と豆六、それから竹斎源之丞が屋形のなかへ入って行くと、お高祖頭巾《こそずきん》で顔をつつんだ女がひとり、裾《すそ》をみだして倒れている。

服装からいって町方の女房ふうだが、着物の着こなし、襟《えり》のぬきように、どこか仇《あだ》めいたところが見える。そして、その胸にぐさりとのぶかく突っ立っているのは、端黒羽根《つまぐろはね》、黒塗篦《くろぬりべら》の一本の矢だ。

「さ、佐七……」

竹斎源之丞はひとめその矢を見るなり、拳を握って呼吸《いき》をのんだ。

「御前、この矢にお見憶えが……？」

「おお、いかにもきょう夕刻悪戯に、きってはなしたおれの矢だが……しかし、これがどうして……？」

「豆六、とにかく、そのお高祖頭巾をとってみろ」

「へえ。……」

と、豆六が頭巾をとると、そのしたから現れたのは、二十六七、年齢《とし》こそすこしふけており、世帯《しょたい》やつれはしているが、凄いようなべっぴんである。

竹斎源之丞はひとめその顔を見るより、

「おお！」

と、雷にでもうたれたように身をふるわせ、何か口走りかけたが、佐七の顔色に気がつくと、あわてて声をのんで顔をそむけた。

「御前、御前はこの女をごぞんじでございますか」

「い、いや、しらぬ。見たこともない女だ」

と、口のうちで呟《つぶや》いたが、その声がふるえているのはかくしきれなかった。佐七はだまってその横顔を視《み》つめていたが、そのとき、辰がびっくりしたように袖をひいて、

「親分、親分、これャア吉原の丁子屋《ちょうじや》から出ていた此糸ですぜ」

「此糸というと……?」

「ほら、五六年まえにお旗本《はたもと》の内田《うちだ》伝八という侍と、心中しそこなって、三日のあいだ日本橋《にほんばし》でさらしものになり、伝八といっしょに浅草《あさくさ》の非人頭善七《ぜんしち》にさげわたされた此糸花魁《おいらん》。……ほら、咽喉のところにのこっている疵跡《きずあと》がなによりの証拠でさあ」

「そやそや、わてもあのとき三日間、日本橋へ通うてみてやりましたが……なんでもそののちおさよとかいって、鳥追いに出たりしてるちゅうことを聞きましたけど……」

佐七はそれを聞くと思わず源之丞をふりかえる。源之丞はたしかにこの女をしっているにちがいないが、どうして非人に落ちた女などに馴染《なじ》みがあるのだろうか。

合図の紅提灯

——提灯目当てに忍んでくる男——

江戸時代には心中しそこなった男女がともに生きのびたときには、身分のいかんを問わず、三日間、日本橋でさらしものにしたあげく、非人におとすならわしだった。

吉原で名妓《めいぎ》とうたわれた丁子屋の此糸が、旗本の内田伝八と心中しそこなったあげく、日本橋でさらしものにされたのは、いまから五年まえのことで、このとき、さらしものを見にいったひとびとは、きのうにかわるきょうの身の上、やがて非人におとされるのかと思うと、いかに心柄とはいえ、此糸のあまりの哀れさに、涙をしぼらぬものはなかった。

その此糸がいまここで殺されている。しかもお世話になった竹斎源之丞が、なにかそれに関係があるらしい。……と、そう思うと佐七はさっと緊張しずにはいられなかった。

此糸の死体をあらためると、ほかにこれという疵もなく、左の胸に突っ立った矢が、たしかに致命傷と思われたが、その矢はやや下方から矢尻をうえにむけて突っ立っていた。佐七は念のために船頭のひきちぎった簾をしらべてみたが、矢のとおった形跡もない。

佐七はいくらか安心して船頭をよぶと、

「兄貴、おまえはどこの船宿だえ」

「へえ、あっしゃ柳橋《やなぎばし》の三升《みます》という船宿の若いもんで、利助《りすけ》というンです」

「この客は三升からのっけてきたのか」

「へえ、さようで」

「見ればひとりのようだが、はじめからひとりかえ。それとも連れがあったのか」

「いいえ、はじめからおひとりでした。待乳山の下までやってくれとおっしゃって、ここまでくると一刻ほどはずしてほしいと、ご祝儀をたんまりいただきましたので……」

「それじゃ、待人《まちびと》でもあったようすか」

「どうもそうらしゅうございました」

「ところで、この軒にかかっている紅提灯だが、これはおまえンちの提灯かえ」

「とんでもない。約束の時刻がきたのでかえってくると、妙な提灯がぶらさがっているので、びっくりしたのでございます」

「すると、これはこの女がかけたものだな」

「そうじゃないかと思います。そういえばそれくらいの風呂敷包みをかかえていました。ほら、そこにあるのが風呂敷で……」

なるほど、見れば浅黄木綿《あさぎもめん》の風呂敷が、死体のしたからのぞいている。

「親分、これゃ男にしらせる合図の提灯……」

「そやそや、この紅提灯を目印に、男がしのんでくることになっとったんやな」

佐七もさもあろうかとうなずいて、

「ところで、おまえはさっきここで、だれかと取っ組みあいしていたようだが……」

「へえ、それなんですよ。親分」

と、船頭は声をひそめて、

「いまもいうとおり、へんな提灯がぶらさがっておりますから、妙に思ってあしいそがせてかえってくると、この船からとび出した男が、乱杭をつたって河岸へ出てきました。それであっしが呼びとめたところが、いきなり頬っぺたを殴りゃアがって……ときに、兄貴、いま聞きゃこの女は非人ですって?」

「そうよ。もとは此糸といういい花魁だったが、心中しそこなって非人に落された女だ。名前はたしかお小夜《さよ》といったと思うが……」

「それじゃ親分、さっきの男はお仲間ですぜ。妙にこう皮くせえ匂いがしたンです。あれゃアたしかに犬や猫の皮を剝ぐのを商売にしてる、非人の匂いにちがいありませんや」

船頭の利助はいまいましそうに眉《まゆ》をひそめる。

「ところで、兄貴、この女はこんやはじめての客かえ。それともちょくちょく……？」

「いいえ、うちへははじめてのお客さんですが、ちかごろちょくちょく、稲荷雁木に紅提灯をつるした船がついている……と、そんな噂《うわさ》をきいたことがありますから、ひょっとするとこの女だったかもしれませんねえ」

それを聞くと佐七はそっと、辰や豆六と眼を見かわせた。

それではお小夜というこの女、紅提灯を合図にして、ちょくちょくここでだれかと忍びおうていたにちがいないが、それにしても、いかにべっぴんとはいえ、非人におちた女を相手にするとはいったいどこの誰だろう。

佐七はひととおり船のなかを改めたが、べつにこれという証拠も見当らないので、折から駆けつけてきた町役人にあとをまかして、竹斎の隠居所へかえってくると、裏木戸のところに誰やら忍んでいる。

「誰だ！　そこにいるのは……？」

辰が声をかけると、男はびっくりしたようにとびあがり、そのまま狭い坂道を、待乳山聖天のほうへ逃げていく。月の光でみたところでは、まだ生若いお店者《たなもの》らしい風態《ふうてい》だった。

「野郎、怪しいやつだ！」

辰と豆六があとを追おうとするのを、

「捨ておけ、捨ておけ。相手は誰だかわかっている」

竹斎の殿様は落着きはらっている。

「へえ、御前、どういうやつでございます」

「なあに、お君を狙う狼のひとりよ。あっはっは、さあ、なかへ入ろう」

裏木戸から庭づたいに、さっき出てきた座敷へむかうと、お君が縁側に手をつかえて、

「あの、御前様、奥方様がお見えになっていらっしゃいます」

「なに、奥が……？」

と、竹斎源之丞はちょっと当惑の面持ちだ。

源之丞はもと軽輩《けいはい》の出身だったが、赤松家の先代に器量才幹《きりようさいかん》を見こまれて、ひとり娘加奈江《かなえ》の婿《むこ》養子にむかえられ、そのあいだに一子源太郎をもうけたが、どういうものか夫婦仲がうまくいかず、源之丞が病いと称して、職を退き隠居したのも、それが原因だといわれている。

佐七もうすうすその間《かん》の事情をしっているので、辰と豆六と顔見合せると、

「御前、それではまた出直してまいりましょう。しかし、そのまえにちょっとお訊ねいたしますが、御前が悪戯に矢を射かけられた男女というのは、いったいどんな風態でした」

「さあ、どういう風態といっても……いくら遠眼鏡でも顔まではわからぬ。それに、女のほう

は茫然と、屋敷の中の日をかぶっていたので……」

「でも、町方の女房に手代ということだけはたしかなのでございますね」

「さあ、それもたしかとは申しかねるが、わしには、まあ、そのように受取れたな」

「それで、船につっ立った矢を抜きとったのは、客でしたか、船頭でございましたか」

「さあ。……そうそう、若い男が抜きとったようだったが、それからどうしたか、……川へ流したか、それともそのまま持ち去ったか……そこまではおぼえておらぬが……」

と、殿様の言葉はしだいに曖昧《あいまい》になってくる。佐七はじっとその顔を視つめていたが、

「いや、失礼いたしました。それじゃ、今夜はこれで……」

と、庭づたいに門から外へ出ると、

「ねえ、親分、あれゃやっぱり御前がおやりになったンじゃありませんかねえ。御前はたしかにお小夜をごぞんじらしゅうがすぜ」

「そやそや。それであの矢が証拠になるといかんと思て、あんな作り話しやはったンや」

佐七はだまってかんがえこんでいたが、

「辰、豆六、御前がお小夜をしってらっしゃるってことは、まちがいのねえ事実らしいな。だけど、あれゃ御前のしわざじゃねえ」

「へえ、どうしてそれがわかります」

「どうしてって、あの矢は矢尻をうえむきに、下のほうからお小夜の胸に突っ立ってるンだ。あの高殿から射たとすれば、お小夜がどんなかっこうをしていたところで、矢はうえからお小

夜の胸に立つはず。あれゃアだれかがお小夜をうしろから抱きしめて、手にした矢でぐさりと乳房をえぐったのよ」

「へえ、すると、御前のおっしゃった不義のふたりが怪しいと……？」

「そうよ、辰、豆六、だからおまえたちは手分けして、船宿という船宿を洗ってみてくれ。きょうの稲荷雁木へもやった船はないかと調べるンだ。そして、客の人相風態をな」

「おっとがってんや。それで、親分は……？」

「おれはこれから浅草の溜《ため》へまわって、お小夜の亭主伝八というのに会ってこようよ」

そこで佐七は辰や豆六と袂《たもと》をわかった。

心中の果て

――生きようが死のうが――


むっと異臭のただよう非人の溜へ足をふみいれると、まだ宵《よい》の口とて、泥んこをこねかえした露地口には、子供が四五人騒いでいる。その子供に伝八の住居《すまい》をきくとすぐわかった。

もうこのへんには蚊《か》が出るのか、家々から流れ出る蚊遣りの煙にむせながら、狭い露地を入っていくと、雨戸も格子もない両側の小屋から、ものに怯えた獣のような非人の眼が、不思議そうに佐七の姿を見送っている。男はたいてい褌《ふんどし》一本、女も腰巻ひとつのが多かった。教え

られた小屋のまえへ立って、

「伝八の住居はこちらかえ」

と、たずねると、土間の隅っこで庖丁《ほうちょう》をといでいた非人が、髯《ひげ》だらけの顔をむっくりあげると、佐七の姿を見てぎょっとしたように、

「へえへえ、伝八兄貴の小屋はこちらですが、なにか御用でも……」

と、庖丁をぶらさげたまま立ちあがった姿が物凄い。見るとそばの戸板のうえには、三味線《しゃみせん》屋にでも売るのだろう。猫の皮が四五枚貼りつけてあり、一種異様な匂いがする。

「伝八は留守か?」

「へえ、宵から出かけてまだかえりませんよ……なにか兄貴にご不審の点でも……?」

と、眼に落着きのないところをみると、おおかた後暗いところがあるのだろう。

「なあに、ちょっと聞きてえことがあってきたんだが、それじゃおかみさんのお小夜さんは……?」

「お小夜の姐御《あねご》?」

相手は眼をまるくして、

「お小夜姐御ならもうここにはおりませんよ。とっくの昔に兄貴とわかれて、いまじゃ品川《しながわ》の溜のほうにいるんです」

「別れたあ……?」

と、佐七は思わず眼をまるくする。命までもとかけたふたりが、そんなに簡単に別れようと

は、佐七は夢にも思わなかった。

佐七の顔色を非人はせせら笑うように見て、「死のうの生きようのといったところで、どうせあんなことは瘧《おこり》の病《やめ》えみてえなもんでさ。瘧がおちりゃケロリとする。ケロリと眼がさめてみればばかばかしい。ことに兄貴は三百石のお旗本、おとなしくせえしていれゃあ、何不自由のねえ身分だ。それをこんな女のために、あたら一生を棒にふったかと思やあ、いまいましくもなるだろうじゃありませんか」

「それでふたりはわかれたのか」

「へえ、姐御のほうが捨てられたンです。一年とはつづきませんでしたよ。それを姐御は面目ながって、品川のほうへうつったンですが、それでもこれも因縁事《いんねんごと》と思うのか、ときどき兄貴に意見にきますが、意見をきいておとなしくしてみたところがどうなるもンです。もとの身分にかえれるじゃあなし、だから兄貴もうるさがって、このあいだなんかも姐御がやってきたとき、面倒くせえから突殺すと、竹槍をふりまわすやら、いやはや大騒ぎでございましたよ。おっと、あそこへかえってきました。親分、あっしのいったことは内緒にしといておくんなさいまし」

一杯のんだホロ酔い機嫌、貧乏徳利《びんぼうどくり》を肩にかついで、ひょろひょろとやってくる伝八の姿を見たとき、人間こうも変れば変るものかと、佐七も暗然たる思いをしずにはいられなかった。木綿の筒袖《つつそで》に三尺帯をだらしなく絞め、脛《すね》も股《もも》もまる出しの尻端折り、顔はさすがに剃っているが、むさくるしく月代《さかやき》がのび、これがもと三百石のお旗本とは、どうしても思えぬほどのすさみようだ。

伝八は二三間《げん》さきまできて、佐七の姿を見つけると、ぎょっとしたように足をとめ、

「おい、久助《きゅうすけ》、そこにいるのはどなただえ」

「ああ、兄貴、おかえんなさい。ここにいらっしゃるのはお玉《たま》が池《いけ》の親分ですが、なにか兄貴にお訊ねになりてえことがあるとやらで……」

「なに、お玉が池の親分」

と、伝八はギロリと眼を光らせて、

「これはこれは……お初にお眼にかかりますが、して、この伝八にお訊ねになりてえことというのは……?」

と、ひょろひょろとそばへくると、ころげるようにずしんと上《あが》り框《がまち》に腰をおとして、

「おい、久助、湯吞みを出してくれ。親分にもひとつ飲んでいただこう」

「兄貴、どうしたンです。上機嫌じゃありませんか」

「そうよ。嬉しいことがあったから、前祝いに一杯やったうえに一升買ってきた。親分、ま、ひとつ受けておくんなさい」

「いや、まあ、おれはよそう」

「そんなことをいわねえで、一杯ぐらいいいでしょう。それともあっしのような身分のものの酒は飲めねえとおっしゃるンで」

「あっはっは、いや、そういうわけじゃねえが、……そうか、じゃ、一杯もらおう」

と、佐七は湯吞みに一杯受けて、

「ときに、伝八、おまえいままでどこにいた」

「どこに……？　どこにって、あっしのようなものがどこにいようといいじゃありませんか。ただそこいらをぶらぶらと。……」

「おまえ待乳山下の稲荷雁木のへんへ、立廻りゃアしなかったかえ」

「へえ、稲荷雁木？　稲荷雁木がどうかしましたかえ」

「そこでおまえのおかみさんが殺されてるンだ」

「へへえ」

と、伝八は血走った眼をわざと大きく視張《みは》って、

「親分も妙なことをおっしゃいますね。あっしゃひとりもんでさ。かかあなんかありませんぜ。ねえかかあが殺されたというのは……」

「お小夜というのはおまえのかかあじゃねえのか」

「あっはっは、親分のおっしゃるのはお小夜のこってすかい。お小夜ならとっくの昔にわかれて、いまじゃあかの他人でさあ。生きようが死のうがあっしのしったことじゃねえが、しかし、お小夜が殺されたンですかえ」

と、首をつき出し湯吞みの口を吸っている伝八より、そばで聞いている久助のおどろきのほうが大きかった。

「親分、そ、それゃアほんとですかえ」

「おお、ほんとうよ。稲荷雁木にもやった屋形船のなかで、抉《えぐ》りころされているんだ」

「へっへっへ、お小夜のあまもちかごろ少し羽根をのばしすぎましたからね」

「羽根をのばしすぎたとは……？」

「どこかのお旗本の御隠居といい仲になって、忍び逢っているという噂をききましたがねえ」

「兄貴、兄貴、そんないい加減なことを……」

「久助、おまえは控えてろ。伝八、それをおまえが焼餅やいて、ぐさっとやったんじゃ……」

「と、とんでもない。三行《みくだ》り半《はん》をくれてやった女房だ。浮気をしようが、色事しようが、あっしのしったこってすかい。ねえ、親分、そうじゃありませんか。あっはっは」

佐七はだまって伝八のすさんだ顔を見ていたが、やがてにんまり微笑《えみ》をうかべると、

「ああ、そうか。それじゃ、伝八、もうひとつ聞くがな。むこうの壁に貼ってある一枚絵は、奥山の水茶屋、みよし野の看板娘、お君の似顔絵のようだが……」

佐七に訊かれて、なぜかぎくっとしたように、久助と顔を見合せた伝八の顔には、さっと執念ぶかい色が走ったが、すぐせせら笑うような調子で、

「へえ、そうですが、それがどうかしましたかえ」

「どうもしやあしねえが、ああして後生大事に壁に貼ってあるところをみると、相当御執心とみえるな。あっはっは」

佐七はじろりとふたりの顔を尻眼にかけると、裾をはらって立ちあがった。

縺《もつ》れた糸

――お小夜、伝八、お君、源之丞――

伝八の住居にお君の似顔絵が貼ってある。その伝八が心中まではかった惚れた相手のお小夜は、その後、伝八に捨てられて、稲荷雁木の屋形船のなかで殺された。しかも、伝八の口ぶりから察すると、お小夜の忍び逢うていた相手は、竹斎源之丞らしく、お小夜はその源之丞の矢で殺されているのだ。おまけに伝八の惚れているらしいお君は、いま源之丞のところにいる。……

佐七は妙にもつれたこの糸を、解こうとして肝胆《かんたん》をくだいたが、どこに糸口があるのか、それさえわからぬもどかしさ。ただ、この事件のなかに、伝八が重要な役割をつとめているらしいことは察しられるのだが、さてかれを下手人とする根拠はうすい。伝八がどうして竹斎源之丞の矢を手にいれたか。……

「どっちにしても、赤松の御前の話が嘘かまことか、それがはっきりしねえことには……」

そんなことを考えながらお玉が池へかえってくると、ひと足さきに客がきて待っていた。

「親分さん、さきほどは失礼いたしました」

と、しょんぼりと肩をすぼめて頭をさげる、お店者らしい若者を、佐七は不思議そうに見て、

「そういうおまえさんは……」

「はい、わたくしは浅草並木通《なみきどお》りにある桝屋《ますや》という酒屋の伜《せがれ》で、十三郎《じゅうざぶろう》と申しますが、お見忘れでございますか。さきほど待乳山の隠居所の裏口でお眼にかかりましたもので……」

お見忘れもへちまもない。佐七はあのときほとんど顔を見なかったのだが、そう名乗られると思わずぎょっと相手を見なおした。

「そのおまえさんがどうしてここに……？」

「はい、親分さん、非人のお小夜を殺したのは赤松の殿様にちがいございません。なんぼ武士でも人殺しは人殺し、あのひとを縛ってそのかわり、お君をわたしに返してください」

十三郎はいまにも泣き出さんばかりの顔色である。

佐七は、ああそうかとうなずいて、

「おまえはお君に惚れてるンだな。それを御前にとられたので……」

「はい、わたしはお君と夫婦《めおと》約束をして、その日のくるのを楽しみにしておりましたのに、半月ほどまえにお君がとつぜん姿をかくしたので、やっきとなって探しておりましたところが、やっとあの隠居所にいることをつきとめました。それでお君を説き伏せて、連れもどそうとしましたが、お君はどうしてもききません。きかないばかりかじぶんのことは諦《あきら》めてくれとの愛想づかし、これも殿様がついてるからと、わたしはくやしくてなりません」

十三郎の顔は嫉妬《しっと》に青白くひきつっている。

「なるほど、それは気の毒だが、しかし、赤松の御前が非人のお小夜を殺したと、どうしておまえはしっているのだ。殺すところをみたのかえ」

「いえ、そういうわけではございませんが、お小夜を殺した矢は赤松の御前のものだということですし、それに御前はお小夜と忍び逢《お》うていたンです」

「ふむ、それゃおれもしってるが、しかし、御前はなんだって惚れた女を殺すンだ」

それはおれもしっているといわれて、十三郎もいささか拍子抜けのていだったが、すぐまたやっきと身を乗りだし、

「それは親分のお言葉とも思えません。どうした破目かお小夜とそういう仲になったが、相手は身分ちがいの女、そんなことが世間にしれては、赤松のお家に傷がつきます。それにお小夜から、なにか強請《ねだ》りがましいことを持ちかけたのかもしれず、そこで後日の憂《うれ》いを断つために……」

「惚れた女を殺したというのかえ」

「そうです、そうです。それに御前にはお君という新しい花ができたものだから、きっとお小夜が邪魔になったンでしょう」

なるほど十三郎の言葉にも一理はある。しかし、佐七の見たところでは、竹斎源之丞とお君とはそれほど深い関係ではないようだ。

「ときに、十三郎さん、おまえお小夜の亭主だった伝八という男をしってるかえ」

伝八……と、いう名をきくと十三郎の顔に、さっと恐怖の色が走った。

「しってるンだな」

「はい、あの、身分ちがいの分際で、ときどきお君を口説くとか……」「ああ、そうか、それじゃ、注意までにいっとくが、お君と夫婦になるつもりなら、伝八に気をつけなきゃあいけねえぜ。あいつのお君に惚れかたは、ひととおりやふたとおりではねえようだから。……あいつ相当執念ぶけえ男のようだな」

それを聞くと十三郎の顔色はみるみる土色となり、やがて挨拶《あいさつ》もそこそこにかえっていったが、それといれちがいに、表からとびこんできたのは辰と豆六である。

「親分、わかりました。赤松の殿様のお話は半分嘘で半分ほんとです」

「なんだえ。その半分嘘で、半分ほんとというのは……?」

「それはこうだす。親分、きょう夕方、稲荷雁木へもやった船で、男と女が逢曳していたところへ、矢がとんできたちゅうのはほんまやが、逢曳のふたりちゅうのが、町方やのうて屋敷ふうやったちゅう話だす」

「赤松の殿様はそれをはっきりいって、もし差しさわりができてはならぬと、話を少しお作りかえになったンですね」

「屋敷ふうといって奥女中のたぐいか」

「いえ、それがそうではなく、ふたりとも頭巾をきていたので顔はわからなかったが、女はたしかに武家の奥方、男は若党《わかとう》か中小姓と、そういう関係じゃないかと船を漕いだ駒形《こまがた》の船宿、井筒《いづつ》の船頭がいうンです」

「なに、武家の奥方……? それで、船に立った矢はどうしたンだ」

「それは男が抜いて持ち去ったと……」

佐七はなぜか急に寒気をおぼえたように、ゾクリと肩をふるわせて、しばらくだまって考えこんだが、やがてきっと顔をあげると、「辰、豆六、おまえたち当分のあいだ、浅草の溜にいる非人の伝八を見張ってろ。いいか。かたときも眼をはなすな」

「親分、伝八といやアお小夜の亭主、それじゃあいつが……」

「まあ、とにかくおれのいうとおりにしろ」

と、佐七はまた考えこんでしまったが、それから十日ほどのちのある晩のこと。

古寺の伝八

――これであいこになった――


そこは小塚《こづか》っ原《ぱら》の刑場ちかくにある、無量寺《むりようじ》という古寺の、荒れはてた本堂のなかである。ちろちろと鬼火のようにもえる燈心《とうしん》のあかりのなかに、女がひとりうつぶせになって泣きくずれている。

髪はほとんどさんばらになり、衣紋《えもん》はみだれて肩はむきだし、解けた帯がながながと、蛇のように本堂の床を這っている。そして、そのかたわらの須弥壇《しゅみだん》には、男がひとり腰うちかけて、貧乏徳利に欠け茶碗で、冷酒をぐびりぐびりと呷《あお》っている。

男のそばに抜身《ぬきみ》がぐさりと、床につっ立っているところをみると、いまここでどのようなことが行われたか想像出来るのだ。くやしそうな女の泣声にまじって、破《やぶ》れ廂《ひさし》をうつ五月雨《さみだれ》の音がわびしかった。

「もし、奥方様、奥さん、いやさ、おかみさん、なにもそんなにお泣きなさることはないじゃございませんか」

蛇のような眼で泣きくずれている女の、むっちりとした肩を見やりながら、ぐびりぐびりと酒を飲んでいるのは非人の伝八。

「これであいこになったンですからね。おまえさんの御亭主は、あっしのかかあを慰《なぐさ》んだ。いや、かかあばかりじゃねえ。あっしの首ったけに惚れている、みよし野のお君を横奪りして、さんざんおもちゃにしていなさる。その返報にあっしがちょっと、おまえさんに娯《たの》しませてもらったところで、まんざら罰《ばち》もあたりますめえよ」

舌なめずりをするような伝八の声に、女のくやし泣きの声はいよいよはげしくなる。

「あっはっは、なにもそうくやしがらなくてもいいじゃねえか。おまえさんも亭主よりほかに抱いて寝たことがねえという貞女ならともかく、あろうことかあるまいことか、わざわざ御亭主の鼻先きに船をつけ、わかい男といちゃついてみせようという、大胆不敵なおまえさんだ。非人といってももとは武士、おれに可愛がられたのがそんなにくやしいのかえ」

「殺して……このままその刀で突殺してえ」

「あっはっは、おまえさんじゃあるめえし、むやみに人殺しをしてたまるもんか。生かしておいてときどき呼び出し、こうしてしんみり楽しむンだ。それがくやしけれゃ亭主にいって、お君をおれに返させるがいい」

女はまたひとしきり肩をふるわせ、くやしそうに泣きむせぶ。

「あっはっは、しかし、おまえも妙な女だなあ。やきもち焼いてお小夜を殺すほど亭主に惚れているのなら、なぜ浮気をするンだ。いやさ、浮気だけならまだいいが、なぜ、亭主のとこまで出向いていって、眼のまえで仇し男《あだしおとこ》といちゃついてみせたりするンだ。おれもずいぶん悪どいまねはしてきたが、おまえのように恐ろしい女はしらねえなあ」

「殺して……いっそひと思いに殺してえ……」

「あれ、また、殺してかえ。どっちにしても命を粗末にするおひとだ。もし、奥さん、おかみさん、加奈江さん、もう泣くのはおよしなせえ。酒のおかげで、ほら、こんなに体があたたまってきた。もういちどおまえの肌をあっためてやろうよ」

空《から》になった欠け茶碗を、ころりと床に投げだすと、伝八はよろよろと女のそばにより、突っ伏している女の黒髪をわしづかみにして、ぐいと顔をひきおこした。

「あれ。もう、堪忍して……」

「なにをいやアがる。悔しけれゃお君をかえせと亭主にいえ」

伝八の眼は餓狼《がろう》のようにもえ、髪ひっつかんで女の体を、仰向けにおしころがそうとしたが、そのときだ。

「伝八、御用だ、神妙にしろ！」

伝八もはっと女の髪をはなしたが、そのとたん、自由になった女はころげるように床をはい、伝八から少しはなれて起きあがろうとしたが、その眼にうつったのは御用提灯。

女はそれをみるともうこれまでと観念したのか、そこに突っ立っている抜身をぬくと、いきなり伝八の横腹につきさした。

「わっ！」

と、叫んで虚空《こくう》をつかむ伝八に、

「あっ、や、や、やったあ！」

と、とびこんできた三人の男が立ちすくむすきに、女は思う存分、伝八の横腹をえぐっておいて、血まみれの抜身をひきぬくとみるや、われとわが体をそのきっさきのうえへ倒していった。いうまでもなくその女とは、竹斎源之丞の妻の加奈江で、凄惨《せいさん》な五月雨の夜《よ》の出来事だった。

伝八も加奈江も死んでしまったあととなっては、事の真相をしるよしもないが、伝八の問わず語りを立ちぎきした、佐七の想像によると、だいたいつぎのとおりらしい。

源之丞の妻加奈江は淫婦にしてしかも妬婦《とふ》だった。源之丞は妻の加奈江が、若党の内海与三《うつみよさぶ》郎《ろう》というものと密通しているのをしったが、相手は家附娘《いえつきむすめ》であり、しかも先代の恩義を想うて、事を荒立てることを欲しなかった。

その頃たまたま逢《お》うたのがお小夜である。お小夜が此糸と名乗って吉原へ出ている頃、源之丞は二三度座敷で逢うたことがある。そのお小夜がおなじ旗本、内田伝八と心中しそこなって、非人におちたときいたときには、内心不愍《ふびん》に想うたが、それと同時に、家庭的にめぐまれぬ源之丞はうらやましくも思った。たとえ非人におちても、好きな相手と添いとげるふたりを仕合《しあわ》せ者《もの》だと思うていた。

ところがはからずも出逢うたお小夜は仕合せどころか、伝八にすてられて、あるにかいなき身のうえだとしって、いまさらのように女の命のあわれさが身にしむと同時に、お小夜につよい愛着をおぼえた。

お小夜はむろん源之丞の求愛をこばんだが男の髪を切り隠居するというのをきいて、とうとう男の情熱に身をまかせた。しかし、なにをいうにも身分ちがい、ふたりの秘事が露見すると、赤松の家に傷がつくので、この逢曳はよほど慎重にはこばねばならなかった。

そこで考えられたのが船の逢曳で、紅提灯が合図の目印。竹斎源之丞は遠眼鏡でそれを認めると、ひそかに逢いに出かけたのだ。

ところがそのうちに、伝八にかどわかされて、あわや手籠《てご》めになろうとするお君を、ちょうどいきあわせたお小夜がすくった。伝八が竹槍をふりまわしたというのはそのときのことで、お君をすくったお小夜は、その身柄を竹斎源之丞にあずけた。

こうして竹斎の殿様は、お小夜とお君と二重の意味で、伝八の怨《うら》みをかうにいたったのである。

さて、妻の加奈江だが、これまた隠居と称して別居した良人が、どこかの女とひそかに船中で逢曳しているとしって納まらなかった。大胆な彼女はその腹癒《はらい》せに、わざと良人《おっと》の眼前で、若党の与三郎といちゃついてみせたのだが、そこへ飛んできたのが竹斎の矢だ。

竹斎はまさかそれが自分の妻とはしらず、ただ、あまり大胆な男女のふるまいに、悪戯をしかけただけのことだったが、加奈江はそれをそうとらなかった。自分としって殺そうとしたのだと曲解した。そこで、逆にその矢で良人の愛人を突殺したのだが、そこを伝八に見られたのが運のつきだった。

若党の内海与三郎はその翌日、源之丞の手で成敗されたが、妻の加奈江ともども病死ととどけられ、伝八はお小夜殺しの罪で追いつめられたあげく、割腹したのだと発表されて、この一件は落着した。ただ、ここに落着しないのはお君の身の上だが、誰がどんなにすすめても、お君は隠居所を出ようとはせず、

「あたしはいつまでもここにいて、御前様のお世話をさせていただきとうございます」

と、蚊のなくような声でそういうと、畳にのの字を書いたという。

呪いの畳針

妾宅《しょうたく》で死んだ男
——死目《しにめ》にあったのは妾《めかけ》と妾の母親だけ——

暦《こよみ》というものは正直なもので、ついこのあいだまで江戸中の井戸端会議の話題といえば、霜《しも》柱《ばしら》が何寸たったの、水桶の水が凍りついて柄杓《ひしゃく》をとるのに難渋したのと、お寒い話ばっかりだったが、三月の声きくとともに陽気がゆるんで、どこへいっても花見の噂《うわさ》。

お玉《たま》が池《いけ》の佐七《さしち》の家でも、

「ねえ、親分、去年は御用がいそがしくて、とうとうお花見もしずじまいでしたが、ことしはどうです、うちじゅうでどっかへお花見としゃれこもうじゃありませんか」

と、辰《たつ》が水をむければ、

「そうそう、ほんとに去年はいそがしくって、ろくに花らしい花も見ずにすませたわね。おまえさん、ことしはどっかへつれてってくださいよ」

と、こういうことになると女はすぐに同意する。お粂《くめ》はちょっと味な眼を佐七にむけた。

「そうよなあ。ことしはひとつ景気をつけるか。あれはいつだっけな。飛鳥山《あすかやま》の花見にお源《げん》さんの三味線《しゃみせん》で、辰と豆六《まめろく》がおどりつかれてへどを吐いたなあ」

「親分、ひとぎきの悪いこといわんといておくれやす。へどを吐いたンはわてやおまへん。あら兄哥《あにき》だす。兄哥は負けん気がつよいうえに意地きたないときてるさかいな」

「なんだ、なんだ、豆六、負けん気がつよいはいいが、意地きたないとはなんのことだ」

「ほっほっほ、辰つぁん、そういわれたってしかたがないよ。もうおよしというのに踊っては食べ踊っては飲み……あれじゃあへどを吐くのもむりはないよ」

「姐《あね》さん、姐さん、そうおっしゃいますけどね。あのときあっしがへどを吐くまで踊ったから、相手が旗をまいて降参したんじゃありませんか。仇《あだ》やおろそかなへどじゃありませんぜ」

「あっはっは、へど大明神か」

おととしの飛鳥山の花見のときである。となりへ芸達者の花見客がきていて、いつか佐七の連中と芸くらべになり、辰と豆六が踊って、むこうに降参させたのはよかったが、あとで辰が大へど吐いて、さんざんみんなにからかわれた、そのときのことをいっているのである。

「だけど、あのときお源さんにゃつくづく感服したわねえ。よくまああつづくものだと思って……」

「そりゃあまあ、親分にひけをとらしちゃたいへんだってんで、あの伯母もハリキッたんです」

お源というのは辰の伯母で、両国《りょうごく》のおででこ芝居で下座《げざ》の三味線をひいている、なかなか腕達者な女である。

「ときにお源さんといやあどうしたかな。しばらく顔をみせないが、どっか悪いンじゃないか」

「なあに、ここンところお天気つづきで、芝居のほうも入りがいいンで、御無沙汰してるンでしょう。悪けりゃあなんとかたよりがあるはずです」

「それならいいが……ことしもひとつお源さんを誘っていこうよ」

と、そんな話をしているところへ、噂《うわさ》をすれば影とやらで、

「ごめんくださいまし。親分さんはおうちでございますかえ」

と、表から訪《おとな》うお源の声に、お粂はすぐに座を立って、

「あら、お源さん、おいでなさい。いま、おまえさんの噂をしていたところだ。さあさあ、お入りなさい。あら、お連れさん？」

と、お粂は格子のところに立って、ふたこと三ことお源と押問答をしていたが、やがて佐七のところへもどってくると、

「ちょっとおまえさん、回向院《えこういん》まえの綿屋《わたや》の旦那とおっしゃるかたが、お源さんといっしょにお見えになってるンですけれど……」

「回向院の綿屋の旦那……？」

と、佐七は思わず辰や豆六と顔見合せた。

回向院まえの綿屋といえば、江戸でも有名な大店《おおだな》である。綿屋といっても綿をひさいでいるわけではなく、そういう屋号で、あきないものは蠟燭《ろうそく》だが、何十人という奉公人をかかえている大きな店だから、下町のものなら誰でもしっている。

「ああ、そうか。じゃあむこうへお通し申せ」

と、座敷であったのは四十前後の男盛り。さすがに大店《おおみせ》の旦那だけあって、ゆったりとした人柄だが、ふかいうれいの色がかくしきれなかった。

「こちらは綿屋さんの旦那で、五兵衛《ごへえ》さまとおっしゃいます。なにか親分さんにおねがい申上げたいことがあるとおっしゃいますから、どうぞお力になってあげてください」

と、お源にひきあわされて、

「わたくし綿屋の五兵衛でございます。とつぜんおしかけてまいりましてなんですが、お源さんが親分さんとお心易いとうけたまわったもンですから……失礼をもかえりみず……」

お店《たな》の旦那も綿屋くらい大きくなると、かえってみなりも質素だし、応対などもていねいなのだと、佐七も心のなかで感服しながら、

「いや、ごていねいなご挨拶《あいさつ》でいたみいります。それで御用とおっしゃるのは……」

「はい、あの、それがちょっと……」

と、あたりに気をかねるようすに、茶をいれてきたお条が気をきかせて、

「おまえさん、あたしちょっと買物にいってきますから……。お源さん、おまえさんもつきあってください」

「はい、おかみさん、お供いたしましょう。旦那、どうぞごゆっくり」

と、お条とお源がつれだって出ていくうしろ姿を見送って、

「いや、どうも失礼いたしました。それではどうぞ聞いてくださいまし」

と、五兵衛は居住いをなおして、

「みなさんご存じでございますかどうか、芝札《しばふだ》の辻《つじ》に銭屋《ぜにや》という蠟燭屋がございますのを……」

「はあ、存じております。あそこも大きなお店でございますから……」

「はい、あの銭屋の店をおこした勘右衛門《かんえもん》というは、もとわたくしのうちに奉公しておりましたものですが、なんと申しますか、とても人間の大きな男でございました。それでわたくしどもの先代が見こんで、わたくしの姉をめあわせ、あそこへ店を出させたのでございます。むろんはじめはごく小さな店でしたが、勘右衛門のはたらきであそこまでのしあげたのでございます」

「なるほど、なるほど」

「ところが、その勘右衛門というのが去年とつぜんみまかりまして……」

「とつぜんとおっしゃいますと……」

「はあ、あの、勘右衛門には妾がふたりございまして、ひとりはお葉《よう》といって神明《しんめい》裏にかこってございましたんですが、去年のお花見じぶんに、そのお葉のところで倒れまして……」

「勘右衛門さんというかた、お酒は……?」

「はい、それはとても大酒をするほうでございました。ことにお花見じぶんですから、つい度をすごしたのでございますね。それでお葉のところから、旦那がお倒れになったと本宅へしらせがありましたので、みんな駆けつけたんですが、そのときはどうやら持ちなおしそうに見えたので、一同ひとまずひきあげたのでございます」

「旦那を妾宅へのこしてですか」

「はい、いま動かしちゃいけないと先生がおっしゃるもンですから。……ところが、その真夜中に急に容態がかわったとかで、札の辻から一同が駆けつけたときには、もういけなくなっておりましたので……医者も間にあわなかったとやらで、ですから勘右衛門の死にめにあったのはお葉のおふくろだけなんでございます」

五兵衛はそこまで語ると息をつぎ、ふところから手拭《てぬぐい》を出して、そわそわと顔を拭いている。

佐七は辰や豆六と顔見合せていた。

ふたり妾

――髑髏《どくろ》の穴から畳針が――

「さて、そのときはべつにあやしみもせず、これも寿命だからと姉をなぐさめ、本宅へ亡骸《なきがら》をひきとってお葬《とむら》いをしたわけでございます。ここで断っておきますが、銭屋のうちはお宗旨の関係で土葬なんでございます。勘右衛門もそれで高輪《たかなわ》の青源寺《せいげんじ》の墓地に墓をしつらえ、じぶんにいつどのようなことがあっても、遺族のものがうろたえぬよう、用意だけはしておいたのでございます」

「なるほど、なるほど」

「ところが、一昨々日《さきおととい》がその勘右衛門の一周忌でございますが、その晩、こんどは姉のお柳《りゅう》がみまかりまして……」

「それは、それは……」

と、佐七はまた辰や豆六と顔見合わせて、

「なにか、ご病気でも……?」

「はあ、それが……義兄《あに》がなくなりましてからは、とかく健康がすぐれず、ぶらぶらしておりましたンですが、法事がとてもとりこみまして、疲れたのでございましょう、顔色がすぐれませんので、わたくしなども言葉をつくして、はやく奥へひきとってやすむようにと申しました。姉もやっとその気になって、まだお客さまのいるうちに、じぶんの寝所へひきとりました。ところが、その翌朝、つまり一昨日《おととい》の朝になって、いつまでたっても起きてこないので、娘のお蝶《ちょう》というのが起しにいったところが、寝床のなかでつめたくなっておりましたので……」

「なるほど、するとどなたも死目には……?」

「はい、誰も会わずに……報《し》らせをきいてかけつけたわたくしもおどろきましたが、これもたぶんさきにいった仏がお迎えにこられたんだろうと、そんなことをいいながら、じつはきょうがお葬いなのでございます。ところが……」

「ふむふむ、ところが……?」

と、佐七も話にひきずりこまれて膝《ひざ》をのりだす。辰と豆六もかたずをのんだ。

「ところが、それについてけさはやく、お墓を掘らせにやったわけでございます。宰領《さいりょう》は利《り》三《さぶ》郎《ろう》にやらせました」

「利三郎さんとおっしゃるのは?」

「これはあとで申上げましょう。ここで話をしているとこんがらかってまいりますから」

「いや、失礼しました」

「いえ、なに……ところがその利三郎から使いのものがまいりまして、わたくしにすぐ墓地へくるようにというのでございます。わたくしもびっくりして使いのものにわけを訊ねましたが、そのものも詳しいことを存じません。そこでともかく墓地へかけつけたのでございますが……」

と、そこまでいって五兵衛はわなわな肩をふるわせる。佐七をはじめ辰と豆六は、息をのんで五兵衛の顔を視《み》まもっている。五兵衛はほっと息をつくと、

「墓穴を掘る人足の鍬《くわ》があやまって、昨年埋葬した勘右衛門の棺《かん》のふたをたたいたのでございます。棺はむろんボロボロにくさっておりますから、すぐふたはとんでしまいました。そのなかに仏になった勘右衛門が、きれいに骨になってよこたわっているわけですが、なんとその仏のしゃれこうべの、耳の穴にこんなものがつっこんでございましたので……」

と、五兵衛はふところから懐紙《ふところがみ》をとりだしたが、その手はわなわなふるえている。五兵衛が懐紙をひらいてみせたとき、佐七をはじめ辰と豆六、おもわずぎょっと息をのんだ。

なんとそれは二寸ばかりにポッキリ折れて、赤く錆《さ》びついたふとい針のさきではないか。

「畳針ですね」

「さようでございます」

と、五兵衛は小鬢《こびん》をふるわせている。

「すると勘右門さんは卒中でお亡くなりなすったわけではなく、だれかに畳針で耳をつかれて……」

「そうとしか思えません。それで、親分さん」

と、五兵衛は眼をうわずらせて、

「ところがそうなってみると、がてんのいかぬのが姉の死によう。ひょっとすると姉もやっぱり……と、そう思ったものですから、墓地はそのままにしておいて、札の辻の銭屋へかえってまいり、姉の耳をしらべたところが、やっぱり左の耳のおくふかく、針のようなものが喰いいっていて……」

と、五兵衛ははげしく肩ふるわせる。

「それじゃ、おかみさんも殺されたと……」

と、佐七は瞳をすえて息をのむ。

「はい、そうとしか思えません」

「それで、旦那、下手人の心当りは……?」

「それがあるくらいなら、こうしておねがいにあがりはいたしませんが……」

「なるほど、なるほど、ところで銭屋の旦那がお亡くなりになったのは、お葉さんというお妾のところだとおっしゃいましたが……」

「親分さん、それですからお葉がかわいそうでございます。あれはまことに気だてのよいもの、それに義兄を殺すどうりがございません」

「殺すどうりがないというのは……?」

「それはかようで、ひとつ銭屋の内幕をお話いたしますから、ひととおりお聞きくださいまし」

五兵衛の語るところによるとこうである。

勘右衛門とお柳の夫婦には子供がなく、さっきいったお蝶というのも、お柳、すなわち綿屋の遠縁のものだった。勘右衛門はそれを養女として幼いときからかわいがっていたが、ゆくゆくはこのお蝶に、さっき話の出た利三郎をめあわせて、銭屋をつがせるつもりだった。利三郎というのは勘右衛門と縁つづきになるのである。

「しかし、姉としてもわたくしといたしましても、せっかく義兄が一代であそこまで仕上げた身代《しんだい》、義兄の血統をのこさぬというのはまことに残念でございます。そこで姉とふたりで義兄をくどいて、妾をふたり持たせたのでございます。どちらでもよいからみごもってくれればいいと……」

「なるほど、それはごもっともで……」

「それが三年まえのことですが、仕合せなことには、一昨秋まずお葉のほうが男の子をうみおとしたので……」

「ああ、それはお目出度《めでた》いことで」

「はあ、有難うございます。それで角太郎《かくたろう》と名づけましたが、そのときの義兄、姉、わたくしどものよろこびといったらございません。それで乳ばなれするまではお葉のところへおいとくが、乳がはなれたら本宅へひきとって、ゆくゆくはそれに銭屋をつがせると、こういうことになっているのですから、お葉が義兄を殺すどうりがございません」

「なるほど、そう聞けばもっともですね、ところで、旦那、もうひとりのお妾にはお子さんは……？」

「はあ、これはお町《まち》といって二本榎《にほんえのき》にかこってあるのでございますが、義兄が亡くなるすこしまえに妊娠のきざしがみえて、義兄の死後、昨年秋にこちらのほうにも男の子がうまれたのでございます」

「なるほど」

と、佐七は膝をすすめて、

「それで、銭屋の旦那のご法事には、お葉さんやお町さんも……」

「それはむろんまいっておりました。それにふたりともおそくなったので、本宅へ泊っていったくらいで……」

五兵衛はいかにもいいづらそうだが、それを聞くと佐七はまた辰や豆六と顔見合せて、

「ところで、旦那、もうひとつお訊ねいたしますが、畳針というものは、そうむやみにだれでも持っているものではございません。それについてなにかお心当りでも……」

「は、はい、それが……」

と、五兵衛は小鬢をふるわせて、

「お葉のいとこの伊之助《いのすけ》というものが、畳屋の職人をしているのでございますが……」

と、おびえたような眼の色だった。

お葉伊之助

——思いきれぬところを思いきって——

それでは後刻参上いたしますが、こういうことはかくしてもかくしきれるものではございません。札の辻へおかえりになりましたら、なにはともあれ町役人におとどけなさいますようにと意見をくわえて、五兵衛をかえすのといれちがいにお粂とお源がかえってきた。

「お源さん、おまえ札の辻の銭屋の旦那をしってるか」

「いえ、旦那にもおかみさんにもお眼にかかったことはございますが、むこうはあのとおりの大店、しってるなんてものじゃありませんが、お妾のお葉さんならよく存じております。それできょうもお葬いにまいりましたので……」

「あ、伯母さん、おまえお葉というのをしっているのか」

「辰、おまえはおぼえてるかどうかしらないが、ずっとまえに緑町《みどりちよう》の自身番に、安井十右衛門《やすいじゆうえもん》さんという御浪人が、書役をしていらっしゃったのを。……」

「ああ、おぼえてる、おぼえてる。おいらがまだ子供のじぶんで、悪戯《いたずら》をして、よく叱られたが、可愛がってもらったもんだ」

「お葉さんというのはその十右衛門さんの孫娘なんですよ。十四のとしに綿屋さんに奉公にあがったんですが、縹緻《きりよう》もよし、気性もしっかりしているので、綿屋の旦那のおとりもちで、銭屋さんのお妾になったんです。銭屋のおかみさんというかたには、子供がうまれなかったもんですから」

「いや、その話ならいま聞いたが、それじゃお源さん、おまえお葉のいとこの伊之助という男をしらないか。畳屋の職人をしているということだが……」

「はい、よく存じております。親分さん。それについては話がございますンですよ」

と、お源は膝をすすめて、

「伊之さんのお父さんの十蔵《じゆうぞう》さんというひとと、お葉さんのおふくろさんのお力《りき》さん、このふたりが十右衛門さんの子供で、つまりきょうだいなんですね。ところが十蔵さんというひとがはやく亡くなったので、おかみさんをかえして、お祖父《じい》さんの十右衛門さんが伊之さんを育てたわけです。ところがお力さんのつれあいというのも、お葉さんがうまれるとまもなく亡くなったので、お力さんはお葉さんをつれて、これまた十右衛門さんのところへかえってきたんです。だから、伊之さんとお葉さんは幼いときからいっしょに育って、十右衛門さんがお亡くなりになってからも、お力さんがふたりを手塩にかけてきたんです」

「お力さんというのはしっかりものなんだね」

「ええ、もう、とてもしっかりしたいいひとです。ところで伊之さんとお葉さんですが、としもちょうど三つちがい、それに業平《なりひら》息子に小町《こまち》娘と、どちらも評判の縹緻よし、それで十右衛門さんやお力さんのつもりでは、ゆくゆく夫婦《めおと》にするつもりで、当人同士もそのつもりでいたんです。伊之さんが一人まえの職人になったら、お葉さんも綿屋さんからひまをもらって、伊之さんと夫婦になるつもりだったんです。それが……」

「それが綿屋の旦那にくどきおとされて、銭屋の妾になったというわけだな」

「そうです、そうです。十右衛門さんの代から綿屋さんにはいろいろ世話になっておりますから、旦那に手をついてたのまれると、お力さんとしてもいやとはいいかねたんですね。それで伊之さんとお葉さんにいいふくめて、思いきれないところを思いきらせたという話です」

「ふうむ、それでどうだえ、伯母さん、お葉、伊之助、いまでもたがいに未練があるンじゃねえのか」

「とんでもない。ふたりともそんなひとじゃないよ。思いきるときはそれはずいぶん辛かったらしいが、いったん、思いきったとなると、未練なんどとそんなこと。……」

「それで、伯母はん、伊之助は嫁はんもろたんかいな」

「いや、まだひとりでいるんだが……」

「それが臭いんじゃねえのか。伊之助はいくつになるんだ」

「ことしたしか二十三だが……」

「お源さん、伊之助はどこにいるんだえ」

「横網《よこあみ》の親方のところにいるんです」

「お葉のところへ出入りは……」

「それはもういいとこ同士のことですから。……お亡くなりなすった勘右衛門さんというかたが、今太閤《いまたいこう》といわれたくらい、太腹《ふとつぱら》のかたでしたから、お葉さん伊之さんの以前の約束もばんじ承知のうえで伊之さんの出入りを許していなすったばかりか、伊之、伊之と、とてもかわいがっていられたって話で、きょうも、お葬いのお手つだいにきてましたよ」

「その飼犬に手をかまれたンとちがうのンかいな」

「豆さん、かりそめにもそんなこと。……ふたりともそんな人間《ひと》じゃないし、またお力さんというひとがついてる以上、そんなこと絶対にさせませんよ。旦那がお葉さんをお可愛がりなさるにつけ、お葉さんも情がうつって、それはそれは旦那をだいじにしていなすったようです」

「伯母さん、だいぶ鼻薬をかがされたな」

「辰、そんなにいうならわたしはもう話をよすよ」

お源はちょっとむっとする。

「辰、おまえはひかえてろ。ときにお源さん、おまえもうひとりのお妾の、お町というのをしってるか」

「はい、それはお葬いやご法事でお眼にかかりますから。……きょうもいらっしゃいました」

「どういう女だえ。このほうにも去年の秋、男の子がうまれたというじゃないか」

「はい、銀次郎《ぎんじろう》さんというお子さんなんですが、……としはたしかお葉さんよりひとつしただと聞いております。このひとはこんどお亡くなりなすったおかみさんが見つけてきたひとだそうですが、どういう氏素性《うじすじよう》のかたか、そこまでは存じません」

「べっぴんだろうね」

「はい。それはもちろん。でもお葉さんにくらべたらやっぱり……気品というものがちがいます。身びいきかもしれませんが、お葉さんはやっぱりお武家の出でございますから」

「ところで、話はちがうが、お蝶というもらい娘があるそうだが、いくつだえ」

「たしか、ことし十七とか……」

「利三郎という男をそのお蝶にめあわせる肚《はら》だときいたが、利三郎というのはいくつだえ」

「はい、二十一か二でございましょう。眼から鼻へぬけるような利口なかたとやらで、お亡くなりなすった旦那も、とても眼をかけていらっしゃったそうです」

「勘右衛門ちゅうのが太閤さんなら、利三郎はさしずめ秀次《ひでつぐ》やが、殺生関白、謀反《むほん》でもおこしよったンとちがうのンか」

「おっほっほ、豆さん、あのひとならそんな馬鹿じゃないだろうね。黙っていてもお蝶さんと夫婦になったら、暖簾《のれん》をわけてもらって、りっぱに店が出せるンだからね。だけど、親分、いろいろお話をいたしましたが、いったいなにごとが起ったのでございます」

お源はまだお柳が殺されたことをしらないのだった。

吹き消す蠟燭

――蠟燭のねもとに指のあとが――

辰と豆六をひきつれて、それから間もなく佐七が札の辻へかけつけると、銭屋のまえはいっぱいのひとだかり。

それもそのはず、時刻がきてもお弔いは出ず、はんたいに町役人が駆けつけてきたりしたものだから、いったい何事が起ったのかと、デマが乱れとんで、まだ事情をしらぬ奉公人たちも、不安な空気につつまれていた。

佐七が奥へ案内されると、いましも町役人たちあいのもとに、医者が仏の耳の穴から、これまた半分におれた畳針を、やっとのことで抜きとったところだった。赤黒い粘液にそまったそのふとい畳針をみると、一同は思わずゾーッと肩をすくめる。

「どうもとんだ見立てちがいで……こんなこととは夢にもしらなかったもンですから」

と、くわい頭のお医者さんは、蒼くなってしどろもどろのていたらくだが、佐七はそれをなぐさめるように、

「なあに、先生、こんなにうまくやられちゃ、だれだって気がつかねえのが当りまえでさあ。ときに先生、昨年お亡くなりなすったこちらの旦那をごらんになったのも、やっぱり先生でございますか」

「はい、あの、わたくしでございますが、あの旦那にもやはりごふしんの点でも……」

と、医者はすっかり蒼くなっている。

「いや、まあ、それはまだ申せませんが……それじゃ先生、これでお引きとりなすっても構いませんが、当分、このことはご内聞《ないぶん》に」

「はい、承知いたしました」

くわい頭をふりたてて、蒼惶《そうこう》として医者がかえっていったあとで、佐七は五兵衛のほうにむきなおった。

「旦那、おかみさんがお亡くなりなすったことを、いちばんはじめに見つけたのは、お蝶さんというお嬢さんでしたね」

「はい、さようで」

「それでは恐れいりますが、そのかたをちょっとこちらへ……?」

呼ばれてお蝶がはいってきたが、ことし十七というお蝶は、ほんにまだあどけない小娘で、そこに死んでいるお柳とどこかで血をひいているのか、似た面差しの可愛い娘だ。

「叔父さん、なにか御用……?」

と、そこに手をついたお蝶は、不安そうに佐七の風態《ふうてい》を視まもっている。彼女はまだなにもしらないのだ。

「ああ、お蝶さんですか。あなたにちょっとお訊ねしたいんですが、一昨日《おととい》の朝、あなたがこの座敷へはいってきて、おっ母《か》さんがお亡くなりになっているのに気がついたとき、このお座敷になにかかわったことはございませんでしたか」

「はい、あの……」

と、お蝶はあどけない眼を見張って、

「そうそう、そういえばおっ母さんの枕もとに、蠟燭立てがおいてあり、百目蠟燭が一本たっておりました」

「蠟燭が……？　灯《ひ》のついたまま……？」

「いいえ、灯は消えておりましたけれど。……なんでもその灯を吹きけしたのは、お葉さんだそうでございます」

「お葉さんがいつ……？」

佐七は思わず五兵衛の顔をみる。五兵衛もびっくりしたような顔色だった。

「はい、あのうちではふだん行燈《あんどん》をつかいますから、蠟燭などつかうことはめったにございません。それが枕下に立っていたものですから、不思議に思ってあとでお葉さんに話をすると、お葉さんのいうのに、真夜中ごろ御不浄へいったところが、このお座敷から灯《あかり》がちらちらもれているので、変におもってのぞいてみると、おっ母さんの枕もとに蠟燭がついていたそうでございます。それで、お葉さん、あぶないと思って吹き消して、ついでに夜具をきせかけておいてあげたが、そういえばあのときとてもお顔の色がわるかった。ひょっとすると、あのときもう、お亡くなりになっていたのではあるまいかと。お葉さん、とてもお泣きになって……」

佐七は思わず辰や豆六と顔見合せる。

それではお柳が殺された晩、お葉はこの座敷へはいってきたのだ。そのとき、畳針をお柳の耳にぐさりと突きさしたのではないか。

「お蝶さん、それで蠟燭立てはおかみさんのどちらがわに……」

「はい、仰向けになって寝ていらっしゃる、左の耳のそばに……」

下手人はお柳のうえに馬乗りになり、左の耳に畳針をつきとおすとき、見当をつけるために
も灯が必要だったのだ。
「お蝶さん、その蠟燭はどうしました」
「はい、あの、あたしじぶんの部屋へもってかえって、机のうえにおいてございます」
「それじゃ、恐れいりますが、ここへ持ってきちゃあくださいますまいか」
「はい、あの……」
と、お蝶はもじもじしながら、
「叔父さん、どうかしたんですの。おっ母さんになにか……?」
「お蝶、いいから親分さんのいうとおりに……」
五兵衛は暗い眼つきで指図をする。
「はい、それでは……」
と、それからまもなくお蝶が持ってきたのは、柄杓のようなかたちをした蠟燭立て。そして
その蠟燭立てには、まだほんのちょっとしか使っていない百目蠟燭が立っていたが、そのねも
とへ眼をやったとき、佐七はキラリと眼をひからせた。
蠟燭立てのしんがふとくて、蠟燭がうまく立たなかったのを、力をこめて押しこんだのだろ
う。蠟燭のねもとにひとさし指と拇指《おやゆび》のあとが、くっきりとついているのだが、それはまむし
のようにさきのひらいた畳屋の職人に共通した特徴のある指のあとだった。

法事の夜

――おかみさんがとてもおどろいて――

「旦那」

と、お蝶が座敷を出ていくのを待って、佐七は五兵衛のほうへむきなおった。

「伊之助という男も、一昨々日《さきおととい》の御法事には、手つだいにきていたンでしょうねえ」

「それはもちろん」

と、答えたものの五兵衛の唇はふるえている。

「親分さん、伊之助がなにか……」

「いえ、あの、ちょっと訊いてみたんですが、伊之助はこちらへ泊ったンじゃ……」

「いいえ、そんなことはございません。わたくしといっしょにつれだってかえったンです。あれは横網、わたくしは回向院まえと、すぐちかくに住んでいるもンですから」

辰や豆六も蠟燭のねもとに眼をとめて、

「親分、伊之助はいったんかえったとみせかけて、またひきかえしたンじゃありますまいか。こちらにお葉が泊っているからにゃ……」

「こっそり手引きもでけますさかいにな」

「親分さん、そ、そんな……あのふたりにかぎってそんなこと。……お源さんがなにかいったかしれませんが、いったん諦《あきら》めてからのふたりは、それはきれいな仲でした」

「いや、ふたりがどうのこうのというンじゃありませんが、それじゃあお葉さんをここへ」

お葉は角太郎をだいてやってきたが、なるほどお源がほめるだけあって、縹緻もよいが気品もあり、いかにも躾《しつけ》のよさそうな女だ。

「旦那、おかみさん、どうかなさいましたのでございますか」

と、しとやかに手をつかえるお葉のそばから、佐七がいきなり畳針をつきだした。

「ああ、おまえさんがお葉さんかえ。おかみさんはな。ただの死にかたじゃなかったンだ。この畳針で耳をつかれて死んだンだ。つまり殺されたンだ。それから昨年お亡くなりなすった勘右衛門さんのしゃれこうべの、耳の穴にもこの畳針がつきささっていたンだ」

と、二本の針をならべられて、お葉はさすがにのけぞるばかりにおどろいたが、すぐきっと佐七のほうへむきなおると、

「それで、あの、伊之助さんのしたことだとでも……」

「いや、まだそうとはいわねえが……」

「伊之助さんがしたことととして、いったい、なぜに伊之助さんがそのようなことを……」

「かりにだな、これはたとえ話だから、おこっちゃいけねえぜ。かりにおまえさんと伊之助がいい仲で、その角太郎さんがふたりの仲の子供だということを、勘右衛門さんがお気づきなすって、この店を譲らないというようなことでもおっしゃったら……」

お葉はまた蒼ざめて、きっと唇をかんでいたが、やがて涙のひかる眼を佐七にむけて、

「親分さん、もしそのようなことがございましたら、伊之助さんが旦那を手にかけるまえに、母がわたしと伊之助さんをそのままにはしておかないでしょう。それに、親分さん」

「なんだえ」

「旦那がお亡くなりなすったじぶん、伊之助さんは町にいなかったンです」

「町にいなかったとは……？」

「これはここにいらっしゃる旦那もおぼえていらっしゃいましょうが、去年の春、お城に大きな普請《ふしん》がございましたね。伊之助さんは親分につれられて、ひと月あまりもとまりがけで、畳の表がえをしていたンです」

「そうそう、それはおぼえている」

と、五兵衛も膝をのりだして、

「義兄《あに》の初七日にやっと御用がすんだと駆けつけてきて、お世話になった旦那の死に顔にもあえず……と、たいそう泣いたのをおぼえている。親分、伊之助にかぎってそのようなことは……」

「それとも、親分さん、あたしが畳針で旦那の耳をついたとおっしゃるンですか。それではあんまり……」

取乱しはしなかったが、それでもお葉は角太郎を抱きしめて、ホロリと涙を膝におとした。

「それにねえ、親分さん、角太郎を不義の子のようにおっしゃったが、だれが見てもこの角太

郎、眼もと口もと義兄にそっくり。その疑いだけは晴らしてやってくださいまし」

五兵衛も眼に涙をうかべている。

「いや、まあ、いまの話はたとえ話ですから、そのおつもりで……ときにお葉さん、一昨々日の晩、おまえこの座敷へはいってきて、蠟燭を吹き消していったということだが、そのときの話をしてください」

しかし、お葉の話もお蝶の語ったところと、少しもかわっていなかった。御不浄に起きたところが、この座敷から灯《あかり》がもれていたので、あやしんでのぞいたところが、蠟燭がついていた。それを吹き消すとともに、おかみさんの夜具を着せかけて、そのまま出ていったというのである。

「そのとき、おまえさんは蠟燭がついているのを、変に思やあしなかったかえ」

「もちろん、それは思いました。しかし、おかみさんになにか御用がおありなのだろうと。……」

「そのとき、おかみさんが死んでいなさるとは気がつかなかったンだね」

「はい、あとから思えばお顔の色が……それに気がつかなかったあたしは、なんというばち当りだろうと。……」

お葉はそこではじめて、さめざめと泣きだした。

「ところでお葉さん、この蠟燭のねもとには、伊之助の指のあとと思われる、ほら、こういう指のあとがついてるンだが、おまえさん、これをどう思う」

お葉はびっくりしたように、蠟燭のねもとを視ていたが急になにかを思い出したらしく、

「ああ、そのことなら、あたしが申上げるより、お常《つね》さんにおききくださいまし」

「お常さんというのは……？」

「ここの女中がしらですが、……さっそく呼んでみましょう」

お常は五十がらみのいかにもしっかりものらしい女だったが、蠟燭についている指の由来をきくと、

「ああ、それなら伊之さんの指のあとがついていたところで、なんの不思議もございません。あの晩、わたし土蔵へものをさがしにいきたかったンですが、蠟燭の穴が細くて、どうしても蠟燭立てにたちません。それで、伊之さんに男の力で立てておくれと頼んだンです」

「そのとき、そばにいたのは……？」

「お葉さんにお町さん、それにお亡くなりなすったおかみさんにお蝶さん、そうそう、伊之さんが一生けんめい蠟燭を立てているところへ利三郎さんもはいってきて。わらってみておりましたが……」

「おまえさん、この蠟燭立てをつかったあとで、どこへおいといたンだえ」

「はい、お勝手の棚のうえに……ねえ。お葉さん、おかみさんがたいそうびっくりなすって、気分がお悪くおなりなすったのは、あれからあとのことでございましたね」

「はい、あの……」

「姉さんがびっくりしたって、なにかあったのかえ」

五兵衛はおどろいたようにお葉とお常の顔を見くらべている。膝のうえの角太郎を、ひしとばかり抱きしめて、うつむいたお葉の顔にはびっしょり汗が。……

お蝶伊之助

――お蝶がほれぼれとした眼つきで――

「はい、あの、それはかようでございます。おかみさんは角太郎さんと銀次郎さんを、かわるがわる膝のうえに抱いてらしたのでございます。ところが銀次郎さんがそそうをなすったものですから、おかみさんがごじぶんの手でおむつをかえようとなすったンです。ところが銀次郎さんのおへそのしたに、牡丹《ぼたん》のようなかたちをした痣《あざ》がくっきりと。……それをごらんになると、おかみさんははっと顔色をおかえになり、それから気分が悪くおなりだったンです」

「旦那」

と、佐七は五兵衛の顔をふりかえり、

「牡丹がたの痣をみて、おかみさんが顔色をおかえになるような、なにかわけでも……」

「いえ、いえ、わたくしにはいっこう心当りがございません。お常、姉さんはなにかそれについて……」

「いいえ、なんともおっしゃいませんでしたが、あまりおどろきようが大きくていらしたので、わたしなんだか気にかかって……」

「お葉さん、おまえさん、なにか心当りでも……」

佐七はお葉のほうへむきなおったが、

「いえ、あの、とんでもございません。そちらの旦那さまやお常さんのご存じないことを、なんでわたしがしりましょう」

お葉もどうやら落着きをとりもどしていた。

佐七はじっとその顔色をみて、

「いや、お葉さんもお常さんもご苦労でした。それじゃお引取りになってもよろしゅうございますが、利三郎さんにちょっとこちらへと、……」

「はい、……」

と、ふたりがさがるのといれちがいに、利三郎がやってきた。

お源は利三郎のことを、眼から鼻へぬけるように利口な男だといっていたが、なるほど才走った眼の色で、男っぷりもまんざらではない。

「旦那、わたくしになにか御用でございますか」

敷居ぎわに手をつかえたものごしにも、心憎いまでの落着きがある。

「いや、お玉が池の親分さんが、なにかお訊ねがあるとおっしゃるンだ、ごめん蒙《こうむ》ってこちらへはいってきなさい」

「はい、それでは……」

と、うしろの障子をしめてはいってくる利三郎の顔を、佐七は穴のあくほど視つめながら、

「おまえさんが利三郎さんかえ。きょうはまた、とんだお手柄だったねえ」

「お手柄とおっしゃいますのは」

「なにさ、この錆びきった畳針を見つけたってことよ。おまえさんがこれを見つけてくれなきゃあ、恐ろしい大罪も闇から闇へと葬られるところだった。礼をいうぜ」

「いえ、あの恐れいります」

「この錆び針はたしかにおまえさんが見つけたんだね」

「はい、わたくしもうびっくりしてしまって……あんなにおどろいたことはございません」

「そうだろう、そうだろう。しかし、なあ、利三郎どん」

「はい」

「この針、少し錆びすぎてるとは思わねえか」

「えっ?」

利三郎の顔色がなぜかはっと紫色になる。

「あっはっは、ものが錆びるというのはな、大気にふれたり、湿気にあたるから錆びるんだ。それゃお墓のなかだって多少、空気もかよやあ、湿気もあろう。しかし、こうまで錆びつこうたあ思えねえ。それとも伊之助お葉がはじめから錆び針を使ったというのかえ」

利三郎は小鬢をかすかにふるわせると、

「親分さん、なんのことをおっしゃってるのか、わたくしにはよくわかりません」

「そうか、それじゃもっとわかるようにいってやろう。利三郎、おまえすこし細工がすぎたな」

「細工がすぎたとおっしゃると……？」

「おい、しらばっくれるのはいいかげんにしろ。きょうお墓を掘ったとき、勘右衛門さんのしゃれこうべの耳の穴へ、この錆び針をつっこんだのはおまえだろう」

「わたしがどうしてそのようなこと……」

「どうしてって、お葉伊之助を罪におとすためよ。勘右衛門さんは卒中でお亡くなりなすったンだが、お葉さんとおふくろさんのほかだれも、死目にあっていないのをさいわいに、しゃれこうべの耳の穴から畳針を見つけたと、いかにもふたりが殺したように見せかけるつもりだったンだろう。そして、じぶんでおかみさんを殺しておいて、これまた、お葉さんか伊之助に、罪をおっかぶせるつもりでいやあがったろう」

五兵衛は茫然《ぼうぜん》として佐七と利三郎の顔を見くらべている。辰と豆六はかたずをのんだ。利三郎はさっと土色になったが、それでもふてぶてしい笑いをうかべて、

「わたしがまたなにゆえに、大恩のあるおかみさんを……？」

「それは銀次郎のへそのしたにある牡丹がたの痣を、おかみさんに見つかったからよ。おい、利三郎、ここでちょっと裸になってみてくれ。おまえの体にもどっか牡丹がたの痣がありゃあしねえか」

佐七がちょっと腰をうかしたとたん、利三郎の形相が悪鬼のようにさっとかわって、そばにあったたばこ盆をとるよりはやく、佐七をめがけて投げつけた。さっと舞いあがる灰神楽《はいかぐら》に、

佐七をはじめ辰も豆六も視力をとられて、

「しまった、利三郎をとりにがすな。だれか利三郎をとりおさえろ」

佐七がめくらの手さぐりで、よろよろと縁側へ出たとき、庭のほうで取っ組みあいの音がきこえたが、やがて、

「親分さん、この利三郎どんがどうかしたンですかえ」

と、いう声に、佐七がやっと眼をひらくと、そのころ人気の絶頂にあった音羽屋《おとわや》はだしのよい男が、ぐったりと気をうしなった利三郎の首根っ子をおさえて、つくばいのところに膝をついている。その伊之助のうしろから、お蝶がほれぼれとした眼でよりそっているのをみて、佐七は思わずにんまりわらった。

「お葉さん、おまえさんは利三郎とお町さんの仲を、しってたンじゃないんですか」

一件落着したのちに、佐七にきかれて、お葉は母のお力と顔を見合せ、

「はい、あの、それは……」

「どうして気がついたンだえ」

「それはお亡くなりなすった旦那さまからうかがいまして……旦那さまがあんなに急にお亡くなりなさいましたのも、ひとつはそれが原因で、たいそうお怒りなさいまして……」

「それをいままで黙っていてやったンですね」

「はい、証拠もないのにめったなことをいっちゃいけないと、母に口どめされたものでございますから。……」

お力はいかにもお葉の母親らしい気品のある顔に涙をうかべて、

「あのひとがあんな大それたひととしったら、もっとはやくことを荒立てておけばよかったのに……情がかえって仇《あだ》となり、おかみさんにはじゅうじゅう申訳がございませぬ」

お力は袖を眼におしあてて泣きむせんだ。

利三郎の体にもはたして牡丹がたの痣があった。この痣のことをお町がしっていたら、銀次郎の痣をお柳にみせるようなことはなかったろう。また、利三郎も銀次郎の痣のことをしったら、それを内緒にするように、お町にいいふくめたことだろう。

ところがおたがいにそれとしらなかったために、お柳にそれを見られてばんじをさとられ、そこで利三郎がお柳を殺す気になったのか。いやいや、ああして畳針を用意していたところをみると、まえからその気はあったのだろう。

それにしても、しゃれこうべのなかから畳針を見つけたなどと、こしらえごとをしなかったら、お柳は病死ですんでいたであろうに、なまじ、お葉や伊之助に罪をきせようとして、小細工をしたために、じぶんの悪事が露見したというのは、毛を吹いて傷をもとむるたぐいというのか、才子才におぼれたところであろう。ふたりに罪をきせようとしたのは、おそらく角太郎をおしのけて、銀次郎を跡取りにしたかったためにちがいない。

「それにしても親分は、えらいことしってまンねんやな。お墓のなかでは針があんまり錆びンなんて、わてひとつ利口になりましたわ」

と、豆六が感にたえたように首をふるのをみて、佐七は腹をかかえて笑いだした。

「あっはっは、あれゃ口から出まかせよ。利三郎のやったことにちがいねえと思ったもンだから、ハッタリをきかせたところが、まんまと利三郎めがひっかかったンだ。眼から鼻へ抜けるような男でも、脛《すね》に傷もつ弱身にゃあ、まんまとペテンにひっかかるンだ。あっはっは、あっはっは」

ろくろ首の女

刀屋の強盗
——情《なさけ》が仇《あだ》の三百両のゆすり——

「夜分、とつぜん参上いたしまして、まことに申訳ございませんが、わたくしは芝神明《しばしんめい》の門前《もんぜん》仲町《なかまち》で、刀屋を渡世《とせい》といたしおりまする伊丹屋《いたみや》ともうす店の、番頭をつとめおりまする利助《りすけ》ともうすものでございます。また、ここにおいでになりますのは、あるじ重兵衛《じゅうべえ》のご寵愛《ちょうあい》のかたで、お勝《かつ》さまとおっしゃいます。お勝さま、あなたさまからも親分さんにご挨拶《あいさつ》をどうぞ」

「はい」

と、さすがに女は鼻白んだかっこうで、ぽおっと瞼際《めのふち》に朱をはしらせながら、それでも殊勝《しゅしょう》に手をついて、

「わたくしがいま利助どんのおっしゃったお勝でございます。去年の秋から伊丹屋の旦那さんのお世話になっておりまする」

それは松飾りもとれた正月の二十日、たたみの目ひとつずつ日が永くなろうという季節だが、さすがに六つ半（七時）ともなればもうまっくら。

神田《かんだ》お玉《たま》が池《いけ》の佐七《さしち》の住居《すまい》では、人形佐七にふたりの乾分《こぶん》、巾着の辰《たつ》とうらなりの豆六《まめろく》と、水入らずの三人が、いましも、佐七の女房お粂《くめ》のお給仕で、晩飯をすませてのんびり爪楊枝《つまようじ》を

つかっているところへ、やってきたのがこのふたりづれである。

お店の番頭とそのあるじの妾《めかけ》とが、いっしょにやってくるというのは、ちょっと取り合わせがかわっているので、佐七はおもわず辰や豆六と顔見合わせた。

「いや、これはごていねいなご挨拶で痛みいります。あっしが佐七でここにひかえておりますのが、あっしの身内で辰と豆六」

「はあ、お名前はかねがねうかがっております。こんごともなにぶんよろしくお願い申上げまする」

「して、ご用とおっしゃいますのは……?」

「はあ、それはかようでございます」

と、切り出したものの利助はちょっとためらいがちに、膝《ひざ》のうえでしきりに両手をもんでいる。

番頭といっても利助はまだやっと二十四五というところだろう。色白のちょっとした好男子で、いかにも機転のききそうな男だが、この年頃で番頭がつとまるくらいだから、伊丹屋という刀屋も、それほどたいした店ではないであろう。

妾のお勝というのも、これで妾がつとまるのかと思われるような器量である。年齢《とし》は十八か十九だろう、なるほどぽっちゃりとした肉付きが、色好みな男にとって魅力かもしれないが、お世辞にも美人とはいいかねる。

色の白いのがとりえといえばいえるが、まるぽちゃの顔のまんなかに、鼻がちんまり鎮座していて、まあ、愛嬌《あいきょう》のある顔とはいえるかもしれない。それになんといっても番茶も出花の年頃だから、器量は二のつぎとして、旦那にとってどこかよいところがあるのだろう。

だが、それにしても変っているのはその服装《みなり》である。おかこいものというよりもまるで娘だ。黄八丈《きはちじょう》の振袖に娘島田《むすめしまだ》。しかもごていねいに真っ赤な花かんざしまでさしている。

これが旦那の好みとすると、伊丹屋重兵衛という男、よっぽどこってりとした好みにちがいないと、人形佐七はいうにおよばず、辰と豆六も心のなかであきれている。

「はあ、それでお話とおっしゃるのは……?」

三人の視線に射すくめられて、お勝が火がついたように赧《あか》くなり、消えも入りそうに肩をすくめているのに気がつくと、佐七は悪いことをしたといわぬばかりに、利助のほうへ、視線をもどして、話のあとをうながした。

「いや、どうもこれは失礼申上げました」

と、利助は小鬢《こびん》をかきながら、ひと膝まえへゆすり出すようにして、

「親分さんはひょっとすると、憶えておいでではございませんか。いまから四年まえの年の暮れでございますけれど、わたしどものほうへ二人組の強盗が押し入りましたのを……」

「あっ!」

と、叫んで佐七はぽんと膝を叩くと、

「そうそう、刀を持って押し入ったかどうかということが問題になった……」

「はあ、それでございます。わたくしはそのとき二階に寝ていたものでございますから、強盗

がはじめから刀をもって押し入ったのか、それとも押し入ってからお店の刀でおどしたのか、どちらともわかりかねるのでございますが、旦那がお店の刀だといいはりなさいましたので、二人組の強盗も罪がかるくなったのでございます」

江戸時代では強盗が押し入ったとき、はじめから兇器《きょうき》を持参しているのと、押し入ってからそこにあった兇器を利用するのとでは、うんと罪の軽重がちがうのである。

いまから四年まえの年の暮れに、伊丹屋へ押し入った仲次郎《ちゅうじろう》に権之助《ごんのすけ》というまだ駈出しの愚連隊は、重兵衛夫婦の枕もとへ、抜身をつきつけて金品をゆすったが、重兵衛の度胸がよかったのと、ちょうどそこへまわってきた町廻りのおかげで、まんまとその場でとっつかまってしまった。

ところがそこで問題になったのが、そのときふたりがさしていた刀が、押し入るまえから身におびていたものか、それとも、押し入ってから店にあった刀を、万一の用意にと帯にさしたものかということである。

前者ならばむろん重罪で、こととしだいによっては死罪をもまぬがれなかった。ところがそのとき重兵衛が、ふたりのさしていた刀は、たしかに店のものにちがいないといいはったので、ふたりは死一等を減じられて、島送りでことがすんだのである。

「そうそう、そのときあっしも感心したんです。伊丹屋の旦那はよく出来たおかただと……ありゃやっぱり仲次郎と権之助が、押し入るまえからさしていた刀でございましょう」

「さあ、それは……わたくしにはなんとも申上げかねます」

「あっはっは、そりゃそうだな。まさかおまえさんも旦那がおかみを欺《あざむ》いたとはいえねえだろうからな。だけど旦那のお情がなかったら、まだ年若いあのふたり、どうなっていたかわからねえからよ」

「はい、しかしもしそうだったとしたら、旦那のお情が仇になったんです」

「情が仇になったとは……?」

「三宅島《みやけじま》へ送られたふたりのうち、仲次郎のほうは島で死んだそうですが、権之助がさきごろかえってまいりまして、あのときの刀を返《け》えせといってきたんです」

「刀を返えせ……?」

と、佐七をはじめ辰も豆六も眼をまるくして、

「それじゃみずから持兇器《じきょうき》強盗と白状するのもおなじじゃないか」

「はい、しかし、旦那のほうでもおかみを欺いた罪はまぬがれぬと凄むのでございます」

「ふうむ、それをいいがかりにして旦那をゆすろうというのかえ」

「いえ、そればかりじゃございません。あのとき取りあげられた刀は貞宗《さだむね》だから、捨売りにしても三百両はする。刀がないなら三百両よこせと、このあいだからたびたびお店へまいりますし、また、このお勝さんのほうへも押しかけてまいるそうで……ねえ、お勝さん」

「はあ、あの……」

お勝はちょっと眼をあげて佐七を見たが、すぐまたまぶしそうに睫毛《まつげ》をふせると、

「権之助さんというひとがちょくちょくまいりまして、旦那とひそひそ話をしております。わ

たしはそんな悪いひととは、こんやおかみさんに呼ばれてお話をうかがうまで、ちっとも存じませんでしたけれど……」

四十二の厄

——旦那とお勝さんが殺されて——

「親分、伊丹屋の旦那も悪いやつにひっかかったもんですねえ」

「ほんまにいな。うっかりこれを訴えて出ると、まえにお白洲《しらす》で申上げたことが、まっかないつわりということになりよる。情が仇とはほんまにこのことだすなあ」

五つ（八時）ごろ、利助が駕籠《かご》を呼んでほしいというので、お条が二挺《ちょう》の駕籠を呼んでくると、利助はくれぐれもよろしくとこの一件を頼みこんで、お勝とともにかえっていったが、そのあとで辰と豆六はしきりに伊丹屋重兵衛に同情していた。

「なあに、あの一件はたしか南のかかりだったから、あしたお奉行所へ出向いていって、当時のお調べ書きを調べてみればすぐわかることだ。伊丹屋へ下げ渡された刀のなかに貞宗があったかどうかということはな。しかし、辰、豆六」

と、佐七は意味ありげにふたりの顔をふりかえって、

「あのお勝というお妾、あれゃ前身は何者だろうねえ」

「いや、それだんねン、親分、わてどっかであの女に逢《お》うたことがあるような気がしますねンけど、もひとつはっきり思い出せんで」

「ちっ、またお株をはじめやあがった。てめえときたら女せえみれば、どこかで逢うたような気がするだの、見たことがあるような気がするだのと……よしゃあがれ」

「兄哥《あにき》はそういうけど、たしかにどこかで……」

「いいよ、いいよ、そんならとっくりと思い出しておくんなさいまし。だけど、親分、あれゃ根っからの素っ堅気あがりじゃありませんぜ。右手の指に三味線《しゃみせん》の撥《ばち》ダコがありましたぜ」

「あっはっは、辰、さすがにおめえは眼がはやいな。だけどそのほかにまだ気がついたことはねえか」

「さあね、あっしの気のついたのはただそれだけですが……」

「お勝の指のヒビ垢《あか》切れには気がつかなかったか」

「あっ」

「そこがおかしいじゃないか。あれだけのふうをさせているところをみると、伊丹屋の旦那はよっぽどあの娘がかわいいんだろう。それにもかかわらずあのヒビ垢切れ」

「あっ、なあるほど。そうすると伊丹屋の旦那というのはケチンボで、妾はかこっているものの、女中も婆あやもつかってねえということですかね」

「あっはっは、そういうことになるのかもしれねえ。豆六、おまえはなにをそんなに考えこんでいるんだ」

「いやな、たしかにいまのあの女、どこかで逢うたことがあるような気が……はて、いったいどこで逢うたンやろ」

「よせ、よせ、へたな考え休むに似たりだ。それよりそろそろ風呂へいって寝るとしようじゃないか」

と、その晩はそれですんだが、さてその翌朝の五つ半（九時）ごろ、朝飯をすませた佐七が縁側へ出て、日向《ひなた》ぼっこをたのしみながら、松竹梅の盆栽をいじっていると、表にあたって子供の声で、

「ごめんなさい、ごめんなさい。お玉が池の親分さんのおうちは、こちらでございますか。ごめんなさい、ごめんなさい」

と、なにやら息をはずませているようすである。

「おい、お条、だれか子供のお客さんだぜ。おまえひとつ出てみてくれ」

「あいよ」

と、台所で洗い物をしていたお条は、そのまま上《あが》り框《がまち》へ出ていったが、しばらくするとひきかえしてきて、

「おまえさん、ゆうべきた芝神明の伊丹屋さんの小僧さんで、長松《ちょうまつ》どんというのがおまえさんに会いたいって」

「なに、伊丹屋の小僧さんが……」

「ええ、なんだか血相がかわっているようですよ」

「よし、すぐここへ呼べ」

長松は居間へ入ってくるなり、

「親分、たいへんです、たいへんです。旦那が……旦那が……」

「長松どん、旦那がどうしたというんだ」

「殺されたんです。お勝さんもいっしょに……」

そこまでいったかと思うと長松は、わっとその場に泣き伏した。

「えっ！」

と、佐七は弾かれたように腰をうかすと、

「長松どん、そ、そりゃほんとうか」

「はい、それでおかみさんがすぐ親分を呼んでこいって……」

長松はまだ八つか九つ、おそらく十《とお》までいっていなかろうが、それが芝からここまで宙をとんでしらせにきたのだ。

「おい、お条、辰と豆六を叩き起せ」

「いいえ、親分、その辰と豆六ならいまそちらへおりていくところです」

おそらく寝床のなかで階下《した》の話に耳をすましていたのであろう。どすんばたんと蒲団《ふとん》をあげる音をさせていたが、やがてどたばた二階からおりてくると、

「親分、いま顔を洗っておまんまをかきこみますから、そのあいだに長松どんに話をきいておいてくんなさい」

長松はひとしきり泣きじゃくっていたが、やがて洟《はな》をすすりながらきれぎれに、

「ゆうべまた変な男がきたんです。島がえりの権之助という男がきたんです」

「ああ、お店へきたんだね。そして、それは何刻《なんどき》ごろだ」

「いえ、あの長松は使いにいっていたのでしらないんです。四つ（十時）ごろ使いからかえってきたら、権之助がゆすりにきたと蒼くなってふるえていたんです」

「ふむふむ、すると旦那は留守だったのかえ」

「はい、旦那は伊皿子《いさらご》のほうでした」

「伊皿子というのはお勝さんのところだな」

「はい、それでおかみさんがあんまり怖がるもんだから、長松が旦那を呼びにいこうかといったんですけれど、おかみさんが伊皿子さんに遠慮して……それでけさになって長松が旦那を迎えにいったら、旦那も伊皿子さんもお寝間のなかで血だらけになって……」

長松はそこまで語ると、その情景を思い出したのか、はげしく身ぶるいをすると、またしくしくと泣きだした。

「それで、利助どんはどうした」

「番頭さんはゆうべ、かえらなかったんです」

「かえらなかった？」

「はい、いつもは中引けすぎ……いえ、あの、真夜中ごろにかえってきて戸を叩くんですが、ゆうべはどういうものかかえってこなかったんです。それでさっきおかみさんが、品川《しながわ》の伊勢《いせ》

屋《や》へ使いをやったんです」

ああ、そうなのか……と、佐七は心のなかでうなずきながら、

「それでおまえんうちじゃ旦那とおかみさんと番頭さんと、おまえのほかにだれがいるんだ」

「はい、お紋《もん》という年寄った婆あやがいるきりですが、お紋さん、旦那が殺されたときいて腰をぬかしてしまって……」

「じゃ、お子さんはいらっしゃらないんだな」

「お仙《せん》ちゃんてお嬢さんがひとりあったんですが、それが去年の夏に亡くなったんです。それで旦那がお妾をもったんですって」

小まっちゃくれた口のききように、佐七は思わず微笑《えみ》をもよおしながら、

「それで、旦那はおいくつだえ」

「四十二の厄《やく》なんです。ことしは厄だから気をつけなきゃいけないっていってたら、やっぱりこんなことになってしまって……」

「親分、お待ちどうさま」

そこへ早飯をかきこんだ辰と豆六が、口のはたをぬぐいながら顔をのぞけた。

もうひとつの箱

――まさか宵《よい》のうちからこんなことは――

芝伊皿子にあるお勝の妾宅《しょうたく》は、お高札場《こうさつば》のほどちかく、裏は長安寺《ちょうあんじ》の墓地になっており、かたがわは竹藪《たけやぶ》、もういっぽうは火除地《ひよけち》になっているので、伊皿子の町なかでも一軒ポツンと隔離されており、人眼を避けて妾をかこっておくにはかっこうの場所だが、そのかわり兇悪犯罪が演じられても、容易に隣近所へしれないだろうという危険性ももっていた。

数寄屋《すきや》づくりのその妾宅の、おくの四畳半をのぞいたせつな、人形佐七はいうにおよばず、辰と豆六も思わずあっと顔をしかめた。

艶《なま》めかしく敷きみだれた寝床のうえに、虚空《こくう》をつかんで倒れている男も女も、一糸まとわぬ赤裸を、なまなましくそこにさらけ出しているのである。しかも、眼をちかづけて仔細に点検するまでもなく、兇行が演じられたとき、男と女がなにをしていたか一目瞭然《いちもくりょうぜん》なのである。

おそらくお勝は妾の役目をはたしおわって、恍惚《こうこつ》として男の腕に抱かれているところを、この兇暴な悪魔の兇手に襲われたのだろう。

横に倒れた朱塗りの箱枕から、お勝はがっくり頭を落して、髷《まげ》がぐらぐらにくずれているのは、男の愛撫のはげしさを物語っているのであろうか。彼女は仰向けに股《また》をひろげて、惜気《おしげ》もなくぽっちゃりとした肉付きの肌をさらけだしているのだが、その咽喉《のど》のまわりには、なまなましい細紐の跡がのこっている。

そのお勝のかたわらに、これまた脂切った全裸のすがたを、さらしものにしているのが重兵衛だろう。四十二といえば男盛り、額は少し抜けあがっているが、ゆたかな下っ腹の肉付きといい、色白の肌の色艶といい、いかにもこってりとした好色家を思わせる。

この重兵衛も仰向けに倒れていて、その首のまわりには、お勝とおなじようになまなましい細紐の跡がのこっているが、ごていねいにその胸には鋭い刃物でえぐられた跡があり、枕もとには血に染まった出刃庖丁《でばぼうちょう》が投げだしてある。

その枕もとに立てまわしてある枕屏風《まくらびょうぶ》には、極彩色《ごくさいしき》の男女の秘戯図が貼りあわせてあり、この重兵衛という男、よっぽどえげつない好色趣味をもっていたとみえる。

佐七は思わず音を立てて呼吸《いき》をうちへ吸いこむと、気がついたようにそばに立っている町役人をふりかえった。

「この座敷、なんにも手がつけてないんでしょうねえ」

「はい、見つけたときのまんまにしてございます。いまおまえさんがたが入っておいでなすった、隣り座敷の雨戸が一枚あいていたので、丁稚《でっち》の長松がなにげなく入ってきて、これを見つけたのでございますね。それでかえって伊丹屋のおかみさんにしらせる。おかみさんが駆けつけてきてこれを見つけて、わたしどもにとどけがあったというわけです」

町役人の話を聞きながら、佐七は辰や豆六に手つだわせて、重兵衛の上半身をそっと起して、首のまわりの紐の跡をしらべてみた。

「親分、これゃうしろから絞められたんですぜ。ほら紐の跡がそうなってます」

「そやそや、ウツぶせになってうっとりしているところを、だしぬけにうしろから、紐をかけられ、ひきずり起されよったんですよ」

「だけど、首をしめておいてなぜまたごていねいに、出刃庖丁でえぐりやがったのかな」

「それゃ、兄哥、しれてますがな。うっかり呼吸《いき》を吹きかえしたらえらいこっちゃで、とどめを刺すつもりでえぐりおったんや」

それに反してお勝はどうやらまえからしめられたらしい。

「それにしても旦那が絞められているあいだ、お勝はどうしていたんだろうな」

「それゃ逃げるにも逃げられなかったんでしょうな。旦那がうえにのっかってちゃ」

「それにしても悲鳴ぐらいあげそうなもんだが……もし、旦那、だれかご近所のひとで、叫び声のようなものを聞いたひとはねえんで」

「いや、それをわたしもさっきから調べているんだが、どうもないらしいんです。もっともこの家は隣近所からちょっとかけはなれているんでな」

「それにしてもこれは何刻《なんどき》ごろの出来事でしょうな」

「さあ……」

と、町役人は顔をしかめて、

「こうしてお楽しみを終ったところをやられているんだから、そうとう夜も更けてからの出来事だろう。なんぼかわいい妾でも宵の口からこんなことは……」

「親分、お勝が駕籠でうちを出たのは、五つ（八時）ごろのことでしたから、こっちへついたのが五つ半（九時）まえとして、それからの出来事でしょうから、おおかた四つ（十時）ごろのことじゃないでしょうかねえ」

佐七は辰のことばにうなずきながら、なにげなく行燈《あんどん》をひらいて油皿を調べたが、油皿には油がいっぱい差してある。佐七はおやというふうに眉《まゆ》をひそめたが、すぐさりげなく行燈の戸をしめた。

「辰、豆六、なにかそこらに証拠はないか調べてみろ」

「おっとがてんだ」

座敷の隅の衣桁《いこう》には男物と女物の衣類が掛けてあるが、女物はゆうべお勝がお玉が池へ着てきた黄八丈である。その衣桁の下に乱れ箱がおいてあり、乱れ箱のなかにふたりの足袋や重兵衛の紙入れ、鼻紙袋、折りたたんだ手拭《てぬぐ》いなどが入っていた。

男も女も寝床へ入るときは、浴衣《ゆかた》と長襦袢《ながじゆばん》を身にまとうていたのである。そして、寝床のなかでなにもかもかなぐりすてたらしいことは、それらのものがふたつの死体の下に、散乱していることでもうなずける。

「旦那」

と、佐七は撥ダコの出来たお勝の手の荒れように眼をやって、

「この家《うち》にはお勝さんのほかにだれもいねえんですか」

「はい、お妾のひとり住居《ずまい》でした」

「しかし、それはおかしいですね。かわいい妾をかこっておくのに、奉公人をつけておかないというのは」

「それゃまあ、伊丹屋さんになにかお考えがあったんでしょう。なまじ奉公人がいちゃお楽しみの邪魔になったんじゃありませんか。このとおりあんまり広い家じゃありませんからね」

町役人のいうとおり敷地はそうとう広いのだが、建物はこの四畳半のほかに六畳に三畳、それにもうひとつ四畳半の納戸があるだけ。

「いったいこのお勝さんというのは前身はなんだったんです」

「さあ、よくわかりません。てんで近所づきあいというのをしなかったもんですからね」

「ああ、そう」

佐七はもういちど座敷のなかを見まわした。

この四畳半には茶がかった半間の床の間があり、その隣りが押入れになっている。なにげなくその押入れをひらいてみると、そこにもうひとかさね夜具がつんであり、その夜具のうえに朱塗りの箱枕がもうひとつ。

佐七はおやと小首をかしげた。

ろくろ首の見世物
――たぶん旅先きで戯れて――

「ああ、利助どん、おまえさんゆうべは品川泊りだったそうですね」

四畳半を調べおわって隣りの六畳へ出てくると、そこに利助が蒼い顔をして坐《すわ》っていた。

「面目しだいもございません。旦那からもおかみさんからもお許しが出ていたとはいうものの、よりによってこんな晩に遊びに出かけまして……」

「おまえさん、あれからいちどお店《たな》へおかえりなすったんで」

「いいえ、御高札場のところでお勝さまとわかれますと、そのまままっすぐ品川まで駕籠を飛ばしましたので……」

「さっき長どんに聞いたんだが、いつもは中引け過ぎにはかえるおまえさんが、きょうはまたどうして朝まで……?」

佐七の鋭い視線を浴びて、利助は亀の子のように首をすくめて、

「いえ、わたしも中引け過ぎにはかえるつもりでございましたが、駕籠で冷えこんだとみえて、下っ腹がさしこんでまいりまして、どうにもあがきがとれません。それでつい朝まで……」

「ああ、そう。品川は伊勢屋だそうだが、だれか馴染《なじ》みのあいかたでもあるのかえ」

「はい、あの……」

と、利助は顔をあからめながら、

「お駒《こま》というのが一昨年《おととし》来の買い馴染みで……」

と、恐縮したように口ごもった。

「ときに権之助というのがゆうべまた、お店のほうへきたそうだが……」

「はい、さっきおかみさんに聞きました。それでございますからいっそう家をあけたのが申訳なくって……」

「旦那はゆうべ何刻頃に家を出なすったんだえ」

「さあ……わたくしがお勝さまとごいっしょにお店を出るとき、旦那はもうお家においでではございませんでした。おおかたお勝さまといれちがいになられたのでございましょう」

「お勝さんはおかみさんがお呼びなすったんだね」

「はい、こちらのほうへもちょくちょく権之助が顔を出すとお聞きになって、ようすをたしかめるためでございましょう」

「おかみさんはいまどちらに……？」

「はい、旦那のお亡骸《なきがら》をお迎えなさるご用意をしていらっしゃいます」

「ああ、そう、それじゃあっしどももお伺いいたしますからって、おまえさんひと足さきにかえって申上げておいてください」

「はい、承知いたしました」

利助の立ち去るのを見送って、佐七は辰の耳にささやいた。

「辰、てめえ品川の伊勢屋へいって、利助のいうことがほんとかどうかたしかめてくれ。夜中にこっそり抜け出したりしやあしなかったかってな」

「おっとがってんです」

巾着の辰がとび出していったあと、佐七はその座敷にある行燈の油皿をしらべてみたが、これまた油はたっぷりと差してある。

「親分、あっちの座敷の行燈も油がいっぱい差しておましたが……」

「どうもおかしい。重兵衛はまっくらがりのなかでお勝のかえりを待っていたのか……まあ、いいや、豆六、家のまわりを調べてみよう」

家のまわりや戸締りを調べてみたが、べつにこれといってかわったところも見当らない。

「親分、こら権之助のやつあらかじめ家のなかにかくれていよって、重兵衛とお勝がお楽しみのあと、うっとりしてるとこを絞め殺し、それから雨戸をひらいて逃げ出しよったんでっしゃろな」

「戸締りにどこもこじあけた跡がないところを見ると、そういうことになるな」

それからまもなくあとは町役人にまかせておいて、佐七は豆六をひきつれて、芝神明門前仲町の伊丹屋のほうへ出向いていった。ちかみちをしようと神明の境内《けいだい》を抜けていくと、葦簾張《よしずば》りの芝居小屋だの見世物小屋が、おもちゃ箱をひっくりかえしたように並んでいる。

そのなかにろくろ首の娘の見世物があり、看板に肩衣《かたぎぬ》つけて三味線をひいている娘の首が、三尺あまり抜け出して、唄をうたっているところが描《か》いてある。

豆六がぼんやりその看板を見ていると、

「馬鹿野郎、なにを間抜けづらしてみていやあがるんだ。さっさとこねえか」

佐七に叱りつけられて、

「へえ」

と、ぼんやり答えながら、豆六は首を振り振りやっとふらふらあるき出した。

門前仲町の伊丹屋は大戸をおろして、ひっそりとしずまりかえっているが、その表には野次馬が大勢とりまいていた。

佐七は案内を乞うまえにいちおう家のまわりを見ておいた。たいして大きな構えではないが、裏に一戸前の土蔵もあり、まあ、ひととおりにはやっているらしく思われた。

おかみはお重《しげ》といって四十前後、眉《まゆ》を剃った跡がいかにも疳性《かんしょう》らしく、眼に涙の跡もないのは、泣くにも泣けぬ気持なのか。

「こんなことになるとしったら、もっとはやくお上《かみ》へ訴えて出るのでございましたが、なんといっても、去年いつわりを申上げたという弱身がございますもんですから……」

お重はそこでそっと袖口で眼頭をおさえた。

「その権之助というやつはゆうべもここへきたそうですねえ」

「はい、たぶんあれから伊皿子のほうへまわったのでございましょう。ほんとに情が仇とはこのことでございます」

「それじゃ四年まえのあの一件は、やっぱり仲次郎と権之助が、刀をもって押入ったのでございますね」

「はい、それをそのとおりに申上げたら、ふたりとも死罪にでもなりはしないか、それではまだ若い身空でふびんだと、なまじ旦那が情をかけたのがいけなかったんです」

「そのときの刀はこちらへ下げ渡されたんでしょうねえ」

「はい、ふたふりとも。……でもどちらもなまくらでしたから、旦那がどう始末なすったのかおぼえておりません。それを貞宗だの、捨売りにしても三百両だのといいがかりをつけ、あまつさえ旦那を殺すとは……」

と、お重はぴりぴりと蒼い眉根をふるわせて、いかにも口惜《くちお》しそうに歯ぎしりをする。

「その刀のことならお奉行所にお調べ書きが残っておりましょう。それを調べれゃ貞宗かなまくらかわかることです」

「はい、それを調べていただくつもりでございましたが、いまとなっては手おくれでございます」

「ときに、あのお勝さんというひとは、もとなにをしていたひとなんですか。右手に撥ダコがあるようでしたが……」

「それがよくわかりませんの。と、こう申しますとうろんのようでございますが、昨年の夏のおわりごろ、旦那は甲州《こうしゅう》の身延山《みのぶさん》へおまいりなさいましたが、その旅先からつれておもどりになりまして、あそこへかこったのでございます。はじめはわたくしどもにかくしておいでなさいましたが、すぐしれてしまいまして……でも、少し抜けているのではないかと思われるくらい、気性の素直な娘でございますから、わたしも大目に見ておりました。たぶん旅芸人でもしていたのを、旦那がひと晩戯れてごらんになったら、お気に召したので連れておかえりになったのでございましょう。でも、ひょんなことから旦那の道連れにされてしまって、ふびんなものでございます」

と、お重はほろりと袖口で眼をおさえた。

権之助の行方
——百両うばって高飛びしたか——

その日、佐七は南町《みなみまち》奉行所へよって、四年まえの一件調書を調べてみたが、伊丹屋へ下げわたされた刀はふたふりとも、まぎれもなくなまくらで、貞宗などとは大笑いである。

巾着の辰は夕方品川からかえってきたが、その報告によると利助のいうことはすべて真実《ほんとう》だったらしい。かれは五つ半（九時）少しまえに伊勢屋へ登楼しているが、それから朝になって伊丹屋から使いがくるまで、一度も伊勢屋をはなれたことはないと、これはあいかたのお駒のみならず、やりて婆あのおさんというのも証言していた。なにしろ真夜中ごろにさしこみがきて、家中をさわがせたのでいっそうアリバイがはっきりしている。

また利助を品川まで送っていったお玉が池の駕籠屋の言によると、利助は佐七の家を出てから、まっすぐに品川まで乗りつけて、むこうへついたのは五つ半（九時）少しまえだったといっている。駕籠屋は利助が娘たちに迎えられて登楼するのを見とどけてからひきかえしているのである。

それに反してお勝を送っていった駕籠は、妾宅までお勝を送っていない。お勝は伊皿子の入口で駕籠をおりると、それからさきは歩いていったということである。

それにしても権之助はいったいどうしたのか。去年の暮れに権之助がご赦免《しゃめん》になって、島からかえってきたことは事実である。以来かれは昔馴染みの家を泊り歩いていたらしいが、島戻りとあってはどこへいってもいい顔はされず、転々として居所をかえていたらしい。その権之助の姿を伊丹屋や妾宅の附近で見かけたものもそうとうあった。尾羽《おは》打ち枯《か》らした権之助のすがたは、だれの眼にも異様にうつったのである。

重兵衛の葬式は正月の二十二日に伊丹屋を出たが、その翌日の二十三日になって、伊丹屋から町役人に訴えがあった。

二十日の日、重兵衛がお得意さきから受取ってきた刀代の百両が、どこにも見当らないところをみると、重兵衛はそれをもったまま妾宅へおもむいたのではないかというのである。むろん妾宅はあの一件ののち、隈なく捜索されているが、百両の金などどこからも出てこなかった。と、するとてっきり権之助が奪って逃げたものと思われる。

それにしても伊丹屋では、なぜそのことを二十三日まで気づかなかったかというと、重兵衛がその日、そういう大金を受取ってきたとは気がつかず、お葬式の翌日改めて利助が金の催促にあがり、そこで重兵衛の受取りを見せられて、びっくり仰天《ぎょうてん》したというわけだった。

権之助が百両の金をうばって逃げたとすると、高飛びをすることも十分考えられる。そこでその筋では人相書きをつくって、江戸の町々はいうにおよばず、街道筋へもくばったが、二十五日にいたるも杳《よう》として消息はつかめない。

佐七はきょうも巾着の辰をひきつれて、芝神明の門前仲町、伊丹屋の店を訪ねてみた。伊丹屋はまだ初七日がすんでいないので、大戸はおろしたきりである。

佐七が伊丹屋を訪《おと》ずれたのは、お勝という女の前身をなんとかしてしりたいと思ったのだが、ほんとにお重はしらないのか、しっていてもかくしているのか、答えはこのまえと同様だった。伊丹屋の重兵衛が身延詣《もう》でのかえるさに、お勝を拾ってきたものであるということは、近所の噂《うわさ》をきいてもほんとうらしいが、げんざい家主の世話をしている女の氏素性《うじすじょう》を、女房がしらぬというのは、佐七には、なんとなくうなずけなかった。

「親分、あのおかみさんなにかかくしているんですぜ。きっとお勝の素性がしれると、外聞にかかわることがあるんじゃないんですか」

「そういうことかもしれねえな」

「だけど親分、お勝の素性はこの一件に、べつにかかわりはねえはずだが……下手人は権之助としれてるんですからね」

「ふむ、だけどしっとくに越したことはねえからな」

「それゃまあそうですが……」

と、辰が生返事をしているとき、

「おや」

と、呟《つぶや》いて佐七はふっと足をとめた。そこは伊丹屋の勝手口の外で、佐七の眼はその泥溝板《どぶいた》の下に釘着けにされている。

「親分、ど、どうかしましたか」

「辰、あの泥溝板の下になにやら紅《あか》いものが落ちている。花かんざしじゃねえかと思うんだが拾ってみろ。大急ぎだ。ひとの眼につかねえうちに……」

「へえ……」

辰はすばやくあたりを見まわすと、身をかがめて泥溝板の下から紅いものを拾いあげたが、果してそれは花かんざしであった。

「親分、こりゃ二十日の晩、お勝が頭にさしていたかんざしじゃ……」

「しっ、四の五のいわずにはやくかくせ」

辰があわててその花かんざしを、ふところのなかへしまいこもうとしているとき、すぐ塀のなかにある土蔵の窓から声がかかった。

「親分さん、そこになにかございましたか」

見ると土蔵の窓からこちらを見ているのは番頭の利助である。

「ああ、利助どん、そこにいなすったか。なあに草履《ぞうり》の鼻緒が切れたので、辰にすげてもらっていましたのさ。さ、辰、いこう」

それからふたりは例によって近道しようと、神明の境内へ踏みこんだが、とつぜん辰が、

「ありゃ、あの野郎！」

と、叫んだので、さすがの佐七も驚いて、

「辰、どうした。なにかあったか」

「いえさ、親分、あそこにいるのは豆六じゃありませんか。あの野郎、朝からどこへいったのかと思っていたら、あんな見世物小屋のなかから出てきやあがった。おい、豆六、豆六」

声をかけられて豆六もふたりに気づくと、うれしそうに顔中を口にしてわらいながら、こちらのほうへちかづいてきた。

「豆六、いい若いもんがなにを見ていたんだ」

「いやな、ろくろ首の娘の見世物を見ていたんです」

「馬鹿野郎、なんだってそんなくだらねえもんを」

「まあ、そういいなはんな。親分、わてやっとお勝のことを思い出しました。あら昔」

と、豆六はちょっと声を落して、

「浅草《あさくさ》の奥山《おくやま》でろくろ首の見世物に出てた娘だっせ。その時分まだ十五六やったんで、わても見忘れてましたんやけれど……」

「ろくろ首の娘……」

佐七はとつぜんなにかにぶんなぐられたかのように、その場に棒立ちになってしまった。

悪魔の企み
――主《あるじ》と家来が密通すればハリツケもの――

「親分、いったいここでなにを待っているんです」

時刻はもうかれこれ深夜の八つ（二時）。俗にいう草木も眠る丑満時《うしみつどき》である。そこは伊丹屋の勝手口を見渡せる露地口だが、そこにある大きな天水桶《てんすいおけ》のかげに、さっきからやもりのようにへばりついているのは、人形佐七に辰と豆六。

「しっ、口をきいちゃいけねえ」

佐七は低声《こごえ》で制しながら、その眼は伊丹屋の勝手口に釘着けにされている。

このへんは増上寺《ぞうじょうじ》にちかいので、ちかくに蔭間《かげま》茶屋《ぢゃや》が多く、ついさっきまで女のように粧《よそお》うた変性男子が、駕籠にのっていききをしていたが、深夜の八つ（二時）ともなれば、それぞれの巣へ落着いたらしく、しいんと寝静まった町のかなたで、犬の遠吠えの音がいんきである。

いくらか寒気がゆるんだとはいうものの正月二十五日、深夜ともなれば凍てついた大地から這いあがる冷気が、骨の髄までしみとおりそうである。

「豆六、よさねえか、その貧乏ゆすりを。なんべんいったらわかるんだえ」

「だって、親分、こう寒くちゃやりきれまへんがな」

「もう、少しの辛抱だ。寒くても我慢しろ」

「だけど、親分、いったいなにを……」

と、いいかけて辰ははっと口をつぐんだ。

伊丹屋の表のくぐりが開く音がしたからである。三人が天水桶の影に身をちぢめていると、くぐりから上半身をのぞかせたのは伊丹屋のおかみのお重である。

お重はきょろきょろあたりを見まわしていたが、やがてなかへ引っ込むとくぐりをぴったりなかから閉《とざ》した。

「親分、お重はいったいなにを……」

「いいから黙ってようすを見ていろ。いまに面白い芝居が見られるだろうぜ」

お重が引っ込んでしばらくしてからこんどは勝手口の開く音がした。それがふたたびしまる音がしたかと思うと、だれかがこちらへちかづいてくる。

ひと足、ふた足、あたりに気をくばっているせいか、それともなにか担いでいるのか、いやに重い足どりだ。

天水桶のこちらでは人形佐七に辰と豆六が手ぐすね引いて待っている。

重い足どりはしだいにこちらへちかづいてきたかと思うと、やがて黒い布で頰かむりをした男の影が、三人の鼻先きへぬうと現れた。頰かむりの男は背中に大きなつづらを背負っているのである。

その男が伊丹屋の角を曲ろうとしたとき、

「おい、兄さん。ちょっと待ってもらおうか」

佐七が声をかけるとともに、三人はバラバラと天水桶の影からとび出したが、いや、そのときのあいての驚いたこと。

「ああっ！」

と、叫んで、いきなりつづらをそこへ投げだすと、もときた道へひきかえし、勝手口からなかへとびこむと、がらがらとくぐりをしめてしまった。

「しまった！　辰、てめえは表を見張ってろ。豆六、てめえはそのつづらを開くんだ。それから屋根からだれかが逃げ出しゃしないか気をつけろ！」

「よし、がってんです」

佐七はふたりに差図をしておいて、バラバラと露地へ駆込むと、

「開けろ、開けろ、長松はいねえか。お紋さんはおらんか。お玉が池の佐七だ。すぐにここを開けてくれろ」

佐七がどんどんくぐりを叩いていると、よほどたってから丁稚の長松がくぐりを開けて、真っ蒼にふるえている顔を出した。

「あっ、親分、おかみさんと番頭さんが心中して……」

「しまった！」

長松の案内で佐七が座敷へふみこむと、あたりいちめん血の飛び散ったなかで、お重と利助が折重なって倒れていた。

佐七が茫然《ぼうぜん》としているところへ、あとからとびこんできたのは豆六である。

「お、親分、こら、いったいどないしたんでっしゃろ。つづらのなかにゃお勝が……」

「お勝は殺されているのか」

「いえ、例によって首をしめられてますけど、まだ体にあたたかみが……」

それを聞くと佐七は思わず両手を合せた。神に感謝したい気でいっぱいになったのである。

「いや、この一件でいちばんの手柄もんは豆六よ。お勝がろくろ首の見世物に出ていた女だと聞いたとき、おれゃふたごじゃねえかと気がついたんだ。おれも以前ろくろ首の見世物を見たことがあるが、瓜ふたつのふたごを使って、いかにも首がのびていくように仕掛けてあるのに気がついたんだ」

「それで、伊皿子の、妾宅にゃもうひと組、夜具と枕があったんですね」

「そうよ、瓜ふたつのふたごの女を左右に抱いて、川の字になって寝るということが、伊丹屋の重兵衛にはお気に召していたんだな。しかし、世間をはばかってふたごとはいわずあくまでお勝というひとりの女にしてあったんだ。ふたごの名前のお亀《かめ》のかとお鶴《つる》のつをとって、お勝ということにしたんだろ」

「だから、婆あやも女中もおかなかったんやな」

「そうよ、ひとをおいたらすぐにばれるからな」

「だけど、親分、利助が下手人として、いったいいつ重兵衛やお亀を殺したんです」

「そりゃ、ここへくるまえよ、お重がまずふたごのひとりを呼びよせた。そのあとへ利助が忍んでいって、お亀のほうを絞め殺した。そこへなんにもしらずに重兵衛がやってきたので、そいつも絞め殺したうえ、ああいうふうに高台をこしらえ、それからお亀の死体をおもちゃにしたのだ。重兵衛とお亀のあいだにお楽しみが演じられたように見せかけるためにな。それからいったん店へかえって、お鶴のお勝といっしょにここへやってきたんだ」

「なるほど、それからまっすぐに品川へいって、朝までのほほんと泊っていれば、ぜったいに疑いはかかりっこねえというわけですね」

「そやそや、お勝がふたりいるとわからんかぎりはな」

「それにしても、お鶴はなんだって伊丹屋へいったんでしょう」

「なあに、おかみや利助からいいふくめられていたのよ。伊皿子で駕籠をおりても家へはよらず、まっすぐにこっちへこい。そうでないと、旦那が危いとでもいわれたんじゃねえか。おそらく利助はお鶴の死体を河へ投げこむまえに、その顔を石かなんかでぶちわって、どこのだれともしれぬようにしておくつもりだったんだろう」

「だけど、親分、権之助はどうしたんでしょうねえ」

「おおかたこれも殺されてるんじゃねえか。だいいち権之助は重兵衛をゆすっていたのかどうだかわからねえ。ひょっとするとあのときの礼にきていたのかもしれねえよ。重兵衛という男は色好みは色好みでも、なかなか俠気《おとこぎ》のあった男だというから、なにか身のふりかたでもつけてやろうとしていたんじゃないかな」

「それにしても凄いのはお重と利助ですね」

「どうせ主と家来が密通すればハリツケもんだ。毒食わば皿までというところだろうなあ」

果してそれからまもなく、権之助ではないかと思われる死体が品川沖で発見されたが、その顔はめちゃめちゃに叩きわってあったという。

危いところを助かったお鶴は、重兵衛のタネを宿していたので、伊丹屋の親戚がひきとって、ゆくゆくは産まれる子に伊丹屋ののれんをつがせるという。

初春笑い薬

お大尽《だいじん》全快祝い
――うれしい勝ちどきあげるがよいわ――

義太夫《ぎだゆう》狂言『生写朝顔日記《いきうつしあさがおにつき》』宿屋の場を見ると、笑い薬がたくみにギャグとして用いられている。

かねてから朝顔の恋人駒沢次郎左衛門《こまざわじろうざえもん》を亡きものにせんとたくらんでいる岩代多喜太《いわしろたきた》は、そのことを俗医《ぞくい》荻野祐仙《おぎのゆうせん》に相談する。

そこで祐仙一計を案じ、かねて用意のしびれ薬を駒沢にのませ、五体しびれているところを刺し殺せばなんでもない。じぶんはあらかじめ解毒の丸薬をのんでおき、毒見と称して駒沢よりさきにのむから、よもや覚《さと》られることはあるまじ、細工は粒々《りゅうりゅう》とばかりに、鉄瓶のなかへしびれ薬を投げこんでいく。これを立ちぎきしていたのが、宿屋のあるじ徳右衛門《とくえもん》、鉄瓶の湯を入れかえて、そのなかへ笑い薬を投げこんでいく。

そうとはしらぬ岩代と祐仙、駒沢のかえりを待ちうけて、薄茶一服まいらせんと、まず毒見役の祐仙が、こっそり解毒の丸薬をのんだのち、くだんの薄茶をのみほすと、たちまちなにやらおかしゅうなり、果ては七転八倒、笑いころげるおかしみに、大いに見物を笑わそうという趣向である。

では、そういう調法な薬が実在するかというと、茸《きのこ》のなかに笑い茸《だけ》というのがあって、それを食べると一時的に精神錯乱におちいり、飛んだり、跳ねたり、むやみにしゃべったり、笑ったりするそうな。

これはその茸のなかに含有されている、一種のアルカロイドの作用といわれているが、このアルカロイドは一時的に、精神系統に影響するだけで、他の臓器にはなんの障害もあたえないらしい。だから、現今《いま》ならば化学的に、そのアルカロイドを抽出して用いるところだが、昔のことだから笑い茸を乾燥したうえ、粉末にでもして使用したのだろう。

さて知ったかぶりはこれくらいにして、この笑い薬をめぐって、その春、深川《ふかがわ》で大騒動が持ちあがったが、その顚末《てんまつ》というのはつぎのとおりで。

「さあ、さあ、みんな、今夜は無礼講じゃ。じゃんじゃん飲んで、大きに騒いでおくれ。おれも厄《やく》は去年流してしもうた。ことしはまた若返って、みんなといっしょに楽しくあそぶつもりじゃ。さあさあ、みんな飲んだり、飲んだり。これ本所《ほんじょ》の師匠、なにをそんなに考えこんでいるのじゃ。陽気に飲んで騒いでおくれ。さあ、さあ、こどもたちはお酌《しゃく》じゃ、お酌じゃ」

そこは深川新地《しんち》の大栄楼《たいえいろう》の大広間。あまたの男女にかしずかれ、床の間のまえで、大浮かれにはしゃいでいるのは、木場《きば》でも名高い材木屋、槌屋《つちや》の旦那で万兵衛《まんべえ》という。万兵衛はこの春でかぞえ年の四十三、すなわち去年が四十二の厄だったが、えてして凶《わる》いことは当りやすく、夏から秋へかけての大患《わずら》い。暮になってやっと元気恢復《かいふく》したが、年一杯は自重して、春を迎えた十五日の晩、厄落しをかねての全快祝いを大栄楼の大広間で催したわけである。

そのころ槌屋の旦那といえば、江戸でも名高いお大尽で、芸能界の一大パトロン。されば当夜の客というのも、役者あり、浮世絵師あり、作者あり、さては浄瑠璃《じょうるり》の太夫あり、それを取りもつ芸者もまじえて、その数およそ三十人という大一座。

「旦那、お目出度《めでと》うございます」

「御全快、お目出度うございます。

「明けましてお目出度うございます」ことしもなにぶん御贔屓《ごひいき》お願い申上げます」

「ほんとに旦那がよくなられて、こんな心強いことはない。旦那がお患いになっていらっしゃいますと、江戸中灯《ひ》が消えたようでございます」

「またひとつ、思いきった御趣向で、江戸の色街の相場を狂わしてみせてくださいまし」

と、調子のよい芸人衆におだてられ、槌屋万兵衛も得意満面。

「おお、おれもそのつもりじゃ。こうして命拾いをしたからには、ことしはうんと羽根をのばすぞ。今夜がまずその手はじめで、こうして綺麗なのを揃えておいた。おぼしめしのむきがあったならば、手柄にくどき落してうれしい勝ちどきあげるがよいわ」

と、万兵衛がにったり一座を見まわしたから、躍りあがってよろこんだのが太鼓持ちの桜川《さくらがわ》仙平《せんぺい》。

「あら、有難や、かたじけなや。さすがは槌屋の旦那の粋《いき》な御趣向、そんならこのなかから撰りどり見どりで……」

と、はや手当りしだいに抱きつこうとするから、妓《おんな》たちは総立ちになり、

「あれ、いやらしい仙平さん」

「きゃっ、助けてえー、仙平さんに舐《な》められたわ」

「あれ、およしなさいったら仙平さん、おまえさんなんか吉田町《よしだちょう》で結構よ」

「そうよ、そうよ、吉田町かお千代舟《ちよぶね》、ぼちゃんぼちゃんのお千代さんでも買って、命の洗濯してらっしゃい」

吉田町というのは夜鷹《よたか》の巣、お千代舟というのは水上で、しがない春を売る売色女の舟のこと。

「おのれ、ぬかしたりな、ほざいたりな、もったいなくも槌屋大臣《のおとど》万兵衛朝臣《あそん》が腰巾着、桜川仙平之守《のかみ》をつかまえて、夜鷹をかえの舟饅頭《ふなまんじゅう》で結構だのと無礼しごく。そういうおまえはお千《ち》代《よ》とお蝶《ちょう》。ちえっ、かたじけない、そんならふたりを生捕りにして、両手に花と……」

と、坊主頭の大男、桜川仙平がいま売出しの色盛り、お千代とお蝶を両手に抱きすくめ、代りばんこに頬摺りしようとするとき、

「やれ、待て、仙平、早まるな」

と、芝居がかりに押しとめたのは万兵衛大尽。

盃《さかずき》ちがい

――お蝶とお千代ときちがえて――

「はて、拙者《せつしや》をおとめなされしは」

「されば仙平之守。よく承《うけたまわ》れ。そこにいるお千代とお蝶はこのまろが、かねてから想いをかけし辰巳《たつみ》の双艶、ともに根引きして手活《てい》けの花にするわいやい」

と、万兵衛大尽、芝居の公家《くげ》悪《あく》もどきに、くわっと大口ひらいて見得をきったから、冗談なのか真剣なのか真意がわからず、一同ははっと息をのむ。お蝶とお千代は顔にぱっと紅葉《もみじ》をちらした。

「旦那、それは真実《ほんとう》で……?」

と、ちょっと座がしらけかかったとき、かたわらから仔細顔に膝《ひざ》をすすめたのは、くわい頭に十徳《じつとく》すがたの玉川長庵《たまがわちようあん》。全快したとはいえ病後のからだ、そのように女色にふけってはと、主治医として意見をするつもりなのである。

この玉川長庵というのは、匙《さじ》かげんより舌かげん、脈をとるよりお太鼓をたたくほうが得手だという、俗にいうたいこ医者。それでも万兵衛の病気をなおしたのは、じぶんだとうぬぼれている。

「あっはっは、長庵老。いまのは冗談、しかし、ひと晩の浮気くらいはよかろうがな。おれもながいあいだのお精進、ここらでひとつ精進落しをさせてくれろ」

「へえへえ、それゃ一夜の御遊興くらいならよろしゅうございますが……」

「しかし、旦那」

と、下座《しもざ》のほうから膝をすすめたのは、例の桜川仙平だ。

「なるほど、お蝶さんとお千代さん、辰巳の双艶といわれるだけあって、いずれがあやめかきつばた、眼うつりなさるのも御無理ではございませんが、いちじにふたり御所望とは、お人柄にかかわりましょう」

と、仔細顔に意見すれば、万兵衛はにったり笑って、

「あっはっは、仙平、なんぼおれが色好みでも、そんなけだもののような真似はせぬ。じつはな、ここにいられる鷺坂《さぎさか》先生に、お千代とお蝶、どちらでもお気に召したのを、今夜ここでお取持ちしようと思うのだ」

万兵衛のことばに仙平ははたと膝をたたいたが、それを聞いてボーッと頬をそめたのはお千代とお蝶。たがいに顔を見合せると、すぐ眼をそらして柄にもなく、畳にのの字を書いている。それもそのはず、いま万兵衛のとなりに坐《すわ》っている鷺坂源之丞《げんのじょう》というのは、五分月代《ごぶさかやき》の浪人者だが、それこそ油壺から出たような男、しんしんとろりとよい男だ。年齢《とし》は二十五六だろうが、色白の、眼もと口もとに愛嬌があり、一座には花形役者、人気役者もいたけれど、源之丞のまえへ出ると月のまえの星のよう。

しかも、この鷺坂源之丞というのが、ひととおりの侍ではない。年齢はわかいが蘭法《らんぽう》医術の造詣《ぞうけい》ふかく長庵はじめおおくの町医者が持てあました、万兵衛大尽の難症《なんしょう》をなおしたのもこのお侍さまとやら。

されば、たとえひと夜のちぎりでも、このようなかたと睦語《むつごと》を、語らうことが出来たらと、一座のおんなというおんなが、ボーッときていたところだけに、お千代とお蝶ふたりのうえに、女たちの羨望の視線があつまった。

しかも、たとえ源之丞のおめがねにはずれたところで、槌屋のお大尽様のお相手に出られるのだから、これまた身の果報というものだ。なにしろ相手はお大尽様、ひと晩きりでさようならというはずがない。うまく御機嫌をとりむすんだら、栄耀栄華《えいようえいが》は思うままと、色と慾とのふた筋道、一同は手に汗にぎって、源之丞のお名ざしを待っている。

ところが鷺坂源之丞、医術にかけては大家でも、このほうのことは初心《うぶ》とみえて、ボーッと瞼《まぶた》を染めながら、

「ああ、これ、万兵衛どの、拙者《せっしゃ》、そのようなことは……」

と、小娘のように羞《は》じらうているのがいじらしい。

しかし、こういうことにかけては海千山千の桜川仙平、まんざら気がないでもないと見抜いたか、

「ああ、もし、先生、鷺坂様、あなたも木の股《また》からおうまれなすったわけじゃございますまい。あのようなべっぴんを袖にしては、男冥利《おとこみょうり》につきますぜ。さあ、さあ、せっかくの旦那のお志、

どちらなりともお気にめしたほうをお名差しなさいまし。お蝶さんですかえ。お千代さんですかえ」

と、たたみかけるようにうながされて、

「あっはっは、それではいささか極《き》まりがわるいが、お蝶とやらを……」

あとのほうは半分口のうちだったから、ちかまわりのものだけにしか、お蝶の名前はきこえなかった。

「ええ、先生、なんとおっしゃいました。お千代さんですかえ、お蝶さんですかえ」

仙平がたたみかけるのを、万兵衛大尽がさえぎって、

「いや、いや、それは先生が思いざしをされればわかる。先生、ひと口のんでおぼしめしのほうにお差しなさいまし」

「ああ、さようか。それでは……」

と、源之丞がお酌でのみほすかたわらから、

「そのお取りつぎはわたしがつとめましょう」

と、取りつぎ役を買って出たのは、顔じゅうに大あばたのある醜い男。年齢は五十前後だろうが、これこそ歌川《うたがわ》喜多《きた》麿《まろ》といって、面《つら》こそまずいが美人画をかかせては、当今右に出るものなしといわれる浮世絵師。

あの顔でどうしてあんな綺麗な女がかけるのだろうと、なにも顔で絵筆をとるわけでもあるまいのに、ついそんなことをいってみたくなるほど、じぶんのまずい面に反比例して、その筆

になる女の色っぽさ、仇《あだ》っぽさ。だから喜多麿のモデルになって、一枚絵として売出されると、玄人《くろうと》の場合、たちまちぱっと人気が出るといわれるくらいだ。そこにいるお蝶とお千代が売り出したのも、『辰巳の双艶』として、喜多麿の筆にかかれて以来のことである。

「ああ。この役は師匠にとってうってつけ。なにしろ、お蝶お千代のうみの親だからな」

「それではこれをお蝶とやらへ……」

「はいはい承知いたしました」

と、盃《さかずき》持って喜多麿が立ちあがろうとするうしろから、

「師匠、ついでに銚子《ちょうし》もこれで……」

と、万兵衛がじぶんの持った銚子を差出した。

「ああ、なるほど、比翼連理《ひよくれんり》の誓いの盃、酒もおなじ銚子の口から……いやもうおうらやましいことで」

と、銚子と盃を両手にもって、下座へやってきた歌川の師匠、なに間違えたかお蝶、お千代とならんだうちの、お千代のまえにべったり坐って、

「それ、お千代、先生からの思いざしじゃ」

上座のお大尽と源之丞は、思わずあっと口のうちでさけんだ。源之丞の名ざしたのはたしかにお蝶、それを喜多麿がお千代と聞きあやまったのである。しかし、お千代がいかにもうれしそうに、盃をうけているところをみると、それはちがうともいいかねる。

「ようがす、ようがす、先生、わたしにまかせておおきなさいまし。あとでいいようにします

から」

と、源之丞の耳もとでささやいた万兵衛大尽。お千代が盃を飲み干すのを待って、

「それじゃ、師匠、ついでにその盃をお蝶にさして、お蝶からわたしに思いざしときておくれ」

お蝶はいまにも涙の出そうな眼で、怨《うら》めしそうに源之丞のほうを見やったが、それでも素直に盃をうけると、

「これを旦那に……」

と、そういう声は消えも入りそう、万兵衛が喜多麿師匠から、盃をうけとり、うれしそうに飲み干すのを見ると、もう悲しさにたえかねたのか、さっと座を立って広間を出ていく。そのうしろ姿を見送って、一同は思わず顔を見合せた。

「あっはっは、先生、お蝶はおまえさんにぞっこんきているらしい。あとをお楽しみに……」

と、源之丞の耳もとにささやいた万兵衛大尽。一同のほうへむきなおると、

「さあ、われわれふたりの盃事はこれですんだが、まだお床入りははやかろう。これから大乱《らん》痴《ち》気《き》の大陽気だ。みんなも勝手に撰りどり見どり、好きな相手をえらべえらべ、お千代はここへ来い。お蝶はどこへいった」

と、お大尽からさきに立ってうかれ出したから、一座はわっという騒ぎ。それぞれ気にいった女をえらんで、酔うほどに、食うほどに、突然、妙なことが起ったのだ。

まずその口火をきったのは桜川仙平で、さっきからしきりにはしゃいでいたのが、急にげらげら笑い出すと、

「ああ、おかしい、これゃ、たまらぬ。おかしゅうて、おかしゅうて、これゃたまらぬぞ、たまらぬぞ」

と、腹をかかえて笑いころげたから、おどろいたのは相手にきまったお勝《かつ》という妓だ。

「なんだねえ、このひとは、なにがおかしゅうてそのように……、あら、おっほっほ、これゃどうしたことじゃやら、あたしまでおかしゅうなってきた。ああ、もうたまらぬ。おっほっほっほ、おっほっほっほ」

「あれ、仙平さんもお勝つぁんも、いったいどうした……あらあら、あたしもなんやら気が変になってきた。あっはっは、おっほっほ」

と、まるであくびが伝染するように、つぎからつぎへと笑いがうつって、はては医者の玉川長庵から、浮世絵師の歌川喜多磨、男も女もつなみのように笑いころげたから、びっくりして眼を見張ったのはお蝶。ただふたりだけ正気でいる万兵衛と源之丞をふりかえって、

「旦那、これはいったいどうしたのでございましょう。あたしゃなんだか気味がわるうなってきました」

「あっはっは、なに、みんなよほどうれしいことがあるのだろうよ。おや、お千代、おまえもなにかうれしいことがあるのかえ」

見ればなるほど、万兵衛と源之丞のあいだに坐っているお千代も、うつぶせになり、横腹をおさえて身をもんでいる。

「はて、おまえに笑いのうつるはずはないが……」

と、お千代を抱きおこしたとたん、万兵衛もお蝶も源之丞も、思わずぎょっと息をのんだ。お千代の顔は藍をなすったようにまっさおになり、唇のはしから血のあぶくが……。

蜆《しじみ》売り三吉《さんきち》

——おいらかたきを討ってやりてえ——

ちょうどそのとき、おなじ深川の仲町《なかちょう》で、かねてから御贔屓《ごひいき》にあずかっている与力神崎甚五郎《かんざきじんごろう》の御招待をうけていた人形佐七《にんぎょうさしち》が、この報《し》らせをきいて、辰《たつ》と豆六《まめろく》をひきつれて、とるものもとりあえず駆けつけてみると、大栄楼の大広間は、それこそ惨憺《さんたん》たるありさまだった。

人ひとりそこに死んでいるというのに、男も女も腹をかかえて笑いころげている。なかには茶碗を箸《はし》でたたいて、スカラカチャンチャンと、大陽気に踊っているやつもある。

佐七をはじめ辰と豆六も思わずぎょっと眼を見張った。

「いったい、これゃあどうしたというンです」

と、案内に立った大栄楼の亭主に訊ねると、

「わたしもどうしたことかわけがわかりません。みなさん、もう気でもおちがいなすったンじゃないかと。……」

と、亭主も気味悪そうに息をのんでいる。

笑ったり、踊ったりしている連中は、大栄楼の若いものがいかに制止すれども聞かばこそ、わっはっは、おっほっほと、座敷中をころげまわり、這いまわり、あるいは飛んだり、跳ねたりの大陽気。じっさい、亭主もいうとおり気が狂ったとしか思えない。

「それで、死人は……?」

「はい、むこうの離れへおつれしました。ここがこんな状態なので……」

「槌屋の旦那のお座敷だそうですね。旦那は……」

「はい、旦那もむこうにいらっしゃいます」

佐七も槌屋万兵衛をしっていた。なにしろ佐七は捕物名人、江戸の町人でもまず一流に属しているので、お大尽のお座敷に招かれたこともあるのだ。

離れへくるとお千代の死体は敷蒲団《しきぶとん》のうえに寝かされていて、その枕もとに万兵衛、源之丞、それにお蝶が悄然《しょうぜん》と坐っている。

万兵衛は佐七の顔を見ると、

「これはお玉《たま》が池《いけ》の親分、よいところへ来てくれた。とんだことが出来てしまって」

「旦那、御全快お目出度うございます。しかし、そのお目出度《めでた》い席上で、またとんだことができたそうで。……殺しだとか?」

「はい。ここにいられる先生が、たしかに毒害にちがいないとおっしゃるンで」

「こちらは……?」

「鷺坂源之丞さまといって、いま浪人していらっしゃるが、蘭法医術の造詣のおふかいかたで、わしのこんどの病気もこの先生になおしていただいたので……」

「ああ、それはそれは……それで先生、毒害とすると薬は……」

「肌の色合、口中のただれぐあいなどからみると、石見《いわみ》銀山《ぎんざん》であろうな」

源之丞の態度はゆったりとして、自信にみちたものだった。石見銀山というのは、石見の国の銀山から出る礜石《ほまれいし》で製造した殺鼠剤《さつそざい》で猛毒であることは佐七もしっている。

「しかし、先生、石見銀山を相手にしれぬようにのませることが出来ましょうか」

「それは出来よう。酒にまぜてのませればなんでもない。それも素面《しらふ》ならばむつかしいかもしれぬが、今夜はみんな酩酊《めいてい》していたからな」

佐七はひととおり死体をあらためたが、そばで見ている辰や豆六と顔見合せて、思わず顔をしかめずにはいられなかった。お千代の死体は全身紫色の斑点《はんてん》におおわれて、見るもむざんな惨状を呈していた。

佐七は亭主の用意してきた金だらいで手を洗いながら、

「ときに酩酊といえば、あちらの座敷はどうしたンですか。まるでみんな気が狂ったようじゃありませんか」

佐七の質問に万兵衛と源之丞は顔見合せたが、やがて源之丞が落着きはらって、

「万兵衛どの、こうなったら何もかも、正直に申上げたほうがよろしかろう」

と、注意をすると、万兵衛は小鬢《こびん》をかきながら、

「は、はい、親分、いやもう面目しだいもないことながら、ちょっと悪戯《いたずら》をやらかしたンで」

「悪戯とは……？」

「はい、それが、あの連中に笑い薬を飲ましたンで」

「笑い薬……？」

佐七は思わず辰や豆六と顔見合せた。

「はい、そうなんです。今夜はわたしの全快祝い、なにか面白い趣向はないかと考えていたところ、この先生が笑い薬をお持ちだとのことを聞きおよんで、それを無理に御無心して、今夜、酒にまぜてみんなに飲ませたンで」

佐七はまた辰や豆六と顔見合せた。そばで聞いているお蝶や亭主も眼をまるくする。

「先生、それゃほんとうですか」

「いかにも」

源之丞は落着きはらって微笑《えみ》をふくんでいる。

「そんなことをなすって、あの連中にあやまちは……？」

「いや、その心配はない。ああして、いっとき笑ったり、踊ったりしているが、薬の効目が切れるとケロリとおさまる。おさまったところで万兵衛どのがわけを話して、それ相当の祝儀を出して謝罪をしようといわれるので、拙者も承知したわけだが……」

「しかし、おまえさんがたは、その酒お飲みにならなかったんで」

「いや、飲むことは飲んだが、あらかじめ解毒剤を飲んでおいたので、笑い薬が効かなかったのだ」

「解毒剤……なるほど。しかし、そこにいるお蝶も笑い薬に当てられたようすはないが、それではお蝶も……？」

「親分、お蝶はなんにもしらなかったが、これが踊りだしたりしては可哀そうなので、この妓《こ》とそこに死んでいるお千代のふたりには、こっそり解毒剤をのませておいたんだ」

お蝶はまたびっくりしたような眼の色をしている。

佐七はギロリと眼を光らせて、

「旦那、そこのところを詳しく話してください。いったい、どういうふうにして、お蝶とお千代に解毒剤をのませたンです」

万兵衛と源之丞はまた顔を見合せたが、やがて源之丞がうすく頰をそめ、

「万兵衛どの、何もかも正直に申上げてください。まさか、あのときお千代が一服盛られたとは思えぬが……」

そこで万兵衛大尽が、今夜、お蝶とお千代のうちのどちらかを、源之丞に取り持とうとしたこと、源之丞がお蝶を所望したが、浮世絵師の喜多麿が、それを聞きちがえて、お千代に盃をさしたところまで打明けると、そばで聞いていたお蝶は、おもわずはっとしたように、源之丞の顔を見なおし、それから首うなだれてわなわなふるえた。

佐七は横眼でそれを視《み》ながら、

「なるほど、その銚子に解毒剤が入っていたンですね」

「いかにも、さようで。それを本所の師匠がまちがえて、お千代にさしたものだから、先生も

わたしも当惑したが、満座のなかでちがうともいわれず、お千代にはあとでいって聞かせるつもりで、とにかくその盃をお蝶にまわし、おなじ酒を飲ませておいたンです」

「そうすると、その銚子の酒は旦那や先生、それからここにいるお蝶も飲んだンですね」

「そうです、そうです。だから、その銚子のなかに石見銀山が入っていたということはないンだが……」

「だが、そのほかにお千代がとくべつ、飲むか食うかしたものは……？」

「いや、とくべつに飲んだり食ったりしたものはないが、お千代が先生、お蝶がわたしの相手ということになり、そばへきて坐ると、みんながかわるがわる祝いにやってきて、盃をさしていたし、そのころにはこっちも相当酩酊していたから、誰かがこっそりお千代に毒を盛ったとしても、気がつかずにすんだろうな。なにしろそろそろ笑い薬がきいてきて、座がもう荒れはじめていたところだ」

その笑い薬のききめもどうやら切れてきたらしく、座敷の騒ぎも下火になってきたようだが、そこへ風のようにとびこんできた小僧がある。そこに寝ているお千代の死体を見ると、わっと泣きながら取りすがり、

「姉ちゃん、姉ちゃん、どうしたンだよう。死んじゃいやだ、死んじゃいやだい。姉ちゃん、なんとか言っておくれよう。旦那、旦那」

と、大栄楼の亭主をふりかえり、

「誰が誰が、姉ちゃんにこんなことしたンです。聞かせてください。おしえてください。おい

らかたきを討ってやりてえ」

子供ながらも思いこんだ眼つきの凄さ。これがお千代の弟で、三吉という蜆売りである。そばではお蝶が首うなだれて、さも恐ろしそうにふるえている。

調伏《ちょうぶく》人形

――お千代さんを呪うた罪の裁きは――

一見やさしそうに見えてむつかしいのが、毒害事件の探索である。ことにその晩は三十余人という大一座、誰でもお千代に一服盛ろうと思えば、盛る機会があっただけに、この詮議はむつかしい。むろん笑い薬のききめがきれたところで、一同はきびしい取り調べをうけ、ひとりひとり、裸になって身体検査をされたが、もちろんそのころまで、石見銀山を身につけているやつはなかった。

まちがえて、お千代に盃をさした喜多麿は、とくべつ厳重に取調べをうけたが、まちがえたことを指摘されると、かえってびっくりしたように眼をまるくして、

「えっ、そ、それじゃ先生はお蝶とお名ざしになったンですか。わたしゃまた、お千代とおっしゃったンだとばかり思って……」

白ばくれているのか、それともほんとに間違えたのか、その顔色からだけでは判断がむつか

しい。

なにしろ使った毒薬が石見銀山、誰にでも手にはいる鼠《ねずみ》とりだけに、下手人の目串がつけにくい。

さすがの佐七も困《こう》じ果てているところへ、ひとめを憚《はば》かるようにちかづいてきたのは、たいこ医者の玉川長庵。

「親分にちょっとお耳に入れておきたいことがございますンで」

「ああ、長庵さん、どういうことだえ。気がついたことがあったら、なんでも聞かせてくんなさい」

「じつは、あのお蝶のことですがね」

「ふむ、ふむ、お蝶がどうかしましたか」

佐七は思わず辰や豆六と顔見合せる。お蝶の妙な素振《そぶ》りには、三人ともさっきから気がついているのである。

「じつは、鷺坂の先生がお千代に盃をさされると、お蝶がとてもすごい顔をして座を立ちましたンで。これはもうどなたにもお聞きになっても知っております。ところがそれから間もなく、わたしが御不浄へ立ちますと、お蝶が庭のお稲荷《いなり》さまから出てきました。その顔色がまたなんともいえぬ凄さなんで」

「ふむ、ふむ、それで……」

「いえ、そのときはそれほど気にもとめませんでしたが、お千代が毒害されたと聞き、いまこっそりお稲荷さまへいってみますと……」

「お稲荷様へいってみると、このようなものが、祠《ほこら》の天井につってありましたンで」

と、長庵がとり出したのは、紙をまるめて作ったてるてる坊主のような人形だが、その人形の頭のところに、お千代と書いた墨の跡も新しく、しかもその頭にぐさりといっぽん釘がさしてある。

「親分、これゃ調伏の人形ですね」

「そやそや、先生をお千代にとられたと思って、お蝶のやつが呪いよったンやな」

辰と豆六が意気込んだ。

「いや、そればかりじゃございません。お蝶とお千代はいまこの里で人気ざかり、ことごとに張りあっておりましたからね」

長庵はうすら笑いをうかべている。

「いや、長庵さん、ありがとう。よいことを聞かせてくだすった。それじゃ、さっそくお蝶を取り調べてみましょう。辰、豆六、お蝶をここへひっぱって来い」

「おっと合点《がてん》だ」

長庵といれちがいに、辰と豆六にひっぱって来られたお蝶は、佐七に調伏人形をつきつけられると、わっとその場に泣き伏した。

「お蝶、それじゃ覚えがあるンだな」

「親分さん、申訳ございません。あんまりくやしかったもンですから……」

「それで、ついでにお千代に一服盛ったのか」

それを聞くとお蝶は弾かれたように顔をあげ、

「とんでもございません。わたしゃ石見銀山など、手にしたこともございません」

「しかし、それじゃおまえはさっきから、何をあのように恐れているンだ」

「はい、わたしが調伏したばっかりに、お千代さんがあんなことになったのではないかと思って……それに聞けば先生が、お名ざしなさいましたのは、このお蝶だったと聞き、いまさらのようにわたしの罪が恐ろしく……、親分さん、わたしは先生のお名ざしをうけたということを、聞いただけで本望でございます。お千代さんを呪うた罪、どのようにでもお裁きくださいませ」

お蝶はまた、袂《たもと》をかんでよよとばかりに泣き伏した。

名ざしちがい
——ゆめゆめ疑うことなかれ——

その夜、佐七はとりあえず、お蝶を町内あずけにしてひきあげたが、どう考えてもお蝶が一服盛ったとは思えない。

「なあ、辰、豆六、お蝶とお千代は日頃から、ことごとに張りあっているという。ことに今夜は先生から、お千代がお名ざしをうけ、お蝶がとてもくやしがっていることは、お千代もしっていたはずだ。そのお蝶がすすめる盃を、お千代がうけるはずがないし、第一、そばへも近づけなかったろうよ」

「そうすると、親分、いったい誰が……」

「いや、いったい誰がというよりも、いったいなんのために、お千代を殺したのか、それからしてがってんがいかねえ」

佐七はだまって考えこんでいたが、そのとき、豆六がはたと両手をうち、

「親分、わかった。こら人違いやないかしらん」

「人違いとは……？」

「つまり、下手人の殺そうとしたンはお千代やのうて、あの先生やったンとちがいまっしゃろか。その盃をお千代が横から飲みよったンやおまへんか」

「おお、豆六、それゃ面白《おもしれ》え考えだが、それじゃ誰が先生を殺そうと計ったンだ」

辰も横から力瘤《ちからこぶ》をいれる。

「そら、わかってまっしゃないか。あの長庵だすがな」

「長庵が……？」

佐七も眼をみはって豆六の顔を見る。豆六は得意の鼻をうごめかし、

「そうだす、そうだす。長庵め、槌屋の病気を治すことが出来なんだ。そこへ横からあの先生がとび出してきて、みごとに旦那を治しはったンで、長庵め、それをねたんで一服盛ろうとしよったンやおまへンか」

「豆六、でかした。親分、こら、豆六のいうとおりにちがいありませんぜ。お蝶の調伏人形のことを知らせにきたとき、長庵め、いやな薄ら笑いをうかべていやアがった。あいつ、先生を殺そうとして、まちがってお千代を殺したもンだから、調伏人形をさいわいに、お蝶に罪をおっかぶせようとしやアがったンだ」

なるほど、辰や豆六のいうところにも一理はある。佐七はだまって考えているが、

「それじゃ、辰、豆六、おまえたちあの長庵と、鷺坂先生の身辺に気をつけてろ。なんの証拠もないのに、いま長庵をひっくくるわけにゃあいかねえが、もし長庵がじじつ先生を呪うているとすれば、何かまた、手出しをするにちがいねえ。そのときを待って……」

「おっと合点です。「豆六、これはおまえがいい出したことだから、長庵のほうはおまえにまかせる。おれは鷺坂先生の身辺に、気をつけてあげることにしようよ」

と、こうして、その夜《よ》のうちに手はずを定め、それからのちは辰は鷺坂源之丞、豆六は玉川長庵をつけまわっていたが、それから三日めのことである。

木場の槌屋万兵衛から、辰もこちらに来ているから、至急おいでを乞うという使いとともに、駕籠《かご》を迎えによこしたので、何事が起ったのかと、佐七が取るものもとりあえず駆けつけると、槌屋の奥座敷には旦那の万兵衛と源之丞のほかに、蜆売りの三吉が、辰にねじ伏せられて泣いていた。

「旦那、ただいまはお迎え恐れいりました。辰、三吉がどうかしたのか」

「親分。いまむこうの川ばたで、この小僧が先生に、姉のかたきと斬りつけたンです」

「なに、三吉が姉のかたきと……？　それじゃ、三吉は鷺坂先生が、お千代を殺したと思っているのか」

「親分、それにゃあわけがあってな」

と、万兵衛は膝を乗りだし、

「いま、三吉をいろいろ詮議してみたところ、誰か三吉をたきつけたやつがあるンだな。先生、その手紙を親分に、見せてあげてください」

「あっはっは、いやもうとんだ迷惑な話で」

源之丞はゆったり笑いながら、皺苦茶《しわくちゃ》になった一枚の紙を、佐七のほうに差出した。

見るとその紙には、子供でも読めるように平仮名で、こんなことが書いてある。

さぎさか源之丞はお蝶を名ざした。それをうき世えしのうたがわきた麿が、まちがえてお千代にさかずきさした。源之丞はめいわくして、お千代をころしてしまったのだ。お千代のかたきはさぎさか源之丞。ゆめゆめうたがうことなかれ。

「あっはっは、たった一夜の遊興に、女を名ざしちがえたとて、相手を毒害しようとは……それこそとんだお笑いぐさだが、ただこういう頑是《がんぜ》ない子供をけしかけたやつというのが憎いの」

源之丞はゆったりとわらっている。

佐七は二三度その手紙を読みかえしたのち、

「ときに、先生、旦那」

と、ふたりのほうへむきなおり、

「本所の師匠がお蝶をお千代と聞きちがえたことを、ほかに気づいているやつがございましょうか」

「さあ、わたしとこの先生のほかには、お蝶がしっているはずだが……」

「先生がお蝶とお名ざしになったとき、もしや玉川長庵がすぐそばにいやあしませんでしたか」

万兵衛と源之丞はしばらく顔を見合せていたが、

「いや、長庵はずっと下座のほうにいたようだが……ねえ、先生」

「ああ、あの御仁の耳までは、とても拙者の声はとどかなかったであろうな」

それを聞くと佐七はすっくと立ちあがっていた。

「三吉、心配するな。おまえの姉のかたきは、きっとこのおれがとってやる。旦那、こいつも可哀そうな身のうえ、ひとついたわってやっておくんなさい。さあ辰、来い」

佐七ははや縁側へとび出していた。

天才と狂人
――駆けつけたときはあとの祭で――

「親分、親分、血相かえてどこへいくんです」

「まあ、なんでもいいからおれといっしょに来い」

「それじゃ、お千代に一服盛ったのは、玉川長庵じゃなかったんで」

「まあ、いいからだまって来いというのに……、ああそうだ、どうせ道順だ。お蝶の様子を見ていこう」

と、深川新地の自身番、お蝶をあずけているところへ顔を出すと、町役人が蒼くなっていた。

「ああ、親分、よいところへ来てくださいました。とんだことが出来まして……」

「とんだこととは、お蝶がどうかしましたか」

ひょっとすると自害でもしたのではないかと、佐七もギョッと息をのむ。

「はい、あの、ほんのちょっと眼をはなしているうちに、お蝶がぬけ出してしまいまして……調べてみると、こんな手紙が落ちておりましたので……」

「なに、手紙が……」

と、取る手おそしと佐七が手紙をひらいてみると、そこには達筆の走りがきで、こんなことが書いてある。


先夜はとんだ名ざしちがいより、うれしき首尾もかなわず、まことに残念このうえもなくござ候《そうろう》。さて、拙者儀明日江戸をはなれ、長崎へ修業にまいるつもりにござ候が、江戸と長崎とあいはなれては、また会うこともなかなか叶わず、されば、そなたのことのみ心にのこり申し候。

もしそなたにしてお情《なさけ》あれば、この手紙見しだい、自身番をぬけ出して、土橋のきわに駕籠を待たせおき候あいだ、しのんで逢いにきてくださるまじきや。いちどそなたに逢《お》うてうれしき首尾のないうちは、江戸にのみ心のこり候て、修業も空にあいなるべく候、なにとぞ、この源之丞をあわれとおぼしめし、色よい返事をそなたの口からじきじきに。

そなたを慕うて身も心も痩《や》せる思いの　源之丞より

こがるる　お蝶どのへ

佐七と辰は顔見合せて、思わず眼をみはった。

「親分、これゃ贋《にせ》手紙ですね」

「いうまでもねえこった。こんな甘ったるい殺し文句を書きゃあがって畜生《ちくしょう》ッ」

佐七の眼にはさっと殺気がほとばしった。

「旦那、すみませんが大急ぎで、駕籠を二挺《ちょう》たのんでください」

「はい、あの、それは承知いたしましたが、これが贋手紙といたしますと、いったいだれがお蝶をおびき出したンで……」

「それはいまにわかります。とにかく駕籠をやとってください。畜生ッ、畜生ッ、もう手おくれかもしれねえが……」

佐七のすごい権幕《けんまく》に、町役人も蒼くなってとび出した。

「親分、手おくれというと、お蝶の命があぶねえというンで」

「ふむ、そういうことがなければいいが……」

佐七が地団駄ふんでいるところへ、町役人があたふたと二挺の駕籠をつれてきた。それに乗るなり、

「本所の二つ目だ。大急ぎだ、大急ぎだ。女ひとりの命の瀬戸際、いだてん走りで素っ飛ばしてくれろ」

と、佐七の叫ぶのを聞いて、辰は内心ギョッとした。

本所の二つ目といえば、歌川喜多麿の住居《すまい》のあるところ。

それじゃ、お千代に毒をもったのはあの本所の師匠なのか。

しかし、喜多麿がなんだってお千代を殺し、いままたお蝶を殺そうとしているのだろう、喜多麿こそ、お蝶、お千代の人気をうんだ、産みの親ではないか。

辰がわけのわからぬ惑乱に、胸とどろかせているうちにも、駕籠は宙を飛ぶように走っていく。

しかし、そんなに急いだにもかかわらず、すでにことは終っていたのだ。

本所二つ目の歌川喜多麿のうちへ駆けつけると、表も裏もぴったりしまっていて、しかも近所のものに聞くと、一刻ほどまえに女が駕籠で乗りつけたという。

「畜生ッ、畜生ッ、もうあとの祭だったか。辰、かまわねえから戸をぶち破れ！」

近所のものにも手伝わせ、やっと表の戸をぶち破った佐七と辰は、なだれ込むようになかへとび込んだが、ひと眼奥座敷をのぞいたとたん、ふたりとも棒をのんだように立ちすくんだ。

そこに敷かれた蒲団のうえに、女がひとり、花のようにくずれて死んでいた。

いうまでもなくそれはお蝶で、腰のもの一枚のその肢態《したい》から、お蝶がしめ殺されるまえに、どのように兇暴《きょうぼう》なはずかしめをうけたか想像される。

そして、そのお蝶の枕もとに、天井からあの醜い歌川喜多麿が、細紐を首にまきつけてぶらさがっていた……。

「本所の師匠は美人画をかかせると、右に出るものもないといわれるほどの名人でした。そして多くの美人をかき、それらの美人を人気者として仕立てたが、おのれはあんな醜い顔立ちから、ひとりとして、それらの美人をじぶんのものにすることが出来なかった。いつも、じぶんの仕立てた人気者がほかの男のおもちゃになるのを、指をくわえてみているよりほかはなかったンです。そのくやしさ、ねたましさが、しだいに昂《こう》じて本所の師匠は、一種の気ちがいになっていたんですね。そして、とうとう最後にしたてたふたりの人気者を、じぶんの死出のみちづれとしたんでしょうねえ」

万兵衛と源之丞のまえでそう語ると、佐七は愁然《しゅうぜん》として首をうなだれた。

天才と狂人は紙ひとえというが、それにしてもあまりにもむごたらしいお蝶の最期であり、喜多麿の終焉《しゅうえん》だった。

ただ、ここに、佐七にもわからないのは、喜多麿はほんとうにお蝶をお千代と聞きちがえたのか、それとも聞きちがえたふりをして、お千代に毒の盃をさしたのか……。

ひょっとすると喜多麿は、お蝶の肉体により多く惹かれていたので、わざと聞きちがえたふりをして、お蝶を後日まで生かせておいたのではあるまいか。

三吉は万兵衛に引きとられたが、のちに源之丞の弟子となり、蘭法医術の修業にいそしんだという。

編者解説

末國善己

横溝正史《よこみぞせいし》が生んだ名探偵といえば、真っ先に金田一耕助《きんだいちこうすけ》を思い浮かべる方が多いのではないだろうか。だが金田一耕助が人気になるのは、いわゆる角川映画で続々と映画化された一九七六年以降で、それまでは映像化作品の数も含め人形佐七《にんぎょうさしち》の方が知名度が高かったのである。

一九二四年に大阪薬学専門学校（現・大阪大学薬学部）を卒業し、実家の生薬屋「春秋堂《しゅんじゅうどう》」で働いていた横溝は、一九二六年に上京して博文館に入社し、翌年には戦前を代表する探偵小説雑誌「新青年」の編集長になった。同誌をモダン趣味の雑誌に変えた横溝は、「文藝倶楽部」の編集長時代には、大佛次郎《おさらぎじろう》、佐々木味津三《ささきみつぞう》、吉川英治《よしかわえいじ》、林不忘《はやしふぼう》ら後に有名になる歴史時代小説作家の作品を掲載するが、一九三二年に退社し専業作家になった。ただ一九三四年には肺結核が悪化し、長野県での転地療養を余儀なくされる。

横溝のエッセイ「続・途切れ途切れの記」（『定本人形佐七捕物帳全集』月報、講談社、一九七一年三月〜十月）によると、療養中の横溝に「捕物帳をシリーズ」で書くことを勧め、春陽堂文庫の「『半七《はんしち》捕物帳』と『右門《うもん》捕物帳《（ママ）》』それから『銭形平次《ぜにがたへいじ》捕物控』をそれぞれ数冊ずつ、ほかに当時、江戸の研究家として有名だった三田村鳶魚《みたむらえんぎょ》さんの『捕物の話』」を送ってくれたのは、博文館の同僚で、後に作家、翻訳家になる乾信一郎《いぬいしんいちろう》だった。捕物帳は長大なシリーズも多いので、これを安定的に原稿料を支払うための乾の配慮と感じた横溝は、弟の武夫《たけお》に「神田《かんだ》へんの古本屋から、江戸時代の地図を一葉」探して送ってもらうと「えたいの知れぬ浪人者を主人公」にした『不知火《しらぬい》捕物双紙《ぞうし》』（「講談雑誌」一九三七年四月号〜十二月号）を発表した。

一九三七年に博文館で人事異動があり、「講談雑誌」の編集長が、乾からやはり旧知の吉沢《よしざわ》四郎《しろう》に代わった。乾から「おまえは探偵作家なのだから、捕物帳ももう少し本格探偵小説の意気でいったらどうか」、吉沢から「主人公はやはり、岡っ引きにしたほうがよいのではないか」との助言をもらった横溝は、主人公を岡本綺堂《おかもときどう》『半七捕物帳』の半七と同じ「岡っ引き」にした。そして『半七捕物帳』の「津の国屋」（「娯楽世界」一九二〇年六月号〜八月号）に出てくる人形常《にんぎょうつね》から主人公の「綽名《あだな》」である「人形」をもらい、「佐七」は、まだ神戸《こうべ》にいた頃に観たマキノ映画の『佐平次《さへいじ》捕物帳』の大ファンだったことから、「佐平次の佐と半七の七を組み合わせ」て「佐七」にしたという。

こうして「講談雑誌」の一九三八年一月号からスタートしたのが、『人形佐七捕物帳』だったのである。横溝のエッセイ「続・書かでもの記」（「幻影城」一九七六年八月号〜一九七七年十一月号）には、尋常小学校四年だった頃に友人から借りて講談速記本の立川文庫《たつかわぶんこ》を読み、「読み本仕立て」（「推理文学」一九七〇年四月号）には、旧制中学の頃には博文館発行の叢書《そうしょ》「帝国文庫」で「江戸時代の読み本」を「読みあさった」とある。また「続・途切れ途切れの記」には、「夭折《ようせつ》した同父同母の兄」が「文学青年であると同時に芝居好きで岡本綺堂先生の戯曲の愛読者」だった影響で、探偵小説が好きだった横溝は「『半七捕物帳』を愛読をこえて熟読」していたようなので、捕物帳を書く素地は十分だったといえる。

『人形佐七捕物帳』は、佐々木味津三『右門捕物帖』と野村胡堂《のむらこどう》『銭形平次捕物控』を踏襲して、探偵の佐七、子分の辰五郎《たつごろう》と豆六《まめろく》、ライバルの茂平次《もへいじ》、恋女房のお粂《くめ》の掛け合いで物語を進めるスタイルになっている。ただ『銭形平次捕物控』の平次とお静《しず》夫婦が仲睦《なかむつ》まじいのに対し、美男子で女好きの佐七と嫉妬深いお粂は喧嘩《けんか》が絶えず、また濡れ場や変態性欲といったエロティックな要素も盛り込まれていて、これらが独自色になっている。

探偵小説作家としてスタートした横溝が、「捕物帳ももう少し本格探偵小説の意気でいったらどうか」という乾のアドバイスを守ったため、『人形佐七捕物帳』は、海外ミステリのトリックを換骨奪胎《かんこつだったい》したり、現代ミステリでしか使えないトリックをアレンジして江戸時代でも成立するようにしたりと、特に本格ミステリとしてのクオリティが高い。その名作揃いの中から厳選に厳選を重ねたのが、本書『名月一夜狂言　人形佐七捕物帳ミステリ傑作選』である。

本書を読むと、密室を作るのが難しく、死因も死亡推定時刻も明確化できないなど制約が多いなかでも、懸命に本格ミステリを書いた横溝の苦労と心意気が伝わってくるはずだ。戦後の金田一耕助ものへと繋《つな》がる作品もあるので、横溝のミステリ全体を俯瞰するにも役立つと考えている。『人形佐七捕物帳』は横溝が何度も加筆、改稿を行っているが、本書は可能な限り最初に書いたバージョンを確認するため、底本は初出誌を基本とし、見つからなかった作品については初版本、各種全集で補った。そのため本書の収録作は、流布本との表記の違いが少なくない。本解説の表記は、基本的に底本に因っている。

シリーズ第一作の「羽子板娘」は、佐七の初手柄が描かれる。羽子板のモデルになった江戸三小町の死体が順に発見される展開は、横溝の「続・途切れ途切れの記」にあるように「アガサ・クリスチーの『ABC殺人事件』のトリック」を参考にしており、原典で被害者の近くに置かれた「ABC鉄道案内」を、二人目の死体の上に置かれた首を切られた羽子板にするなどアレンジが鮮《あざ》やかだ。『人形佐七捕物帳』には「百物語の夜」（『人形佐七捕物百話　二巻』所収、八紘社杉山書店、一九四二年三月）など、他にもクリスティを踏まえた作品がある。

「名月一夜狂言」は、風流三昧《ざんまい》の生活を送る隠居した大身の旗本・結城閑斎《ゆうきかんさい》の月見の会に招かれた佐七が、殺人事件に巻き込まれる。佐七は閑斎の屋敷に到着する前に、細面であだっぽい女に役者・尾上新助《おのえしんすけ》宛の文《ふみ》を託され、その文を呼んで顔色を変えた新助が殺されてしまう。佐七が調べをはじめると、被害者の首には幇間《たいこもち》の桜川孝平《さくらがわこうへい》の手拭いが巻き付き、浮世絵師の歌《うた》川国富《がわくにとみ》の矢立《やたて》を握り、読んだ文は狂言作者の並木治助《なみきじすけ》の筆跡と、月見に招かれた客に由来する証拠の品が次々と見つかる。だが足の捜査で事件が解決するような単純な構成にはなっておらず、佐七が犯人の僅《わず》かなミスから真相を見抜くので短編らしい切れ味がある。

「戯作地獄」は、佐七の元へ殺人を予告する手紙が届き、笹川米彦《ささがわよねひこ》の人気戯作『色競三枚絵草《いろくらべさんまいえぞう》紙《し》』を真似《まね》たかのような殺人事件が起こる。一種の見立て殺人を描いた本作は、芭蕉《ばしよう》と其角《きかく》の俳句が重要な役割を果たす『獄門島』（「宝石」一九四七年一月号～一九四八年十月号）、架空の童謡に見立てた連続殺人事件が起こる『悪魔の手毬唄』（「宝石」一九五七年八月号～一九五九年一月号）など横溝の戦後の代表作とリンクしている意味でも重要なのである。

「生きている自来也《じらいや》」は、江戸を荒らし一万両もの金を盗んで姿を消した自来也が七年ぶりに現れる。以前は人を傷付けなかった自来也だが、復活後に最初に押し入った家で、刀の鑑定家の夫婦を縛り上げ、隣室で黒装束の男を殺して顔を引き裂き、左腕の手首を持ち去った。これが現代の事件ならば、指紋の照合で個人が特定できる手首を切って持ち去っても不思議ではないが、佐七の時代は指紋が万人不同、終生不変である事実は分かっておらず、指紋照合の技術も存在しなかった。それなのに犯人が被害者の手首を持ち去った謎が描かれる本作は、現代でしか成立しない謎に、江戸時代の文化を使って論理的な解決を作った横溝の手腕が光る。

『人形佐七捕物帳』には、横溝が別の捕物帳を改作した作品も少なくない。「出世競べ三人旅」は、『鷺十郎《さぎじゅうろう》捕物帳』の同タイトル作（「日の出」一九三一年二月号）の改作である。水茶屋で働くお筆《ふで》は、行方不明の父の居場所を知りたければ、恋仲の伊之助《いのすけ》の父・伊丹屋喜兵衛《いたみやきへえ》の生前葬に出ろという手紙を受け取る。生前葬では、伊丹屋の下男が用意した水杯を参列者が回し飲みしたが、なぜか喜兵衛だけが死ぬ。事件の流れは『鷺十郎』版と同じだが、毒殺のハウダニットなどのクオリティが上がっているので、二作を読み比べてみるのも一興だ。

「鶴の千番」は、富くじの一等賞金千両をめぐって連続殺人事件が起こる。札差で資産家の浜《はま》松屋幸兵衛《まつやこうべえ》、狂歌師の阿漢兵衛《あかんひょうえ》、浮世絵師の豊川春麿《とよかわはるまろ》、戯作者の柳下亭種貞《りゅうかていたねさだ》、醜男だが彫金の腕は一流の叶千柳《かのうせんりゅう》は、芸者のお蔦《つた》を呼んで開いた宴席に現れた富くじ売りから売れ残った富くじを買う。一等の千両が当ったら山分けするが、死者が出たら減った人数分だけ取り分を増やし、全員が死んだらお蔦が全額受け取るという取り決めをした五人が順に殺されていく。この展開は、複雑な遺産の分配法を記した遺言状が連続殺人事件を引き起こす『犬神家の一族』（「キング」一九五〇年一月号～一九五一年五月号）の先駆のように思えた。現場に残された手掛かりを過不足なく使って、佐七がすべての事件のトリックを解明する謎解き場面は圧巻である。

「春色眉《まゆ》かくし」には、抜け荷買いの張り込みをしていた佐七が、万引きをした眉かくしのお蓮《れん》を尾行するも、女の家に上がって酒を飲んできたと知ったお粂が泣き伏す場面が発端となる。佐七とお粂の痴話喧嘩はシリーズのお約束だが、横溝は読者がいつものパターンと考えることを利用して罠を仕掛けており、油断をしていると足をすくわれるだろう。「桜日記　昭和二十一年三月一日——十二月二十四日」（『新版横溝正史全集　十八巻』所収、講談社、一九七五年七月）には、四月三日「『佐七の艶福』、下書きなしで書き始め、半ペラ（二〇〇字詰め原稿用紙——末國註）九枚書く」。四月四日「春色眉かくし（佐七の艶福）五十八枚」、四月十五日「『蝶々殺人事件』第一回、（半ペラ八十六枚）書上げる」とある。本作と『蝶々殺人事件』（「ロック」一九四六年五月号～一九四七年四月号）には類似性があるので、横溝がトリックをどのように発展させたかを考える上でも興味深い。

全体が曲亭馬琴《きょくていばきん》『南総里見八犬伝《なんそうさとみはっけんでん》』の見立てになっている「彫物師の娘」には、彫物を使ったトリックが出てくる。二十五年前、老舗《しにせ》の伊丹屋の娘お房《ふさ》が、彫物師の勝五郎《かつごろう》（通称・彫勝）と駆け落ちした。二人は各地を転々とするうちに亡くなり、子供のお信乃《しの》が残された。彫勝に手紙をもらった伊丹屋はお信乃を見に行くが、背中に『八犬伝』の芳流閣《ほうりゅうかく》の場の彫物があったので会わずに帰った。それから五年後、晩年の馬琴のように視力を失った伊丹屋は、孫への可愛さからお信乃を捜すが、そこに芳流閣の彫物がある二人の娘が現れる。本作は、二人の娘のどちらが本物のお信乃かを探るフーダニットだが、横溝は一捻《ひとひね》りを加えることで予想もつかない結末を作っており衝撃も大きいはずだ。

「春宵《しゅんしょう》とんとんとん」は、火除地《ひよけち》の側で雪に埋もれた悪御家人・丹野《たんの》丹三郎《たんざぶろう》の死体が見つかるが、周囲に犯人の足跡がないという不可能状況が描かれる。土蔵などの例外はあるが、建築物の構造上、密室を作るのが難しい江戸時代を舞台にした捕物帳では、雪の密室が使われるケースが多く、『人形佐七捕物帳』の「敵討ち人形噺《ばなし》」（「講談雑誌」一九三九年十二月号）や「雪《ゆき》達磨《だるま》の怪」（『人形佐七捕物百話　一巻』所収、八紘社杉山書店、一九四二年二月）も雪の密室ものである。そのため本作を読むと、密室トリックを暴く方法を考えがちだが、横溝は密室をミスディレクションにしているので、意表を突かれるのではないか。

「狐の裁判」は、歌舞伎《かぶき》界で起きた事件が描かれる。上演中の『蘆屋道満大内鑑《あしやどうまんおおうちかがみ》』で十二匹の狐を演じる子役が狐の面を奉納したが、座頭・歌川歌十郎《うたがわうたじゅうろう》の息子の千代太郎《ちよたろう》の面だけ眉間《みけん》を割られた。座頭の息子であることを鼻にかけ他の子役から憎まれている千代太郎は、先日も舞台上で腹違いの弟・梅丸《うめまる》を転ばせていた。その梅丸が他の十一匹の狐と踊っていた舞台で殺され、辰と豆六が監視していた千代太郎も襲われてしまう。江戸の歌舞伎役者の実態を謎解きにからめており、時代考証とミステリが見事に融合している。探偵が捜査に乗り出すことを前提に犯罪が計画されるところはエラリー・クイーンの後期作品を、梅丸殺しで使われたトリックはコナン・ドイルの〈シャーロック・ホームズ〉ものの一編を想起させるものがある。

後三年の役（一〇八三年～一〇八七年）で右目を矢で射られながら奮戦した鎌倉景政《かまくらかげまさ》（通称・権五《ごんご》郎《ろう》）は、東洲斎写楽《とうしゅうさいしゃらく》の役者絵に市川蝦蔵《いちかわえびぞう》が演じた『男山御江戸《おとこやまおえど》盤石《いしずえ》』の権五郎があるように、江戸っ子に人気だった。刺青《いれずみ》をした女が権五郎の目の部分に矢を受けて殺される「当り矢」は、なぜ面倒な凶器が用いられたのか、刺青の目に矢を刺すため着物を脱がせた方法、その時に被害者が抵抗しなかった理由を佐七が解明していく。死体は、主人の茂左衛門《しげざえもん》の還暦祝いが開かれた材木問屋・白木屋《しろきや》の寮の外れにある土蔵で発見され、現場には赤い蠟《ろう》が落ちていて、茂左衛門の手は青く染まっていた。これらの手掛かりを組み合わせた謎解きは隙がなく、刺青と聞いて多くの読者が思い浮かべる特徴を逆手に取ったどんでん返しには圧倒される。

現代では相撲の土俵に女性は上がれないとのイメージが強いが、江戸時代には興行として女相撲が行われていた。近年の研究では、女性力士が真剣勝負をする女相撲と、女性の裸体を見せたり、男と取り組みをして肉体関係を想像させたりする見世物の女相撲は別物だったとの解釈も出てきているようだが、本作で描かれる女相撲は見世物色が濃い。「美人」で「とりくちが綺麗」で「愛嬌のある」女相撲の大関・藤《ふじ》の花《はな》が、毒を盛られ、刃物で刺され、手拭いで首を絞められるという念を入れた方法で殺される。本作は「羽子板娘」と同じくクリスティの名作を思わせるが、大岡越前守忠相《おおおかえちぜんのかみただすけ》を思わせる人情裁きが行われるので読後感が悪くない。

「たぬき汁」は、『悪魔が来りて笛を吹く』（「宝石」一九五一年十一月号～一九五三年十一月号）

と同様に、「帝銀事件」がモデルと思われる大量毒殺事件が発生する。酒屋で奉公する忠七《ちゅうしち》が、提《さ》げ重《じゅう》旗本・榊原伊織《さかきばらいおり》の仲間《ちゅうげん》部屋に売掛の取り立てに行った。そこでは折助《おりすけ》（仲間）たちが、提げ重（食べ物と色を売る女性）の少女に酌《しゃく》をさせており、狸汁《たぬきじる》を食べた九人が死に、提げ重は姿を消した。続いて伊織が屋敷内で宴席を開くが、皆が同じ物を食べたのに愛妾《あいしょう》だけが死んだ。売掛の催促に来て折助に殴られた忠七が第二の事件の日、屋敷に酒を届けたことが判明する。毒殺のトリックはシンプルだが、犯人に意外性があり、人間の心の闇を凝縮したかのようなホワイダニットには背筋が凍るほどの恐怖を感じるのではないか。

『人形佐七捕物帳』の初期作品には、岡本綺堂の「槍突き」（「文藝倶楽部」一九一九年二月号）と同じ実話を題材にした「幽霊山伏」（「講談雑誌」一九三八年十一月号）、やはり綺堂の「津の国屋」を彷彿《ほうふつ》させる「幽霊姉妹」（「講談雑誌」一九四〇年七月号）など、『半七捕物帳』から着想を得た作品が散見された。シリーズが長くなるにつれ綺堂の影響は薄れるが、「遠眼鏡《とおめがね》の殿様」に出てくる声を遠くへ届けるオランダ製の器具「ルーフル」は、綺堂の「ズウフラ怪談」（「講談倶楽部」一九三四年十月号）にも登場しており、『半七捕物帳』との縁の深さがうかがえる。待乳山《まつちやま》のほとりの住居で風流三昧の生活を送る隠居した幕府の元勘定方《かんじょうがた》・赤松源之丞《あかまつげんのじょう》は、暇さえあれば南蛮わたりの遠眼鏡を覗《のぞ》いていて、ある日、船に乗った町方《まちかた》の女房と手代《てだい》ふうの男を目にする。不義だと思った源之丞は「ルーフル」で二人に声を掛け、矢を射かける悪戯《いたずら》をするが、その矢で殺されたらしき女の死体が見つかる。本作の基本的な流れは、金田一耕助ものの「猟奇の始末書」（「推理ストーリー」一九六二年八月号）でも用いられているが、異なるところも多く、二作を比べると時代ミステリと現代ミステリを書く横溝の姿勢の違いも見えてくる。

「遠眼鏡の殿様」には、現在の人権感覚からすると不適切な表現があるが、物語の舞台となる江戸時代の価値観で描かれ、執筆当時の時代背景も反映して物語世界を構築しているとの観点から、底本のままとした。

凶器が針（鍼《はり》）といえば池波正太郎《いけなみしょうたろう》『仕掛人・藤枝梅安《ふじえだばいあん》』（「小説現代」一九七二年三月号～一九九〇年四月号。中絶）が有名だが、それよりも早く野村胡堂が短編「禁断の死針」（「講談倶楽部」一九二九年九月号）で使っていた。蠟燭屋《ろうそくや》の女房の墓を掘っていたところ、一年前に死んだ主人・勘右衛門《かんえもん》の棺を壊してしまい、頭蓋骨の中から畳針が見つかり、女房の頭からも畳針が出てくる「呪いの畳針」。本作も針が重要な役割を果たし、指紋の照合ができない時代に手首が持ち去られる「生きている自来也」と同じく、蠟燭に残された指の跡が思わぬ形で事件解決の鍵になる。本作は、犯人の計画が完璧過ぎたことが落し穴になり、佐七と犯人の息詰まる攻防も読ませる。

刀屋の伊丹屋の温情で押し入った二人組の強盗が遠島になるが、帰ってきた一人が伊丹屋を脅した直後、伊丹屋と愛妾のお勝《かつ》が妾宅で殺される「ろくろ首の女」は、見世物のろくろ首の首が伸びる仕掛けと殺人のトリックがリンクしている。二人が殺されたのは行為の直後だったらしく全裸だった。佐七が推理を進めると特殊な性癖が事件にかかわっている事実が判明する本作は、捕物帳の世界に大胆なエロティシズムを導入した『人形佐七捕物帳』らしい一編といえる。本作のエロティシズムは、「くらげ大尽」(「小説倶楽部」一九五二年十月、十一月号)に通じるものがあった。

　材木屋槌屋《つちや》の旦那の病気回復の宴席は、料理に入れられた笑い薬のため混乱するが、その最中に辰巳《たつみ》芸者のお千代《ちよ》が毒殺される「初春笑い薬」は、犯人の狙いはお千代だったのか、同じ席にいたライバルのお蝶《ちょう》だったのか、犯人はどのようにして特定の人物に毒を飲ませたのかが議論されていく。本作は聞き間違いが物語を牽引《けんいん》するだけに、『獄門島』を思い浮かべる方も多いように思える。横溝は、小林信彦《こばやしのぶひこ》との対談「横溝正史の秘密」の第二部「自作を語る」(「野性時代」一九七五年十二月号)の中で、エラリー・クイーン『Yの悲劇』に出てくる錯誤から『獄門島』の聞き間違いを着想したと発言している。ただ朋誠堂喜三二《ほうせいどうきさんじ》『文武《ぶんぶ》二堂万石通《にどうまんごくとおし》』には「文武兼備」と「文福茶釜」の聞き間違いが、恋川春町《こいかわはるまち》『鸚鵡返文武二道《おうむがえしぶんぶのふたみち》』には「鬼鹿毛《おにかげ》の馬」と「かげま」(男娼)の聞き間違いが出てくるので、江戸を舞台にした本作には戯作の影響もうかがえ、横溝の聞き間違いトリックの源流を考える一助になる。

　本書で『人形佐七捕物帳』に興味を持たれた方は、全作を発表順に並べた『完本　人形佐七捕物帳』全一〇巻(春陽堂、二〇一九年十二月〜二〇二一年八月)を読んで欲しい。『完本　人形佐七捕物帳』は、春陽堂文庫版をベースに浜田知明《はまだともあき》が丁寧《ていねい》な校訂を行っているので、本書と併せて読むと、どのように横溝が修正、改稿したのかも分かるはずだ。

初出／出典一覧

「羽子板娘」『講談雑誌』一九三八年一月号／『定本 人形佐七捕物帳全集（1）』講談社、一九七一年三月
「名月一夜狂言」『講談雑誌』一九三九年八月号／同上
「戯作地獄」『講談雑誌』一九四〇年五月号／『定本 人形佐七捕物帳全集（7）』講談社、一九七一年九月
「生きている自来也」『講談雑誌』一九四〇年十月号／同上
「出世競べ三人旅」『人形佐七捕物帳（四）』春陽堂書店、一九四一年七月／『人形佐七捕物帖』東方社、一九五〇年十月
「鶴の千番」『人形佐七捕物百話（二）』八紘社杉山書店、一九四二年三月／同上
「春色眉かくし」『宝石』一九四六年六月号／同上
「彫物師の娘」『好色頭巾』文芸図書出版社、一九五二年三月／同上
「春宵とんとんとん」『講談倶楽部』一九五二年二月号／同上
「狐の裁判」『別冊宝石』一九五三年六月号／同上
「当り矢」『捕物倶楽部』一九五四年一月号／同上

「風流女相撲」　『小説倶楽部』一九五三年七月号／『美男虚無僧』東方社、一九五四年四月

「たぬき汁」　『読切小説集』一九五二年十一月号／『定本 人形佐七捕物全集(4)』講談社、一九七一年六月

「遠眼鏡の殿様」　『キング』一九五五年六月号／同上

「呪いの畳針」　『読切小説集』一九五五年三月号／『悪魔の富籤』同光社、一九五五年六月

「ろくろ首の女」　『週刊大衆』一九六〇年一月十八日号／同上

「初春笑い薬」　『読切小説集』一九五五年一月号／『悪魔の富籤』同光社、一九五五年六月

本文中における用字・表記の不統一は原文のままとしました。また、難読と思われる漢字、許容から外れるものについてはルビを付しました。

現在からすれば穏当を欠く表現がありますが、著者が他界して久しく、作品内容の時代背景を鑑みて、原文のまま収録しました。

（編集部）

検印
廃止

著者紹介　1902年兵庫県生まれ。大正期より執筆活動を始める。乱歩に招かれて博文館に入社、雑誌「新青年」編集長としても活躍した。32年に退社し作家専業となる。48年『本陣殺人事件』で第1回探偵作家クラブ賞を受賞。〈金田一耕助〉シリーズなど、数々の名作で人気を博した。81年没。

名月一夜狂言
人形佐七捕物帳ミステリ傑作選

2023年12月15日　初版
2024年1月19日　再版

著者　横《よこ》溝《みぞ》正《せい》史《し》
編者　末《すえ》國《くに》善《よし》己《み》

発行所　（株）東京創元社
代表者　渋谷健太郎

162-0814/東京都新宿区新小川町1-5
電話　03・3268・8231-営業部
03・3268・8204-編集部
URL　http://www.tsogen.co.jp
暁印刷・本間製本

乱丁・落丁本は、ご面倒ですが小社までご送付ください。送料小社負担にてお取替えいたします。

ISBN978-4-488-47821-6　C0193

乱歩の前に乱歩なく、乱歩の後に乱歩なし

江戸川乱歩

創元推理文庫

日本探偵小説全集2 江戸川乱歩集

《収録作品》
二銭銅貨，心理試験，屋根裏の散歩者，
人間椅子，鏡地獄，パノラマ島奇談，
陰獣，芋虫，押絵と旅する男，目羅博士，
化人幻戯，堀越捜査一課長殿

EDOGAWA RAMPO

乱歩傑作選
（附初出時の挿絵全点）

①孤島の鬼
密室で恋人を殺された私は真相を追い南紀の島へ

②D坂の殺人事件
二廢人，赤い部屋，火星の運河，石榴など十編収録

③蜘蛛男
常軌を逸する青髯殺人犯と闘う犯罪学者畔柳博士

④魔術師
生死と愛を賭けた名探偵と怪人の鬼気迫る一騎討ち

⑤黒蜥蜴
世を震撼せしめた稀代の女賊と名探偵，宿命の恋

⑥吸血鬼
明智と助手文代，小林少年が姿なき吸血鬼に挑む

⑦黄金仮面
怪盗A・Lに恋した不二子嬢。名探偵の奪還なるか

⑧妖虫
読唇術で知った明晩の殺人。探偵好きの大学生は

⑨湖畔亭事件（同時収録／一寸法師）
A湖畔の怪事件。湖底に沈む真相を吐露する手記

⑩影男
我が世の春を謳歌する影男に一転危急存亡の秋が

⑪算盤が恋を語る話
一枚の切符，双生児，黒手組，幽霊など十編を収録

⑫人でなしの恋
再三に亙り映像化，劇化されている表題作など十編

⑬大暗室
正義の志士と悪の権化，骨肉相食む深讐の決闘記

⑭盲獣（同時収録／地獄風景）
気の向くまま悪逆無道をきわめる盲獣は何処へ行く

⑮何者（同時収録／暗黒星）
乱歩作品中，一と言って二と下がらぬ本格の秀作

⑯緑衣の鬼
恋に身を焼く素人探偵の前に立ちはだかる緑の影

⑰三角館の恐怖
癒やされぬ心の渇きゆえに屈折した哀しい愛の物語

⑱幽霊塔
埋蔵金伝説の西洋館と妖かしの美女を繞る謎また謎

⑲人間豹
名探偵の身辺に魔手を伸ばす人獣。文代さん危うし

⑳悪魔の紋章
三つの渦巻が相擁する世にも稀な指紋の復讐魔とは

捕物帳のスーパーヒーロー、謎に立ち向かう!

LETTERS ON A COMB◆Kodo Nomura

櫛の文字

銭形平次ミステリ傑作選

野村胡堂／末國善己 編

創元推理文庫

◆

神田明神下に住む、凄腕の岡っ引・銭形平次。投げ銭と卓越した推理力を武器にして、子分のガラッ八と共に、江戸で起こる様々な事件に立ち向かっていく！
暗号が彫られた櫛をきっかけに殺人事件が起こる「櫛の文字」。世間を騒がす怪盗・鼬《いたち》小僧の意外な正体を暴く「鼬小僧の正体」。383編にも及ぶ捕物帳のスーパーヒーローの活躍譚から、ミステリに特化した傑作17編を収録した決定版。

収録作品＝振袖源太，人肌地蔵，人魚の死，平次女難，
花見の仇討《あだうち》，がらッ八手柄話，女の足跡，雪の夜，
槍の折れ，生き葬《とむら》い，櫛の文字，小便組貞女，
罠に落ちた女，風呂場の秘密，鼬小僧の正体，三つの菓子，
猫の首環